Ros[illegible] in Dottendorf

Kriminalroman von

Inge Lempke

Impressum

Math. Lempertz GmbH
Hauptstr. 354
53639 Königswinter
Tel.: 02223/ 90 00 36
Fax: 02223/ 90 00 38
info@edition-lempertz.de
www.edition-lempertz.de

1. Auflage – Februar 2014

Text: Inge Lempke
Titelbild © Fotolia
Umschlaggestaltung: Ralph Handmann
Lektorat: Philipp Gierenstein

ISBN: 978-3-943883-67-1

Die Autorin **Inge Lempke** wurde 1954 in Bonn-Oberkassel geboren und studierte bis zur Geburt ihrer Tochter Physik an der Friedrich-Wilhelms-Universität in Bonn.
Im Laufe der Jahre schrieb sie zahlreiche Horrorgeschichten und unheimliche Erzählungen, aber heute hat sie sich auf Kriminalromane, deren Handlungen in Bonn und Umgebung spielen, spezialisiert.

Mord in Bonn

Rosenmordtag in Dottendorf

Kriminalroman von
Inge Lempke

EDITION
LEMPERTZ

Bonn-Dottendorf
Montag, 11. Februar
17.00 Uhr

Edeltraud schreckte hoch. War sie doch wieder eingedöst! Wie spät war es?

Schon fünf. Lohnte es sich überhaupt noch, in die Stadt zu fahren? Ja, nach dem einsamen Wochenende musste sie endlich wieder unter Leute! Unter normale Leute – die Karnevalszüge waren hoffentlich vorbei! Betrunkene Verkleidete mochte sie nicht, mit denen hatte sie keine guten Erfahrungen gemacht! Aber wahrscheinlich machten sie immer noch die Straßen unsicher. Trotzdem, sie musste raus aus der Wohnung.

Edeltraud drückte sich aus dem Fernsehsessel hoch, schön langsam, damit ihr nicht schwindlig wurde, damit ihr der Rücken nicht zu weh tat und die Knie nicht zu sehr schmerzten. Altwerden war schon eine Zumutung. Endlich hatte man jede Menge Erfahrung, Menschenkenntnis und Wissen angesammelt, da ließ einen der eigene Körper im Stich.

Edeltraud ging in den Flur und hielt sich dort mit einer Hand an der Kommode fest, während sie die warmen, pelzgefütterten Pantoffeln auszog und in die blauen Stiefeletten stieg, die sie sich zu Weihnachten gekauft hatte. Dann noch eben auf Toilette, und ihr schien, dass auch die Erledigung eines so banalen Bedürfnisses immer länger dauerte.

Anschließend kämmte sie sich vor dem Spiegel die schneeweiße Dauerwelle, fixierte sie ordentlich mit Haarspray, wobei sie jedes Mal husten musste, weil das Zeug ihre Lungen reizte.

Zurück im Flur nahm sie den dunkelblauen Wollmantel vom Bügel, zog ihn über und knöpfte ihn sorgfältig zu, als sie merkte, dass sie das Halstuch vergessen hatte! Also öffnete sie die oberen Knöpfe wieder, drapierte das Tuch um ihren Hals, schloss die Knöpfe und setzte sich einen alten Hut auf den Kopf. Denn ihre Haare waren selbstverständlich auch nicht mehr so voll wie früher. An manchen Stellen schimmerte schon die Kopfhaut durch.

Andererseits war sie dankbar dafür, dass sie noch so gut laufen konnte, dass sie noch so gut denken und sich noch so gut erinnern konnte, dass sie bisher keine ernsthafte Krankheit gehabt hatte und dass ihr sogar der schwarze Humor erhalten geblieben war.

Freu dich auf die leckere Marzipantorte mit einer Tasse Kaffee, die du dir gleich gönnen wirst! Jawohl, positiv sein, das Leben genießen, solange es noch ging!

Edeltraud griff sich ihre dunkelblaue Handtasche, verließ die Wohnung, schloss sie ab und trat durch die Haustür direkt auf den Bürgersteig. Der war weitgehend vom Schnee frei geräumt, nur an der Hauswand und in der Gosse lagen noch schwärzliche, vereiste Schneereste herum.

Trotzdem prüfte sie vorsichtig mit dem Fuß nach, ob es nicht doch glatt war auf dem Gehsteig. Die Sonne war untergegangen, die Dämmerung setzte allmählich ein, da konnte der Boden gefrieren. Aber das schien heute nicht der Fall zu sein. Und so bewegte sich Edeltraud mit kleinen Schritten nach links auf die Endhaltestelle der Linien 61/62 zu, die sich am Quirinus-Platz befand.

*

Quirinus-Platz / Hausdorffstraße 17.35 Uhr

Alex saß auf der Metallbank der Haltestelle und fror, als hätte er nichts am Leib als seine Unterhose. Vielleicht sollte er mal Geld in Jacke und Schuhe investieren statt in PC-Spiele! Ach was, Eiseskälte war in Bonn so selten wie Föhn in der Antarktis! Alex stand auf und stapfte, um sich aufzuwärmen, ein paar Mal den Gehsteig auf und ab.

Die Karnevalisten hatten sich gut angepasst: Auf der anderen Seite spazierte singend eine Gruppe aus Bären, Mönchen, Clowns, Indianern und Fantasiefiguren in Richtung Innenstadt. Von rechts hingegen stöckelte in überkniehohen Stiefeln eine üppige Blondine auf die Haltestelle zu, mit extrem hellblauen Augen, über denen sich dünn und schwarz etwas zu hoch gemalte Augenbrauen wölbten. Natürlich trug sie ultraenge Jeans zu den Stiefeln und eine leuchtend türkisfarbene Jacke mit Pelzimitatkragen. Ihr braunrot geschminkter Mund kaute eifrig auf einem Kaugummi herum, während ihr Blick zu einem gelangweilten bis leicht aggressiven Ausdruck tendierte.

Alex machte sich im Geiste Notizen – er übte nämlich Beobachten.

Von links näherte sich gerade das Gegenmodell zur Blondine: eine kleine, alte, magere Frau, die gerade mit unsicheren Schrittchen die Straße überquerte, in dunkelblauen Schuhen, Wollmantel, Hut, Handschuhen, Tasche. Der Henkel der Tasche klemmte in der Armbeuge, der Gang war ein wenig vornüber gebeugt.

Alex hatte erwartet, dass die Frau, kaum an der Haltestelle angekommen, sich sofort setzen würde, aber sie blieb ein paar Meter von ihm entfernt fast an der Ecke zum Quirinusplatz stehen. Sie hatte etwas Stählern-Asketisches an sich. Gerade lächelte sie ihm freundlich zu.

Reflexartig lächelte Alex zurück, schaute dann aber sofort woanders hin. Gott noch mal – er konnte die Leute doch nicht so anstarren! Nein, aber die Umgebung: Schräg gegenüber gab es ein Friseurgeschäft, daneben eine lange Mauer mit einer Art Park dahinter. Weiter links eine Kirche.

Von dort wanderte sein Blick zu ein paar Jugendlichen mit bunten, luftschlangengeschmückten Hüten auf dem Kopf, die lachend, rauchend und Bier trinkend in der Nähe standen und teils schwer mit ihren Smartphones beschäftigt waren; zu einer frischgebackenen Mutter mit dunkelviolettem Kinderwagen (er nahm sich vor, ihr in die Straßenbahn zu helfen, wenn sie denn endlich eintrudelte!); noch einmal zurück zu der stark geschminkten Blondine, die seinen Blick bemerkt hatte und jetzt demonstrativ verächtlich in eine andere Richtung guckte.

Na warte nur! Du kriegst eine Rolle in meinem ersten Roman, und zwar eine ganz fiese! Dich mach ich zur habgierigen Nutte, die ermordet wird!, schwor sich Alex und schaute wieder zu der alten, kleinen, krummen Frau hinüber, die immer noch am gleichen Fleck stand wie vorhin.

War ihr Gesicht nicht hundert Mal interessanter als das der Blonden, das aussah wie ein Dutzend andere, genauso geschminkte Puppengesichter? Gut, das Alter machte Gesichter faltig, machte sie manchmal voller, manchmal hohlwangig, aber auf jeden Fall machte es sie einzigartig und unverwechselbar. Allerdings konnten auch Schönheitsoperationen Gesichter einzigartig machen – einzigartig gruselig.

Alex schaute hinauf in den Himmel. In den letzten Minuten war es deutlich dunkler geworden; es sah nach Schnee aus. Schnee in Bonn war eher ein Ereignis und führte oft zum völligen Zusammenbruch aller Verkehrssysteme. Aber Alex mochte Schnee. Und da rieselten auch schon die ersten Flocken lautlos aus dem dunkelgrauen Dämmerhimmel und breiteten innerhalb von Minuten eine hauchdünne, weiße Schicht über Dächer und Asphalt. Und genauso schnell schien die Welt stiller zu werden, geradezu friedvoll.

Und wo blieb die Bahn? Hatte eine Schneeflocke die Schienen blockiert?

Alex wollte sich eben wieder auf die Bank setzen, als er ein fernes, gedämpftes Quietschen hörte. Na endlich. Die Blondine stakste in ihren hochhackigen Stiefeln ein paar Meter von ihm weg, die Jugendlichen warfen ihre Zigaretten auf den Boden, die alte Frau rührte sich nicht, sondern schaute mit unverbindlichem Lächeln der Bahn entgegen, die gerade weiter unten in der Straße auftauchte. Sie kam rasch näher und hielt an der Haltestelle gegenüber, wo alle Leute ausstiegen, darunter eine Gruppe kostümierter Karnevalsfreunde sowie ein paar Kinder mit prallen Plastiktüten, wahrscheinlich gefüllt mit Süßigkeiten vom Kölner Rosenmontagszug.

Die Bahn fuhr, wieder quietschend, um die Kurve auf den Quirinusplatz, wo sie auf dem Schienenkreis der Endstation für gewöhnlich ein paar Minuten abgestellt wurde, damit sich der Fahrer eine kurze Zigaretten- und/oder Kaffeepause gönnen konnte.

Sie war kaum aus Alex' Blickfeld verschwunden, als etwas geschah, mit dem niemand gerechnet hatte. Alex hörte einen nicht sehr lauten, scharfen, kurzen Knall, und die Frau in Dunkelblau kippte, wie vom Schlag getroffen, um; sackte in die Knie und fiel auf den Rücken; lag da und bewegte keinen Finger mehr; ließ sich widerstandslos vom Schnee bedecken, während aus dem Loch in ihrer Stirn ein kleines bisschen Blut rann.

Alex' Verstand flüsterte: *Das ist nicht wahr. Du spinnst! Oder bist du eingeschlafen?*

Nein, die anderen Leute guckten genauso ungläubig, starrten die Frau sekundenlang an – und dann gab es zwei unterschiedliche Reaktionen: Die einen gingen hinter allen möglichen Dingen in Deckung, während die anderen, wie die Blondine und einer der Jugendlichen, die Beine in die Hand nahmen und davonrannten.

Alex war hinter den Mülleimer gesprungen, duckte sich und war sich plötzlich bewusst, dass das dünne Blech sicher keine Kugel abhalten würde. Ganz abgesehen davon, dass er gar nicht genau wusste, aus welcher Richtung der Schuss gekommen war. Vielleicht hatte der Schütze längst den Standort gewechselt!

Alex begann zu schwitzen, sein Herz raste, ein Rauschen füllte seine Ohren. Aber es fiel kein zweiter Schuss. Falls es denn überhaupt ein Schuss gewesen war. Vorsichtig kam Alex aus seiner Deckung und fragte sich erneut, ob er noch alle Tassen im Schrank habe: Seit wann wurden in Bonn in aller Öffentlichkeit alte Frauen erschossen?!

Während die Straßenbahn bis fast zur Straßenecke vorfuhr und dort anhielt, näherte sich Alex zusammen mit einer spindeldürren Jugendlichen mit zweifarbigen Haaren unter dem schwarzen Hexenhut der am Boden liegenden Person und beugte sich ein wenig vor: Über dem rechten Auge prangte eindeutig und unverwechselbar ein Einschussloch!

Alex wandte sich um und winkte dem Bahnfahrer zu, dass er aussteigen und sich das Unfassbare ansehen solle. Der Mann schien zu verstehen, stieg aus der Bahn und eilte herbei, ein stämmiger Mittvierziger in blauer Hose und grauem Rollkragenpullover.

Sein Gesicht wurde weiß wie der kürzlich gefallene Schnee, als er die tote Frau auf dem Pflaster liegen sah, aus einem Meter Entfernung, denn näher schien er nicht herankommen zu wollen, er drehte gleich wieder um, setzte sich in seine Fahrerkabine und verständigte die Polizei.

*

Bonn, Polizeipräsidium
17.15 Uhr

„Soll ich die Heizung aufdrehen?", fragte Sascha, als Andreas ins Auto stieg.

„Nein, danke", lehnte Andreas ab. Erst vor zwei Wochen hatte er sich eine neue Winterjacke geleistet; ein dickes, braunes Kleidungsstück mit erfreulich vielen Taschen, in denen man alles Mögliche verstauen konnte. „Du heizt den Innenraum mit deiner Anwesenheit schon genug auf."

Sascha warf ihm einen indignierten Blick zu und fuhr los. Auf der Südbrücke fand er die Sprache wieder. „Stress mit Muttern?", fragte er knapp.

„Nein, wieso? Mir geht's wunderbar." Andreas schaute zum Fenster hinaus auf den Rhein, der dunkel dahinfloss unter einem bleigrauen Himmel, aus dem Schneeflocken herab tanzten. Der Grund für seine Gereiztheit lag in der Tatsache (wie er vor ca. zehn Minuten erkannt hatte), dass er zu einem Tatort fuhr, an dem er mit hoher Wahrscheinlichkeit auf Spurensucherin Renate traf. Denn mit Renate hatte er seit Weihnachten ein kleines Problem.

Die Frau hatte ihm damals ein hübsch verpacktes Geschenk mitgegeben, das sich, als er es zu Hause ausgewickelt hatte, als 24er-Packung Kondome herausstellte. Dazu eine Karte: *Die kannst du doch sicher immer gebrauchen.*

Dieses Geschenk ordnete Andreas als Unverschämtheit ein und revanchierte sich. Als sie sich nach Weihnachten das erste Mal wieder über den Weg liefen, drückte er ihr sein Geschenk in die Hand – eine Dose Diätpulver, mit dem Hinweis: *Das kannst du doch auch sicher immer gebrauchen!*

Beunruhigenderweise hatte sie sich furchtbar darüber amüsiert und ihn stets freundlich begrüßt, wenn sie sich begegnet waren. Andreas wusste nicht, was er davon halten sollte, und jetzt war er gereizt – wahrscheinlich machte sich die Frau hinter seinem Rücken über ihn lustig. Sicher lachte bereits das halbe Präsidium über seinen eigenartigen Umgang mit dem anderen Geschlecht. Ach was! Schluss damit! Das klang ja ganz nach Paranoia Stufe I!

Andreas schaute sich die Gegend an – aber plötzlich fiel ihm die nächste Begegnung mit Renate ein: zwei Wochen nach Weihnachten im Schlafzimmer einer älteren, toten Frau, die, wie sich später ergab, nicht an Fremdeinwirkung, sondern an Selbsttötung verstorben war. Jedenfalls hatte Renate vor dem Bett gestanden, auf die mit weit aufgerissenem Mund daliegende Tote herabgeblickt und mit einem Mal gefragt: „Sag mal Andreas, weißt du eigentlich, wie's deiner Sabine geht?"

Andreas blieben zunächst die Worte weg, während sein Gehirn nach einer passenden Antwort suchte. Dann gewann die Vernunft die Oberhand und ermahnte ihn, jetzt nichts Unüberlegtes zu sagen.

Also schwieg er einfach und grübelte abends auf seinem Sofa darüber nach, warum ihn Renate derart provozierte und was dagegen zu tun sei.

War sie eifersüchtig auf Sabine, mit der er seit über einem Jahr nicht mehr zusammen war? Hatte sie die Idee, er verbrauche jede Woche eine andere Frau? Wie kam sie nur darauf? Ach ja, er erinnerte sich: Letzten September hatte er ihr auf eine dumme Frage eine dumme Antwort gegeben! Oder ging es doch nur darum, ihn auf sich aufmerksam zu machen? Mit solchen Methoden? Wo sie doch nach eigenen Angaben nur von ihm in Ruhe gelassen werden wollte?! Und wo er sie doch kein einziges Mal angebaggert hatte! Was also wollte die Frau von ihm?! War sie krank?!

Andreas hielt sich am Griff über der Tür fest, als Sascha noch energischer als üblich in die Kurve hinter der Südbrücke ging, und nahm sich vor, bei der nächsten Begegnung mit Renate vollkommen souverän, sachlich und freundlich zu bleiben – er würde auf keine Provokation mehr eingehen!

„Was genau ist eigentlich passiert?", fragte plötzlich Sascha in mildem Ton, und Andreas wusste einen Moment nicht, wovon er redete.

„Was ist?"

„Na, unser Einsatz. Wir fahren nach Dottendorf, erinnerst du dich?"

„Angeblich ist da eine alte Frau auf offener Straße erschossen worden."

Sascha schüttelte den Kopf. „Das gehört sich aber nicht. Wer kommt denn auf solche Ideen?"

„Vielleicht die Erben?"

„Okay, konzentrieren wir uns auf die Erben", schlug Sascha vor und begann, Andreas den Inhalt eines Films zu erzählen, den er am Wochenende mit Annika im Kino gesehen hatte und der mit Erben überhaupt nichts zu tun hatte.

Anfangs hörte Andreas noch zu, aber irgendwann verlor er den Faden und das Interesse und war froh, als sie endlich am Tatort ankamen. Ausnahmsweise waren sie, außer zwei Streifen- und einem Notarztwagen, die ersten dort.

Die Kollegen hatten einen Teil der Hausdorffstraße zur Hälfte abgesperrt. Schneeflocken wirbelten durch die Luft und durch das blau zuckende Licht der Streifenwagen. Eine hell erleuchtete Straßenbahn stand keine zwanzig Meter vom Tatort entfernt, neben der sich mehrere Menschen versammelt hatten. Und immer mehr Schaulustige tauchten an den Absperrungen auf. Sie bekamen aber auch ein gruseliges Schauspiel geboten.

„Ruf in der Zentrale an und sag denen, wir brauchen hier schnellstens ein Zelt", wandte sich Andreas an Sascha, hob das Absperrband hoch, näherte sich dem Körper, der auf dem Boden lag und allmählich vom Schnee begraben wurde, und schaute auf die alte Frau hinab. „Wir dürfen die Leiche noch nicht wegbringen lassen, vielleicht kann jemand aus ihrer Position die genaue Stelle bestimmen, von der aus geschossen wurde."

Sascha nickte und telefonierte. Währenddessen ging Andreas zu den Leuten neben der Straßenbahn hinüber, zeigte seinen Ausweis vor und fragte nach, wer wann was gesehen hatte. Die meisten, unter ihnen ein paar Jugendliche mit bunten Hüten und Bierflaschen in den Händen, schüttelten den Kopf, dann meldete sich ein junger Mann im Jeansparka, ein Student namens Alex Klinger, und gab an, er habe der Frau am nächsten gestanden, als der Schuss fiel. Er meinte sogar, sich erinnern zu können, wohin in jener Sekunde ihr Gesicht schaute – nämlich in Richtung Kirche.

Die Frage war nun: Hatte jemand aus einem Auto oder von einem Gebäude aus auf die Frau geschossen?

Eine Frage für die Experten, denn niemand hatte den Schützen gesehen; weitere Zeugen gab es bisher auch nicht. Sascha machte sich Notizen und Andreas ließ seinen Blick einmal rund um die Haltestelle wandern. Der Schuss konnte zumindest nicht von hinten gekommen sein: Eine ganze Reihe Wohnhäuser inklusive einer Bäckerei schieden daher als Versteck des Schützen aus, ein Großteil des Quirinusplatzes, der ja um die Ecke lag, auch.

Blieben, zwei, drei Häuser auf der anderen Straßenseite, ein langer Parkabschnitt, die Kirche oder vielleicht ein vorbeifahrendes Auto übrig. Allerdings bezweifelte Andreas, dass jemand aus einem fahrenden Wagen heraus einem Menschen so präzise in den Kopf schießen konnte, und außerdem hätte dieser Jemand von den wartenden Fahrgästen gesehen werden müssen.

„Sascha, rufst du bitte noch mal die Zentrale an? Wir brauchen ein paar Leute hier, am besten mit Hund, die die Gebäude, den Park und die Kirche da drüben der Reihe nach durchsuchen." Andreas deutete in die Richtung, aus der der Schuss aller Wahrscheinlichkeit nach gekommen war.

Dann begab er sich zurück zu der toten Frau, streifte Handschuhe über, ging in die Hocke und griff nach der dunkelblauen Handtasche, deren Riemen immer noch an ihrem Arm hingen. In der Tasche fand er unter anderem ein Portemonnaie mit Personalausweis auf den Namen *Edeltraud May*. Sie war 81 und wohnte keine fünf Minuten vom Ort ihrer Ermordung entfernt in der Dottendorfer Straße.

Als sich Andreas wieder aufrichtete, eilten eben Peer, Renate, Wilfried und ein Ballistikexperte durch die Absperrung auf die Leiche zu. Außerdem traf ein Mannschaftswagen mit sechs Leuten und einem Hund ein, die die Umgebung auf Anweisung des Ballistikexperten durchkämmen sollten.

Renate wirkte ein bisschen unförmig in dem weißen Overall, den sie über ihre Winterklamotten gezogen hatte. Das lange, blonde Haar verschwand unter der Kapuze. Andreas nickte ihr ernst zu und wollte sich eben davonstehlen. Sascha konnte ihr schließlich genauso gut berichten, was er wusste.

Aber plötzlich stand sie dicht neben ihm, roch viel zu stark nach blumigem Parfüm und raunte ihm zu: „Na, was machen die Kondome?"

Andreas, der doch eigentlich souverän hatte bleiben wollen, zischte leise zurück: „Sind schon alle aufgebraucht!"

„Klar", gab sie zurück, und in diesem einen Wort hörte man förmlich das spöttische Lächeln, das in ihrem Gesicht kleben musste.

Denn natürlich sah er sie nicht an, sondern wandte sich mit den Worten „Sascha, lass uns mal zur Wohnung der May gehen. Vielleicht wartet da ein Ehemann auf sie", an seinen Kollegen.

Und so begaben sie sich durch jetzt nur noch vereinzelt herabschwebende Schneeflocken zur Adresse von Edeltraud May in die Dottendorfer Straße. Es handelte sich um ein Zwei-Familien-Haus, May lebte in der unteren Wohnung. Aber dort öffnete niemand.

„Wir hätten vielleicht mal in Hand- oder Manteltasche der May nach einem Hausschlüssel suchen sollen!", murrte Sascha.

Andreas ärgerte sich. Natürlich hätten sie das tun sollen! Das war alles Renates Schuld!

Da in einem der oberen Fenster Licht brannte, betätigte Sascha einfach die andere Klingel, auf der *G. Haffner* stand. Der Türöffner summte und kurz darauf kamen sie im ersten Stock an, wo sie mit einem gebrüllten „Mama, da sind zwei Männer!" empfangen wurden.

Ein sieben- oder achtjähriges Mädchen mit blonden Haaren floh zurück in die Wohnung, und stattdessen tauchte die Mutter in der Tür auf, eine nicht gerade schlanke Frau mit schwarzen, kurzen Haaren und schwarzen Kunstfellpantoffeln an den Füßen.

Bevor Frau Haffner in Panik verfallen konnte (eigentlich wirkte sie eher, als würde sie jeden Moment ein Messer zücken), wiesen sich Andreas und Sascha aus und berichteten, was Edeltraud May widerfahren war.

Das wollte die Haffner nun doch nicht glauben, ließ sich die Dienstnummern geben und rief persönlich im Polizeipräsidium an, um sich die Angaben über die beiden Kommissare bestätigen zu lassen. Inzwischen traute sich auch das Mädchen wieder näher und lugte neugierig hinter der wohlgerundeten Hüfte der Mutter hervor.

„Können Sie uns was über Frau May erzählen? Hat sie einen Mann oder Kinder?“, fragte Andreas Frau Haffner, die sie anscheinend nicht in ihre Wohnung bitten wollte.

„Nee, die wohnt alleine da unten. Soweit ich weiß, war die nie verheiratet, und Kinder hat die auch nicht.“ Die Haffner verschränkte die Arme über ihrem mächtigen Bauch im schwarzen Pullover. „Ich glaube, die hat auch keine Geschwister oder so, überhaupt keine Verwandtschaft. Vielleicht ein paar Freundinnen, die müssen Sie mal fragen.“

„Machen wir“, versicherte Andreas. „Haben Sie zufällig einen Schlüssel für die Wohnung unten?“

„Klar.“ Haffner verschwand in ihrer Diele, kehrte kurz darauf mit einem Schlüssel zurück und machte Anstalten, mit nach unten zu gehen.

Andreas hielt die Hand auf. „Darf ich den Schlüssel haben? Frau Mays Wohnung gehört jetzt mit zum Tatort. Da können Sie nicht rein.“

Die Haffner guckte enttäuscht, händigte ihm aber den Schlüssel aus, und zwei Minuten später standen Sascha und Andreas im Wohnzimmer von Frau May und verschafften sich einen ersten Eindruck.

Schon der Flur war schwer passierbar gewesen, weil mit Kleinmöbeln und Kleinkram vollgestellt, und dieser Trend setzte sich im nächsten Zimmer fort. Eine gediegene Schrankwand, eine weiß-beige gemusterte Couchgarnitur und ein Esstisch mit vier Stühlen teilten sich den Raum, dazwischen noch ein Ohrensessel, Stehlampen, Beistelltischchen, Grünpflanzen.

Dennoch war alles ordentlich und gepflegt; auch die ca. 500 Bilder, die an den Wänden hingen, sahen aus wie frisch geputzt. Andererseits wirkte nichts von den Sachen neu oder besonders teuer. Anscheinend war May keine vermögende Frau gewesen, was immerhin ein Tatmotiv hätte sein können. Aber vielleicht gehörte sie ja zu den Menschen, die wenig ausgaben und alles auf ihren Sparbüchern horteten.

„Dann suchen wir mal nach Bankunterlagen und einem Testament“, regte Andreas an und ging ins Schlafzimmer, das genauso überbordend dekoriert war wie alle übrigen Räume. Im Kleiderschrank, unter einem Stapel Handtücher, fanden sie zwei Sparbücher: eins mit € 2195 und das andere mit € 586,93.

„Dafür ermordet ja wohl hoffentlich keiner eine alte Frau!“, äußerte Sascha, während er unters Bett schaute, wo auch nichts versteckt war.

Zurück im Wohnzimmer wurde der Schrank durchsucht. Dort fand sich ein Ordner mit Kontoauszügen, aus denen hervorging, dass Edeltraud May jeden Monat 1400 € Rente überwiesen wurde, von der natürlich Miete, Nebenkosten usw. abgebucht wurden, und dass sie jeden Monat eine Summe von € 600 abhob.

„Ich finde, das ist viel, dafür dass die Frau hier ja nicht gerade im Luxus gelebt hat. Was hat sie bloß mit dem Geld gemacht?", wunderte sich Andreas.

Daraufhin fiel Sascha aus allen Wolken. „Du findest € 600 viel? Was gibst du denn im Monat aus? € 26,50? Vielleicht hat die Frau gerne gut gegessen oder sich einen Urlaub in wärmeren Ländern zusammengespart. Oder sie hat ihr Geld in Dekorationskrempel investiert, oder sie –"

„Ist ja gut!", fiel ihm Andreas ins Wort. „Lass uns weitersuchen, es muss doch irgendwelche Angehörigen geben."

Eine Stunde später waren sie nicht viel klüger, nahmen aber unter anderem das Telefonbüchlein aus einer Schublade mit, um am nächsten Tag sämtliche notierten Nummern anzurufen.

„Können wir jetzt endlich nach Hause fahren? Es ist gleich sieben, und ich möchte gern noch was von meinem Sohn haben", vermeldete Sascha und hatte die Autoschlüssel schon in der Hand.

„Klar. Heute können wir sowieso nichts mehr tun."

*

Bonn-Röttgen
15.00 Uhr

Dampf stieg aus der Kaffeetasse, die auf dem Schreibtisch stand, an dem Heiko saß und ein Konzept für seine Rede ausarbeitete. Immerhin waren ihm schon die Themen „Schuldenabbau", „Bessere Nutzung erneuerbarer Energien", „Ausbau der Fahrradwege" und „Mehr Geld für die Bildung" eingefallen.

Aber er brauchte unbedingt noch ein Thema – etwas Neues, Originelles, etwas, das auf jeden Fall Wählerstimmen brachte: zunächst Stimmen seiner Parteifreunde, die er mit seiner Rede vom Stuhl hauen wollte, die ihn aufgrund dieser Rede zum Bürgermeisterkandidaten küren sollten, und dann natürlich die Stimmen des Volkes, das ihn an die Spitze der Stadt wählen sollte!

Apropos Stadt: Als zukünftiger Bürgermeister wäre es vielleicht nicht von Nachteil, etwas Nettes über die Stadt zu sagen. Also schrieb er noch „Lobeshymne auf Bonn“ in sein Konzept. So, und jetzt noch irgendetwas nie Dagewesenes!

Sinnend schaute Heiko durch das Fenster in den Garten, wo nur noch die Tannen grün waren, während die anderen Bäume und Büsche ihre kahlen, schwarzen Äste in die eisige Luft reckten. Trostlos. Vielleicht sollte er in seiner Rede die Abschaffung des Winters in Bonn fordern. Ja, originell.

Er sah auf die Uhr, die leise auf dem modernen Sideboard tickte: Wenn Leonie nach Hause kam, war es mit der Ruhe vorbei.

Heiko lehnte sich in seinem ledernen Bürostuhl zurück, verschränkte die Hände hinterm Kopf, schloss die Augen und ließ die Gedanken frei umherschweifen, auf der Suche nach einer genialen Idee – aber die schien sich vor ihm zu verstecken. Stattdessen wanderten seine Gedanken kurz in die Vergangenheit zu seinem Vater, dem er schon noch zeigen würde, zu was er fähig war, was er alles erreichen konnte, wenn er nur wollte … und dann kamen die Gedanken wieder bei Leonie an, die ihm in letzter Zeit wirklich Sorgen bereitete. Die Frau war langsam reif für den Psychiater! Das durfte er natürlich nicht ansprechen.

Plötzlich rief jemand: „Heiko, Schatz, wo bist du?“ Mit der angedeuteten Hysterie in der Stimme, die ihm schon öfters aufgefallen war.

Heiko rief „Im Arbeitszimmer!“ und drehte sich mit dem Stuhl in Richtung Tür.

Zwei Sekunden später stürmte Leonie herein, in voller Montur. Sie sah aus, als käme sie geradewegs von einer Antarktis-Expedition zurück: eingehüllt in eine dicke, weiße Daunenjacke, die weiße Mütze mit dem Norwegermuster noch auf dem Kopf, an den Füßen voluminöse Stiefel. Seit sie krank war, fror sie angeblich ununterbrochen.

„Hallo, wie war der Spaziergang?“, erkundigte sich Heiko, obwohl er sich die Antwort bereits denken konnte.

„Kalt“, behauptete Leonie und nahm die Mütze vom Kopf.

„Kalt? So wie du angezogen bist, könntest du tagelang auf dem Mond überleben – wo es wirklich kalt ist!“

Mit verdächtig reglosem Gesicht schaute sie ihn an. „Ach ja, du würdest ja gerne mich und meine bescheuerten Neurosen auf den Mond schießen.“

Mist, Eigentor. „Hör mal, Leonie, ich hab mich hundertmal dafür entschuldigt, dass mir das –als ich gerade sehr gestresst war! – rausgerutscht ist! Jetzt lass aber auch mal gut sein!" Heiko ermahnte sich, nicht wieder wütend zu werden. „Hast du wenigstens unterwegs deine Gedanken ordnen können?"

Sie sah an ihm vorbei. „Nein, ich kann mich heute ganz schlecht konzentrieren."

Klar, die Ärmste. „Wann musst du denn wieder zum Arzt?"

„Morgen um vier. Da ist ein neuer Radiologe in der Innenstadt, der sollte eigentlich auf dem neuesten Stand sein!"

„Und wenn auch er nichts findet?"

Auf Leonies schmalem Gesicht tauchte Verärgerung auf, aber sie schaute Heiko immer noch nicht an. Sie schüttelte nur stumm den Kopf und verließ das Zimmer.

Heiko wunderte sich – das war ja eine kurze Vorstellung gewesen! Normalerweise zählte sie auf seine Frage hin stets alle Symptome auf, die seit ihrer „Verstrahlung" aufgetreten waren, und warf ihm dann seine positive Einstellung zu Atomkraftwerken an den Kopf, mit der er ja nun keinen Blumentopf mehr gewinnen könne. In den letzten Wochen hatte er sie zu keiner Parteiveranstaltung mehr mitgenommen.

Heiko schaute auf die Uhr: 15.45. In einer Stunde musste er losfahren, er hatte sich zum Probetraining in einem Fitness-Studio angemeldet.

Eine Viertelstunde später hörte er Leonie rufen: „Kommst du? Ich hab Kaffee gemacht, wir haben doch noch Kuchen von gestern!"

Warum nicht, er sollte sich vor dem sicher anstrengenden Training ordentlich stärken! Leonie saß bereits am gedeckten Küchentisch, in einer dicken, beigen Strickjacke, obwohl in der Küche mindestens 22° herrschten. Sie hatte ihr dunkelbraunes, krauses Haar zu einem Zöpfchen zusammengefasst und sah sehr blass aus.

Heiko setzte sich zu ihr, nahm sich Kaffee und ein Stück Butterkuchen und wartete auf ihren Angriff.

„Und – was hast du heute gemacht?", fragte Leonie und teilte mit der Gabel ein Stück Kuchen ab.

„An meiner Rede gearbeitet."

„Und was kommt drin vor? Das Übliche? Schulden, Bildung, Fahrradwege?" Eine gewisse Verächtlichkeit in ihrer Stimme war nicht zu überhören.

„Ganz genau! Weil das wichtige Themen für die Stadt sind!"

„Das weiß ich auch." Sie nippte an ihrer Kaffeetasse. „Aber ich finde es schon reichlich verlogen, dass ein Fahrradhasser wie du so tut, als liege ihm das Wohl der Fahrradfahrer am Herzen!"

„Es geht hier um das Wohl der Stadt, nicht um meine persönlichen Vorlieben oder Abneigungen!"

„Ja, klar." Leonie schüttelte den Kopf und sah auf ihren Teller, während sie weitersprach. „Wenn deine Wähler wüssten, was du denen so alles erzählst – die würden sich wundern!"

Das hatte sie in den letzten Monaten schon öfters gesagt. Und Heiko war vorsichtiger geworden mit dem, was er vom Stapel ließ. Schweigend aß er den Kuchen auf und spülte mit den letzten Schlucken nach, als Leonie noch etwas loswerden musste.

„Ich weiß, ich bin manchmal gemein zu dir. Aber das liegt nur daran, dass es mich verletzt, wenn du mir nicht glaubst!"

Ach so, es ging wieder um „die Krankheit". Vielleicht sollte er einfach mitspielen. Er gab sich nachdenklich.

„Du hast ja irgendwie Recht, Schatz. Aber weißt du, die Sache ist auch sehr schwer nachvollziehbar. Du warst ja nicht allein in diesem Forschungsdings, und außer dir scheinen alle gesund zu sein."

„Ach ja, meinst du?" In ihren großen, ungeschminkten, blauen Augen zeigte sich ein triumphierender Blick. „Ich hab ein paar Schüler gefragt, die dabei waren, und die erzählten mir was von Kopfschmerzen und Konzentrationsstörungen! Ich bereite jetzt einen Fragebogen vor, den will ich nächste Woche in der Klasse verteilen, und dann werden wir ja sehen, was dabei rauskommt!"

Um Himmelswillen, nun zog sie auch noch die Kinder mit hinein! Und die Eltern! Heiko blieb äußerlich ruhig und behauptete: „Gute Idee. Ich kann dir bei den Fragen helfen, wenn du willst."

Zunächst guckte sie skeptisch, dann erschien ein Lächeln auf ihrem Gesicht, das er schon lange nicht mehr gesehen hatte: ein mädchenhaft scheues, äußerst bezauberndes Lächeln.

Leonie stand auf und eilte davon, um ihren Fragebogen zu holen.

Kapitel 2

Bonn, Polizeipräsidium
Dienstag, 12. Februar
7.45 Uhr

Als Sascha das Büro betrat, war Andreas schon anwesend und blätterte in einem Ordner. Lag es am Licht, oder war Andreas' Haar in den letzten Monaten tatsächlich deutlich grauer geworden?

„Morgen", grüßte Sascha. „Ich hab schon Frühsport gemacht: zehn Minuten Eis-von-der-Scheibe-kratzen!"

„Morgen. Tut dir aber gut, du siehst blendend aus."

„Danke." Das Kompliment konnte er auf keinen Fall zurückgeben – eigentlich sah Andreas sogar ein wenig verwildert aus. Die längeren Haare, das magere, schlecht rasierte Gesicht, der komische, graue Rollkragenpullover – da fehlte vielleicht doch die Frau im Haus.

Sascha zog seine ebenfalls neu erworbene Winterjacke aus, hängte sie über die Stuhllehne und begab sich zur Kaffeemaschine.

„Gibt's was Neues?"

„Nicht wirklich." Andreas schüttelte den Kopf. „Ich habe hier einen Ordner aus Edeltraud Mays Wohnzimmerschrank. Zeugnisse, Bewerbungen, Rentenversicherung, Unterlagen aus Firmen, in denen sie mal gearbeitet hat. In den letzten 26 Jahren war sie in der Stadtverwaltung beschäftigt, anscheinend in verschiedenen Behörden. Ich habe allerdings nirgendwo was über einen Ehemann oder Kinder finden können."

„Okay, dann versuchen wir mal, andere Verwandte aufzustöbern."

Eine Stunde später gaben sie fürs Erste auf.

„Kann das sein, dass ein Mensch ganz ohne Cousinen oder Tanten auf der Welt lebt?", wunderte sich Sascha.

„Die Tanten sind doch längst verstorben und die Cousinen vielleicht auch." Andreas stand auf, reckte die Arme nach oben, gähnte und holte sich frischen Kaffee.

„Wenn die May keine Erben und auch kein Testament hat, fällt dann nicht alles, was ihr gehört, an den Staat?", überlegte Sascha laut.

„Kann sein."

„Na, dann hat die Bundesregierung sie ermordet – die hat doch so viele Schulden!"

„Ja, sicher, wegen knapp € 3000!"

Aber Sascha dachte weiter. „Das ist das eine, aber rechne doch mal nach, wie viel Rente die May noch bekommen hätte, wenn sie 100 oder 110 Jahre alt geworden wäre!" Er überschlug die Summe. „Weißt du, dass das zwischen € 350.000 und € 500.000 gewesen wären?"

„Und – soll ich jetzt die Bundesregierung verhaften lassen?"

„Ist doch irgendwie eine reizvolle Idee."

„Schon. Aber –"

Es klopfte, und herein eilte Manfred, in der Hand ein Blatt Papier in einer Klarsichthülle. „Hier, das müsst ihr euch ansehen!"

Sascha war schneller und nahm Manfred die Hülle ab, bevor Andreas auch nur die Lesebrille aufsetzen konnte. Und las vor, was auf dem vermutlich am Computer beschriebenen Papier stand: *Mir reicht's! Ich hab die Schnauze voll! Ich lasse mir von unverschämten Beamten, die null Ahnung von gar nichts haben, nicht länger vorschreiben, was ich zu tun hab! Ich werde die ganze Stadt abknallen! Und ihr Vollidioten könnt dabei zugucken!*

Kurzes Schweigen, dann schimpfte Andreas: „Verdammt! Wo kommt das her?!"

„Wurde heute morgen am Eingang abgegeben", erklärte Manfred.

„Gibt's Bilder von den Überwachungskameras?"

„Ja. Um 7.35 Uhr spazierte ein ziemlich vermummter, jugendlicher Mensch in die Eingangshalle und drückte den Kollegen unten einen Umschlag in die Hand, könnte ein Mädchen von 15 oder 16 gewesen sein."

„Na toll." Andreas längliches Gesicht zog sich verdrossen noch mehr in die Länge. „Müssen wir den Scheiß jetzt ernst nehmen, oder ist das hier ein volldebiler Schülerstreich?" Andreas warf das Blatt verärgert auf den Schreibtisch. „Oder braucht irgendein Trittbrettfahrer unsere besondere Aufmerksamkeit?! Ich hasse das!"

Sascha machte einen Vorschlag: „Schicken wir jemand zu der Schule da vorne an der Königswinterer Straße – das ist doch wohl das Naheliegendste. Setzen wir die lieben Kleinen mal ordentlich unter Druck!"

„Okay. Sag Jörg und Petra Bescheid, die sollen der Sache auf den Grund gehen. Wir drei zerbrechen uns derweil den Kopf, wer hinter der Botschaft stecken könnte, falls sie ernst gemeint ist!"

So geschah es, wenn auch nicht sehr erfolgreich.

Kurz nach elf Uhr kamen Petra und Jörg von der Schule zurück und vermeldeten, dass in der 11. Klasse nach massiven Drohungen ein Mädchen zugegeben hatte, den Briefumschlag im Präsidium abgeliefert zu haben. Sie habe ihn von einem Mann bekommen, der an ihrem Schulweg gewartet und ihr € 50 für die Erledigung des Auftrags geboten habe. Wie habe sie da nein sagen können?

Petra, die seit neuestem (seit sie einen neuen Freund hatte!) auch Sascha wieder grüßte, las die Beschreibung des Mannes vor: schmuddelige, olivgrüne Jacke, ausgefranste Jeans, dreckige Turnschuhe, eine braune Mütze auf dem Kopf, ein brauner Schal bis über die Nase ums Gesicht geschlungen, komische graue Augen.

„Das sind Beschreibungen, wie ich sie liebe“, grummelte Andreas und trank einen Schluck Kaffee, der inzwischen sicher längst kalt war. Gerade war er aufgestanden, um sich heißen nachzuschenken, als sein Telefon klingelte.

„Ja?“

Andreas hörte eine Weile zu, sagte: „Interessant“ und legte auf. „Also“, wandte er sich dann an alle, „Unsere Schusswaffenexperten sind sich sicher, dass die Kugel in Edeltraud Mays Kopf aus einem Gewehr stammt, das üblicherweise von Scharfschützen in Sonderkommandos, beim Militär oder bei Geheimdiensten verwendet wird. Nicht das neueste Modell vielleicht, aber trotzdem auf die – ich sag mal kurze – Distanz sehr präzise.“

„Auch für Laien?“, fragte Sascha.

„Wahrscheinlich nicht beim ersten Schuss, aber mit ein bisschen Übung ... Also, dann überprüfen wir mal, wo man sich solche Gewehre beschaffen und wo man damit schießen üben kann.“

*

Nach dem schulfreien Rosenmontag lief am Dienstag alles wieder normal weiter. Leonies Physik-Unterricht endete um 12.15 Uhr. Sie kehrte dem großen, grauen Betonkasten, der sich Schule nannte, so schnell wie möglich den Rücken und nahm einen Bus in die Innenstadt.

Nach der ersten Unterrichtsstunde mit extrem nervigen Pubertierenden hatte sie sich vorgenommen, sich am Nachmittag richtig zu verwöhnen! Wer wusste schon, wie lange sie mit der mysteriösen Krankheit noch überleben würde?

Der Bus, der schaukelnd abwärts in die Stadt fuhr, war überraschend leer und sehr stark aufgeheizt. Zum ersten Mal seit längerer Zeit wurde es Leonie zu warm. Sie zog Handschuhe, Mütze und Schal aus und schwitzte immer noch. Das machte ihr Angst. Was, wenn die Krankheit in diesen Minuten in ein neues Stadium überging? Was, wenn die Strahlung sie nun von innen heraus verbrannte?!

Steif und starr saß sie auf dem grün gemusterten Polster und versuchte, jede ungewöhnliche Regung ihres Körpers zu erspüren. Wurde ihr Puls nicht immer schneller? Baute sich nicht ein eigenartiger Druck in ihrem Magen auf? Schwoll nicht ein unheimliches Rauschen in ihren Ohren an?

Das ist die Angst, du hältst ja den Atem an, du dumme Kuh!, schimpfte sie mit sich selbst und knöpfte nun auch noch die dicke Jacke auf. Sie verbot sich, an irgendeine Krankheit zu denken und schaute aus dem Fenster. Der Bus kämpfte sich bereits durch Endenich, und es stiegen immer mehr Leute zu, unter anderem ein Pirat, ein Dracula, zwei Star-Wars-Soldaten und vier Funkemariechen, die wohl noch irgendwo einen allerletzten Auftritt hatten.

Leonie entschloss sich, schon vor dem Hauptbahnhof auszusteigen und einen gesunden Fußmarsch zu absolvieren bis zum vegetarischen Restaurant *Leckereien.*

Zehn Minuten später knöpfte sie ihre Jacke zu, wickelte den Schal um den Hals, zog Mütze und Handschuhe an und stieg aus dem Bus, gerade, als die Sonne durch die Wolken brach. Wenn das nicht ein gutes Zeichen war – für was auch immer!

Sie musste an den gestrigen Nachmittag denken, als Heiko sich seit längerer Zeit wieder für das zu interessieren schien, was sie machte: Er hatte ihr zugehört und sie in ihrer Meinung bestärkt, die ganze Sache öffentlich zu machen; er hatte ihr sogar seine Unterstützung angeboten. Denn Heiko hatte Einfluss – wenn auch vielleicht nicht so viel, wie er dachte.

Und mit einem unwiderstehlichen Lächeln in den schönen Augen hatte er ihr geschworen, dass er sich von nun an wieder mehr um sie kümmern würde. Ihr wurde jetzt noch warm ums Herz – aber das konnte natürlich auch die Sonne sein, die auf ihre Daunenjacke herabschien, oder vielleicht doch die radioaktive Strahlung, die –

Schluss damit! Leonie riss sich die Mütze vom Kopf und ging ein bisschen langsamer. Genieße den Augenblick. Wer weiß, wie lange du noch die Gelegenheit dazu hast!

Mit offenen Augen spazierte sie an den wunderschönen Altbauten in Poppelsdorf entlang, genoss im Lokal die phantastisch schmeckenden Spezialitäten und streifte anschließend mit sehr locker sitzendem Geldbeutel durch die Geschäfte in der Innenstadt und kaufte sich einen Pullover, ein passendes Armband, ein Buch über gesunde Ernährung, obwohl sie zu dem Thema schon 20 andere Bücher im Regal stehen hatte, eine Duftkerze, dicke, blaue Socken und noch dickere Hausschuhe.

Als sie das Ernährungsbuch in der Hand hielt, kam ihr sogar kurz der Gedanke, sie solle vielleicht gemeinsam mit Heiko das Fitness-Studio besuchen … aber eigentlich war das nichts für sie.

Zwei Stunden später saß sie im Wartezimmer des Radiologen, mit ihr drei weitere Patienten. Zwei lasen gelangweilt in vermutlich nicht sehr aktuellen Zeitschriften, ein junger Mann hatte die Arme verschränkt und guckte schläfrig in der Gegend herum. Das Wartezimmer, wie die ganze Praxis, war frisch renoviert: strahlend weiße Wände, dunkelgrauer Schieferboden, minimale Dekoration. Alles etwas kühl und unpersönlich, perfekt für eine Praxis – aber nie im Leben hätte sie ihr Haus so eingerichtet! Sie liebte es warm und gemütlich.

„Frau Schnepfensiek?“

Leonie sah zur Tür. Von dort lächelte sie eine Arzthelferin in weißer Kleidung an und bat sie mitzukommen. Leonie griff nach der dicken Jacke, die sie ausgezogen und auf ihrem Schoß abgelegt hatte, und nahm sie mit nach draußen. Die drei Kassenpatienten guckten verärgert hinter ihr her.

Sofort fühlte sie sich ein wenig unwohl, weil ein wenig schuldig. Aber sie hatte dieses System nicht eingeführt! Es war ungerecht und trieb manchmal die seltsamsten Blüten! Letztes Jahr zum Beispiel war sie bei einem Arzt gewesen, der auf einem Schild in der Anmeldung seine Kassenpatienten darum bat, bitte nur einmal pro Quartal bei ihm zu erscheinen, da sich ihre Behandlung sonst nicht für ihn rechne.

Die Arzthelferin führte Leonie durch weiße Flure, die hin und wieder mit einem abstrakten, bunten Kunstwerk dekoriert waren, und ließ sie schließlich in einem ebenso nüchtern gestalteten Arztzimmer Platz nehmen.

Noch keine Minute saß sie auf dem bequem schwingenden Sessel, da öffnete sich die Tür wieder, und herein schritt mit dynamischem Gang der Radiologe. Ein Mittvierziger mit blondem, vorne gelichtetem Haar, nicht sonderlich groß, dafür aber breit.

Zuvorkommend begrüßte er sie, plumpste in seinen stabilen, hochlehnigen Drehstuhl und lächelte Leonie fragend an. „Frau Schnepfensiek, was führt Sie zu mir?“

Leonie schaute auf ihre Hände und erzählte dem Arzt von dem Tag, an dem sie mit ihrer Schulklasse das Kernforschungszentrum besucht hatte. Sie berichtete, wie sich ein paar Schüler einfach von der Gruppe abgesetzt und in Bereiche geschlichen hätten, die eigentlich für Besucher gesperrt waren; schilderte, wie sie sich selbst mit mehreren anderen Schülern auf die Suche gemacht und sich dabei möglicherweise an Orten aufgehalten hatte, die nicht gut für ihre Gesundheit waren.

Leonie schaute auf, um mitzubekommen, ob in den Augen des Arztes dieser halb spöttische, halb verächtliche Ausdruck auftauchte, der zu sagen schien: *Gute Frau, du spinnst!*

Doch nein, sein Blick war eher neugierig-mitfühlend, und Leonie schöpfte Hoffnung. Ausführlich legte sie ihm ein paar Hauptsymptome dar, die sie zu der Überzeugung gebracht hatten, radioaktiv verstrahlt zu sein: unerklärliche Kopfschmerzen und Müdigkeit, Übelkeit und Erbrechen und sogar leichtes Zittern der Hände.

Der Doktor machte sich Notizen und hakte immer wieder nach, lächelte ab und zu beruhigend und holte schließlich ein Strahlenmessgerät hervor. Das kannte Leonie schon. Die Dinger zeigten nie etwas an. Hier und heute natürlich auch nicht.

„Das hat erst mal nichts zu bedeuten“, behauptete der Doktor und nahm Leonie Blut ab. „Das schicke ich in ein Speziallabor, die wissen dort genau, wonach sie in solchen Fällen suchen müssen.“

Plötzlich fühlte sie sich unsagbar erleichtert – endlich hatte sie einen Menschen gefunden, der ihre Beschwerden ernst nahm und ihr vielleicht sogar helfen konnte. Hatte sie doch noch eine Chance, zu überleben?

Leonie taute auf und plauderte mit dem netten Arzt noch eine Weile darüber, wie gesund sie sich ansonsten ernähre, dass sie nicht rauche und nicht trinke, dass sie am Gymnasium Biologie, Chemie und Physik unterrichte und dass sie mit einem Politiker verheiratet sei, was auch so seine Schwierigkeiten mit sich bringe.

Mitten im Satz erinnerte sie sich an die Kassenpatienten, die auch auf Behandlung warteten. Sie stand auf, zog die Jacke an und verabschiedete sich von dem verdutzten Arzt, der sie anscheinend noch gar nicht hatte gehen lassen wollen.

Draußen vor dem Haus atmete sie ein paar Mal die gute, kühle Luft ein. Es begann zu dämmern, und es schneite, aber Leonie fühlte sich unerwartet gut. Sie schaute auf die Uhr: Der nächste Bus nach Röttgen fuhr erst in 20 Minuten, also hatte sie noch Zeit, das zu tun, was sie immer tat, wenn sie in der Stadt war – sich ein paar Blumen mit nach Hause nehmen.

Sie spazierte zum Remigius-Platz, wo immer Pflanzen angeboten wurden, auch um diese Jahreszeit. Ihre Gedanken allerdings kreisten um den netten, verständnisvollen und kompetenten Arzt.

*

Als Ruth Schiller aus dem Geschäft trat, in dem sie gerade die wunderschönen, heruntergesetzten Stiefel gekauft hatte, blieb sie einen Moment stehen. Sollte sie zur Bahnhaltestelle am Suttner-Platz oder am Hauptbahnhof gehen?

Nein, zum Suttner-Platz, da konnte sie unterwegs Geschäfte ansehen, ein paar Blumen kaufen und auf dem Markt frisches Obst. Die Stadt war voller Menschen, Schnee rieselte vom Himmel. Ruth war mit sich und der Welt im Reinen.

Gegen halb sechs kam sie am Remigius-Platz an, wo die Blumenhändler ein großes, weißes Zelt aufgebaut hatten, das vorne offen und an den Seiten mit großzügigen Plastikfenstern versehen war. Sie trat ein und schaute sich das Angebot an. Sie entdeckte eine blau blühende, ihr nicht bekannte Pflanze im Topf, und begann mit dem Verkäufer ein Fachgespräch darüber, ob und wann die Pflanze ins Freie gesetzt werden könne.

Plötzlich hörte sie links von sich, nicht weit entfernt, ein komisches Geräusch, ein knallendes Pfeifen oder so, und keine Sekunde später fiel etwas gegen ihren linken Arm, etwas Schweres, und im ersten Moment dachte Ruth, das sei ein Überfall, jemand wolle ihr die Tasche von der Schulter reißen.

Sie wandte den Kopf und griff gleichzeitig nach ihrer Tasche, aber was sie sah, war etwas anderes als erwartet: Eine Frau in dicker, weißer Steppjacke war aus irgendeinem Grund gegen Ruth gefallen, rutschte ein Stück an ihr herunter und sackte dann reglos auf den Boden.

Erschrocken machte Ruth einen Schritt zur Seite. Dann aber beugte sie sich über die Frau, die mit dem Gesicht nach unten zusammengekrümmt dalag, und fasste sie sanft an der Schulter.

„Hallo? Ist Ihnen nicht gut? Kann ich Ihnen helfen?“

Sie hatte die weiße Mütze mit dem Norwegermuster direkt vor der Nase. Und so fiel ihr das dunkle Loch in der Mütze auf, ein Loch mit schwarzem, ausgefranstem Rand, um den herum sich wie in Zeitlupe ein unregelmäßiger, roter Rand bildete.

Ruth brauchte ein paar Sekunden, um zu begreifen, dann schrie sie: „In Deckung! Hier wird geschossen!"

Sie befolgte umgehend ihren eigenen Rat und flüchtete hinter den Tisch des Verkäufers, der sich auch schon geduckt hatte. Einige Menschen schrien, viele rannten einfach davon, ein paar hatten sich flach auf den Boden geworfen und stellten sich tot, und manche versteckten sich, so gut es ging, hinter allem, was sich dazu anbot.

Ruths Herzschlag schien sich mit jeder Sekunde zu beschleunigen. Sie wusste kaum noch, wovor sie sich mehr fürchten sollte: vor Angst an einem Herzinfarkt zu sterben oder doch noch erschossen zu werden!

Im Moment allerdings tat sich gar nichts: Kein Schuss war zu hören, niemand fiel um. Ruth wagte sich mit dem Kopf aus der Deckung und suchte mit ihren Blicken die Gegend ab, aus der der Schuss höchstwahrscheinlich gekommen war. Aber an den Gebäuden ringsum war nichts Auffälliges oder Verdächtiges zu bemerken. Außerdem wurde es rasch dunkler, auch weil erneut Schneefall eingesetzt hatte. Natürlich wusste Ruth von dem Mord am Vortag; auch da war nur ein einziger Schuss gefallen. Hieß das, die Gefahr war vorüber?

Irgendjemand hatte die Polizei informiert, denn nur wenige Minuten später tauchte ein Streifenwagen auf dem Platz auf. Mehrere Leute eilten aus den Verstecken und belegten die Beamten sofort mit Beschlag. Jeder hatte etwas zu sagen, zu fragen oder sich zu beschweren. Es dauerte weitere Minuten, bis die Polizisten bei der Leiche der jungen Frau ankamen.

*

17.50 Uhr

Andreas stieg aus dem Wagen, schaute sich kurz um und ging, die Hände in den Jackentaschen, auf den Tatort zu.

Peer in seiner giftgrünen Winterjacke war bereits mit dem blutverkrusteten Hinterkopf der Frau beschäftigt, die in einem Zelt vor dem Tisch eines Blumenverkäufers auf dem Boden lag, während Renate und ihre Kollegen die Umgebung der Leiche untersuchten.

„Hatte sie einen Ausweis dabei?", fragte Andreas.

„Bestimmt. Sieh mal da drüben nach." Peer wies auf den Arbeitstisch eines Blumenverkäufers, auf dem zwischen Blumenschere und Einwickelpapier auch eine Handtasche zu sehen war, die wohl jemand aufgehoben und dort deponiert hatte. Sascha stürmte an Andreas vorbei, griff sich die Tasche, fand ein Portemonnaie, öffnete es und hatte einen Personalausweis in den Fingern.

„Sie heißt Leonie Schnepfensiek, wohnt in Röttgen und ist – lass mich rechnen – 34 Jahre alt. Was ist denn das hier? Eine Terminkarte; anscheinend hatte sie vor ihrem Tod einen Termin bei einem Radiologen. Mal sehen, was ich noch alles finde."

Derweil forderte Andreas bei der Zentrale ein paar Leute für die Durchsuchung umliegender Häuser an. Der beste Zeuge, den er finden konnte, war der Blumenverkäufer, der gerade eine Kundin bedient hatte, als der Schuss fiel. Die Schnepfensiek sei an seinen Tisch getreten, aber wohin sie genau in dem Augenblick guckte, darauf habe er nicht geachtet. Andreas solle die Kundin befragen, die neben der Erschossenen gestanden habe.

Neben dem Verkaufstisch saß auf einem Stuhl auf einer dicken Decke eine rauchende Frau Ende Fünfzig, die, als Andreas zu ihr hinsah, sofort zu reden anfing. Während sie immer wieder aufgeregt an ihrer Zigarette zog, schilderte sie, wie die Ermordete gegen ihren Arm gefallen und dann am Boden zusammengebrochen war. Der Schuss, so behauptete die Frau, die sich als Ruth Schiller auswies, sei definitiv von schräg hinten gekommen.

Das grenzte die in Frage kommenden Gebäude ein, zumal die Experten infolge des Schusswinkels beim ersten Opfer errechnet hatten, dass der Täter aus nicht allzu großer Höhe geschossen haben musste – wobei die Höhe aber natürlich wiederum von seiner Entfernung vom Opfer abhing.

„Stellen Sie sich vor – der Kerl hätte genauso gut *mich* abknallen können!", beschwerte sich Frau Schiller.

Andreas nickte und bemühte sich um einen einfühlsamen Ton. „Der Gedanke muss schlimm sein. Wenn Sie Hilfe brauchen, da drüben ist ein Arzt. Soll ich Sie zu ihm hinbringen?"

Die Frau nickte, stand auf, warf den Zigarettenstummel einfach auf das Pflaster und hakte sich wie selbstverständlich bei Andreas unter. Als sie an seinem Arm hing, merkte er, wie sehr sie zitterte. Er lieferte Frau Schiller beim Notarzt ab, erklärte die Sachlage und verdrückte sich schleunigst.

Auf dem Weg zurück zu Peer lief ihm Renate über den Weg.

„Hallo, Andreas. Wie geht's?"

„Danke, gut."

„Das sieht man dir an. Die Freiheit scheint dir gut zu bekommen."

Eigentlich hatte er weitergehen wollen, aber erstens stand sie genau vor ihm, und zweitens musste er einfach etwas sagen.

„Freiheit? Ich wusste gar nicht, dass ich im Gefängnis war."

Mit ihren eigentlich himmelblauen Augen, die in diesen Lichtverhältnissen sehr dunkel funkelten, schaute sie ihn herausfordernd an. „Du weißt genau, was ich meine."

Andreas wurde ungehalten. „Du glaubst nicht, wie sehr ich diesen Satz hasse! Mindestens genauso wie Unordnung auf meinem Schreibtisch! Oder wie Frauen, die nicht damit rausrücken, was sie wirklich von mir wollen!"

Renate ging immer noch nicht beiseite, sondern musterte ihn sekundenlang, als kämpfe sie mit sich, ob sie ihm eine ehrliche Antwort geben solle oder nicht.

Ihm immer noch in die Augen schauend meinte sie schließlich: „Ich bin Polizeibeamtin und ich ermittle: Ich versuche herauszufinden, warum du mich nicht leiden kannst."

„Das stimmt doch gar nicht!", protestierte Andreas und fand es an der Zeit, das Gespräch zu beenden. Er wies zum Tatort und behauptete: „Ich glaube, Sascha will was von mir."

Mit energischem Schritt eilte er an Renate vorbei, und irgendetwas musste sie wohl noch loswerden. Es klang wie „Feigling".

Andreas schüttelte den Kopf. Das hatte sie sicher nicht gesagt. Das war eher die innere Stimme der Selbsteinschätzung. Aber so genau wollte er das gar nicht wissen. Mit den Händen in den Jackentaschen stapfte er durch den stärker fallenden Schnee zum Tatort zurück, an dem eben auch Sascha eintraf, der an der Absperrung Leute befragt hatte.

„Natürlich hat mal wieder keiner was Verdächtiges gesehen!", nörgelte er und steckte seinen Notizblock ein. „Machen wir einen Abstecher zu dem Radiologen?"

„Ja, sobald die Kollegen für die Gebäudedurchsuchung da sind."

Diese erreichten den Tatort fünf Minuten später und wurden von Andreas in die Häuser geschickt, die als Versteck für den Schützen in Frage kamen.

Weitere 25 Minuten später wandelten Sascha und Andreas durch die modernen, weißen Flure des Arztes, nahmen in einem asketisch-kärglichen Sprechzimmer Platz und mussten sich erst einmal anhören, dass es hier grundsätzlich keinerlei Auskunft über Patienten gab – wie tot sie auch sein mochten.

Andreas stand schon fast auf dem Flur, als sich der dickliche Doktor doch noch zu einer interessanten Information herabließ.

„Eins kann ich ja sagen: Meiner Einschätzung nach war die Dame nicht körperlich krank. Ich denke, sie hatte schwere psychische Probleme." Er fuhr mit der Hand einmal von vorn nach hinten über seinen kahl werdenden Schädel und fügte hinzu: „Am besten reden Sie mit dem Ehemann, der wird wohl Genaueres wissen."

Andreas bedankte sich und zog mit Sascha von dannen. Inzwischen war es kurz vor sechs.

„Hast du die Adresse der Schnepfensiek aufgeschrieben?", fragte Andreas.

Sascha nickte. „Also ich hätte schon in der Pubertät eine Namensänderung beantragt."

„Wieso? Mit so einem Namen zu leben, das zeugt von stabilem Selbstwertgefühl. Was mag der Mann beruflich machen?"

„Wahrscheinlich ist er auch Arzt", argwöhnte Sascha, während er die Richtung zum Dienstwagen einschlug.

„Ja, oder Manager oder so was. Oder vielleicht Rechtsanwalt, die halten ja auch gerne sehr viel von sich selbst."

„Warum sind wir nur Kommissare geworden?", seufzte Sascha.

„Weil wir anständige und bescheidene Menschen sind."

Sascha lachte. „Wirklich? Wir alle?"

Die Unterhaltung setzte sich im Auto bei voll aufgedrehter Heizung fort, während sie hinter anderen Verkehrsteilnehmern über rutschige Fahrbahnen nach Röttgen hinauf krochen – die Räum- und Streufahrzeuge waren anscheinend noch nicht bis hierher vorgedrungen.

In der Straße, in der die Schnepfensieks wohnten, standen ausschließlich Häuser gutsituierter Bürger mit sorgfältig angelegten Vorgärten, Doppelgaragen und modern gepflasterten Einfahrten, die man nur sehen konnte, weil die Besitzer bereits eifrig damit beschäftigt waren, den Schnee vor den Häusern wegzufegen.

Sascha stellte den Wagen auf der noch verschneiten Einfahrt des Hauses Nr. 9 ab und meinte: „Die Rollläden sind nicht runtergelassen, und nirgendwo brennt Licht – ist sicher keiner da."

„Sieht so aus. Geh mal bitte klingeln, ich warte solange hier."

Als sich Sascha der Haustür näherte, ging eine Außenlampe an. Nach mehrmaligem Klingeln kam er zurück ins Auto.

„Warten wir?", wollte er wissen.

„Eine halbe Stunde, länger nicht", entschied Andreas.

So lange dauerte es nicht: Keine fünf Minuten später näherte sich ein kompakter, schneeweißer Wagen der gehobenen Mittelklasse dem Haus und parkte quer hinter Saschas Dienstwagen. Ein Mann in Jeans, olivbrauner Winterjacke und Hut stieg aus, und Sascha tat schnell das gleiche. Im Licht der nahen Straßenlaterne und der Lampe neben der Haustür zeigte sich Schnepfensiek als in etwa so groß wie Sascha, etwas schmaler und mit dunklen Locken.

Andreas gesellte sich zu ihnen, als Sascha dem Mann gerade seinen Ausweis präsentierte.

„Ach, Kriminalpolizei! Und ich dachte schon, es wären dreiste Einbrecher! Oder ein Nachbar, der mich ärgern will!", rief Schnepfensiek aus, und über sein eben noch so abweisendes Gesicht breitete sich ein Lächeln aus, als bräche die Sonne hinter Wolken hervor. Gewinnend und herzlich.

Er rückte die Hornbrille auf seiner gewaltigen Adlernase zurecht, wie es sonst nur Andreas tat, und fragte: „Was kann ich für Sie tun?"

Andreas dachte voraus und erklärte: „Würden Sie bitte Ihren Wagen ein Stückchen weiter weg abstellen und uns dann kurz ins Haus lassen?"

Schnepfensieks Lächeln verschwand so schnell, wie es gekommen war. Bald darauf standen sie zu dritt in Schnepfensieks Wohnzimmer, das mit hellen Holzmöbeln und vielen Grünpflanzen eingerichtet war. Der Mann bot ihnen Platz an, aber Andreas blieb lieber stehen.

„Herr Schnepfensiek, darf ich mal eben Ihren Ausweis sehen?"

Er holte erst die Brieftasche und dann seinen Personalausweis hervor: Heiko Schnepfensiek, 38, wohnhaft in Röttgen.

„Danke. Also, Herr Schnepfensiek ... Wir haben leider eine sehr schlechte Nachricht für Sie. Ihre Frau –"

„Oh Gott!", fiel er ihm ins Wort. „Hat sie sich was angetan?" Sein Gesicht schien zu versteinern.

„Nein, das nicht. Sie wurde vor etwa zwei Stunden mitten in der Innenstadt erschossen."

Schnepfensieks Blick wurde abwesend, ging in unendliche Fernen, lange schwieg er. Dann räusperte er sich leise. „Wieso? Und von wem denn? Haben Sie den Täter?"

„Nein, noch nicht." Andreas ließ Schnepfensiek nicht aus den Augen. „Wo kommen Sie gerade her?"

Immer noch schaute der Mann durch alles hindurch, aber jetzt löste sich seine Hand vom Schrank. Er griff nach einer Sessellehne, tastete sich nach vorne und ließ sich auf den Sitz fallen, als trügen ihn seine Beine nicht mehr.

„Vom Arzt", flüsterte er fast. „Ich war gestern zu einer Probestunde im Fitness-Center … und heute Morgen hatte ich solche Schmerzen in der Schulter, dass ich zum Orthopäden gegangen bin, und da saß ich dann von vier bis nach halb sechs im Wartezimmer."

Er schien zu wissen, worauf Andreas hinauswollte, und der bohrte auch erst einmal nicht nach.

„Herr Schnepfensiek, was sind Sie von Beruf?"

„Ach, Sie kennen mich nicht?" Sein Ton wurde ganz kurz ein wenig präsenter. „Ich engagiere mich in der Bonner Kommunalpolitik und würde gerne Bürgermeister werden."

Daraufhin verdrehte Sascha die Augen und nickte wissend. Andreas ging nicht auf Schnepfensieks Antwort ein, sondern fragte: „Sie vermuteten vorhin, Ihre Frau könnte sich etwas angetan haben. Warum?"

Schnepfensiek stand auf, ging zu einem Schrank hinüber, holte eine Flasche heraus, setzte sie einfach an den Mund, nahm einen ordentlichen Schluck und erklärte: „Entschuldigen Sie, das brauchte ich jetzt." Mit der Flasche in der Hand setzte er sich wieder. „Das fing vor etwa fünf Jahren an. Unser erster Sohn ist ein paar Monate nach der Geburt gestorben, das hat Leonie schon kaum verkraftet. Drei Jahre später starb dann unser zweiter Sohn an einer schweren Infektion, und von da an wuchs in Leonies Verstand der Wahn, wir wären verflucht. Was auch immer schief ging – gleich hieß es: *Das musste ja passieren, wir sind verflucht!* Sie hat mehrere Therapien angefangen – und wieder abgebrochen."

Der Alkohol schien Schnepfensiek gesprächig zu machen, denn er redete weiter. „Kürzlich hat sie mit einer Schulklasse ein Kernforschungszentrum besucht, natürlich nur die völlig ungefährlichen Besucherbereiche, aber nachdem sie ein paar unerklärliche Symptome bei sich bemerkt hatte, war sie überzeugt davon, verstrahlt worden zu sein." Schnepfensiek lachte traurig auf. „Was meinen Sie, wie vielen Ärzten sie damit auf die Nerven gegangen ist. Natürlich hat keiner was gefunden. Körperlich war die Frau kerngesund!" Er kippte noch einen Schluck aus der Flasche und schien plötzlich verstummt zu sein.

Als Andreas sich verabschieden wollte, fragte Schnepfensiek dann doch mit leicht tränenerstickter Stimme: „Darf ich sie sehen?"

„Wir geben Ihnen Bescheid, wann wir Sie zur Identifizierung brauchen. Kommen Sie klar? Oder soll ich einen Arzt oder einen Verwandten anrufen?"

Selbstverständlich kam der künftige Bürgermeister von Bonn alleine zurecht.

Für den Rückweg nahm Sascha eine andere Route, die geräumt war und auf der sie, auch wegen des abnehmenden Verkehrs, wesentlich schneller vorankamen.

„Was hältst du von dem Kerl?", fragte Sascha unterwegs.

„Weiß ich noch nicht, wir überprüfen morgen erst mal sein Alibi."

„Der hat ja eine Nase, die ist größer als die von Jean Reno."

„Ist das einer der Zeugen?", fragte Andreas arglos.

„Mein Gott, Mann – hast du in den letzten 30 Jahren keinen Film mehr gesehen?"

„Nein, ich hatte zu tun."

Sascha schwieg einen Moment. „Fahren wir ins Büro?"

„Ich nicht!"

„Gut, dann kann ich ja vielleicht noch ein bisschen Zeit mit meinem Sohn verbringen."

*

Bonn-Friesdorf, An der Arndtruhe
17.45 Uhr

Als Burkhardt den Wagen vor dem kleinen Einfamilienhaus abstellte, schwappte für einen Moment wieder dieses Gefühl durch sein Hirn, diese dunkle, schwere Hoffnungslosigkeit, diese Gewissheit, dass nie mehr irgendetwas gut werden würde. Jedenfalls nicht für ihn, nicht nach dem, was er getan hatte.

Er schlug mit der Hand aufs Lenkrad und zwang sich, daran zu denken, was er sich vorgenommen hatte: die Zähne zusammenbeißen und kämpfen, damit er sein Leben zurückbekam! Nein, ein besseres Leben! Ja, auf in ein besseres Leben!

Burkhardt stieg aus, knallte energisch die Autotür zu, marschierte entschlossen zur Haustür (die Lampe mit dem Bewegungsmelder war auch mal wieder kaputt!), schloss auf, machte Licht im kalten Flur und ging gleich weiter ins Wohnzimmer, wo es etwas wärmer war. Er warf seine Jacke aufs Sofa und sah im selben Augenblick, dass er mindestens einen Anruf auf seinem Telefon hatte.

Sei stark!, ermahnte er sich und sah nach, wer angerufen hatte. Dreimal seine Ex-Frau, und er wusste auch, was sie wollte: Geld. Sie wollte immer Geld.

Darauf ein Bierchen. Er schaute im Kühlschrank nach und hatte Glück – noch zwei Flaschen Bier da. Er musste dringend einkaufen. Burkhardt hatte das Telefon mit in die Küche und gerade einen Schluck aus der Flasche genommen, als der Apparat klingelte. Ein Blick aufs Display: natürlich Kornelia! Für welchen Blödsinn brauchte sie diesmal Geld?

„Ja?“, knurrte er in den Hörer.

„Mein Gott, weißt du, wie oft ich schon bei dir angerufen hab?! Du bist ja kaum zu erreichen! Und an dein Handy gehst du anscheinend auch nicht! Das ist unverschämt!“, giftete sie gleich los. „Ich brauche eine Unterschrift von dir, wegen der Steuern. Und dann muss sich Lucy unbedingt neue Stiefel kaufen. Der Schrott, den du ihr zu Weihnachten geschenkt hast, fällt ja schon auseinander!“

Klar, was sonst. „Hör mal, ich kann nicht –“

Sie fiel ihm sofort ins Wort. „Ich weiß, was jetzt kommt! Du hast keine Zeit, du hast kein Geld! Meinst du nicht, du bist uns was schuldig, nach dem, was du mir und unserer Tochter damals angetan hast?! Ich verstehe gar nicht, wie du überhaupt eine Nacht schlafen kannst!“

Sie tat es jedes Mal! Jedes Mal, wenn sie etwas von ihm wollte, tat sie es, stocherte in seiner nicht heilen wollenden Wunde herum! Vielleicht war der Zeitpunkt da, sich endlich zu wehren.

„Ja, du hast Recht!“, fauchte er ins Telefon. „Du hast ja so Recht, ich fühle mich von morgens bis abends schuldig! Am liebsten würde ich mir einen Strick nehmen und mich aufhängen! Weißt du was?! Das werde ich auch tun! Und dann gibt's kein Geld mehr von mir für dich und deine faule Tochter! Dann darfst du das Haus abbezahlen und arbeiten gehen!“

So etwas hatte er noch nie gesagt, und es schien Kornelia erst einmal die Sprache zu verschlagen. Aber nicht lange. Plötzlich war ihre Stimme wieder zu hören, sehr sachlich jetzt. Oh ja, die Frau hatte sich im Griff!

„Dazu hast du doch gar nicht den Mumm! Also, kann ich morgen Nachmittag wegen der Unterschrift zu dir kommen?"

Morgen Nachmittag? „Gehst du mittwochs nicht immer mit Lucy und meinem Geld groß shoppen?"

„Das Geld steht mir vom Gesetz her zu, also mach nicht so eine Welle! Ich komme natürlich danach."

„Aber nicht vor halb sieben! Ich bin noch bei einem wichtigen Kunden. Ich muss ja Geld verdienen, damit ihr's zum Fenster rausschmeißen könnt!"

„Red nicht so einen Unsinn, ich bin um 18.30 Uhr bei dir!" Sie beendete das Gespräch.

Burkhardt streifte die Schuhe von den Füßen, drehte im Wohnzimmer die Heizung auf (aber nicht zu sehr), schaltete den alten Fernseher ein, setzte sich aufs Sofa und legte die Füße auf den Couchtisch. Er hatte einen verdammt anstrengenden Tag hinter sich. Und neue Socken sollte er sich auch mal wieder kaufen.

*

Vinxel
19.30 Uhr

Sascha hatte es sich auf der Couch im Wohnzimmer bequem gemacht, vor sich ein Glas Cola und seinen Laptop. In der Küche war Annika noch damit beschäftigt, die Spülmaschine zu befüllen. Gabriel schlief bereits in seinem Bettchen.

Während Sascha den Laptop aufklappte, blitzte kurz ein Gedanke in seinem Hirn auf: War diese häuslich-familiäre Idylle wirklich das, was er in seinem Leben haben wollte? Wo war sein Freiheitsdrang geblieben? War das Raubtier schon zum Haustier mutiert? Und wenn ja, wieso störte es ihn im Moment nicht?

Sascha klickte sich bis zu den eingegangenen E-Mails durch und fragte sich eben, ob es auch so etwas wie Vaterschafts-Hormone gab, als sein Blick auf eine E-Mail fiel, mit der er nun gar nicht gerechnet hatte: Verdammt noch mal, konnte die Frau ihn nicht einfach in Ruhe lassen?! Hatte sie ihm letztes Jahr nicht schon genug Ärger gebracht?! Sie war verantwortlich für den hässlichsten Streit mit Annika, den er bisher je hatte erleben dürfen!

Seit Monaten hatte er nichts mehr von ihr gehört – seit er ihr empfohlen hatte, einen Psychiater aufzusuchen! Saschas Magen fing an zu schmerzen. Der Frau durfte er keine wie immer geartete Macht über ihn einräumen!

Sascha lehnte sich zurück, schloss die Augen und konzentrierte seine Gedanken auf einen seiner Lieblingsfilme. Leider fiel ihm nur *Dreamcatcher* ein: schlecht für den Magen, daher stieg seine Wut auf Rosamaria noch an.

Auf einmal kam ihm eine andere Idee: Vielleicht hatte sie begriffen, wie krank sie war, und hatte sich in Therapie begeben und wollte Sascha in ihrer Mail dafür danken, dass er ihr die Augen geöffnet hatte. Vielleicht wollte sie sich nur von ihm verabschieden! Vielleicht aber hatte sie ein anderes Opfer gefunden, das sie mit ihrem Liebeswahn belästigte!

Oder aber – und das war die unerfreulichste aller Möglichkeiten – es hatte sich gar nichts geändert, und sie himmelte Sascha immer noch an, egal, wie oft er die Frau schon zurückgewiesen hatte!

Das erfährst du nur, wenn du die gottverdammte E-Mail liest! Sascha seufzte, seine Hand bewegte sich schon nach vorn, als ein Alarmglöckchen in seiner Großhirnrinde klingelte: *Du willst doch nicht den gleichen Fehler machen wie letztes Jahr?*

Also zog er die Hand zurück und rief Richtung Küche: „Schatz, kommst du mal?“

„Sekunde.“

Er hörte noch ein Klappern und ein Wasserrauschen, dann stand Annika in der Wohnzimmertür, im pinkfarbenen Hausanzug und mit warmen, schwarzen Pantoffeln an den Füßen. Sie trocknete mit einem Tuch ihre Hände ab und fragte: „Was gibt's?“

„Rosamaria de Santos hat mir eine E-Mail geschickt.“

Der Ausdruck in Annikas schwarzen Augen wechselte von neugierig zu verärgert. „Kann dich die Verrückte nicht in Ruhe lassen?! Ich hoffe, du zeigst sie endlich an!“

„Anzeigen? Wegen was denn?“

„Das ist eindeutig Stalking, und das ist verboten!“

„Ach komm schon, die paar Briefe und Mails ... Meine Kollegen lachen mich aus.“ Sascha fühlte sich zunehmend unwohl. Es gefiel ihm gar nicht, von zwei Frauen zwischen alle Stühle manövriert zu werden! „Sehen wir uns die E-Mail doch erst mal an, vielleicht hat die Frau geheiratet und will sich nur von mir verabschieden.“

Annika ließ ein bitteres „Das glaubst du ja wohl selbst nicht!" hören und setzte sich neben Sascha, der endlich die Mail mit dem Betreff *Hallo* öffnete, was ja völlig harmlos klang – ganz im Gegensatz zu der Anrede, die dann zum Vorschein kam.

Geliebter Sascha, ich habe es versucht, Gott ist mein Zeuge, ich habe es wirklich versucht! Ich bin in einen Sportverein gegangen, ich habe mir noch mehr Hobbies zugelegt, ich habe sogar mit anderen Männern geflirtet – aber es geht nicht! Ich kriege dich nicht aus meinem Kopf! Die Gedanken an dich und meine Liebe zu dir sind das einzige, was mich noch am Leben erhält. Ich kann kaum den Tag erwarten, an dem du endlich frei bist, und wir gemeinsam ein Leben beginnen, das voller Verständnis und Zärtlichkeit und Liebe und Lust ist.

Danach ging es mit endlosen Lobeshymnen auf Sascha weiter.

Er schaute Annika an, ja, das hatte er sich gedacht: Ihr Gesicht hatte sich gerötet, ihr Temperament war kurz vorm Überkochen.

„Also das tu ich mir nicht länger an! Lösch den Scheiß! Sofort!", verlangte sie in einem Befehlston, der Sascha sofort zum Gegenangriff übergehen ließ.

„Spinnst du?! Das ist Beweismaterial! Das wird nicht gelöscht!"

„Ach Quatsch!", schleuderte sie zurück. „Du willst doch nur jeden Tag nachlesen, was für ein toller Mann du bist!"

Kurzes Schweigen auf beiden Seiten. Dann lachte Annika auf. „Wir streiten uns schon wieder wegen der Kuh!"

„Ja, unfassbar." Sascha nahm sie in den Arm. „Der werden wir's zeigen!"

Kapitel 3

Bonn, Polizeipräsidium
Mittwoch, 13. Februar
8.00 Uhr

Als Andreas das Büro betrat, saß Sascha bereits an seinem Schreibtisch und tat beschäftigt.

„Morgen. Gibt's neue Erkenntnisse?"

Sascha sah auf und runzelte die Stirn. „Morgen. Meinst du allgemein für die Welt, oder jetzt speziell in unserem Fall?"

Andreas spazierte gleich durch zur Kaffeemaschine und bediente sich. „Sag mal, wie bist du denn heute drauf?"

„Suboptimal. Unsere Experten sind sicher, dass in beiden Fällen das gleiche Gewehr benutzt wurde – wie schon gesagt, eine nicht eben billige Präzisionswaffe. Noch nicht herausgefunden wurde, ob so ein Gewehr irgendwo abhanden gekommen ist oder in einem Waffenladen gekauft wurde. Das wird noch überprüft, genauso wie die registrierten Besitzer solcher Waffen." Sascha gähnte. „Wenn du mich fragst – der Täter hat sich das Ding auf dem Schwarzmarkt besorgt oder im Internet oder vielleicht sogar im Ausland."

„Ja, wahrscheinlich. Sonst noch was?"

„Der Schusswinkel scheint auch im letzten Fall ziemlich flach gewesen zu sein. Der Schuss kam also nicht aus allzu großer Höhe, denn der Schütze kann ja nicht weiter weg gewesen sein als die umstehenden Häuser."

Andreas setzte sich mit seiner Tasse an den Schreibtisch. „Und in den durchsuchten Gebäuden oder auf dem Platz wurde wieder nichts gefunden?"

„Nein."

„Gut, dann müssen wir anders an die Sache rangehen." Andreas nahm sich Papier und Kugelschreiber. „Untersuchen wir doch mal, ob es eine Verbindung zwischen den Opfern gibt."

„Auf diese absolut geniale Idee bin ich auch schon gekommen – und ich habe eine Verbindung gefunden!", verkündete Sascha.

„Ach wirklich? Welche?"

„Sowohl die May als auch die Schnepfensiek waren im öffentlichen Dienst beschäftigt!"

„Entschuldige mal, das trifft auf etwa 50% der Bonner Bevölkerung zu!"

„Schade, ich dachte, du bemerkst den kleinen Schönheitsfehler nicht."

„Trotzdem, die Richtung ist ja nicht schlecht. Vielleicht hat jemand von Schnepfensieks Lehrerkollegen schon mal was von Edeltraud May gehört." Andreas fand rasch heraus, dass Leonie Schnepfensiek am Hardtberg-Gymnasium unterrichtet hatte. „Da fahren wir hin, aber vorher holen wir uns aus Mays Wohnung ein paar Fotos, die wir den Leuten zeigen können", ordnete Andreas an.

„Okay. Und dann besuchen wir den Orthopäden, bei dem Ehemann Schnepfensiek angeblich gestern war."

„Ja. Schade, dass wir kein Foto von ihm haben."

Sascha guckte ihn ungläubig an. „Du bist aber auch noch nicht richtig in diesem Jahrtausend angekommen, was?" Er wandte sich seinem PC zu und gab Heiko Schnepfensiek ein. Natürlich war der „berühmte" Politiker mehrfach bei Google vertreten. Er hatte auch eine eigene Homepage mit vielen schönen Bildern, von denen sich Sascha eins ausdrucken konnte. Er steckte es ein, und sie machten sich auf den Weg.

Auf der Fahrt nach Dottendorf zu Edeltraud Mays Wohnung stellte Sascha, während der Schnee sachte fiel, eine gewagte Theorie in den Raum: dass nämlich Leonie Schnepfensiek vielleicht doch von der Atom-Industrie ermordet worden sein könnte, damit nichts über ein Leck im Kernforschungszentrum bekannt wurde.

„Sicher. Und das wird dann verfilmt." Andreas drehte eigenmächtig die Heizung höher.

„Was spricht dagegen?"

„Die Logik. Wenn die Atom-Industrie was vertuschen wollte, hätte sie jetzt nach der Ermordung der Frau doch erst recht die ganze Aufmerksamkeit auf sich gelenkt!"

„Wenn sie aber davon ausgehen, dass wir genau so denken, sind sie aus dem Schneider."

„Okay, Sascha, wenn du dich gern mit der Atomlobby anlegen willst – ich halte dich nicht davon ab. Was ist denn mit deinem anderen Verdächtigen, der Bundesregierung?"

„Da haben wir's doch! Die stecken unter einer Decke!"

Als Beweis führte Sascha eine Batterie einschlägiger Filme an, während Andreas innerlich abschaltete und sich die Gegend ansah, die mit den weiß bestäubten Dächern und Gärten so friedlich wirkte, als könne in dieser Stadt niemals wirklich ein Mord geschehen.

Kurz nach neun Uhr betraten sie Edeltraud Mays Wohnung, in der ein Spurensucher immer noch damit beschäftigt war, nach verdächtigen Fingerabdrücken und Sonstigem zu suchen, das sie weiterbringen konnte. Aus einem Fotoalbum fischte sich Andreas je ein älteres und ein neueres Bild von May heraus und stieg wieder zu Sascha in den Wagen.

Eine gute Viertelstunde später erreichten sie das Hardtberg-Gymnasium: wie viele Schulen in Bonn und Umgebung ein Betonklotz aus den 70ern, im Vergleich zu dem das neue Polizeipräsidium als kaum fassbare Meisterleistung in Punkto kreativer Architektur glänzen konnte.

Der Leiter des Gymnasiums, ein sympathischer Mensch um die Fünfzig im grauen Anzug wusste natürlich längst, was mit seiner psychisch angeschlagenen Lehrkraft passiert war, und gab sich tief erschüttert.

Dann aber verriet er Andreas in vertraulichem Ton, dass die Frau vermutlich sowieso bald in Frühpension geschickt worden wäre, da sich eine Menge Eltern darüber beschwert hätten, dass Schnepfensiek die Köpfe ihrer Kinder mit Unsinn vollstopfe.

Eine Weile hörte Andreas sich das an, fragte aber schließlich nach Edeltraud May und zeigte dem Schulleiter die Fotos von ihr. May sei ihm unbekannt, versicherte der Mann und hatte nichts dagegen einzuwenden, dass Sascha alle Lehrer und auch Schüler nach der alten Dame befragte.

Als Andreas allerdings die Anzahl der zu Befragenden erfuhr, entschloss er sich, anders vorzugehen. „Wir lassen eine Art Fahndungsplakat anfertigen und hängen das Ding ins Lehrerzimmer und vor jedes Klassenzimmer. Sonst brauchen wir ja Wochen!“

Das sah Sascha ähnlich. Bevor sie die Schule verließen, erkundigte sich Andreas noch eben nach dem Verhältnis zwischen Leonie Schnepfensiek und ihrem Mann. „Wissen Sie, ob es da Spannungen gab?“

Der Schuldirektor ließ ganz kurz ein mitleidiges Lächeln in seinen grauen Augen sehen.

„Der Möchtegern-Bürgermeister war ein paar Mal hier, um sich danach zu erkundigen, ob seine Frau im Schulbetrieb noch tragbar sei. Es klang ganz so, als mache er sich große Sorgen um ihre Außenwirkung. Das heißt, wohl eher um seine eigene. Was er natürlich niemals zugegeben hätte. Ich sag Ihnen, der kann vielleicht schwatzen, der Kerl!“

Der Schulleiter schüttelte den Kopf. „Mehr weiß ich nicht, am besten reden Sie mit Frau Schnepfensieks Kolleginnen oder Freundinnen."

„Sicher, machen wir. Wir schicken gegen Mittag noch mal ein paar Leute von uns vorbei."

Sascha und Andreas verabschiedeten sich und fuhren zurück Richtung Innenstadt, um den Orthopäden aufzusuchen, bei dem Heiko Schnepfensiek angeblich genau zu der Zeit im Wartezimmer gesessen hatte, zu der seine Frau erschossen worden war.

Sascha bastelte bereits an einer neuen Theorie: „Vielleicht hat unser Politiker Dreck am Stecken und wurde von Edeltraud May, die das rausgefunden hat, erpresst. Als er nicht zahlen wollte, hat sie sich an seine Frau gewandt, und gemeinsam haben sie beschlossen, an die Öffentlichkeit zu gehen."

„Das muss aber ein gewaltiger Dreck gewesen sein, wenn man dafür zwei Menschen umbringt! Glaub ich nicht."

„Mag sein, aber das kann man doch nicht einfach ausschließen", entrüstete sich Sascha und argumentierte noch eine Weile herum, bis sie einen Parkplatz in der Nähe der Praxis fanden.

An der Anmeldung, einem Flur mit leicht trüber Beleuchtung, empfing sie eine junge, blonde, überaus freundliche Arzthelferin im weißen Kittelchen, bei der sie sich auswiesen und gleich Schnepfensieks Foto vorzeigten.

„War dieser Mann gestern in der Praxis?", fragte Andreas.

Die Blonde, die nur ihre schönen Augen geschminkt hatte, schaute sich das Foto fünf Sekunden lang an, errötete sanft und nickte. „Ja, der war hier."

„Können Sie sich daran erinnern, von wann bis wann er hier war?"

Sie schaute Sascha an, der ihr ein aufmunterndes Lächeln schenkte. „Wir machen nachmittags um vier Uhr auf, und da stand er schon vor der Tür. Er kam dann um …", sie guckte im Computer nach, „… so um 17.25 Uhr dran und war etwa 15 Minuten später fertig."

„Herr Schnepfensiek ist doch sicher Privatpatient – wieso musste er so lange warten?", hakte Andreas nach.

In ihren Augen blitzte es einmal kurz auf. „Wir hatten gestern noch andere Privatpatienten, mit Termin!"

„Ach so." Andreas' Ton wurde strenger. Er schätzte es nicht, wenn jüngere Personen so mit ihm redeten, schöne Augen hin oder her! „Können Sie sich erinnern, ob Schnepfensiek die Praxis während der Wartezeit mal kurz verlassen hat?"

„Nein, er war die ganze Zeit über hier.“ Ihre Röte vertiefte sich noch, und sie sah jetzt weder Andreas noch Sascha an, der sich in diesem Moment animiert fühlte, das Gespräch zu übernehmen.

„Warum sind Sie so sicher?“, fragte er.

Die Blonde wies hinter ihn. „Erstens, weil man von hier aus ins Wartezimmer gucken kann.“

Beide drehten sich um: Tatsächlich, das Wartezimmer war durch zwei große Glasscheiben mit dazwischen liegender Glastür vom Flur abgetrennt.

„Und zweitens, weil er außerdem … ja, also … ähm … er hat eben die ganze Zeit irgendwie mit mir geflirtet“, gestand sie verlegen. „Er war fast aufdringlich, hat mich immer wieder angelächelt, mir zugezwinkert und mir zugewinkt.“

Sascha konnte sich anscheinend nicht verkneifen zu verraten: „Kann sein, dass Sie Chancen bei dem Mann haben – er ist gerade Witwer geworden. Bleiben Sie dran.“

Andreas schüttelte milde lächelnd den Kopf und verabschiedete sich.

*

Bonn, Innenstadt
15.05 Uhr

Norbert spazierte die Wenzelgasse hinauf, an den Geschäften vorbei. Den ganzen Tag über war es schon bedeckt und irgendwie dämmrig gewesen, aber bisher hatte es noch nicht geschneit.

Norbert hatte seinen Stock mit dem geschnitzten Griff mitgenommen, weil bei dem Wetter seine rechte Hüfte schmerzte. Und damit er mehr Halt hatte, wenn die Straßen glatt wurden. Obwohl es wahrscheinlich pures Wunschdenken war, sich auf eisglatter Fläche mit einem Stock in der Senkrechten halten zu können.

Norbert schaute sich um und konnte sich des Eindrucks nicht erwehren, dass die Straßen nicht so bevölkert waren wie sonst um die Zeit. Außerdem patrouillierte sichtbar die Polizei an allen Ecken, im Auto und zu Fuß. Das also hatte der sogenannte Heckenschütze erreicht: Die Bürger versteckten sich, die Staatsmacht tauchte auf.

Norbert hatte keine Angst. Sein Leben war prallvoll gewesen,

Freude und Leid im Überfluss. Und er konnte sich kaum einen besseren Tod vorstellen, als unerwartet in den Kopf geschossen zu werden. Schnell und schmerzfrei. Was für ein schöner Tod für einen alten Mann!

Nun, nicht unbedingt heute oder morgen – Norbert schmunzelte – aber irgendwann in den nächsten Jahren. Denn noch fühlte er sich halbwegs gesund am Körper und klar im Geiste.

Am Remigius-Platz sah alles wieder normal und friedlich aus, die Blumenhändler hatten ihre Stände in dem großen Zelt aufgebaut, die Polizei schien hier gar nicht präsent zu sein. Vermutlich, weil sie dachte, der Täter schlage nicht zweimal am gleichen Ort zu. Aber vielleicht streiften auch jede Menge Zivilfahnder durch die Stadt.

Norbert jedenfalls bestätigte sich ein weiteres Mal, dass er keine Angst habe, und strebte auf sein Lieblingscafé zu, das er fast jeden Tag aufsuchte, um dort seine Zeitung zu lesen, ein Stück Schokoladenkuchen zu genießen, Kaffee zu trinken und sich nach passenden Damen umzuschauen. Ja, er war schon ein richtiger Don Juan. Und er konnte sogar trotz seines Alters eine Frau glücklich machen – wenn das keine Leistung war!

Er betrat das gut beheizte und gemütlich beleuchtete Café, und auch hier waren die Tische längst nicht so gut besetzt wie sonst. Ob der Heckenschütze eine Vorstellung davon hatte, welchen volkswirtschaftlichen Schaden er der Stadt mit seiner dummen Schießerei zufügte?

Bevor sich Norbert einen Tisch suchte, ließ er seine Blicke durchs Café wandern. Rechts hinten in der Ecke saß eine Dame, die in Frage kommen konnte. Er hängte seinen Mantel an der Garderobe auf, nahm Handy und Hausschlüssel aus den Taschen, steckte stattdessen seine Handschuhe hinein, ging dann wie zufällig in Richtung der einzelnen Dame und setzte sich an einen von drei leeren Nebentischen und zwar so, dass er die Frau und sie ihn sehen konnte. Als sie aufschaute, nickte er ihr höflich zu und schenkte ihr ein bezauberndes Lächeln.

Daraufhin hob sie in arroganter Weise einen Mundwinkel und wandte sich wieder ihrem Buch zu. Wunderbar – das Weib könnte eine echte Herausforderung werden!

Norbert nahm die Karte und tat so, als studiere er sie, aber insgeheim gingen seine Blicke immer wieder in die gleiche Richtung. Norbert sammelte Informationen: Die Frau war auf jeden Fall über 70, aber sehr gepflegt, dezent geschminkt, das blondierte, etwas längere Haar im Nacken zum Knoten geschlungen; die türkisblaue, seidig schimmernde

Bluse nicht bis ganz oben zugeknöpft; schlanker Körperbau mit nicht allzu viel Busen, die Hände ohne Altersflecken und ohne Ehering; der Wälzer in ihren Fingern war ein Krimi einer bekannten, britischen Autorin, nicht sein Ding, aber immerhin konnte sie lesen.

Norbert widmete sich wieder der Karte und dachte über die richtige Strategie nach: die förmliche Tour? („Guten Tag, mein Name ist Norbert Richter, Rechtsanwalt im Ruhestand, und ich würde Sie gerne kennen lernen. Wenn Sie Interesse haben, darf ich mich dann zu Ihnen setzen? Wenn nicht, werde ich Sie natürlich keine Sekunde länger belästigen.“). Die emotionale Tour? („Guten Tag, mein Name ist Norbert Richter, Rechtsanwalt im Ruhestand. Sie erinnern mich an meine liebe Frau, die vor fünf Jahren verstorben ist. Seit der Zeit fühle ich mich so unglaublich einsam, geht es Ihnen vielleicht genauso?“). Oder doch lieber die direkte Tour? („Guten Tag, mein Name Norbert Richter, Rechtsanwalt im Ruhestand. Ich bin zwar schon 80, fühle mich aber keinen Tag älter als 35, und ich möchte noch ein paar aufregende Dinge erleben, bevor es zu spät ist – und zwar mit Ihnen!“).

Oder vielleicht doch etwas ganz anderes? Er hatte sich noch nicht entschieden, als das Handy, ein einfaches Gerät ohne Firlefanz, auf dem Tisch vibrierte. Auf dem Display stand „Dietlinde“. Auch das noch. Oder war das ein Zeichen von oben?

Norbert winkte die Bedienung herbei, die ihn seit Jahren kannte, bestellte Kaffee und Kuchen, steckte so unauffällig wie möglich das Handy in die Hosentasche und eilte in den Vorraum der Herrentoilette.

Von dort rief er Dietlinde zurück, die sofort am Apparat und ziemlich schlecht gelaunt war.

„Hallo, was gibt's?“, fragte Norbert, absichtlich ein wenig herb im Ton.

„Ich hab dich gestern mindestens drei Mal angerufen! Warum gehst du nicht ans Telefon?“, beklagte sie sich auf eine durch nichts gerechtfertigte, fordernde Weise.

„Ich kann mich nicht erinnern, dass ich mich darauf vertraglich festgelegt habe.“

Dietlinde schien den Satz erst verstehen zu müssen, dann fragte sie trotzdem: „Was soll das heißen?“

„Dass ich mich nicht verpflichtet fühle, immer ans Telefon zu rennen, wenn du anrufst!“

Jetzt wurde Dietlinde wütend, was meistens nicht schön war. „Ach ja? Hatten wir nicht darüber gesprochen, dass wir im Mai heiraten wollen? War das alles nur gelogen, damit du mich ins Bett kriegst?!"

„Mein Gott, du führst dich auf wie die 17-jährige Jungfrau, die plötzlich schwanger ist und sitzen gelassen wird!"

Kurzes Schweigen, dann wetterte Dietlinde weiter. „Wenn ich gewusst hätte, dass du so ein Schwein bist, hätte ich mich nie mit dir eingelassen, aber Anita hatte mich ja gewarnt!"

„Bitte?"

„Jawohl! Sie hat wörtlich gesagt, du wärst nichts als ein geiler, alter Bock, der die Cafés unsicher macht, nur um Frauen abzuschleppen! Sie hat –"

Jetzt reichte es Norbert aber. Er fiel ihr ins Wort und fauchte: „Und dir ging's doch sowieso nur um die finanzielle Absicherung! Das war's mit unserer Beziehung!" Er beendete das Gespräch.

Sein Herz klopfte ungesund. Er lehnte sich gegen die weiß gekachelte Wand und schloss für einen Moment die Augen. Solche Szenen regten ihn immer noch auf, obwohl er sie ungefähr einmal im Monat durchstehen musste. Wahrscheinlich erinnerten sie ihn an die äußerst hässliche Scheidung von seiner Frau vor fast dreißig Jahren. Das saß tief.

Hör auf damit! Denk an das schöne, blonde, abweisende Weib am Nebentisch! Mach dich an die Eroberung!

Norbert öffnete die Augen, holte tief Luft, überprüfte sein Spiegelbild, war zufrieden und begab sich zurück ins Café. Ein schneller Blick: Die Blonde war noch da, offenbar ins Buch vertieft. Sofort schaute Norbert weg, setzte sich und konzentrierte sich ganz auf Kaffee und Kuchen, die ihm gerade serviert wurden. Er war spontan mit sich übereingekommen, die Taktik des vorläufigen Ignorierens anzuwenden, die bei der Art Frauen vermutlich am vielversprechendsten war.

Also sah er sie nicht mehr direkt an, bekam aber aus dem Augenwinkel mit, dass jetzt sie hin und wieder zu ihm hinüberschielte. Es machte ihm nichts aus, beim Essen und Trinken beobachtet zu werden. Eigentlich genoss er es sogar.

Er beachtete die Frau nicht, aß seinen Teller leer, dann wartete er ab, bis sie ihn wieder verstohlen musterte, wandte den Kopf und schaute ihr in die Augen. Einen wunderschönen Moment lang erwiderte sie seinen Blick, dann senkte sie ihren. Aber zeigte sich nicht gleichzeitig ein amüsiertes Lächeln auf ihren Lippen?

Jetzt oder nie! Norbert stand auf, trat an den Nebentisch, lächelte warm und sagte: „Entschuldigen Sie bitte meine Aufdringlichkeit, ich habe nur eine Frage."

„Ja bitte?"

„Ich bin ein großer Krimi-Fan, aber das Buch, das Sie da lesen, kenne ich noch nicht. Können Sie es weiterempfehlen?"

Zuerst guckte die Frau, als würde sie seine Lüge von vorne bis hinten durchschauen, es arbeitete in ihrem Hirn, sie rang mit sich, aber schließlich schien sie sich auf seinen Überfall einlassen zu wollen.

„Bisher ist das Buch jedenfalls sehr spannend", antwortete sie in eigenartig knarrendem Dialekt und mit gnädigem Lächeln.

Nun kam der entscheidende Moment – wenn sie ja sagte, hatte er gewonnen. Und eigentlich gewann er immer.

„Darf ich mich zu Ihnen setzen? Sie kommen mir vor wie eine Frau, mit der man sich gut, nein – anspruchsvoll unterhalten kann!"

Wieder lächelte sie ein wenig verächtlich. „Sie sind nicht zufällig Heiratsschwindler von Beruf?"

„Gnädige Frau, was unterstellen Sie mir?!" Ganz kurz guckte er verärgert und lächelte zwei Sekunden später wieder. „Ich würde Ihnen sofort meinen letzten Kontoauszug unterbreiten, wenn ich ihn dabei hätte. Ein Wort von Ihnen, und ich werde Sie nie wieder belästigen."

Vielleicht beruhigte sie das, vielleicht wollte ja auch sie ihn kennen lernen, jedenfalls fasste sie sich mit der rechten Hand nach hinten ans Haar, schaute zu den großen Fenstern hinaus, vor denen jetzt der Schnee vom Himmel rieselte, und meinte, wiederum sehr gnädig: „Also gut, setzen Sie sich – aber langweilen Sie mich nicht!"

Norbert strahlte sie an, als zerspringe er fast vor Glück, dachte bei sich: *Das kann ja heiter werden!*, holte sich seine Kaffeetasse herüber und ließ sich am Tisch der blonden Dame nieder.

*

Bonn-Bad Godesberg, Michaelplatz
17.45 Uhr

Allmählich taten Kornelia die Füße weh.

„Hör mal Schatz, wir waren jetzt in vier Schuhläden; wenn du im nächsten nichts findest, fahren wir nach Hause. Ich hab dir doch gesagt, dass ich mich nachher noch mit deinem Vater treffe."

Lucy machte ein Schmollmündchen, schaute sie treuherzig mit ihren schwarzen Augen an und bettelte: „Ach, Mama, ich brauche die

Stiefel echt heute noch! Ich will doch am Samstag nicht wie die letzte Schlampe rumlaufen!"

Dazu sagte Kornelia lieber nichts. Ihre Tochter war eine unglaublich hübsche, vielleicht etwas oberflächliche Siebzehnjährige, die sich gern kleidete wie die letzte Nutte – aber taten das die jungen Mädchen heute nicht alle?

„Schluss jetzt, Lucy! Wir gehen noch in genau ein Schuhgeschäft, klar? Also überleg dir gut, in welches!"

Lucy überlegte nicht lange: Sie wählte natürlich den teuersten Laden in der ganzen Fußgängerzone. Nun, warum nicht, der Vater zahlte ja. Kornelia war einverstanden, und so spazierten sie Arm in Arm an Geschäften und Restaurants vorbei, durch leichten Schneefall über einen latent rutschigen Boden.

Die Innenstadt war nicht so voll wie sonst, was sicher an dem hinterhältigen Heckenschützen lag, der schon zwei Menschen erschossen hatte. Aber Kornelia war keine ängstliche Person! Zumal Polizisten in Uniform und vermutlich auch in Zivil die Straßen überwachten.

Und da vorne war ja auch der Laden schon: moderne Marmorfront, hell erleuchtet, nicht eben gut besucht. Kornelia freute sich schon auf die eine oder andere hochnäsige Verkäuferin, die sie zusammenstauchen konnte.

*

Lucy stand neben ihrer Mutter vor dem Schaufenster, immer noch Arm in Arm, und schaute sich die Auslage an – und dort hinten, etwas erhöht, thronte ein Paar dunkellila Stiefel, die ihr Herz sofort ein wenig schneller schlagen ließen.

Plötzlich nahm sie von rechts ein komisches, kurzes, kaum hörbares Surren oder Pfeifen wahr und ein Geräusch, als habe jemand sachte in die Hände geklatscht. Im gleichen Moment ging ihre Mutter in die Knie, riss Lucy mit nach unten, die automatisch versuchte gegenzusteuern, an Mutters Arm zerrte, nach oben zerrte, aber das brachte nichts, die Frau ließ sich hängen wie ein Sack Kartoffeln.

„Mama, was ist denn?! Steh auf!"

Im ersten Moment hatte Lucy gedacht, ihre Mutter sei gestolpert, aber wie sie jetzt dalag in ihrer braunen Jacke mit dem Goldschimmer, mit dem rotbraun gefärbten Haar, wie sie jetzt nach vorne zusammengekrümmt direkt an der Wand unterhalb des Schaufenster dalag ... Das sah so grässlich aus, so ernst, so todernst, dass Lucy schwindlig wurde und sich ihr Kopf mit einem Schlag leer anfühlte.

Sie beugte sich vor, um ihre Mutter unter beiden Armen zu packen und ihr so aufzuhelfen. Fast wäre sie selbst dabei umgekippt. Dann, während sie sich abmühte, fiel ihr Blick auf eine blutige Stelle hinter Mutters Ohr. In ihrem leeren Kopf bildete sich nur ein Wort: Nein. Sie ließ ihre Mutter los, richtete sich auf, und wieder gellte dieses *Nein!* durch ihren Kopf.

Lucy stand neben der leblosen Mutter, schaute auf sie herab, bekam kaum Luft, stand da, schaute zu, wie die Schneeflocken die braun schimmernde Jacke bedeckten, glaubte es nicht, begann langsam den Kopf zu schütteln, öffnete schließlich den Mund und schrie ein solches „NEIN!" in die dämmrigen, im Schneefall versinkenden Straßen, dass die Menschen in ihrer Nähe erschrocken und alarmiert die Köpfe zu ihr drehten.

*

Bonn, Polizeipräsidium
18.00 Uhr

Andreas und Sascha saßen noch nicht lange im Büro, als die Nachricht kam, dass wieder eine Frau erschossen worden war. Diesmal in Godesberg.

„Ein Frauenhasser", warf Sascha in den Raum, während er sich auf der Südbrücke in den fließenden Verkehr einfädelte.

„Das kann Zufall sein, schließlich will er laut seinem anonymen Schreiben ganz Bonn auslöschen", merkte Andreas an, und es klang ein wenig erschöpft.

Aber Sascha hatte gerade erst vorhin eine Idee gehabt, die Andreas sicher aufmuntern würde.

„Weißt du was? Ich glaube nicht an einen Amoktäter, der aus lauter Hass und Frust alle Bonner umbringen will!"

„Was du nicht sagst."

Sascha sah kurz zur Seite: Andreas lächelte gequält.

„Ja, ich hab das vorhin mal durchgerechnet."

„Was?"

Sascha überholte einen LKW aus Luxemburg. „Das klingt jetzt

vielleicht makaber, aber Fakt ist doch, dass unser Heckenschütze seit Montag jeden Tag einen Menschen erschossen hat. Bonn hat über 300.000 Einwohner. Ich ziehe mal ein Drittel Kinder ab, die er vielleicht netterweise verschonen würde, bleiben 200.000. Wenn der Kerl in dem Tempo weitermacht, weißt du, wie lange er braucht, um die Stadt zu entvölkern?"

„Nein."

„Wie gesagt, ich hab's durchgerechnet: Er braucht mindestens 548 Jahre!"

Daraufhin schwieg Andreas fast zwei Minuten lang, bis er sich ein „Interessante Überlegung" abrang. Dann schwieg er wieder, während Sascha nach Godesberg abbog. Doch plötzlich hörte er Andreas sagen: „Wenn die Sache mit dem *ganz Bonn abknallen* nur ein großes Ablenkungsmanöver ist – was ich übrigens auch glaube –, muss es zwischen den ermordeten Menschen doch irgendeine Verbindung geben!"

„Genau, und die werden wir finden!"

Während Sascha durch stärker fallenden Schnee fuhr, stellte er Vermutungen an und Theorien auf. Gemeinsam diskutierten sie über mögliche Verbindungen zwischen den Opfern, und Andreas, der Perfektionist, zog sein Notizbuch aus der Jackentasche und schrieb das Wichtigste mit.

Gegen halb sieben hatten sie Bad Godesberg erreicht. Sascha kannte sich halbwegs aus, zumindest wusste er, wo die Fußgängerzone war. Der Tatort befand sich am Rande des Michaelplatzes, war bereits abgesperrt und bei weitem nicht von so vielen Neugierigen belagert wie erwartet.

Die meisten Kollegen waren schon da, hatten ein Zelt direkt am Schaufenster eines Schuhgeschäfts aufgebaut, und auf der gegenüberliegenden Seite suchten gut zwei Dutzend Leute mit drei Hunden die Gebäude ab und befragten Anwohner und Passanten. Aber anscheinend war der Heckenschütze auch diesmal wieder über alle Berge.

Andreas schritt auf das kleine weiße Zelt zu, auf dessen Dach sich bereits eine Schneeschicht gelegt hatte, und Sascha folgte ihm eilig. Im gut ausgeleuchteten Zelt lehnte vornüber geneigt eine Frau in brauner Jacke mit dem Kopf unten an der Hauswand. Man sah hauptsächlich den Hinterkopf: Ein bisschen Blut klebte in den sehr kurzen, rötlich gefärbten Haaren.

Peer stand, Hände in den Hüften, in seiner giftgrünen Winterjacke neben der Leiche, schüttelte den Kopf und schimpfte: „Wie lange soll das noch so weitergehen? Müssen wir eine Ausgangssperre über die Stadt verhängen?!"

„Das fehlte noch", seufzte Andreas. „War denn nicht zufällig einer unserer Leute in der Nähe und hat irgendwas mitgekriegt?"

„Nee, zufällig nicht. Dir ist doch klar, dass wir auch mit zehnmal so vielen Leuten nicht die ganze Stadt flächendeckend observieren können!"

Darauf antwortete Andreas erst gar nicht, sondern ging in die Hocke und besah sich die Bescherung aus der Nähe. „Hat jemand mitbekommen, wie es passiert ist?"

Peer räusperte sich, was er selten tat. „Allerdings. Ihre Tochter stand direkt neben ihr."

„Ach du Scheiße", entfuhr es Sascha. Da hatte sich das Schicksal ja mal wieder was Nettes einfallen lassen! „Wo ist das Kind?"

„Das Kind ist 17 und wird in dem Krankenwagen da draußen behandelt."

Sascha verließ das winzige Zelt und lief zum Krankenwagen hinüber, der mit geschlossenen Türen ein paar Meter entfernt stand. Diesmal konnte ihm Andreas kaum folgen. Sascha klopfte an die hintere Tür, und der Arzt öffnete. Sie kannten sich von diversen Einsätzen.

„Wie geht's ihr?"

„Ich hab ihr was gegeben. Ich dachte mir schon, dass ihr mit ihr reden wollt."

„Weißt du, wie sie heißt?"

„Lucy Graaf."

Der Arzt ließ Sascha und Andreas in den Wagen steigen. Auf einer Liege saß Lucy mit großen, tiefschwarzen, starren Augen und schaute in eine Welt voller Grauen. Sie trug eine hellblaue, glänzende Jacke, Jeans und schwarze Stiefel. Ihr hübsches, geschminktes Gesichtchen war vollkommen ausdruckslos.

„Hallo Lucy, ich bin von der Polizei", sprach Andreas sie sanft an und überlegte kurz, ob er sie wohl duzen durfte. Aber sie sah so zerbrechlich und hilflos und jung aus, dass er es einfach tat. „Hast du vielleicht gesehen, wer geschossen hat? Oder woher der Schuss kam?"

In Zeitlupe wanderte ihr Blick in Andreas' Gesicht, immer noch starr und abwesend. Sie schien nachzudenken. Schließlich schüttelte sie den Kopf. Mehr war nicht aus ihr herauszuholen.

Andreas wandte sich an den Arzt. „Was habt ihr jetzt mit ihr vor?"

„Sie hat mir die Telefonnummer ihres Vaters gegeben, der kommt gleich und holt sie ab. Die beiden sollten sich von euren Psychologen betreuen lassen."

Andreas sah auf die Uhr. „Okay, wir fragen mal drüben bei den Häusern nach, ob jemand schon was gefunden hat – aber ruf uns bitte an, sobald der Vater kommt, ich muss unbedingt mit ihm reden."

Der Arzt nickte, und Sascha war froh, aus dem Krankenwagen herauszukommen. Bildete er sich das ein, oder roch es dort drinnen nach Krankheit?

Schnee rieselte auf den Platz herab, der menschenleer im Licht einiger Straßenlaternen dalag. Nur am Rande standen ein paar Schaulustige, und ein paar Polizisten und Forensiker wuselten in der Nähe herum. Sascha schlug die Kapuze seiner neuen Jacke hoch: auf dem Kopf war er – dank mangelnder Haarpracht – ein wenig kälteempfindlich.

Andreas mit seiner grau werdenden Mähne störten die Schneeflocken anscheinend nicht. Er hatte den Jackenkragen hochgestellt, die Hände in die Taschen geschoben und schritt in seinen nicht eben schneetauglichen Halbschuhen zügig auf die Häuser zu, die gerade durchsucht wurden.

Sie redeten mit Kollegen und mit den wenigen Passanten, die zur Tatzeit vor Ort gewesen waren und die alle keinen Schuss gehört hatten, sondern nur einen entsetzlichen Schrei von Lucy, aber letztlich ergab sich kein einziger Hinweis. Keine leeren Patronenhülsen, keine Augenzeugen, nichts. Hätte es die Leiche nicht gegeben, man hätte meinen können, auf dem Platz sei nichts geschehen.

Also gingen sie zurück zum Krankenwagen und klopften an die Tür, die geöffnet wurde. Auf der Liege saßen jetzt zwei Personen: Der Vater hielt seine bleiche, schluchzende Tochter im Arm und redete tröstend auf sie ein. Er war ein Mann mit braunem Haar und gewaltigen Geheimratsecken sowie vielen Furchen in Stirn und Wangen.

Sein Gesicht war ungewöhnlich braun für die Jahreszeit, sein Alter schwer einzuschätzen, irgendwo zwischen 45 und 55.

Andreas sprach ihn an: „Wir sind von der Kripo Bonn. Können wir kurz draußen miteinander reden?"

Der Mann ließ seine Tochter los. „Schätzchen, kann ich dich mal eben allein lassen? Ist das okay? Ich bin sofort wieder da. Ja? Geht das?"

Lucy schluchzte und nickte gleichzeitig.

Der Vater stieg aus dem Krankenwagen, machte die Tür von außen zu, wandte sich um und hielt Andreas die Hand hin. „Ich bin Burkhardt Graaf, Graaf mit doppel a. Heizung und Sanitär."

Andreas nahm die Hand und stellte sich und Sascha vor. „Piel und Montenar, Kripo Bonn. Zunächst mal unser Beileid, Herr Graaf. Ihre Frau ist, wie es scheint, das nächste Opfer des Heckenschützen geworden und –"

Graaf fiel ihm ins Wort. „Meine Ex-Frau, bitte! Das Ganze berührt mich weniger wegen ihr, sondern wegen meiner Tochter. Die hat doch einen Schock fürs Leben! Meinen Sie, dass sie da jemals drüber wegkommt? Mein Gott, wie furchtbar ..."

Tränen traten in die sorgenvollen Augen von Lucys Vater, und er drehte sich für einen Moment zur Seite. Sascha war sich nicht sicher, ob er die Szene für echt halten sollte. Auch Andreas wirkte nicht unbedingt überzeugt.

„Herr Graaf, das ist jetzt nichts Persönliches, aber ich muss Sie das fragen: Wo waren Sie in der Zeit zwischen 17 und 18 Uhr?"

Er schaute Andreas wieder an, vielleicht eine Spur zu empört. „Also bitte, das ist ja... Ich war bei einem neuen Kunden, er ist Verwalter eines Wohnblocks. Der Vermieter will die Heizung von Öl auf Gas umstellen, wir haben uns den Wohnblock in Troisdorf zusammen angesehen, da waren auch noch ein paar Mieter dabei, dann war ich mit den Leuten im Büro und da bin ich ja von der Polizei angerufen worden."

Graaf guckte Andreas und dann auch Sascha so zufrieden an, dass es dem letzten Blödmann auffallen musste, dass hier jemand mit einem perfekten Alibi beeindrucken wollte. Aber perfekte Alibis waren eine Herausforderung für jeden Kommissar!

Andreas tat, als habe er nichts bemerkt, bedankte sich und beauftragte Sascha, noch ein paar Personalien von Graaf und seiner Ex-Frau zu notieren.

Dann wollte sich Andreas aus dem Staub machen, denn er hatte sie kommen sehen. Aber es war zu spät.

*

Andreas fluchte innerlich. Und schon stand Renate vor ihm. Was wollte sie jetzt wieder von ihm?!

„Hallo Andreas." Ein überbordendes Lächeln.

„Hallo." Er versuchte, sachlich zu wirken.

„Ich wollte schnell noch mal nachfragen. Nicht, dass ich was falsch verstanden habe: Du hast doch gestern gesagt, es stimme nicht, dass du mich nicht magst."

„Richtig."

„Da bin ich aber erleichtert – wo ich doch extra deinetwegen nach Niederdollendorf gezogen bin."

Andreas hielt die Luft an. Das durfte ja wohl nicht wahr sein! Oder – er stutzte – war das ein schlechter Scherz? Er atmete aus.

„Jetzt mal im Ernst, das stimmt nicht, oder?" Er gab sich äußerlich gelassen und schaute ihr in die Augen, die in diesem Licht nicht himmelblau waren, sondern tiefblau: Was war das für ein Ausdruck darin? Freude, eine geradezu teuflische Freude darüber, dass sie ihn so aus der Fassung bringen konnte?

„Doch, ich habe mir am Rhein eine kleine Wohnung gekauft."

Andreas gab sich Mühe, sich nichts anmerken zu lassen. „Schöne Gegend, tolle Aussicht." Und dann stichelte er: „Du bist also immer noch solo?"

Renate lächelte leicht verlegen. „Ja, Andreas, genau wie du."

Dazu musste er etwas sagen, und es klang, verdammt noch mal, gar nicht gelassen! „Und du findest, wegen dieser Gemeinsamkeit sollten wir uns zusammentun?!"

Während sich immer mehr Schnee auf ihrer Kapuze und ihren Schultern sammelte, schaute Renate ihm in die Augen, nicht lange, dann zu Boden. Sie schüttelte plötzlich den Kopf, lachte und ließ ihn wissen: „Ach Andreas, wie kommst du denn bloß auf so was?"

Immer noch kopfschüttelnd schritt sie von dannen, auf das Zelt zu, in dem die erschossene Frau lag.

Andreas blieb stumm und starr zurück und zweifelte an seinem Verstand. Hatte sie nicht gerade gesagt, sie sei *seinetwegen* nach Dollendorf gezogen? Oder hatte sie das nicht gesagt? Hatte sie überhaupt mit ihm gesprochen, oder hörte er Stimmen? Er war doch sonst nicht so –

„Na, was wollte sie?" Sascha war auf einmal neben ihm.

„Sie wollte wissen, ob wir Spuren in den Gebäuden da drüben gefunden haben", behauptete Andreas.

„Aha." Sascha guckte, als glaube er ihm nicht. „Machen wir Schluss für heute?"

„Ja, fahr du mal nach Hause, aber mich setzt du bitte am Präsidium ab. Ich fürchte, es wird ein langer Abend. Ich werde mich mit ein paar Leuten beraten. Wir müssen uns langsam was einfallen lassen, so geht es jedenfalls nicht weiter."

Kapitel 4

Vinxel
Donnerstag, 14. Februar
6.15 Uhr

Als der Wecker klingelte, war Sascha längst wach. Gabriel hatte die halbe Nacht herumgehustet, und Annika war tausendmal aufgestanden, um nach ihm zu sehen.

Was für ein Leben war das? Hatte Sascha sich das so vorgestellt? War es nicht für alle Beteiligten besser, wenn sie sich getrennte Wohnungen nahmen? Er drehte sich auf den Rücken, verschränkte die Hände unter dem Kopf und blickte zur Tür, die einen Spalt offenstand.

Im Flur brannte Licht, Annika war wieder in Gabriels Zimmer. Wahrscheinlich bekam das Kind Zähne oder Grippe. Oder hatte schlechte Laune oder einfach große Lust, seine Erziehungsberechtigten in den Wahnsinn zu treiben!

Sascha hatte vorgeschlagen, den Klein-Terroristen zu sich ins Bett zu holen, um dann gemeinsam und friedlich weiterzuschlafen, aber Annika hatte pädagogische Bedenken angemeldet. Als ob sie eine Ahnung von Pädagogik hatte! Als ob überhaupt jemand auf dem Planeten eine Ahnung von Pädagogik hatte!

Sascha gähnte, schloss die Augen und träumte sich hinweg auf eine Südseeinsel mit weißem Strand, schattenspendenden Palmen und einer kleinen Hütte mit Bett, immer vollem Kühlschrank und Flachbildschirm. Dort war er allein und konnte den ganzen Tag tun und lassen, was er wollte – in der Sonne liegen, schwimmen, Filme gucken und ungesunde Sachen essen. Und abends erschien hin und wieder eine dunkelhaarige Schönheit von der Nachbarinsel und verwöhnte ihn nach Strich und Faden. Auf Dauer mochte das langweilig werden, aber war nicht alles auf Dauer –

„Sascha, schläfst du?“, flüsterte Annika von der Tür her.

Er öffnete die Augen und setzte sich auf. „Nein, ich wollte gerade aufstehen.“

„Gut, dann leg ich mich mit Gabriel hier ins Bett, vielleicht schläft er dann noch ein, zwei Stündchen.“

Das verdarb Sascha völlig die Stimmung. „Warum hast du das nicht früher gemacht?! Dann hätte ich vielleicht auch drei, vier Stündchen mehr Schlaf bekommen!“

Annika, im rosa Blümchenschlafanzug, warf den schwarzen Zopf nach hinten, guckte giftig, sagte aber dann doch nichts. Sascha machte sich im Bad fertig, merkte in der Küche, dass er keinen Hunger hatte, trank nur ein Glas Cola und zog im Wohnzimmer den Rollladen der Balkontür nach oben.

Ein paar Minuten lang schaute er in die Dunkelheit Richtung Siebengebirge, das man jetzt natürlich noch nicht sehen konnte. Irgendwie fühlte er sich gefangen. Vielleicht sollte er ab morgen nach dem Frühstück wieder öfter mal joggen. Plötzlich hörte er Annika in der Küche werkeln. Er ging hinüber zu ihr.

„Na, wollte Gabriel doch nicht mehr schlafen?"

Müde schüttelte sie den Kopf. An diesem Morgen (fand er und schämte sich fast gar nicht für seinen Gedanken) sah sie glatt zehn Jahre älter aus. Gabriel saß mit blondem Lockenköpfchen und roten, fleckigen Wangen in seinem Hochstuhl.

„Das Kind ist krank", diagnostizierte Sascha und zog sich seine Jacke an.

„Wahrscheinlich", stimmte ihm Annika zu, ohne ihn anzusehen. „Ich fahre nachher mit ihm zum Arzt."

„Viel Spaß. Bis später." Sascha floh aus der Wohnung, setzte sich in den Wagen und fuhr durch den langsam wieder einsetzenden Schnee Richtung Polizeipräsidium. Hoffentlich waren die Straßen schon gestreut. Ein Name geisterte ihm durch den Kopf: Rosamaria. Vielleicht sollte er sich mit ihr einlassen, schließlich betete die Frau ihn an, jeden Wunsch würde sie ihm von den Augen ablesen, und direkt hässlich war sie auch nicht. Bisher hatte er ihre Mail nicht beantwortet, vielleicht sollte er –

Bist du übergeschnappt? Hast du dich bei ihr angesteckt?! Konzentrier dich lieber auf den Verkehr!

Allmählich dämmerte es. Er fuhr durch die Dörfer, durch weiße Felder und Wiesen, dann die Serpentinen hinunter und war froh, als er heil unten ankam. Um Viertel vor acht betrat er sein Büro. Obwohl es dort nicht eben warm war, riss er das Fenster auf und nahm ein paar Züge frischer Kaltluft.

Anschließend traute er sich an die E-Mails besorgter und/oder verärgerter Bürger heran, die von der Polizei wissen wollten, was getan wurde, um das ‚Abknallen harmloser Menschen' zu beenden. Natürlich hatte Sascha nicht die Absicht, all den Leuten zu antworten – dafür waren andere zuständig.

Aber sie vermittelten einen Eindruck von der Stimmung in der Stadt, und die gefiel ihm nicht: An allem war mal wieder die Polizei schuld! Was die Leute anscheinend nicht ahnten: Polizeibeamte waren keine Superhelden, die stets alles voraussahen, die sofort jeden Zusammenhang durchschauten oder in jeder Sekunde wussten, was zu tun war!

Ein Geschäftsmann aus der Innenstadt beschwerte sich besonders unverschämt darüber, dass die Unfähigkeit der Polizei seinen Umsatz senke. Er denke ernsthaft darüber nach, von der Stadt Schadenersatz einzuklagen. Sascha hingegen dachte darüber nach, den Mann in seinem Geschäft aufzusuchen und ein paar offene Worte mit ihm zu reden!

Er las weiter, bis Andreas auftauchte und ihm von der Besprechung erzählte, die bis in den späten Abend gedauert hatte. Bürgermeister, Leiter der Antiterroreinheit der Bundespolizei, LKA, alles sei vertreten gewesen, und jeder hatte seinen Senf dazu gegeben.

Es sei heiß hergegangen, aber erst einmal konnte man sich nicht einigen, womit man es hier überhaupt zu tun hatte: mit einem Täter, der aus persönlichen Gründen ganz bestimmte Menschen erschoss, mit einem Psychotiker, der wahllos Leute abknallte, oder am Ende doch mit einem Terroristen, der mit den Morden in erster Linie Angst und Schrecken verbreiten wollte und eigentlich etwas ganz anderes vorhatte.

Als Paradebeispiel für Letzteres wollte Sascha eben den Film *Stirb langsam: Jetzt erst recht* anführen, als er Andreas' grimmige Miene bemerkte und es bleiben ließ. Stattdessen erzählte er ihm von den Anrufen und E-Mails der Mitbürger.

Andreas knallte einen blaugrünen Hefter auf den Tisch und schimpfte: „Wir tun, was wir können! Da muss die Stadt jetzt durch! Wer will und kann, soll Bonn verlassen oder wenigstens nach fünf Uhr nicht mehr aus dem Haus gehen! Wir werden verstärkt kontrollieren und patrouillieren, und wir müssen, verdammt noch mal, rausfinden, ob es eine Verbindung zwischen den Opfern gibt!"

Er setzte sich zu seinem Hefter und fügte hinzu: „Was denken sich die Leute? Dass wir eine so große Stadt lückenlos überwachen können?!"

*

Eine Stunde später

Andreas saß neben Sascha im Auto und hatte sich wieder beruhigt. Er konnte die Ängste der Bevölkerung durchaus verstehen. Mittlerweile hatten sich gut zwei Dutzend Bonner gemeldet, die Polizeischutz beantragt hatten, weil sie im Clinch lagen mit Verwandten, Bekannten oder Geschäftspartnern und nun befürchteten, auf irgendeiner Abschussliste zu stehen.

Man war unterwegs zu dem Immobilienverwalter, der Burkhardt Graaf (mit Doppel a) ein Alibi geben sollte. Kurz nach neun Uhr betraten sie das alte Haus mit der edel renovierten Stuckfassade und saßen zwei Minuten später am Schreibtisch dem Verwalter gegenüber – einem Mann um die Vierzig, spindeldürr, dunkelblauer Anzug, großer Kopf, sehr kurzes, dunkles Haar, schwarze Brille.

Leider sehr glaubwürdig bestätigte er, dass er von 16.50 bis 17.50 in Troisdorf mit Graaf zusammen gewesen war.

„Wieso erinnern Sie sich so genau, wann Graaf gefahren ist?“, bohrte Andreas nach.

„Weil er mich nach der Uhrzeit gefragt hat“, erwiderte der Mann. „Seine Uhr ging falsch.“

„Wer war sonst noch dabei?“

„Der Besitzer des Wohnblocks und ein paar Mieter.“

Andreas ließ sich die Namen geben, obwohl er nicht vorhatte, die Leute jetzt schon zu befragen, und fuhr mit Sascha zurück ins Präsidium.

Nun gab es also drei Opfer, die miteinander in Verbindung gebracht werden mussten. Da half nur äußerst planvolles Vorgehen. Kannten sich die drei Frauen und wenn ja, woher? Aus dem privaten Bereich, aus dem beruflichen? Aus einem ganz anderen? Zum Beispiel vom Sport, aus einem VHS-Kurs, aus dem Krankenhaus?

Sascha und Andreas telefonierten mit Verwandten und Freunden und bemühten sich, möglichst viele Puzzleteilchen zusammen zu bekommen, was sich im Fall der 81-jährigen Edeltraud May als besonders schwierig erwies.

Nach etwa vierstündiger Forschungsarbeit hatte Andreas den Eindruck, dass sich die Frauen noch nie begegnet waren. Das ließ nur den Schluss zu, dass er und Sascha entweder nicht tief genug gegraben hatten, oder dass der Täter doch völlig wahllos Menschen abknallte!

Gegen drei Uhr nachmittags saß Andreas frustriert am Schreibtisch und grübelte darüber nach, was er vielleicht übersehen hatte, als das Telefon klingelte. Petra hatte Neuigkeiten.

„Hi, wir haben gerade einen anonymen Anruf aus einer Telefonzelle in Köln bekommen. Warte, ich spiel dir das mal vor.“

Andreas stellte auf Raumlautsprecher, damit Sascha mithören konnte. Eine eindeutig verstellte oder technisch verzerrte Stimme behauptete: „Ich weiß, wer der Heckenschütze ist, und ich hab eine Info für euch: Er wird heute zur üblichen Zeit wieder zuschlagen, am Suttner-Platz."

Der Anrufer legte auf, und Petra fragte: „Na, hat jemand die Stimme erkannt?"

„Nee, ich nicht." Andreas sah zu Sascha hinüber, der den Kopf schüttelte. „Sascha auch nicht. Würdest du bitte mal alle Leute zusammentrommeln? In 10 Minuten ist Lagebesprechung."

Nachdem Andreas aufgelegt hatte, fragte Sascha: „Was hältst du von dem Ganzen?"

„Entweder sagt der Kerl die Wahrheit und will uns wirklich helfen – oder es war der Heckenschütze höchstpersönlich, der uns an den falschen Ort locken will!"

„Um möglichst weit weg vom Suttner-Platz ungestört zuschlagen zu können?"

„Klar. Lass uns mal den Stadtplan befragen."

Andreas stellte sich vor die an der Wand hängende Karte, verschränkte die Arme vor der Brust und murmelte: „Es gibt verdammt viele Plätze, die weit vom Suttner-Platz entfernt sind."

„Und wie sollen wir jetzt vorgehen? Und was ist mit der Bevölkerung? Sollen wir sie vorwarnen?"

„Lass uns das in der Einsatzbesprechung klären. Ich hab gerade keine Ahnung."

*

Königswinter
12.25 Uhr

Thomas stand vor seinem Restaurant und rauchte frierend eine Zigarette. Drinnen saßen zwei Gäste und warteten auf ihr Mittagessen. Wenn sich nicht bald etwas änderte, konnte er den Laden in ein paar Monaten dicht machen!

Was lief hier schief? Gut, die Lage war ungünstig – welcher Tourist verirrte sich schon in diese Gasse? Ja, aber die Einheimischen wussten Bescheid. Und Werbung machte er auch dauernd. Er konnte schließlich nicht sämtliche Einnahmen dafür verpulvern!

Nervös zog er an der Zigarette, ging die paar Meter bis zur anderen Seite der Gasse, wandte sich um und studierte wieder einmal das Äußere seiner Lokalität: Über dem Eingang prangte ein auf alt getrimmtes Schild mit dem Namen *Restaurant Rheinland*. War das vielleicht zu protzig für das kleine, windschiefe Fachwerkhaus? Quatsch, es konnte doch nicht nur am Namen liegen!

Nein, im Zweifel lag es immer am Essen. Natürlich konnte er sich keinen Sternekoch leisten, aber das, was seine Frau kochte, schmeckte gut. Ihm zumindest. Vielleicht sollte er es so machen wie in einer dieser Fernsehsendungen: Testesser einladen und sie anonym Noten verteilen lassen.

Na prima, und was, wenn dabei herauskam, dass Sybille nicht gut genug kochte? Konnte er es verantworten, sie aus der Küche zu verbannen? Würde sie das psychisch nicht endgültig in ein schwarzes Loch stoßen? Ihm schien nämlich, dass er sie seit gut zwei Jahren nicht mehr hatte lachen sehen.

Thomas eilte zurück zum Haus und drückte die Zigarette im Aschenbecher aus, der auf der Außenfensterbank neben einem grünen Plastikblumenkasten mit halberfrorenen Stiefmütterchen stand. Als er den Gastraum betrat, stieg ihm ein muffiger Geruch in die Nase. Dagegen musste auch etwas unternommen werden!

Er rieb sich die kalten Hände und beobachtete ein paar Sekunden lang seine beiden einzigen Gäste, ein mindestens 75-jähriges Ehepaar, das zwar vornehm, aber nicht sehr lustvoll speiste. War es doch das Essen?

Der weißhaarige Mann im dunklen Pullover erinnerte ihn stark an seinen Vater, den Rechtsanwalt im Ruhestand, der mächtig die Nase gerümpft hatte, als er von den Plänen seines Sohnes erfuhr, im Gastronomiebereich Fuß zu fassen. Er verstieg sich sogar zu der Äußerung, Thomas sei – im Gegensatz zu seinen beiden anderen Kindern – gar nicht sein Sohn. Eine typische Projektion von Fremdgängern, die selbstverständlich davon ausgingen, alle anderen Menschen seien auch nicht treu!

Mit Verachtung wandte sich Thomas ab und begab sich in die Küche, um nach Sybille zu sehen. Auf dem Weg dorthin kam er an einem Zettel vorbei, der an der Pinwand hing: Am Nachmittag musste er nach Bonn, wo er etwas zu erledigen hatte.

*

Bonn, Innenstadt
17.00 Uhr

Sascha staunte – Andreas tat das, was er ihm geraten hatte!

Vor einer halben Stunde hatte er ihn mit Blick auf seine Schuhe gefragt: „Andreas, du willst dich doch nicht ernsthaft mit deinen Sommerschühchen stundenlang in den Schnee stellen?"

Andreas hatte an seinem langen, dünnen Körper hinabgesehen, zu den schwarzen Slippern hinunter, die er trug, hatte nachgedacht und Sascha Recht gegeben.

„Wir sind doch gleich sowieso in der Innenstadt, dann seh ich mal schnell nach Winterstiefeln. Die wollte ich mir schon letztes Jahr kaufen."

„Und du hast mal wieder Glück gehabt – es ist Winterschlussverkauf. Da kannst du deiner Lieblingsbeschäftigung nachgehen: Sparen."

Also waren sie jetzt in einem Schuhgeschäft, wo Andreas sofort etwas Passendes ins Auge fiel: Dicke, gefütterte, hellbraune Lederstiefel zum Schnüren, die Andreas gleich anbehielt.

Seine dünnen Sommerschuhe brachte er noch schnell zurück zum Auto, und dann machten sie sich zu Fuß auf den Weg zum Suttner-Platz, der an diesem späten Donnerstagnachmittag besonders gut überwacht wurde.

*

Bonn, Konrad-Adenauer-Platz
17.40 Uhr

Mist, es fing schon wieder an zu schneien! Das passte Norbert gar nicht, er hatte sich extra für das Rendezvous mit der widerspenstigen Blonden schick gemacht!

Besonders die eleganten, blank polierten Halbschuhe waren in keiner Weise für Schneematsch gedacht! Vorhin hatte er ja noch damit geliebäugelt, zu Fuß über die Kennedy-Brücke zu gehen, aber das kam jetzt nicht mehr in Frage. Norbert lenkte seine Schritte auf die Straßenbahnhaltestelle zu, an der schon viele Menschen warteten und die erhöht in der Mitte angebracht war zwischen je zwei Fahrbahnen für den übrigen Verkehr.

Gerade hatte er sich neben eine junge Frau (Mitte 20, brauner Mantel, dunkel gefasste Brille, dunkle, schöne Augen) unter die Glasüberdachung gestellt, als sein Handy klingelte. Er holte es aus der Innentasche seines teuren, schwarzen, mit schmelzenden Schneeflocken bedeckten Wollmantels hervor und schaute aufs Display: Dietlinde schon wieder!

Warum ließ sie ihn nicht einfach in Ruhe! Es gab nichts mehr zu besprechen! Und seine Geschenke konnte sie gerne behalten, wenn sie nur aufhörte, ihn zu belästigen!

Ungehalten schob er das klingelnde Gerät zurück in die Innentasche und begann, auf dem nicht überdachten Teil der Haltestelle, wo fast keine Leute standen, verärgert auf und ab zu gehen. So ein dummes Weibsbild! Dumm und dreist! Völlig unter seinem Niveau!

Er merkte kaum etwas von den herabtanzenden Schneeflocken, die sein Gesicht trafen – der Großteil fiel sowieso auf seinen extravaganten, schwarzen Hut.

*

Jasmin wartete an der Haltestelle Konrad-Adenauer-Platz auf die 66 in Richtung Siegburg. Der ältere Herr im schwarzen Mantel und mit schwarzem Hut fiel ihr erst auf, als er rechts von ihr im Schneegestöber auf und ab ging und den Mund bewegte, als rede er kaum hörbar mit sich selbst. Er wirkte aufgebracht.

Wütende Menschen machten Jasmin ein bisschen Angst. Das hatte in der Grundschule angefangen und auch jetzt im Studium nicht aufgehört. Vielleicht sollte sie mal wieder mit ihrem Therapeuten darüber reden. Schnell schaute sie in die andere Richtung, als sich der ältere Herr bedrohlich näherte.

Du Angsthase! Wahrscheinlich will der Mann nur Schutz unter dem Glasdach suchen, unter dem du stehst!

Nun sah sie geradeaus auf das konsequent dreieckig konzipierte, neue Gebäude auf der anderen Straßenseite: Richtung Siegburg lief es dreieckig und sehr spitzwinklig zu, an den Fassaden klebten Mosaike aus kleinen, dreieckigen Kacheln in verschiedenen Grau- und Brauntönen, in die Glasscheiben der schmalen Fenster waren ebenfalls Dreiecke eingearbeitet und sogar ein paar Stützpfeiler hatten die Form von Dreiecken.

Aus dem Augenwinkel bekam sie mit, dass der Mann ca. zwei Meter von ihr entfernt stehengeblieben war. Da traute sie sich, den Kopf noch weiter zu drehen, und stellte fest, dass er gar nichts von ihr wollte, sondern durch sie hindurchstarrte, während er vor sich hinmurmelte.

Plötzlich – es war schon eigenartig – flog von seinem Hut seitlich ein kleines, schwarzes Fetzchen weg. Eine Sekunde später sackte der Mann in sich zusammen und blieb reglos auf dem Bahnsteig liegen, während der schwarze Hut ein Stück von seinem Kopf wegkullerte.

Jasmin fühlte, wie ihr das Blut aus dem Gehirn sackte. Hatte der Mann einen Herzinfarkt oder Schlaganfall erlitten? Was sollte sie tun? Herrgott, musste sie etwas tun? Aber dann entdeckte sie einen dunklen Fleck in seinem weißen Haar, aus dem eine dunkle Flüssigkeit sickerte. Und da wusste sie, was passiert war. Und sie war nicht die einzige – hinter ihr brüllte jemand mit einer guten Portion Hysterie in der Stimme: „Hier schießt jemand auf uns!"

Wie immer, wenn etwas Schlimmes passierte, versteinerte Jasmin. Sie konnte ihre Beine nicht mehr bewegen. Sie konnte nicht mehr denken, nicht mehr fühlen. Sie konnte nur noch aufnehmen, alles, was – für sie fast wie in Zeitlupe – ablief, aufsaugen und abspeichern.

Da niemand wusste, aus welcher Richtung der Schuss gekommen war, brachen Chaos und Panik aus – alle standen auf der erhöhten Plattform wie auf dem Präsentierteller!

Jasmin schaute nach links. Die meisten Leute versuchten sich zu verstecken. Hinter den Pfeilern der Überdachung, hinter der Fahrplantafel, unter den dunkelroten Metallsitzen, wo gar kein Platz für alle war, es wurde gedrängelt und die Schwächeren beiseite geschoben. Andere quetschten sich zu mehreren hinter die Fahrscheinautomaten und die Telefonsäule, wieder andere schienen zu hoffen, dass die Wände der Haltestelle aus kugelsicherem Glas bestanden und drückten sich in die Ecken.

Manche Leute sprangen aber auch vom Bahnsteig den guten Meter hinunter auf die Gleise und kauerten sich unter den Betonsockel, so gut es ging. Eine Mutter mit Kinderwagen blieb ein paar Meter entfernt stehen und wusste anscheinend nicht wohin. Sie wirkte genauso gelähmt wie Jasmin.

Eine andere Mutter hingegen riss ihr Baby aus dem Wagen, drückte es an sich und rannte zum hinteren Ende des Bahnsteigs. Im gleichen Moment hörte Jasmin ein paar erschrockene Schreie. „Geh da weg!", „Mach das nicht!", „Weg da, bist du verrückt?!"

War die junge Mutter gemeint? Oder sie selbst? Jasmin schaute sich um. Nein, die Warnungen galten dem jungen Mann in der offenen Winterjacke, der gerade über die Schienen stieg, auf die Fahrbahnen in Richtung Siegburg zu. Noch war die Straße leer, aber jetzt sprang die Ampel an der Kreuzung auf Grün, die Autos rasten heran. Die Sicht war schlecht, es war fast dunkel, es schneite, und der junge Mann trug dunkle Kleidung.

Trotzdem – hätte der Autofahrer auf der linken Fahrbahn ihn nicht sehen müssen? Er schoss an dem Mann vorbei, gerade als der mit wehender Jacke einen Fuß auf die Fahrbahn setzte. Der Außenspiegel des Autos verfing sich in der Jacke oder umgekehrt, jedenfalls wurde der junge Mann hinter den Wagen auf die Fahrbahn geschleudert.

Die Leute, die es mitbekamen, schrien entsetzt auf, aber Jasmin selbst fühlte nichts, sie registrierte nur. Ihre Wahrnehmung konzentrierte sich auf das, was um sie herum geschah.

Der nachfolgende Wagen versuchte zu bremsen, aber es war zu spät – er überrollte den am Boden liegenden Mann, kam ins Schlingern, geriet auf die Nebenfahrbahn und rammte dort ein anderes Auto, das jetzt quer zur Fahrtrichtung über den Boden schlitterte.

Natürlich konnte auch keins der heransausenden Autos mehr rechtzeitig bremsen oder ausweichen, und so knallten im Sekundentakt drei weitere Wagen in die Unfallstelle.

Hinter Jasmin, auf der anderen Seite des Bahnsteigs, Richtung Kennedy-Brücke, schien sich Ähnliches abzuspielen. Lautes Hupen, quietschende Bremsen, das Ineinanderkrachen von Autos.

Vor ihrer Nase allerdings kündigte sich die nächste Katastrophe an: Ein Schwerlaster mit blutroter Aufschrift donnerte mit kreischenden Bremsen in die aufeinander geschobenen Autos und faltete den hintersten regelrecht zusammen. Zwei Sekunden später ging der Kleinwagen in Flammen auf. Hinter dem Laster fuhr ein voll besetzter Bus. Der Fahrer sah keine andere Möglichkeit - er scherte nach links aus, genau auf den Bahnsteig zu. Er holperte über die Abgrenzung, dann über die Gleise und rutschte einfach immer weiter Richtung Jasmin. Erst der Beton des erhöhten Bahnsteigs hielt ihn auf.

Und so stand sie, immer noch wie festgeschraubt, Auge in Auge mit dem Busfahrer, der sie mit fassungslosem, schneeweißem Gesicht durch die riesige Frontscheibe anstarrte. Es war ein grüner Bus mit der Nummer 640. Sekundenlang ließ ihr Blick die Nummer nicht los. Diese 640 würde sie ihr Leben lang verfolgen.

Alle Ereignisse hatten sich in kaum einer Minute abgespielt. Doch plötzlich stellte sich ihr Verstand eine Frage: Wann kommt die Bahn?

Ihr Kopf drehte sich wie von selbst zur Brücke hin – und da tauchte die Straßenbahn eben hinter den Häusern am Fuß der Brücke auf, ein Koloss mit zwei hellen Scheinwerfern. Jasmin hatte keine Ahnung, ob das Stahlungetüm die Katastrophe zu ihren Füßen vollenden würde, und dennoch konnte sie keinen Schritt zur Seite gehen.

Die Bahn kam näher. Würde der Fahrer die Situation überblicken? Wurde die Bahn nicht schon langsamer? Hörte man nicht das quietschende Kreischen der Bremsen? Oder würde die Straßenbahn gegen den Bus donnern, entgleisen und noch mehr Menschen in den Tod reißen?!

Vermutlich dachte in dem Moment niemand mehr an den Heckenschützen, alle starrten im Schein der lodernden Flammen der Straßenbahn entgegen. Der Fahrer bremste tatsächlich mit aller Macht ab, das kreischende Geräusch war ohrenbetäubend – und er schaffte es: Die Bahn kam zum Halten, nur ein paar Meter von dem Bus entfernt, der auf den Schienen stand.

Der Busfahrer, ein grauhaariger Mann im dunkelblauen Pullover, der anscheinend unverletzt war und dessen Gesicht schlagartig wieder Farbe bekommen hatte, stieg eilig aus und half seinen Fahrgästen aus dem Bus. Alle bewegten sich hektisch und guckten erschrocken, einige weinten.

Im Gänsemarsch folgten sie dem Fahrer, der sie über die Schienen ans andere Ende des Bahnsteigs führte, nur weg vom Inferno rund um die Haltestelle. Und auch alle anderen Menschen, die es mitbekamen, eilten ihm hinterher. Nur Jasmins Füße regten sich nicht. Sie schaute zum Fahrer der Straßenbahn hinüber, der noch hinter der Scheibe saß und den Mund bewegte – vielleicht sprach er zu den Fahrgästen, vielleicht rief er gerade über Funk die Polizei, die Feuerwehr, die Rettungswagen.

Jedenfalls war der Verkehr zu beiden Seiten des Unfallorts zum Erliegen gekommen. Vermutlich würde innerhalb kürzester Zeit die ganze Brücke verstopft sein und der Rückstau bis weit in die Innenstadt reichen.

*

Bertha-von-Suttner-Platz
17.35 Uhr

Andreas und Sascha hatten sich zu beiden Seiten des Platzes postiert und beobachteten die jeweils gegenüber liegenden Gebäude.

Selbstredend waren sie nicht allein hier – es wimmelte von Kollegen, die spezielle Aufgaben hatten: Die einen konzentrierten sich auf vorbeifahrende Autos, andere auf die oberen Stockwerke der Häuser, wieder andere auf die Geschäfte rund um den Platz oder auf die Fußgänger oder die Wartenden an der Straßenbahnhaltestelle und an der gegenüberliegenden Bushaltestelle, an der gerade drei lange Busse hintereinander eingefahren waren.

Allmählich fing es an zu dämmern, Schneeflocken wirbelten vom Himmel herab, der Berufsverkehr rauschte in zwei Richtungen am Platz vorbei.

Sascha war sicher, dass der Heckenschütze nicht hier, sondern an einem ganz anderen Ort zuschlagen würde. Aber natürlich konnte man einen anonymen Hinweis nicht einfach ignorieren, und natürlich wurden auch noch andere Plätze gut überwacht. Dummerweise war nicht viel Zeit geblieben, die Bevölkerung zu warnen, aber auch da waren die Meinungen auseinandergegangen: Man wollte schließlich keine Panik auslösen.

Sascha marschierte vor dem Kino am Suttner-Platz auf und ab und schaute immer wieder auf seine Uhr, als warte er auf jemanden. Dazwischen überprüfte sein Blick ein paar bestimmte Gebäude auf der anderen Seite.

Alle an der Überwachung Beteiligten waren natürlich miteinander verbunden. Und so fragte Sascha: „Ist schon jemandem was aufgefallen?"

„Ja", antwortete Jörg. „Es ist saukalt!"

„Super Beobachtungsgabe", urteilte Andreas. „Was ist mit dem Lastwagen Ecke Kölnstraße?"

Der zuständige Kollege meldete sich: „Ich seh nichts Verdächtiges."

Kaum hatte er zu Ende gesprochen, als Sascha eine Serie von dumpfen Geräuschen gehört zu haben glaubte, und zwar aus Richtung der Kennedy-Brücke. Er schaute hinüber. „Habt ihr das auch gehört? Was war das?"

„Klang nach Verkehrsunfall", antwortete jemand.

Dann krachte es wieder, und auf einmal stieg eine Rauchsäule direkt hinter der Brücke in den grauen, wolkenverhangenen Winterhimmel. Sascha – und vermutlich nicht nur er – hatte eine böse Vorahnung.

„Andreas? Haben wir Leute da drüben auf der anderen Seite?"

„Da fahren drei Wagen Streife. Warte, ich hör mal nach."

Es dauerte gute zwei Minuten, bis sich Andreas wieder meldete. „Der Konrad-Adenauer-Platz ist Katastrophengebiet: mehrere Tote und Verletzte, darunter ein Erschossener. Der anonyme Anrufer hat uns sauber verarscht! Ich teile jetzt die Leute ein, die hier bleiben. Die anderen fahren mit uns über die Brücke!"

Das Über-die-Brücke-Fahren gestaltete sich dann aber nicht so einfach. Der Verkehr staute sich bereits zurück bis auf den Suttner-Platz. Gerade hatte sich auch noch eine Straßenbahn in Richtung Brücke in Bewegung gesetzt. Es dauerte fast eine Viertelstunde, um überhaupt auf die Brücke zu kommen. Auf der rechten Seite Richtung Beuel stand ein Auto am anderen, also krochen immer mehr Einsatzfahrzeuge über die linke Spur gegen die Fahrtrichtung und über die mittlere Spur für die Straßenbahn.

Immerhin fanden Andreas und Sascha eine gute halbe Stunde später einen Parkplatz direkt am Tatort auf der anderen Rheinseite, das heißt, Sascha stellte den Wagen einfach hinter einem Polizeiauto ab. Als er ausstieg, fragte er sich kurz, ob er vielleicht doch gerade träume.

Durch das blaue Licht der Streifenwagen, vermischt mit dem roten Licht von Warnanlagen, tanzten sachte die Schneeflocken herab und verwandelten das Chaos aus ineinander geschobenen Autos, umherrennenden Ärzten und Sanitätern, löschenden Feuerwehrleuten, dirigierenden Polizisten und konfuser Zivilbevölkerung in eine Art surreale Filmkulisse.

Auf einmal eilte Andreas an ihm vorbei auf den erhöhten Bahnsteig zwischen den Fahrbahnen zu, auf denen der Ausnahmezustand herrschte. Sascha kam zurück in die Wirklichkeit und marschierte hinter Andreas her.

Auf dem Bahnsteig wurden eben die letzten Fahrgäste in Krankenwagen oder Busse verfrachtet, nur wenige wurden noch an Ort und Stelle verarztet. Der erschossene, ältere Mann lag in einem notdürftig abgesperrten Bereich, in dem sich auch Peer und Renate schon eingefunden hatten.

Andreas stellte sich ans Absperrband und schaute sich den Mann an. Er war sicher um die Achtzig (schätzte Sascha), hatte weißes Haar und trug einen eleganten, schwarzen Mantel, der von einer dünnen Schicht Schnee bedeckt wurde. Genau wie der schwarze Hut, der einen halben Meter neben seinem Kopf zu Boden gefallen war. Der Tatort befand sich keine zwei Meter von einem Linienbus entfernt, der von der Straße abgekommen und gegen den Bahnsteig gekracht war.

Peer steckte eben seine Hände in die Taschen seiner giftgrünen Jacke, ließ seinen Blick schweifen, schüttelte den Kopf und erklärte: „So was hab ich auch noch nicht gesehen."

Andreas nickte, schaute sich ebenfalls um und fragte plötzlich: „Wer ist die Frau da drüben?"

Er wies mit dem Kopf zu einer Person Mitte Zwanzig hinüber, die in einem braunen Steppmantel auf einem der Metallsitze saß und von einem Arzt in orangeroter Jacke betreut wurde.

„Sie hat wohl von hier aus alles mit angesehen. Sie steht unter Schock und redet komische Sachen." Peer nahm die Hände aus den Taschen, ging in die Hocke und widmete sich (wie schon Renate) dem erschossenen Mann.

Andreas nahm Kurs auf die junge Frau, Sascha folgte ihm.

„Können wir mit ihr sprechen?", fragte Andreas.

Der Arzt zuckte die Achseln. „Ihr könnt es versuchen."

„Wie heißt sie?"

„Jasmin Gehrlacher."

„Darf ich mal?", drängelte sich Sascha vor, griff sich eine ihrer Hände, die in braunen Wollhandschuhen steckten, und forderte die Frau mit sanfter, aber nachdrücklicher Stimme auf: „Bitte sehen Sie mich an, Jasmin, ich bin von der Polizei, ich heiße Sascha, und ich kann mir gut vorstellen, dass Sie völlig geschockt sind von dem, was Sie gesehen haben. Sie haben die ganze Zeit hier gesessen?"

Jasmin Gehrlacher trug eine dunkelgefasste Brille, durch die sie Sascha jetzt mit ihren tiefbraunen, aufgerissenen Augen ansah. Aber der Blick darin war irgendwie ausdruckslos. Sie schüttelte den Kopf, stand auf, ließ Saschas Hand los und ging auf eine Stelle zu, die nicht weit von dem verunglückten Bus entfernt war.

„Hier", murmelte sie und blieb stehen.

Sascha stellte sich neben sie. „Sie standen hier und haben den Bus auf sich zukommen sehen?"

Jasmin nickte und sagte tonlos: „Das war alles wie im Film *Final Destination.*"

Sascha verstand sofort. „Sie meinen den zweiten Teil mit der furchtbaren Massenkarambolage an der Autobahnauffahrt?"

Sie wandte sich ihm zu. Ihr Blick belebte sich plötzlich. „Ja genau. Ein Inferno. Ich hätte nie gedacht, dass ich so was mal miterleben muss! Mein Therapeut wird sich freuen."

„Ihr Therapeut?", fragte Sascha vorsichtig nach.

„Ich leide an einem fotografischen Gedächtnis. Ja, ich leide", gab sie bereitwillig preis. „Haben Sie eine Ahnung, wie es ist, wenn man sich an jedes Detail einer schrecklichen Sache erinnert?" Sie schaute Sascha mit Qual im Blick an. „Nein, können Sie nicht. Aber jetzt stellen Sie sich mal vor, Sie könnten sich Ihr Leben lang an jede Einzelheit dieses grauenhaften Unfalls erinnern!"

Nein, Sascha stellte sich das nicht vor, denn seine Überlegungen gingen bereits weiter.

„Wirklich jede Einzelheit?", hakte er nach.

„So ziemlich."

Andreas schien etwas von der Befragung mitbekommen zu haben, denn er, der Notarzt, Peer und Renate gesellten sich auf einmal zu ihnen und hörten zu.

Sascha nahm Notizblock und Stift aus der Jackentasche. „Jasmin, fühlen Sie sich in der Lage, mal kurz zu schildern, was passiert ist?"

Der Notarzt, der hinter der Frau stand, schüttelte missbilligend den Kopf. Aber Jasmin reihte, ohne etwas großartig auszuschmücken, ein Ereignis ans nächste, mit sachlicher Stimme und ohne in Tränen auszubrechen. Sascha schrieb fleißig mit und war überzeugt, damit eine fast lückenlose Dokumentation einer mittleren Katastrophe vor sich zu haben. Wenn er auch eigentlich von Anfang an etwas anderes hatte wissen wollen.

„Vielen Dank, Jasmin, das war die beste Zeugenaussage, die ich je aufgenommen habe." Jasmin Gehrlacher ließ ein schüchternes Lächeln sehen. Sascha fuhr fort: „Aber da ist noch was, das Sie für uns tun könnten. Gehen Sie doch bitte in Gedanken noch mal ganz zurück zum Anfang, zu dem Zeitpunkt, als der ältere Herr erschossen wurde, oder eher noch ein kleines bisschen weiter zurück. Ist Ihnen kurz vorher etwas aufgefallen?"

Der Blick der jungen Frau verlor sich zusehends im Nichts, vielleicht lief vor ihrem inneren Auge der Katastrophenfilm rückwärts, vielleicht konnte sie ihre Erinnerung tatsächlich zurückspulen und an jeder beliebigen Stelle anhalten – Sascha hatte keine Ahnung, wie das Hirn solcher Menschen funktionierte.

Es schien, als wagten alle um Jasmin herum kaum zu atmen, niemand störte sie, alle ließen sie in Ruhe überlegen – und schließlich kam etwas, das, wenn es stimmte, für die Ermittlungen enorm hilfreich sein konnte.

Während Jasmin sprach, schloss sie sogar die Augen. „Ja, ich habe was gesehen – genau in dem Moment, als der Mann zu Boden sackte, fuhr dort drüben, noch hinter der Bushaltestelle da, ein Lieferwagen davon. In diese Richtung." Sie wies zum Rhein hin.

Andreas wirkte begeistert. „Ein Lieferwagen! Das würde einiges erklären!"

„Allerdings!" Sascha fand sich gerade ziemlich brillant und setzte die Befragung fort. „Frau Gehrlacher, Sie haben ja keine Ahnung, wie sehr Sie uns geholfen haben!" Er strahlte sie an. „Können Sie den Lieferwagen vielleicht auch beschreiben?"

Jasmin lächelte verlegen. „Na ja, es wurde schon dunkel, und es schneite, und der Wagen war echt weit weg. Aber ich meine, es war ein mittelgroßer Lieferwagen, weiß, ich glaube, mit schwarzer Aufschrift auf der Seite."

„Konnten Sie sehen, welche Marke?"

„Tut mir leid, mit so was kenne ich mich überhaupt nicht aus."

„Trotzdem, hervorragend, Frau Gehrlacher!", mischte sich Andreas ein. „Wir suchen die Fotos von verschiedenen Modellen heraus, und Sie kommen uns morgen im Präsidium besuchen. Vielleicht schaffen wir es zusammen, die richtige Fahrzeugmarke zu identifizieren."

Sascha ließ sich ihre Personalien geben, und während sich Andreas kurz mit Peer und dem Notarzt austauschte, wanderte sein Blick einmal rund um den Konrad-Adenauer-Platz.

Zwei Rettungswagen kämpften sich eben mit Sirene vom Tatort weg durch den Mega-Stau, die Feuerwehr löschte immer noch, Notärzte kümmerten sich nach wie vor um Leichtverletzte und Leute, die unter Schock standen, und Sascha hatte wieder das Gefühl, in einem Alptraum festzustecken.

Das Klingeln seines Handys machte ihm klar, dass er sich in der alptraumhaften Wirklichkeit befand. Er holte das Gerät aus der Tasche. Annika. Er nahm ab und fragte alarmiert: „Hallo Schatz, was ist los? Ist was passiert?"

Sie ließ ein erstauntes Lachen hören. „Also, du bist gut! Ich wollte wissen, ob *dir* was passiert ist! Die Fernsehsender überschlagen sich mit Meldungen über einen Terrorangriff in Bonn!"

„Quatsch! Wir haben hier ein Opfer des Heckenschützen und ein paar Verkehrstote – aber die Lage ist unter Kontrolle, und mir geht es gut!"

„Das ist für mich die Hauptsache. Dann will ich dich nicht weiter bei deiner Arbeit stören. Bis später. Hab dich lieb."

„Ich dich auch", versicherte Sascha und sah Andreas auf sich zukommen. „Bis nachher."

„Was Neues?" Andreas schaute sich ebenfalls, Hände in die Hüften gestützt, noch einmal um.

„Ja, Annika hat mir gerade erzählt, dass die Medien von einem Terroranschlag auszugehen scheinen."

„Das sollten wir der Zentrale melden – obwohl, die wissen das sicher schon." Andreas steckte die Hände in die Taschen. „Sag mal, möchtest du noch ein bisschen hierbleiben? Das muss doch für dich so was wie der beste Horrorfilm seit Jahren sein."

Sascha wunderte sich: Andreas' Bemerkung klang fast wie eine Beleidigung. Was war los mit dem Kerl? „Nein, Andreas, das ist es nicht!"

„Gut, das beruhigt mich. Machen wir eine kleine Rundreise durch Bonn und besuchen ein paar von den Zeugen der letzten Anschläge. Vielleicht hat noch jemand den Lieferwagen gesehen." Sein Gesicht bekam plötzlich einen genervten Ausdruck. „Rufst du bitte mal im Präsidium an und lässt dir die Adressen geben?"

Sascha wandte sich in die Richtung um, in die Andreas blickte, und sah den Grund für seine Verstimmung: Renate. Lächelnd schritt sie auf ihn zu, und es schien, als habe sie ihm etwas mitzuteilen, vermutlich etwas Privates.

„Okay. Dann will ich mal nicht stören", verkündete er, holte sein Handy heraus und spazierte auf dem Bahnsteig davon.

Während er telefonierte und sich ein paar Adressen von Zeugen aufschrieb, schaute er hin und wieder zu Andreas und Renate hinüber, die eigentlich ganz zivilisiert miteinander redeten. Als Renate schließlich abzog, kehrte er zu Andreas zurück. Er stellte keine Fragen, und der Mann verlor kein Wort über sein Gespräch.

Schweigend gingen sie zum Wagen, der mehrere Querstraßen weiter abgestellt war. Selbst hier herrschte noch Chaos, obwohl zwei Polizisten verzweifelt versuchten, den Verkehr am Laufen zu halten. Über die Südbrücke, auf der es sich auch staute, fuhren sie nach Dottendorf, wo Edeltraud May erschossen worden war, und befragten zwei der Leute, die an jenem Tag an der Haltestelle gewartet hatten. Doch keinem war ein Lieferwagen aufgefallen.

Weiter ging es nach Godesberg zu zwei Zeugen, die bei der Ermordung von Kornelia Graaf in der Nähe gewesen waren. Und tatsächlich, einer der beiden glaubte sich erinnern zu können, einen am Rande des Platzes geparkten Lieferwagen gesehen und sich noch darüber gewundert zu haben. Weiß, mit schwarzem Schriftzug an der Seite. Und ja, der Wagen sei, kurz bevor der Schrei von Lucy Graaf über den Platz hallte, davongefahren. Diese Aussage verbesserte Andreas' Laune erheblich.

„Sehr gut, wir haben eine erste Spur!" Er schaute auf seine Uhr, nachdem er ins Auto gestiegen war. „Machen wir Schluss für heute, ich schätze mal, wir kommen jetzt nicht zu unserem dritten Tatort in der Innenstadt, da ist garantiert noch alles dicht."

Sascha saß hinter dem Steuer und blätterte in seinem Block. „Warte mal, eine der Zeuginnen vom Remigius-Platz wohnt in Kessenich, da könnten wir noch eben vorbeifahren."

Andreas stimmte zu, obwohl es auf 21 Uhr zuging. Kurz nach neun saßen sie im Wohnzimmer der Schillers. Ehefrau Ruth schilderte noch einmal in aufgewühltem Ton, was ihr am Dienstag passiert war.

Andreas ließ sie erzählen und fragte sie, als sie fertig war, ob ihr in der Umgebung ein verdächtiges Fahrzeug aufgefallen sei, bevor sie das Zelt der Blumenverkäufer betrat. Schiller schien sich offensichtlich zu konzentrieren und die Szenerie genau ins Gedächtnis zu rufen, denn sie schwieg eine Minute, bevor sie ausführte: „Da standen ein paar Lieferwagen auf dem Platz herum, ich nehme an, von den Geschäften da in der Fußgängerzone. Aber jetzt, wo Sie mich fragen … Ja, da ist mir was aufgefallen. Ich wollte mir die Schaufenster von dem großen Laden an der Ecke ansehen, und da stand an der Seite, direkt vor einem der Schaufenster, ein Lieferwagen, der war so schäbig weiß, irgendwie alt und klapprig und schmutzig. Und ich dachte noch, wieso parkt der Idiot genau vor dem Fenster, und dann dachte ich, ist vielleicht 'ne Werbeaktion oder so."

„Werbung? Für was?"

„Keine Ahnung. Moment, da stand was auf der Seite, groß und fett, warten Sie … ja, DIGITAL-TV.DE. Richtig, das war es."

„DIGITAL-TV.DE?" Sascha schrieb es auf. „Sie haben nicht zufällig auf das Kennzeichen oder das Fabrikat des Wagens geachtet, Frau Schiller?"

„Nein, tut mir leid."

Das war schade. Aber wenn der Frau das Fahrzeug aufgefallen war, dann hatten es vielleicht noch mehr Menschen gesehen. Man musste sie nur danach fragen.

Kapitel 5

Bonn-Oberkassel
Freitag, 15. Februar
6.15 Uhr

Als Andreas wach wurde, war es natürlich noch stockdunkel draußen. Er drehte sich auf den Rücken und wartete schläfrig auf das grelle Fiepen des Weckers, den er auf 6.45 Uhr eingestellt hatte.

Und ehe er sich versah, tauchte das Bild der blonden Renate in seinem Verstand auf – wie sie im Schneetreiben vor ihm stand, ihn mit sehr dunkelblauen Augen hypnotisierte und ihn fragte, ob er am Samstagnachmittag mit ihr am Rhein spazieren gehen wolle.

Andreas hatte „Ja“ gesagt. Und natürlich hatte er sich gestern Abend stundenlang den Kopf darüber zerbrochen, wie er so etwas hatte sagen können!

Er merkte, wie sich sein Nacken verspannte. Er kam zu dem Schluss, dass ihn in dem Moment, als Renate ihm tief in die Augen schaute, ein mysteriöses Bauchgefühl ermahnte, über folgende Frage nachzudenken: Was, wenn Renate die Richtige für ihn war, seine Traumfrau fürs Leben, ein einzigartiges Juwel, seine zweite Hälfte? Was, wenn er die vielleicht einmalige Chance verpasste, es herauszufinden?

Andreas machte im Bett ein paar Dehnübungen. Entspanne dich. Es ist nur ein Spaziergang. Du wirst dich mit ihr unterhalten und schon bald merken, wie wenig Verständnis sie für deine Macken hat, welche komischen Ansichten sie vertritt, welche unerträglichen Macken sie hat. Und sobald du weißt, dass sie nicht deine Traumfrau ist, kannst du dich so verständnislos und grantig benehmen, dass sie nie wieder etwas mit dir zu tun haben will!

Ein toller Plan. Andreas war zufrieden. Er fühlte sich sogar so entspannt, dass er noch einmal eindöste. Als der Wecker losschrillte, schreckte Andreas auf. Wie schnell doch die Zeit verflog. Mit Schwung warf er die Decke von sich, setzte sich auf und fand, dass es kalt war in seinem Schlafzimmer. Sehr kalt.

Böses ahnend stand er auf, zog seinen Bademantel über und machte sich auf eine Inspektionstour durch seine Dachwohnung. In allen Zimmern waren die Heizkörper eiskalt. Um sich seinen Verdacht bestätigen zu lassen, versuchte Andreas im Bad heißes Wasser aus der

Leitung zu zapfen. Vergebens – auch das Wasser blieb kalt.

Verdammter Mist! Seine Mutter bekam einen Herzinfarkt, wenn sie merkte, dass die Heizung kaputt war!

Während sich Andreas im kalten Bad sehr sparsam mit eisigem Wasser wusch (kalt zu duschen, zog er nicht einmal ansatzweise in Betracht!), fiel ihm plötzlich der Name *Graaf* ein, *Heizung und Sanitär.* Wie wär's, wenn er Graaf engagierte und einen netten Deal mit ihm machte: Er hielt den Mann aus allen Ermittlungen heraus und bekam dafür eine kostenlose Heizungsreparatur. Machte man das heute nicht so? War das nicht weitgehend gesellschaftlich akzeptiert?

Andreas zog sich schnell an; er hatte den Eindruck, dass es mit jeder Minute ein Grad kälter in seinen Zimmern wurde. Wie gut, dass nicht auch noch der Strom ausgefallen war – so konnte er sich wenigstens mit heißem Kaffee aufwärmen.

Um halb acht rief Andreas unten bei seiner Mutter an, egal, ob sie schon wach war oder nicht, er musste schließlich gleich zur Arbeit. Er ließ es so lange klingeln, bis sie abnahm.

„Was ist denn los? Ist was passiert?"

„Ja, Mutter, es sieht so aus, als wär die Heizung ausgefallen."

„Was?"

„Ja, fass mal deine Heizkörper an. Soll ich unseren Installateur bestellen?"

„Moment."

Andreas hörte sie durch den Flur schlurfen, dann hörte er eine Weile nichts mehr. Plötzlich war sie wieder da und wies ihn an: „Bevor du irgendwen bestellst, geh in den Keller und sieh nach, ob Wasser nachgefüllt werden muss!"

„Zu Befehl", murmelte Andreas, legte auf und trabte hinunter in den Keller. Ein Blick auf den Wasserstandsanzeiger brachte Klarheit. Der Pegel befand sich unterhalb der notwendigen Marke, der Druck reichte nicht mehr aus. Andreas war erleichtert, füllte Wasser nach und stieg wieder hinauf ins Erdgeschoss. Seine Mutter stand in ihrer Wohnungstür im rosa Frotteebademantel, mit hoch und quer stehenden Haaren. Im Blick etwas Triumphierendes.

„Na, war's das Wasser?"

„Ja, du hattest Recht. Falls die Heizkörper jetzt wieder warm werden. Schönen Tag noch, ich muss gleich weg."

Sie nickte selbstzufrieden und verschwand in der Wohnung. Andreas eilte die Treppe hoch. Kürzlich war ihm zufällig aufgefallen, dass

Ärzte und Rechtsanwälte in den Gelben Seiten überproportional häufig vertreten waren, das hieß wohl: Entweder war der Mensch krank, oder er wollte Recht haben. Nun ja, was das Recht-haben-Wollen anging – da bildete er wohl keine Ausnahme.

Andreas wartete fünf Minuten, bis sich die Heizkörper wieder erwärmten, und machte sich auf den Weg ins Büro. Eine Viertelstunde später traf er dort ein. Sascha war schon da.

„Morgen. Ganz schön glatt draußen."

„Morgen. Stimmt. Auf der Langemarckstraße wär ich vorhin fast aus der Kurve geflogen."

„Wieder zu schnell gefahren?"

Sascha guckte überrascht. „Du suchst Streit am frühen Morgen?"

„Nein, danke." Andreas holte sich einen frischen Kaffee. „Gibt's was Neues?"

„Der Mann, der gestern erschossen wurde, heißt Norbert Richter, Rechtsanwalt im Ruhestand, geschieden, drei Kinder und anscheinend leidenschaftlicher Schürzenjäger. In seinem Handy sind jedenfalls jede Menge Frauennamen gespeichert."

„Wie sieht denn die allgemeine Schreckensbilanz von gestern Abend aus?"

„21 Verletzte, außer Richter noch drei Tote, von denen einer im Auto starb, die beiden anderen wurden auf ihrer panischen Flucht überfahren und lösten damit das größte Verkehrschaos aller Zeiten in Bonn aus."

„Ich kann das immer noch nicht ganz glauben. Jedenfalls ist unser Heckenschütze nicht dumm. Gibt als Tatort den Suttner-Platz an, damit wir denken, er schlägt ganz woanders zu, und dann macht er es gleich nebenan. Wirklich clever. Was ist mit dem weißen Lieferwagen?"

Sascha schaute auf einen der vielen Zettel, die vor ihm auf dem Schreibtisch lagen. „Eine Suchmeldung wurde an die Medien weitergegeben."

„Apropos Medien, was haben wir für eine Presse?"

„Natürlich waren wir die Volldeppen! Da überwachen wir mit einem Großaufgebot den Suttner-Platz, und 200 m weiter wird einer erschossen!" Sascha schüttelte verärgert den Kopf. „Ich hab mir den Mist gar nicht bis zum Ende reingezogen! Wenn das so weitergeht, braucht die Polizei bald Polizeischutz!"

„Ach was! Wir kriegen den Täter schon noch, und dann –"

Es klopfte an der Tür, und ein uniformierter Kollege steckte seinen Kopf zur Tür herein. „Morgen. Kann ich mal eben stören? Es geht um den Lieferwagen."

Der Mann, der am Vortag zur Beobachtung an den Adenauer-Platz abgestellt gewesen war, erzählte, dass ihm der Wagen um 17.15 Uhr aufgefallen sei; er habe in der Friedrich-Breuer-Straße im absoluten Halteverbot gestanden. Der Kollege wollte sich das Kennzeichen notieren, weil anscheinend niemand im Wagen war. Aber die Schilder seien total verdreckt gewesen. Daher habe er sich entschieden, sich später um das Auto zu kümmern und lieber den Adenauer-Platz im Auge zu behalten, den er mit nur zwei Kollegen überwacht hatte.

„Sie haben also auch nicht mitbekommen, ob aus dem Wagen geschossen wurde?"

„Leider nicht."

Kaum war der Mann aus der Tür, als das Telefon klingelte. Andreas meldete sich.

„Ja, guten Morgen, hier ist Weber. Man hat mich an Sie weitergeleitet. Ich hab in den Nachrichten von dem Lieferwagen gehört, und ich … also, ich wohne in Dottendorf am Quirinus-Platz, und als ich gestern von der Arbeit kam, da stand der Lieferwagen direkt vorm Haus, also da, wo ich sonst immer parke. Und als die ganzen Polizeiwagen und so weiter ankamen, war der Lieferwagen längst weg, also der stand höchstens zehn Minuten da", sprudelte es aus dem Anrufer heraus.

„Danke, dass Sie angerufen haben. Können Sie uns vielleicht was zur Automarke sagen?"

Weber schien zu überlegen. „Na ja, es war dunkel, und ich hab auch nicht so drauf geachtet. Auf jeden Fall war es ein ziemlich altes Ding, und sicher keiner von den ausländischen Wagen."

„Aha, interessant. Hatte er eine Aufschrift?"

„Ja, auf einer Seite stand was. In sehr großen, schwarzen Buchstaben. Irgendwas mit DIGITAL oder so."

Andreas bedankte sich nochmals, obwohl auch dieser Zeuge das vor Dreck starrende Kennzeichen nicht hatte entziffern können, und legte auf.

„Eins ist jetzt klar: Der Lieferwagen war an allen Tatorten. Ich werde noch ein paar mehr Leute darauf ansetzen", meinte Andreas.

Um neun Uhr erschien Zeugin Jasmin Gehrlacher, die mit Sascha und Andreas ihre Aussage vom Vortag durchging, wobei sie noch ein paar Details aus dem Hut zauberte.

„Unglaublich, was Sie alles behalten haben!“, begeisterte sich Sascha. „Sie sollten zur Polizei gehen!“

Die Frau ließ kurz ein Lächeln sehen. „Nein, das ist nichts für mich. Äußerlich wirke ich immer ganz ruhig, aber Sie ahnen ja nicht, wie sehr mich die Sache gestern fertig gemacht hat. Zu Hause hab ich erst mal zwei Beruhigungstabletten geschluckt, und gleich hab ich einen Termin bei meinem Psychiater.“

„Können wir uns noch eben ein paar Fotos von Lieferwagen ansehen?“

Sie blätterte die Mappe durch, aber sie wollte sich nicht auf eine Marke festlegen. Dann mussten sich eben die anderen Zeugen mit den Fotos befassen. Andreas gab die Aufgabe an Petra weiter und wollte sich, als Gehrlacher gegangen war, gerade wieder seiner Lieblingsthematik widmen, nämlich eine Verbindung zwischen nunmehr vier Opfern des Heckenschützen zu finden, als er ein weiteres Mal gestört wurde.

Wieder klingelte sein Telefon. „Ja.“

„Wilfried hier. Du wolltest doch, dass wir die Wohnungen der Ermordeten noch mal ganz genau unter die Lupe nehmen. Du hattest Recht – wir haben was Ungewöhnliches gefunden.“

„Was denn?“

„Das solltest du dir persönlich ansehen.“

„Eigentlich habe ich hier genug anderes zu tun!“, beschwerte sich Andreas. „Und um zwölf ist eine große Lage- und Einsatzbesprechung. Wo bist du überhaupt?“

„Im Wohnzimmer von Edeltraud May, in Dottendorf.“

„Also gut, wir kommen mal kurz rüber.“ Andreas legte auf und trank seinen Kaffee aus.

„Was ist los?“, fragte Sascha, der trotz der Kälte nur ein blau gemustertes Oberhemd trug, im Gegensatz zu Andreas, der einen warmen Pullover über sein Hemd gezogen hatte.

„Wilfried hat was *Ungewöhnliches* gefunden.“

„Was denn? Sein wahres Ich?“

„Ich bezweifle, dass sich Wilfrieds wahres Ich all die Jahre in Edeltraud Mays Wohnung versteckt hat.“

„Ach, wir fahren nach Dottendorf!“, meinte Sascha, als würde ihm nun alles klar, stand auf und griff nach seiner Jacke. „Dort ist doch die Brutstätte alles Ungewöhnlichen.“

„Das ist mir neu.“

Im Auto drehte Sascha die Heizung derart auf, dass es sogar Andreas nach fünf Minuten zu warm wurde. Unterwegs spekulierten sie noch ein wenig darüber, warum in dieser Serie erst jetzt der erste Mann ermordet worden war, aber dazu fiel nicht einmal Sascha eine abenteuerliche Erklärung ein.

Kurz nach zehn Uhr erreichten sie das Zwei-Familien-Haus, in dem Edeltraud May im Erdgeschoss gewohnt hatte. Dort trafen sie auf Wilfried und zwei Kollegen. Renate war nicht da.

Andreas betrat das vielleicht 25 Quadratmeter große, dicht möblierte Wohnzimmer, in dem es richtig kalt war, und sah zunächst nur eins: Alle Möbel waren von den Wänden abgerückt und manche sogar auf den Kopf gestellt worden.

Wilfried führte ihn und Sascha zu einem hochlehnigen, weiß und beige gemusterten Sofa, das die Herren Spurensucher aus einer hinteren Ecke ans breite Fenster gezerrt hatten, und zwar so, dass man im hellen Licht die Rückseite des Sofas betrachten konnte. Und die sah tatsächlich ungewöhnlich aus.

Sie war mit dem gleichen weiß-beigen Stoff bezogen wie die Vorderseite auch, aber hinten gab es in halber Höhe und quer über den Rücken einen waagerechten Schnitt im Stoff von ca. einem Meter Länge. Durch den Schnitt hatte Edeltraud May so einiges in den entstandenen Hohlraum hinter den Stoff gestopft. Im unteren Drittel war die Rücklehne richtiggehend ausgebeult.

„Was ist da drin?“, fragte Andreas und zeigte auf die Ausbeulung.

„Wir haben vorerst nur einen vorsichtigen Blick riskiert. Sieht nach ’ner Menge Geld aus.“

„Okay, schiebt mal den Tisch hier rüber, da legen wir alles drauf.“

Sascha und Andreas streiften sich Handschuhe über, griffen in die sackartige Erweiterung in der Rücklehne der Couch und holten ein in Plastiktütchen gewickeltes Geldbündel nach dem anderen hervor. Oben Euro, weiter unten D-Mark. Zum Schluss kam noch eine dunkelgrüne Pappmappe ans Tageslicht.

„Lass uns mal in die Mappe gucken“, schlug Andreas vor.

Viel war nicht darin: ein paar alte Schwarzweiß-Fotos eines attraktiven, jungen Mannes, ein Lottoschein aus den Siebzigern und Mays Testament, dass sie vor etwa neun Jahren verfasst hatte – und das all ihr Hab und Gut einem Mann namens Norbert Richter vermachte.

„Norbert Richter? Ist das etwa der Mann, der –“, begann Sascha.

„Der gestern erschossen wurde", vollendete Andreas den Satz. „Das ist ja mal eine Überraschung! Wir haben die erste Verbindung zwischen den Opfern!"

„Ja, und es geht mal wieder nur ums Geld." Sascha klang enttäuscht.

„Zählen wir nach, um wie viel Geld es geht." Andreas sah sich den Lottoschein an, der einen Gelbstich hatte und auf dem in einer Reihe sechs Zahlen mit einem Kreis markiert waren. „Anscheinend hat May mal einen Sechser im Lotto gehabt. Also dann, Leute: Geld zählen. Und keine Selbstbedienung, bitte!"

Das Nachzählen ergab, dass May mehr als DM 800.000 und € 36.000 in ihrem Sofa gehortet hatte.

Andreas fasste zusammen: „Edeltraud May wird erschossen und vererbt ein kleines Vermögen einem Norbert Richter, der drei Tage später ebenfalls erschossen wird – wer hat was davon?"

„Seine Erben", vermutete Manfred und zwirbelte schmunzelnd das eine Ende seines Schnurrbarts.

Aber Sascha war unzufrieden. „Und was hat das alles mit den beiden anderen Opfern zu tun?"

„Gar nichts. Die dienten nur zur Ablenkung – um den Zusammenhang zwischen dem ersten und dem letzten Ermordeten zu vertuschen." Andreas stand auf und wies auf das Geld, das in kleinen Häufchen über den Tisch verteilt war. „Liefert ihr das bitte im Präsidium ab? Ich suche mit Sascha die Kinder von Norbert Richter heim. Mal sehen, ob jemand zu Hause ist."

Als sie wieder im Auto saßen, in dem es fast genauso warm bzw. kalt war wie in Mays Wohnung, ließ sich Sascha von der Zentrale die Adressen der drei Söhne durchgeben, sowie die Informationen, die der Kollege sonst noch im Internet über die drei fand. Anschließend teilte er sein neues Wissen Andreas mit.

„Also – der älteste Sohn ist Andreas Richter, 50, Ingenieur, wohnt in Ludwigshafen, weilt aber anscheinend gerade in China, wo er an einem großen Bauprojekt mitarbeitet. Der zweite Sohn heißt Thomas Richter und betreibt ein Restaurant in Königswinter, er wohnt auch da. Der jüngste Sohn, Vincent Richter, ist Chefarzt für plastische Chirurgie an einem Berliner Krankenhaus, wohnhaft in eben dieser deiner Lieblingsstadt."

Andreas überhörte das. „Schön, dann sag denen in der Zentrale, sie möchten die Kollegen in Ludwigshafen und Berlin um Hilfe bitten,

von wegen Alibis usw. Wir fahren derweil nach Königswinter."
„Okay. Ich fahre und du telefonierst mit der Zentrale."
„Auch gut."

*

Königswinter
12.10 Uhr

Thomas trat vor die Tür seines Restaurants, in dem sich wieder null Gäste aufhielten, und zündete sich eine Zigarette an.

Da es schneite, hatte er sich mit einem Regenschirm ausgestattet. Was für ein Mistwetter! Touristen waren um die Jahreszeit sowieso eine Rarität im Ort, und die Einheimischen dachten gar nicht daran, an einem Freitag wie diesem im *Restaurant Rheinland* zu Mittag zu essen!

Aber Thomas hatte Hoffnung. Die Polizei hatte ihn am Abend informiert, dass sein Vater unter den Toten vom „Adenauer-Platz-Inferno" gewesen war. Was ihn eigentlich nicht sehr berührte. Was ihn mehr berührte, war der Gedanke an das Erbe, das ihn von den gröbsten Schulden befreien konnte. Falls sein Vater ihn nicht enterbt hatte, was ein sehr beunruhigender Gedanke war.

Auf die Straße hatte sich eine dünne Schneeschicht gelegt, auf die hin und wieder Zigarettenasche fiel. Thomas seufzte. Wenn das so weiterging, musste er gleich Schnee fegen, oder vielleicht sofort Salz streuen – das fehlte noch, dass sich jemand vor seinem Restaurant ein Bein brach!

Als er sich umwandte, um die Zigarette im Ascher auszudrücken, sah er, wie zwei Männer in die Gasse einbogen: ein langer, dünner, älterer, der einen Schirm über beide hielt, und ein jüngerer. Gäste?

Als sie am Haus ankamen, grüßten sie kurz und stellten sich vor den Kasten mit dem Aushang der Speisekarte. Der Ältere holte sogar eine Lesebrille aus seiner dunkelblauen Winterjacke und studierte die Karte. Der Jüngere hingegen schien sich schon entschieden zu haben, wandte sich Thomas zu und fragte mit einem sympathischen Lächeln: „Kann man hier gut essen?"

Rasch stellte Thomas den Aschenbecher weg und verhielt sich besonders freundlich. „Aber sicher. Das ist nämlich mein Restaurant. Kommen Sie rein, heute gibt es den Nachtisch umsonst!"

„Ach, das trifft sich gut", meinte der Ältere, tauschte wieder die Brillen und spazierte hinter dem Jüngeren her durch die Eingangstür, die Thomas zuvorkommend für die beiden Männer aufhielt.

Er führte sie zum besten Tisch am Fenster und brachte ihnen, kaum dass sie saßen, die Karten. Der Ältere, dessen kragenlanges, welliges Haar grau wurde, nahm ein Mineralwasser, der Jüngere mit dem kurzgeschorenen Blondhaar eine Cola, ohne Eis. Beide hatten ihre Jacken anbehalten. War es so kalt hier? Natürlich hatte Thomas die Heizung ein bisschen heruntergedreht – warum sollte er einen leeren Raum heizen?

Er begab sich an die Theke, füllte die Getränke ein und brachte sie an den Tisch, an dem der Ältere immer noch stirnrunzelnd die Speisen auf der Karte studierte. Wieso fand der Kerl nichts Passendes?

Thomas verzog sich für ein paar Minuten in die Küche, wo er Sybille schonend darauf vorbereitete, dass sie gleich für zwei Gäste kochen musste.

Sybille, die in den weißen Kochklamotten noch fülliger aussah, fing sofort an zu mosern: „Dann pass gefälligst auf, dass die nicht was bestellen, was ich gar nicht mehr hier hab!"

„Okay, ich schreib's auf. Was haben wir denn nicht mehr?"

„Überhaupt keinen Fisch und auch kein Wild. Du hast gesagt, das wär zu teuer!"

„Ja, ist ja gut. Ich geh die beiden mal beraten."

Thomas floh aus der Küche und eilte zurück zum Tisch der beiden Männer, die er mittlerweile als schwules Pärchen einordnete. Vielleicht hatten die zwei heute Hochzeitstag oder so was. Der Ältere hatte sich endlich für ein Schnitzel „Wiener Art" entschieden, der Jüngere bestellte ein Hüftsteak, medium gebraten. Schön, das würde Sybille ja wohl hinbekommen.

*

Sascha beobachtete den kleinen, drahtigen Restaurantbesitzer dabei, wie er die Bestellung aufschrieb: Ein bisschen nervös wirkte er schon. Und das, obwohl er noch nicht einmal wusste, wen er da am Tisch sitzen hatte.

Andreas hatte natürlich Bedenken angemeldet, ob Saschas Idee, vor der Befragung von Thomas Richter in dessen Restaurant eine Mahlzeit zu sich zu nehmen, moralisch nicht mindestens fragwürdig war

– aber Sascha fand überhaupt nichts dabei. Schließlich würden sie ja bezahlen. Und warum sollte man sich den Delinquenten vor dem Verhör nicht genau ansehen dürfen? Ob er nervös war, ob er unruhig oder gar schuldig wirkte? Außerdem hatte Sascha Hunger.

Er sah sich in der Gaststätte um. Altes Fachwerk, teilweise auch innen, niedrige Decke, viel Holz, recht dunkel, verstaubte Deko, Flecken auf der Tischdecke. Sie waren die einzigen Gäste. Kein Wunder. Wahrscheinlich schmeckte auch das Essen nicht.

Andreas schaute sich ebenfalls um und nippte ab und zu an seinem Wasser. Während sie auf Schnitzel und Steak warteten, unterhielten sie sich übers Wetter, über Königswinter, über Andreas' Oma und Saschas Sohn.

Dann kam das Essen: zwei große Teller mit einer Riesenportion Pommes Frites, dazu das Fleisch und zwei unansehnliche, gemischte Salate.

„Guten Appetit", wünschte Andreas und setzte die Lesebrille wieder auf, wahrscheinlich, um sofort alle Unappetitlichkeiten identifizieren zu können. Fast gleichzeitig schnitten sie sich ein Stück Fleisch ab, und Sascha sah augenblicklich, dass der Koch etwas anderes unter *medium* verstand als er. Das Steak war viel zu lange gebraten und nah an der Grenze zu zäh. Auch Andreas wirkte alles andere als zufrieden.

„Das Fleisch ist ja total durchwachsen!", beschwerte er sich und kaute lustlos auf seinem Stück Schnitzel herum. Dann hob er kurzerhand die obere Panade ab und schnitt sich nur die mageren Stellen heraus. Den Salat ließen sie beide links liegen, und Sascha war überzeugt, dass es nur zum Besten des Lokals war, wenn der Besitzer verhaftet wurde.

Als sie das Besteck auf die Teller legten, kam Thomas Richter, der eine Brille, einen grau werdenden Schnauzbart und einen kleinen, silbernen Ring in jedem Ohr trug, angeflitzt und servierte ihnen das kostenlose Dessert: ein Schüsselchen Schokopudding mit Sprühsahne, die schon anfing, in sich zusammenzufallen.

„Oh mein Gott", stöhnte Andreas, und Thomas Richter, der beim Abräumen nicht einmal fragte, ob es geschmeckt habe, eilte fluchtartig von dannen, und sein ebenfalls ergrauendes Haupthaar, das als Zopf fast 20 Zentimeter auf seiner Strickjacke herabhing, wehte förmlich hinter ihm her.

Sascha probierte den Pudding, der gar nicht so übel war, aber Andreas rührte ihn nicht an.

Fünf Minuten später winkte Andreas den Gastwirt zu sich. „Wir möchten bitte zahlen, getrennt.“ Nachdem das erledigt war, holte Andreas übergangslos seinen Ausweis heraus: „Herr Richter, wir sind von der Kripo Bonn. Setzen Sie sich doch bitte mal zu uns.“

Mit einem schrägen Lächeln im Gesicht ließ sich Richter am Tisch nieder und fragte: „War das Essen wirklich so schlecht?“

Andreas stutzte, dann meinte er: „Ja, war es. Aber deswegen sind wir nicht hier. Sie wurden darüber informiert, was mit Ihrem Vater passiert ist?“

„Ja, wieso?“

„Sie wirken nicht sehr traurig.“

„Wir haben uns nicht gut verstanden – und uns auch seit über zehn Jahren nicht gesehen.“

„Sie werden möglicherweise eine Menge Geld erben. Wo waren Sie gestern am späten Nachmittag?“

„Ich?“ Richter schaute überrascht von Andreas zu Sascha und zurück. Plötzlich schien ihm etwas einzufallen, und die (gespielte?) Überraschung schlug um in Besorgnis. „Ich ...äh ... ich war den ganzen Tag hier und hab mich um mein Restaurant gekümmert.“

Er fingerte nervös an seinem Schnauzbart herum, und man merkte ihm an, dass er am liebsten aufgesprungen und davongelaufen wäre. Aber Sascha passte auf.

„Kann jemand bestätigen, dass Sie hier waren?“, fragte Andreas.

„Meine Frau.“

„Würden Sie sie bitten, mal zu uns zu kommen?“

Richter nickte, aber in seinem Blick war Panik aufgetaucht. Und so eigenartig es klingen mochte – als er jetzt aufstand, wusste Sascha, dass der Mann versuchen würde zu fliehen. Noch ging er in normalem Tempo zum Tresen, umrundete ihn und verschwand durch einen Türbogen, vor dem ein Perlenvorhang hing.

Als die Schnüre aneinander klickten, sprang Sascha auf, zischte Andreas „Der haut uns ab!“ zu und lief Richter hinterher. Er hörte Andreas noch sagen „Ich passe auf die Eingangstür auf“, dann war er auch schon in einem kurzen Flur voller Kisten und Kartons angekommen, in dem es stark nach Frittieröl roch. Am Ende des Flurs stand eine Tür offen, die anscheinend in den Garten führte. Verdammte Scheiße!

Sascha rannte an ein paar anderen Türen im Flur vorbei auf die Hintertür zu und schaute schließlich auf eine Terrasse, die mit abgedeckten Gartenmöbeln vollgestellt war. Rechts und links von Richters

Restaurant standen Wand an Wand weitere Häuser, der Garten war rundum von einer etwa zwei Meter hohen, alten Steinmauer umgeben, die größtenteils mit Efeu bewachsen war.

Sascha fluchte – musste er wieder über Mauern klettern?! Es schneite immer noch, und er hatte nur seine dünne Jacke an! Gerade wollte er losstürmen, als ihm etwas auffiel: Im frisch gefallenen Schnee gab es keinerlei Fußspuren, die vom Haus wegführten! Auch keine Spuren unter den nach hinten heraus gelegenen Fenstern. Also war der Kerl nicht durch den Garten geflohen. Aber wo war er?

Sascha wandte sich um, und da war Richter, er stand gleich hinter ihm, mitten im Flur, mit einem gewaltigen Fleischermesser in der Hand. Sascha machte einen Schritt rückwärts, so dass er notfalls nach draußen flüchten konnte, und versuchte, die Lage einzuschätzen: Seine Chancen gegen den eher schmächtigen und nicht ganz jungen Mann waren sicher nicht schlecht, zumal Richter einen Ausdruck im Gesicht trug, als sei er über sich selbst entsetzt und wolle eigentlich nicht das tun, wonach es aussah.

Sascha blieb ruhig und verlangte mit autoritärer und möglichst lauter Stimme: „Herr Richter, legen Sie sofort das Messer weg!"

Das Messer in Richters Hand begann zu zittern. „Ich war das nicht, ich hab meinen Vater nicht erschossen!"

„Okay, Herr Richter, ich glaube Ihnen das." Sascha lächelte beruhigend. Weiter hinten im Flur war Andreas aufgetaucht. „Sie legen jetzt einfach das Messer auf den Boden, und wir fahren zusammen ins Polizeipräsidium, trinken dort gemütlich einen Kaffee und reden ein bisschen miteinander." Sascha lächelte immer noch. „Das hört sich doch gar nicht schlimm an, nicht wahr? Also legen Sie bitte das Messer weg."

Aber Richter überlegte noch, als plötzlich aus einer Tür zum Flur, die einen Spalt offen gestanden hatte, eine stämmige Frau in weißer Hose und weißem T-Shirt trat, mit einem ähnlich großen Messer bewaffnet wie Richter. Vermutlich war sie seine Frau, denn sie warf Sascha einen bösen Blick zu und entdeckte dann Andreas, der näherkam.

Sofort stellte sich die Frau Rücken an Rücken mit Richter und schnauzte Andreas an: „Bleiben Sie stehen! Wieso behandeln Sie uns wie Verbrecher?! Wir haben nichts getan!"

Andreas hielt inne und fand es wohl an der Zeit, einen anderen Ton anzuschlagen. „Doch, Frau Richter, Sie tun gerade etwas, das strafbar ist: Sie bedrohen Polizeibeamte mit einer Waffe und weigern sich, mit uns zu kommen! Wenn Sie ein so reines Gewissen haben, warum tun

Sie das dann?!“ Andreas schob seine Jacke zurück und ließ die Frau seine Pistole sehen. „Wir wollen niemanden verletzen, also hören Sie endlich auf mit dem Unfug!“

Ohne Vorwarnung schleuderte die Frau das Messer in Andreas' Richtung, drehte sich um und begann hemmungslos mit beiden Fäusten auf den Rücken ihres Mannes einzuprügeln. Dabei zeterte sie: „Du blödes Arschloch! Was hast du jetzt wieder gemacht? Reicht es dir immer noch nicht?“

Richter, vom Ausbruch seiner Frau genauso überrascht wie alle anderen, duckte sich erst erschrocken weg, fuhr dann aber wütend herum und erwischte bei der Gelegenheit seine Frau wohl mit dem Messer, denn sie schrie vor Schmerz auf.

Und schon schrie auch Richter: „Um Himmelswillen, Sybille! Das wollte ich doch nicht!“

Die Frau stand mit aufgerissenen Augen und offenem Mund im Flur und hielt sich die Seite. Ein bisschen Blut sickerte zwischen ihren Fingern hindurch.

Richter ließ das Messer fallen und klagte: „Oh Gott, das tut mir leid, das wollte ich nicht, es tut mir so leid. Du musst dich hinlegen, komm, leg dich hierhin!“

Während Richter versuchte, seine Frau zum Hinlegen zu überreden, rief Sascha den Notarzt.

Andreas, der dem Messerwurf erfolgreich hatte ausweichen können und der sich selbst durch eigene Wehwehchen und langjährige Erfahrung mit Verletzten aller Art zum halben Notarzt ausgebildet hatte, begutachtete die Wunde und stufte sie als relativ ungefährlich ein. Obwohl die Frau über furchtbare Schmerzen klagte.

Die Idee mit dem Hinlegen befürwortete er, schickte aber Richter los, um ein möglichst keimfreies Handtuch und ein paar Decken zu besorgen. Andreas wollte nicht riskieren, dass sich die Frau auf dem kalten Boden eine Lungenentzündung holte.

*

Bonn, Polizeipräsidium

Am Nachmittag saß Richter an Andreas' Schreibtisch und behauptete immer noch aufgebracht, er habe seinen Vater nicht erschossen.

„Nun beruhigen Sie sich mal. Ihrer Frau geht es gut, sie kommt in ein paar Tagen aus dem Krankenhaus, und wenn Sie nichts mit den Morden zu tun haben, finden wir das schon noch raus“, erklärte Andreas freundlich.

„Ach ja, das finden Sie raus?!“, brauste Richter schon wieder auf. „Sie haben doch sonst keinen Verdächtigen, stimmt's?! Jetzt muss ich meinen Kopf dafür hinhalten!“

Andreas' Geduld ging allmählich zur Neige. „Sie tun ja auch nicht gerade viel dafür, dass wir Sie für unschuldig halten! Nicht nur, dass Sie auf uns losgehen – Sie belügen uns auch noch bei jeder Gelegenheit! Wo waren Sie noch mal zwischen fünf und sechs Uhr?!“

Richter senkte den Blick und zupfte an seinem Schnauzbart. „Zu Hause, im Restaurant.“ In der dunkelblauen, groben Strickjacke, mit dem Schnauzer und den Ohrringen sah er eher alternativ aus: jedenfalls nicht wie der Sohn des erfolgreichen, aber toten Rechtsanwalts Norbert Richter.

Andreas wartete, bis der Mann ihn wieder ansah, dann meinte er: „Ihre Handydaten sagen aber etwas anderes, Herr Richter! Sie haben um kurz nach fünf mit Ihrer Frau telefoniert, von der Bonner Innenstadt aus!“

Mit der Entgegnung hatte der Mann anscheinend nicht gerechnet, er schaute sich hilfesuchend im Raum um. Suchte er nach einer guten Ausrede? Kam er jetzt damit, dass ihm jemand sein Handy geklaut hatte? Nein, er glaubte, eine bessere Idee zu haben.

„Das Handy hatte ich meinem Sohn Lukas mitgegeben – der sollte in der Stadt was für uns besorgen.“

Andreas verdrehte genervt die Augen. „Würden Sie bitte mal nachdenken, bevor Sie mir so was auftischen? Was wird Ihr Lukas wohl sagen, wenn wir ihn fragen, wo er gestern Nachmittag war?“

Plötzlich bekam Richter rote Backen und rief: „Ja, verdammt, ich war in Bonn! Ich wollte im Schlussverkauf nach neuen Sitzkissen für unsere Biergartenstühle gucken! Aber ich habe niemanden erschossen!“

„Schön. Regen Sie sich nicht auf. Kennen Sie eine Frau Edeltraud May?“

Richter überlegte keine Sekunde. „Nein!“

„Wie sieht es denn mit Ihrer finanziellen Situation aus?“

„Wir kommen sehr gut klar!“

Sascha meldete sich zu Wort. „Stimmt, bei Ihnen muss man Monate im Voraus einen Tisch reservieren.“

Andreas sagte es deutlicher: „Bei Ihrem Essen kommt doch kein Gast noch mal wieder."

„Das ist eine Unverschämtheit! Im Sommer rennen uns die Touristen die Bude ein!"

Daraufhin meinte Sascha lächelnd: „Ach, wirklich? Dann können wir uns das Gespräch mit der Bank wohl sparen."

Andreas übernahm wieder. „Ich schildere Ihnen mal kurz, Herr Richter, wie wir die Sache sehen: Sie brauchen Geld und haben irgendwie rausgefunden, dass Edeltraud May ihrem Vater einen sehr großen Geldbetrag vererben will. Ihr Vater ist möglicherweise nicht so vermögend, wie er gerne tut – wir werden das noch überprüfen – und zudem müssen Sie sich das Erbe mit Ihren Brüdern teilen. Also erschießen Sie die May, Ihr Vater erbt das Geld, ohne vorerst etwas davon zu wissen, dann erschießen Sie zwei weitere, Ihnen völlig fremde Menschen, um von Ihren eigentlichen Opfern abzulenken, und schließlich muss Ihr Vater dran glauben, und Sie und Ihre Brüder erben das Geld."

„Dann sollten Sie vielleicht mal meine Brüder befragen!", erboste sich Richter.

„Wir sind dabei. Aber Sie bleiben unser Hauptverdächtiger. Sie haben doch sicher einen Lieferwagen."

„Ja, natürlich! Was hat denn das damit zu tun?!"

„Ist der Wagen weiß?"

„Ja."

„Wo steht er?"

„Ein paar Straßen vom Lokal entfernt, in einer Garage."

„Wir brauchen Adresse und Schlüssel, und dann sehen wir uns den Wagen mal an." Andreas fühlte sich auf der richtigen Spur.

„Darf ich mal fragen, wie viel diese Frau …"

„May."

„… diese Frau May uns eigentlich vererbt hat?"

Andreas verriet es ihm. „Sie hatte rund € 450.000 bei sich zu Hause versteckt."

„Bei sich zu Hause?", wunderte sich Richter. „Darf ich eine rauchen?"

Andreas öffnete das Fenster, stellte einen Aschenbecher auf die Fensterbank und wartete geduldig, bis Richter schweigsam und auf einmal ganz ruhig seine Zigarette am Fenster zu Ende geraucht hatte.

Als Richter fertig war, schloss er das Fenster, setzte sich und verkündete: „Ich habe nachgedacht. Erstens: Wenn ich wirklich so einen raffinierten Plan ausgeheckt habe, wie Sie mir gerade erzählen – warum sollte ich dann so blöd sein, kurz vor der Tat von der Innenstadt aus zu telefonieren?“ Er strich über seinen Schnäuzer und guckte herausfordernd. „Zweitens: Woher sollte ich überhaupt wissen, dass die Frau meinem Vater so viel Geld vererbt hat? Und drittens: Wenn ich von dem Geld bei ihr zu Hause wusste – warum hab ich sie nicht gleich da umgebracht und mir das ganze Geld unter den Nagel gerissen, damit ich es nicht noch mit meinen Brüdern teilen muss?!“

Andreas ließ sich von derartigen Argumentationen nicht beeindrucken. „Herr Richter, Sie können sich nicht vorstellen, was ich an diesem Tisch schon alles gehört habe. Wenn ich das alles glauben würde, hätte ich in den letzten Jahren überhaupt niemanden verhaftet!“

Richter schaute wieder nervös in der Gegend herum, und Andreas fuhr fort: „Zu erstens: Auch der intelligenteste Verbrecher macht mal einen Fehler. Zu zweitens: Vielleicht hatte Ihr Vater, den wir ja leider nicht mehr befragen können, mal irgendwas von einer Frau May erzählt. Sie haben nachgeforscht und die Sache mit dem Geld und dem Testament rausgefunden. Und zu drittens: Sie wussten eben nicht, dass die Frau das Geld zu Hause hortet. Solche Summen liegen normalerweise auf der Bank.“

„Das ist doch alles Blödsinn!“, knurrte Richter. „Mir fällt noch was anderes ein: Ich erschieße also die May, dann kille ich zwei Unbeteiligte, um die Polizei an der Nase rumzuführen, dann bringe ich meinen Vater um? Aber dann wissen Sie doch sofort Bescheid! Da ist doch sofort ein Zusammenhang: May – Geld – Vater! Warum soll ich dann noch zwei mir unbekannte Leute erschießen? Bin ich blöd oder was?!“

„Jetzt beruhigen Sie sich mal, Herr Richter!“, ermahnte ihn Andreas. „Niemand hält Sie für blöd. An dem Argument ist ja durchaus was dran.“ Er machte eine Pause und dachte kurz nach. „Meine Antwort: Die ersten drei Menschen wurden von einem Psychopathen erschossen. Sie hingegen erfuhren Mays Namen aus den Medien. Da Sie von dem Testament wussten, kamen Sie auf die Idee, Ihren Vater zu töten, um den Mord dem Psychopathen in die Schuhe schieben zu können.“

„Ach ja? Die Opfer wurden alle mit demselben Gewehr erschossen, das stand auch in der Zeitung, aber nicht, mit welchem Gewehr. Woher also sollte ich das wissen?“

Andreas fühlte sich ertappt, sagte: „Das finden wir raus“, und ließ Richter zurück in die Zelle bringen.

Sascha hatte stumm daneben gesessen und sich ein paar Notizen gemacht. Nun fragte er: „Wer soll sich um den Wagen kümmern?"

„Petra und Manfred. Der Lieferwagen muss auf Schmutzspuren an den Nummernschildern untersucht werden und – wenn er keine Aufschrift auf der Seite hat – auf Reste von Farbe oder Aufklebern. Man kann sicher auch feststellen, ob aus dem Wagen geschossen wurde."

„Und was machen wir?"

„Ich kümmere mich um einen Durchsuchungsbeschluss für Richters Haus, du knöpfst dir mal die anderen Söhne von Norbert Richter vor – und wirfst vor allem mal ein paar Blicke auf die Konten vom Vater und seinen Söhnen."

„Okay, ich besorge alles, was dafür nötig ist."

Zwei Stunden später gab es erste Ergebnisse: Den anderen Brüdern ging es finanziell bestens, nur Thomas Richter hatte massive Schulden. Der älteste Bruder hatte sich während der letzten Wochen tatsächlich auf einer Großbaustelle in China aufgehalten. Der jüngere Bruder, Chefarzt in Berlin, hatte sich diese Woche, ebenfalls laut Zeugenaussagen, jeden Tag bis weit nach 20 Uhr im OP aufgehalten.

Die Alibis von Thomas Richter hingegen wurden noch bis ins Detail geprüft. Eine erste Untersuchung des weißen Lieferwagens hatte ergeben, dass nichts zu finden war. Kein Dreck an den Schildern, keine Spuren von Farbe oder Kleberesten. Im Innern gab es auch nichts Verdächtiges.

Dieser Umstand veranlasste Sascha, eine neue Theorie aufzustellen. Mit einer Tasse Kaffee in der Hand war er durchs Büro getigert und ließ plötzlich verlauten: „Was hältst du von dieser genialen Idee: Richter besitzt einen zweiten weißen Lieferwagen, den er irgendwo versteckt hat! Natürlich untersuchen wir nur seinen offiziellen Wagen, denn niemand würde darauf kommen, dass es noch einen anderen gibt!"

„Stimmt, auf die Idee würde niemand kommen. Aber mal ehrlich, für so genial halte ich Richter nicht", meinte Andreas.

„Trotzdem, stellen wir doch einfach fest, wo so eine Klapperkiste gemeldet ist, oder wer kürzlich eine ge- oder verkauft hat, und du wirst sehen: Richter hat sie gekauft!"

„Nun schieß dich doch nicht so auf Richter ein – hast du nicht jede Menge Frauennamen im Handy vom Senior gefunden?"

Sascha stand auf und holte den Beutel mit Gegenständen, die Norbert Richter, der Erschossene vom Adenauer-Platz, bei sich gehabt hatte. Er nahm das Handy heraus und ging ins Namensverzeichnis.

„Ja, jede Menge."

„Gut, wir brauchen Richters Testament. Vielleicht hat er ja gar nicht seinen Söhnen, sondern einer der Damen besonders viel Geld vererbt."

Sascha schaute auf. „Du meinst, eine der Damen hier war's?"

„Na ja, wohl kaum eigenhändig. Dafür gibt es Leute."

„Klar, aber so ein Präzisionskiller ist teuer, und wenn er nur zur Verwirrung der Polizei noch zwei bis drei Unschuldige umbringen soll – da muss man aber verdammt viel Kohle erben, damit sich das lohnt!"

Andreas nickte. „Genau deshalb wirst du dich jetzt mal um Richters Testament kümmern."

Sascha machte sich an die Arbeit, und Andreas schaute auf die Uhr. Allmählich begann die kritische Zeit. Natürlich ließ Andreas nach wie vor die großen und ein paar kleinere Plätze überwachen; schließlich war nicht sicher, dass Thomas Richter der Heckenschütze war. Im Grunde hatten sie noch keinen richtigen Beweis gegen ihn in der Hand.

Kurz vor halb sechs bekam Sascha endlich eine Kopie von Richters Testament zugefaxt. Er las es sich durch und lachte zwischendurch ein paar Mal auf.

„Was ist los? Ein lustiges Testament?", fragte Andreas.

„Nicht wirklich. Ich hab vorhin schon rausgefunden, dass unser Rechtsanwalt im Ruhestand vor Jahren sein Haus verkauft und danach in einer bescheidenen Zwei-Zimmer-Mietwohnung gehaust hat. Weiß der Geier, wie der Mann sein ganzes Geld verpulvert hat, jedenfalls erben die drei Söhne zusammen nur knappe € 150.000. Sohn Thomas hat aber rund € 74.000 Kredit-Schulden, die er noch zurückzahlen muss. Das Geld hat er wohl komplett ins Restaurant gesteckt."

„Hat man gar nicht gesehen."

„Sei nicht so gehässig. Übrigens hab ich darüber gelacht, mit welcher Sorgfalt der alte Richter sein sonstiges Hab und Gut unter die Leute verteilt hat. Hier, hör dir das mal an: Eine Annemarie bekommt sein Auto, eine Christel all seine Bücher, eine Agnes seine CDs. An ca. 20 weitere Damen vererbt er auch alles Mögliche, von Armbanduhr über Kaffeeservice bis hin zum Großbildfernseher. Und das Interessanteste kommt jetzt. Einer Dietlinde vermacht er seine Waffensammlung."

„Steht da, was das für Waffen sind?"

Sascha schüttelte den Kopf. „Die werden wir uns wohl selbst mal ansehen müssen."

„Ja, aber heute nicht mehr. Ich lass mir gleich noch mal Thomas Richter bringen – wir sollten ihn nach seinen Alibis für Montag, Dienstag und Mittwoch befragen", meinte Andreas und merkte auf einmal, wie angespannt er war.

Er nahm die Brille ab und rieb sich mit zwei Fingern über die Nase. Es dauerte noch einen Moment, bis er begriff, dass er auf einen Anruf wartete. Auf den Anruf, dass wieder jemand in aller Öffentlichkeit erschossen worden war.

„Sascha, tust du mir den Gefallen und gehst zu Richter und befragst ihn zu den Alibis? Ich habe gerade keine Lust auf den Kerl."

Sascha guckte fragend, aber da Andreas keine Erklärung abgab, machte er sich auf den Weg. Keine Viertelstunde später kam er zurück und berichtete: „Also – er gibt an, dass er Montag bis Mittwoch jeweils zwischen 17.30 und 18.30 Uhr in seinem Restaurant war. Einzige Zeugin: seine Ehefrau."

„Mehr als mager."

„Denke ich auch. Hast du schon gehört, ob unser Heckenschütze wieder zugeschlagen hat?"

„Bisher nicht. Ich warte noch eine halbe Stunde, dann frage ich nach."

Während sie warteten, lasen sie sich noch ein paar Aussagen durch und spekulierten darüber, wie Thomas Richter vom Geld der Edeltraud May erfahren haben könnte. Vielleicht war zu dem Thema auch etwas in der Wohnung seines Vaters zu finden.

Um halb sieben war immer noch kein Anruf eingegangen. Andreas hakte nach, aber kein Erschossener war gemeldet worden. Wenn es dabei blieb, sah es schlecht aus für Thomas Richter.

*

Bonn
13.20 Uhr

Burkhardt trug zwei gut gefüllte Reisetaschen aus dem Haus und verstaute sie hinten auf der Ladefläche zwischen den Kabeln, Kartons und Kisten voller Werkzeug und Ersatzteile.

Wehmütig dachte er an den BMW, den er hatte verkaufen müssen, um die Strom-, Gas- und Wasserrechnungen für das Haus bezahlen zu können. Aber die Situation hatte sich geändert. Schon bald würde er ein neues Auto besitzen.

Er schlug die beiden Hecktüren zu, ging zum Haus und rief in den Flur: „Lucy, bist du so weit? Wir können los!"

Lucy, ziemlich zugedröhnt von Beruhigungsmitteln, kam aus der Küche, klein und zart trotz der dicken, hellblauen Steppjacke. Die langen, schwarzen Haare hingen glatt neben ihrem blassen Gesichtchen herab – und sie war total ungeschminkt, was für eine Lucy Graaf extrem unüblich war.

Burkhardt machte sich Sorgen. Gestern Abend hatte er zufällig, als er aus dem Bad kam, ein paar Sätze aufgeschnappt aus dem etwa zweistündigen Telefonat, das Lucy mit ihrer besten Freundin geführt hatte.

„Nein, ich werde mich nie wieder schminken!", hatte sie protestiert, und dann nach kurzer Pause ins Telefon geklagt: „Na, weil ich schuld bin! Hätte ich nicht unbedingt die blöden Stiefel haben wollen, wären wir doch gar nicht in der Stadt gewesen!"

Am liebsten wäre Burkhardt in Lucys Zimmer gestürmt, hätte sie gepackt und geschüttelt und sie angebrüllt: *Nein, du bist nicht schuld! Lass dir das von niemandem einreden! Nicht mal von dir selbst! Das macht dich kaputt! Das macht dir das ganze Leben kaputt! Ich weiß das – ich habe es erlebt!*

Aber dann tat er es doch nicht, denn in dem Moment wollte er sich auf keinen Fall mit dieser schrecklichen Sache aus der Vergangenheit auseinandersetzen. Aber bei Lucy war das anders. Für Lucy würde er alles tun, die besten Fachleute würde er engagieren, damit seine Tochter seelisch wieder gesund wurde. Denn noch ein Kind zu verlieren, das würde auch er nicht verkraften.

Lucy kam mit ihrer Umhängetasche auf ihn zu, mit irgendwie müden Bewegungen und mit Augen, die durch ihn hindurch starrten, als sei sie nicht mehr in dieser Welt. Schweigend ließ sie sich auf dem Beifahrersitz nieder, während Burkhardt die Haustür abschloss.

Als er schließlich neben ihr im Wagen saß, fragte er: „Na, freust du dich auf deine Cousine?"

Lucy nickte nur abwesend.

Was war das auch für eine Frage. Als ob sich Lucy im Augenblick auf irgendetwas freuen konnte. Trotzdem hielt er es immer noch für eine gute Idee, die Verwandtschaft in Luxemburg zu besuchen. Ein Tapetenwechsel war in solchen Situationen das Beste.

*

Bonn, Dottendorf
16.45 Uhr

Als Fred mit der Bahn nach Hause fuhr, hatte er nur noch eins im Kopf: Vielleicht lag ja heute das Erhoffte in seinem Briefkasten! Eigentlich hatte er schon gestern damit gerechnet, irgendeine Art von Benachrichtigung vorzufinden – doch nichts. Aber das lag wahrscheinlich an den polizeilichen Ermittlungen, dadurch verzögerte sich sicher alles.

Zehn Minuten später stand Fred vor der Haustür, öffnete sie, trat in den Hausflur und konnte es kaum erwarten, in seinen Briefkasten zu gucken.

Als er die Klappe aufzog, quoll ihm ein ganzer Papierstapel aus Zeitungen, Werbeprospekten und Briefen entgegen. Er nahm den Stapel heraus und mit nach oben in seine Wohnung. Dort warf er alles auf den Küchentisch, machte sich erst einmal einen Melissentee, setzte sich dann an den Tisch und begann voll froher Erwartung, die Papiere zu sortieren.

Stadtteil-Zeitung, Prospekt, Brief vom Stromversorger, Prospekt, Prospekt, Mahnung vom Telefonanbieter, Brief von der Krankenkasse, von der Versicherung und noch mehr Werbung, Rechnungen, Mahnungen, noch eine Zeitung – aber keinerlei Nachricht einer Anwaltskanzlei oder vom Gericht!

Fred verstand das nicht. Er hatte sich das doch nicht nur eingebildet! Oder doch?

Zum hundertsten Mal rief er sich die halbe Stunde in Edeltraud Mays Wohnung zurück ins Gedächtnis: Wie sie beide nach dem wöchentlichen Großeinkauf (wie jede Woche seit über zwei Jahren!) in den harten Sesseln am Couchtisch sitzen, vor sich Tee und ein Stück selbstgebackenen Kuchen.

Eigentlich soll Fred das laut Vorschrift nicht tun, aber er nimmt das nicht so genau. Mit der May konnte man sich gut unterhalten, und schließlich brauchen die alten Leute auch Zuwendung! So sieht er das – und an diesem Nachmittag scheint es sich auszuzahlen. Denn zum ersten Mal erzählt die May von ihrem dicken Lottogewinn aus den 70ern, von dem sie noch so gut wie nichts ausgegeben hat.

Als sie ihm in die Augen sieht und ihm mit versonnenem, eigenartigem Lächeln anvertraut, dass sie das Geld jemandem vermacht hat, der wohl im Traum nicht damit rechnen würde, fühlt sich Fred natürlich angesprochen. Natürlich war er davon ausgegangen, dass sie ihn meinte, dass er eine Menge Geld erben würde! Er hatte sogar schon ein Auto bestellt (Endlich! Ein eigenes Auto!), das nächste Woche geliefert werden sollte.

Oder hatte er sich verkalkuliert?! Gab es gar kein Geld für ihn?!

Fred stand auf, ging zum Kühlschrank und holte eine Flasche billigen Wodka heraus, weil er fand, dass er auf diesen Schreck hin einen Schluck verdient habe.

*

Heiko saß in seinem Arbeitszimmer am Schreibtisch und überarbeitete zum wiederholten Mal seine Bürgermeister-Rede.

Das lenkte ab. Von den Gedanken an Leonie, die so jung hatte sterben müssen. Doch ab und zu dachte er (wahrscheinlich, um sich zu trösten), dass es vielleicht besser so war – Leonie wäre mit ihren Wahnvorstellungen am Ende in der Psychiatrie gelandet. *Stop! Du wolltest doch nicht an sie denken!*

Heiko konzentrierte sich auf eine Formulierung in seinem Vortrag. Was klang mitreißender: „Kommen wir nun zu meinem Konzept zur Sanierung des städtischen Haushalts" oder „Ich habe also folgende Ideen entwickelt, um den städtischen Haushalt auszugleichen"? Egal. Vermutlich konnten Haushaltspläne sowieso nur ganz spezielle Charaktere zu Leidenschaft und Begeisterung hinreißen.

Er blieb bei der ersten Variante – und musste an die Gästebuch-Einträge auf seiner Homepage denken, von Kollegen und Bürgern und Bürgerinnen, die ihre Anteilnahme am Tod seiner „armen" Frau ausdrückten. Das war das „Positive" an ihrer Ermordung: der Mitleidsbonus.

Heiko trank ein paar Schlucke Kaffee. Sein Vater hatte vermutlich nur Verachtung übrig für diese Art von öffentlicher Aufmerksamkeit. So wie er eigentlich immer schon an seinem jüngsten Sohn herumkritisiert hatte. *Heiko, dein Abi-Zeugnis hätte deutlich besser sein können. Heiko, du bist nicht nur faul, sondern auch dumm. Aus dir wird nie was Gescheites!*

Aber dem alten Sack würde er's zeigen! Wenn er erst Oberbürgermeister war, würde er seinem Vater einen Brief schreiben, in dem er alles ausspucken würde, was sich im Laufe seines Lebens an Wut und Hass angesammelt hatte!

*

Königswinter-Oberdollendorf
19.20 Uhr

Dietlinde saß im Wohnzimmer in ihrem Lieblingssessel, neben sich auf einem Tischchen ein Glas Wein und eine Schachtel mit Pralinen, und schaute sich die aktuelle Folge einer Seifenoper an.

Ihr Gemütszustand war an dem Tag schon mehrfach zwischen Erleichterung und Verzweiflung hin- und her geschwankt. Im Moment fühlte sie sich gut: Kein Norbert weit und breit, der sich auf diese arrogante Art über ihre Fernsehgewohnheiten lustig machte! Kein Norbert mehr, der ihr das Blaue vom Himmel herunterlog und sie dann mit anderen Weibern hinterging!

Weniger schön war natürlich der Streit gewesen … und die Wut … und die Verzweiflung, dass sie mit Mitte 70 wohl keinen Mann mehr finden würde, der sie heiratete. Ach, Blödsinn, auch Norbert hatte das nie ernsthaft vorgehabt! Das alte Stinktier! Er hatte genau das bekommen, was er verdient hatte – eine Kugel in den Kopf!

Kapitel 6

Bonn-Oberkassel
Samstag, 16. Februar
6.45 Uhr

Andreas schreckte auf, mit einem Gefühl, als habe ihn jemand von hinten am Nacken gepackt. Aber natürlich war er vollkommen allein in seinem Bett. Ein Blick auf die Uhr. Okay, Zeit. aufzustehen, statt sich jetzt stundenlang den Kopf über seine Verabredung mit Renate zu zerbrechen.

Als Andreas etwa eine Stunde später die Königswinterer Straße Richtung Polizeipräsidium entlang schritt, dämmerte es bereits. Das Außenthermometer hatte -9° angezeigt; das hieß, die Nacht war klar gewesen, und so war auch der Morgen: wolkenlos, eisig, tiefgefroren. Nachher würde die Sonne scheinen. Andreas hasste solche Tage! Die Sonne am blauen Himmel täuschte etwas vor, das gar nicht da war – Wärme! Nein, das mochte er überhaupt nicht!

Gegen acht Uhr saß er in seinem warmen Büro und telefonierte mit Sascha, der angerufen und nachgefragt hatte, was am Vormittag auf dem Programm stand.

„Wir wollten uns doch Richters Waffensammlung ansehen."

„Kannst du das nicht alleine machen?", nörgelte Sascha. „Ich liege hier gerade so gemütlich mit Annika und Gabriel im Bett!"

Genau, und wahrscheinlich drückte ihm Annika gerade eine Pistole an die Schläfe, damit er das sagte.

„Natürlich kann ich das allein!", antwortete Andreas, und es war ihm nicht einmal unrecht – so brauchte er sich keine Ausreden für eventuelle neugierige Fragen von Sascha auszudenken.

Andreas legte auf, schnappte sich Richters Wohnungsschlüssel und einen Wagen und fuhr nach Beuel, wo Richter seine Wohnung gemietet hatte, eine Zwei-Zimmerwohnung, nicht weit entfernt vom Adenauer-Platz. Unterwegs versuchte er, jeden Gedanken an Renate zu verbannen. Stattdessen konzentrierte er sich auf Thomas Richters Argumentation, dass er keinen Grund habe, seinen Vater zu ermorden, da er ja von Edeltraud Mays Geld und ihrem Testament nichts wusste. Aber nach wie vor sprach gegen ihn, dass es keinen Anschlag mehr gegeben hatte, kaum dass er verhaftet worden war.

Die Sonne stieg hinter Andreas über die Häuser, noch irgendwie blass. Der Himmel schien dunstig, auf den Bürgersteigen und in den Gossen klebten schwärzlich vereiste Schneereste, die Fahrbahnen waren frei und auf den Straßen war noch nicht viel los.

Zehn Minuten später hatte Andreas das Haus gefunden. Auch Norbert Richter hatte seine Wohnung im Erdgeschoss. Natürlich hatte die Spurensicherung die Zimmer schon durchsucht, aber nichts Aufschlussreiches entdeckt. Es hatte auch niemand die „Waffensammlung" erwähnt.

Andreas schloss die Wohnungstür auf. Rechts lag das große Wohnzimmer, das überraschend hell und modern eingerichtet war: weiße Ledergarnitur, Regalwand mit Riesenflachbildfernseher, abstrakte Bilder in warmen Rottönen an den Wänden sowie ausladende Grünpflanzen vor den Fenstern. Nebenan befand sich die Küche, ebenfalls weiß und teuer, mit grün gestalteter Essecke. Auf der anderen Seite gab es ein edles Bad mit allen Schikanen und ein Schlafzimmer mit breitem Bett, breitem Kleiderschrank und breitem Spiegel.

Und da war sie, die berühmte Waffensammlung: An einer rot gestrichenen Wand hingen allerlei altertümliche Säbel, Dolche und zwei Musketen.

Andreas war enttäuscht – das war nicht das, was er sich vorgestellt hatte. Ob das Zeug an der Wand wirklich antik oder nur gut nachgemacht war, konnte er nicht unterscheiden. Auf jeden Fall hatte der alte Richter eine Menge Geld in die Einrichtung seiner Wohnung gesteckt.

Andreas begann gleich dort, wo er war, mit der Suche nach Dokumenten oder Briefen, die einen Hinweis darauf enthielten, ob Sohn Thomas auf irgendeine Art von May und ihrem Vermögen erfahren haben könnte.

Im Schlafzimmer war nichts dergleichen, und so setzte er die Suche im Wohnzimmer fort. Gute anderthalb Stunden wühlte er sich durch diverse Papiere, doch nirgendwo tauchte der Name May auf. Das einzig Interessante, das er fand, waren ein paar Briefe von wütenden Damen, die Richter beschimpften und ihm die Pest an den Hals bzw. die Syphilis woandershin wünschten. Warum hob der Mann das auf?

Jedenfalls nahm Andreas die Briefe mit, als er wieder ins Büro fuhr, und rief ein paar der Damen an, einschließlich Dietlinde Mayer-Hahn, die als letzte mit Richter telefoniert hatte, bevor er erschossen wurde.

Dietlinde äußerte ein paar garstige Dinge über ihren Norbert, und Andreas erfuhr, dass der Mann einen Tag vor seinem Tod die angeblich geplante Hochzeit mit Dietlinde abgesagt hatte. Sofort setzte er die Frau auf seine Verdächtigenliste. Aber letztlich brachte die ganze Telefoniererei auch keine umwerfenden Erkenntnisse.

Inzwischen war es Mittag geworden, und Andreas entschied sich, nach Hause zu gehen und sich ein Ei in die Pfanne zu hauen, obwohl er gar keinen richtigen Appetit hatte. Er schaute auf seine Uhr: Um 15.00 Uhr würde er sich mit Renate an der Dollendorfer Fähre treffen. Unfassbar.

Doch vorher musste er noch etwas erledigen. Er begab sich in die Verwaltung und schaffte es, an Renates Geburtsdatum heranzukommen: der 13.Oktober. Sie war also Waage, und gute zehn Jahre jünger als er. *Und?*, fragte er sich auf dem Heimweg, *braucht man die Information, wenn man einfach nur einen Spaziergang am Rhein plant?*

*

Sankt Augustin
10.50 Uhr

Gabriel saß im Einkaufswagen und wurde von Sascha durch die Gänge geschoben. Das Kind schaute sich mit großen Augen um, deutete hin und wieder in die Gegend und verkündete: „Haben!"

Das war eins der fünf Wörter, aus denen Gabriels Wortschatz momentan bestand: Mama, Papa, Auto, Haben, Nein. Natürlich gab er noch andere Laute von sich, die aber hauptsächlich nur seine Mutter zu verstehen schien. Gerade wandte Gabriel sein blondes Lockenköpfchen in eine andere Richtung und zeigte mit dem Finger auf eine Tüte Chips. „Haben!"

„Ja, ja", murmelte Sascha. „Frag deine Mutter."

Die kam immer wieder aus allen möglichen Ecken mit Tonnen von Lebensmitteln zurück, die nach und nach den Einkaufswagen füllten. Aber Sascha sagte lieber nichts dazu, sonst war das Wochenende gelaufen.

Eine Stunde später saßen sie im Burger-Imbiss gegenüber einem Baumarkt, und Gabriel lutschte seine Pommes. Manchmal mochte Sascha gar nicht hinsehen! Also schaute er aus dem Fenster und direkt auf den Baumarkt – dort würde er gerne mal quer durch spazieren, am besten alleine! Gerade wollte er Annika bekannt geben, dass er sich drüben schnell ein bestimmtes Werkzeug besorgen müsse, als sie ihm in die Augen sah und meinte: „Wo wir schon mal hier sind – ich möchte mir gern von da drüben einen neuen Straßenbesen mitnehmen, ach ja, und eine Dose Klarlack, ich wollte den Tisch neu streichen.“

Verdammt! Konnte die Frau Gedanken lesen? Und gönnte sie ihm kein bisschen Vergnügen mehr? Bleib friedlich!

„Gut, Schatz, machen wir.“ Sascha lächelte. Vielleicht konnte er sich im Laden mal für ein paar Minuten verdrücken.

Kaum im Baumarkt angekommen, gab es die erste Szene: Gabriel wollte nicht schon wieder im Einkaufswagen gefahren werden, Gabriel wollte laufen. Das hieß natürlich, dass mindestens ein Erwachsener fünf Augen auf das Kleinkind haben musste. Und dieser Erwachsene war erst einmal nicht Annika. Die rauschte nämlich mit dem Einkaufswagen von dannen, um Besen und Lack – und was sie sonst noch so fand – einzuladen.

Also passte Sascha auf Gabriel auf, der munter durch den Hauptgang tapste. Einmal zog er neugierig an einem herabhängenden Kabel, wobei ihm beinah eine Tischlampe auf den Kopf gefallen wäre. Aber Sascha, ihm stets dicht auf den Fersen, fing die kippende Lampe ab und stellte sie zurück ins Regal.

Und dann geschah das Unglück doch: Gabriel hatte sich inzwischen gute zwei Meter vorwärts bewegt und steuerte anscheinend auf eine Leiste mit verschiedenfarbig leuchtenden, lustig blinkenden Glühbirnen zu. Vorher musste er aber an einem Angebot metallener Schneeschieber vorbei, die an der Stirnseite der Lampenregale ein wenig in den Gang ragten.

Und genau da (warum, um Himmelswillen, genau da?!) stolperte Gabriel über die eigenen Füßchen und fiel nach vorne, mit dem Gesicht direkt auf eine der Metallecken einer Schneeschaufel zu.

Sascha sprang sofort hinter ihm her. Sein Verstand malte sich schon die schrecklichsten Dinge aus: Gabriels Gesicht für alle Zeiten entstellt, die Nase von der Metallecke gespalten, das Auge von der Ecke ausgestochen!

Doch so sehr Sascha sich auch beeilte – er konnte den Zusammenstoß der Schneeschaufel mit Gabriels Gesicht nicht verhindern. Sofort riss er sein Kind an der Jacke hoch und nahm es auf den Arm. Über die rechte Hälfte von Gabriels Gesicht lief Blut, auch durch ein Auge.

Sascha blieb fast das Herz stehen! War das Auge heil oder war es …

Erst als er ein Taschentuch herauskramte, um das Blut abzuwischen, begann Gabriel zu zappeln und zu brüllen. In voller, gewaltiger Lautstärke. Das Geschrei rief blitzartig seine Mutter auf den Plan. Als sie ihren blutenden Sohn sah, stieß sie achtlos den Einkaufswagen von sich, nahm Gabriel, der ihr die Händchen entgegenstreckte, auf den Arm und tupfte mit ihrem eigenen Taschentuch das Blut aus dem blassen Gesicht ab, um das Ausmaß der Verletzungen erkennen zu können.

Sie wirkte überraschend gefasst und tatkräftig, als erlebe sie derlei Situationen dreimal am Tag. Sie wischte ein letztes Mal durch das inzwischen rot angelaufene Gesicht des immer noch brüllenden Gabriel, und endlich sah man, dass weder die Nase gespalten noch ein Auge beschädigt war. Das Blut floss aus einer hässlichen Platzwunde auf der Stirn.

Der Einkauf wurde abgebrochen, und Annika entschied kurzerhand, zur Kinderklinik zu fahren, die keine 5 Minuten entfernt war.

Doch vorher erfolgte in einem Nebenraum des Baumarkts eine notdürftige Erstversorgung mit Kompresse und Pflaster. Im Hinausgehen sagte Annika zu der älteren Frau, die sich sehr nett um Gabriel gekümmert hatte: „Schönen Gruß an Ihren Chef; wir denken mal darüber nach, ob wir den Baumarkt auf Schmerzensgeld verklagen!"

Auf dem Weg in die Kinderklinik schilderte Sascha detailliert, was passiert war, und wunderte sich, von Annika nicht mit Vorwürfen überschüttet zu werden. Stattdessen meinte sie gnädig: „Kleinkinder sind unberechenbar, und du bist in deinem Alter auch nicht mehr der Schnellste."

Darauf fiel ihm erst einmal nichts ein. Er schwieg, genau wie Gabriel, der mit Schnuller im Mund im Kindersitz angeschnallt war und erschöpft wirkte. Wahrscheinlich von seiner eigenen Brüllerei.

Die Notaufnahme der Klinik war voll, sie mussten warten. Gabriel schlief ein Viertelstündchen auf Annikas Arm, dann wurde er sehr unleidlich. Und als dann auch noch Blut die Kompresse durchtränkt hatte und wieder über sein Gesicht zu laufen begann, stürmte Annika erneut mit Gabriel zur Aufnahme und fragte nach, ob man ihren Sohn eventuell verbluten lassen wolle.

Kurz darauf saßen sie einem Arzt gegenüber, der Gabriel, der jetzt wieder brüllte, eine Betäubung verpasste und die Platzwunde mit ein paar Stichen nähte. Dann empfahl er dringend, das Kind über Nacht im Krankenhaus zu lassen, wegen möglicher Gehirnerschütterung oder sonstiger Hirnschäden.

Davon hielt Annika natürlich gar nichts. „Ach was!", wies sie den

Arzt zurecht. „Wenn ich merke, dass das Kind einen Hirnschaden hat, melde ich mich!“

Sascha fand das nicht lustig, aber wenn Annika unter einer Höchstdosis Adrenalin stand, hatte es keinen Sinn, vernünftig mit ihr reden zu wollen. Er ließ sie mit Gabriel auf dem Arm vorausgehen, raunte dem Arzt „Wir kommen wieder“ zu, und eilte den beiden hinterher.

*

Stadt Luxemburg
15.00 Uhr

Burkhardt verbrachte mit Lucy und ihrer Cousine Fabienne einen schönen Tag in Luxemburg. Vorhin hatte er sie zum Essen eingeladen – was er sich ja jetzt wieder leisten konnte. Gleich würde er die beiden Mädchen auch noch ins Kino einladen. Was für ein Luxus.

Es war kalt, aber sonnig in der Stadt. Und obwohl Burkhardt wusste, dass es Lucy nicht besonders gut ging, fühlte er sich zum ersten Mal seit vielen Jahren wie befreit.

*

Königswinter-Oberdollendorf
14.45 Uhr

Andreas parkte den Wagen auf einem Platz in der Nähe der Fähre und stieg aus. Ein sonniger, aber frostiger Tag.

Wie immer weigerte sich der Rhein zuzufrieren. Andreas meinte sich dunkel erinnern zu können, dass er das letzte Mal Eisschollen auf dem Rhein hatte treiben sehen, als er ein Kind war. Also vor mehr als 45 Jahren.

Er schlenderte zur Uferpromenade und schaute nach Süden, wo sich der Drachenfels vor dem blauen Winterhimmel abhob. Plötzlich sah er Renate auf sich zukommen, in himmelblauer Daunenjacke, schwarzer Hose und fellbesetzten Stiefeln. Sie strahlte und winkte ihm sogar zu, aber als sie dann vor ihm stand, gab sie ihm nicht einmal die Hand. Was ihm sehr recht war.

„Hallo“, begrüßte sie ihn. „Was für ein herrlicher Tag für unseren ersten Spaziergang!“

Andreas wurde es noch ein bisschen kälter. „Also, ich mag so ein Wetter nicht! Ich hab's lieber warm, da kann es auch ruhig ab und zu regnen.“

Renates Strahlen verblasste. Was hatte sie sich vorgestellt? Ein Lächeln von ihr, und er lag ihr zu Füßen?

„Ja, ältere Menschen frieren schneller“, erwiderte sie und fragte dann: „In welche Richtung wollen wir gehen?“

Eigentlich hatte Andreas die Nase schon voll. Zumindest von ihren unverschämten Antworten. Sieh es sportlich – du tust was für deine Gesundheit. „Gehen wir nach Oberkassel, die Strecke ist schöner.“

Sie spazierten los, und Andreas machte nicht zu große Schritte, denn Renate war mindestens einen Kopf kleiner als er, und vielleicht auch nicht so gut in Form. Die Unterhaltung stockte ein wenig, und Andreas hielt die Zeit für gekommen, Renate auf den Zahn zu fühlen.

„Sag mal … bist du eigentlich religiös?“, fragte er, ohne sie anzusehen.

„Du willst wissen, ob ich an einen Gott glaube?“

„Wieso nicht? Das tun viele Frauen.“

„Ich denke, da irrst du dich gewaltig! Ich tu's jedenfalls nicht.“

„Nein? Woran glaubst du denn?“

Renate überlegte einen Moment. „An die Nützlichkeit meines Berufs zum Beispiel. Und du?“

„An herzlich wenig. Aber ich glaube zum Beispiel, dass jeder Mensch unter bestimmten Umständen zu einem Mord fähig ist. Und außerdem glaube ich daran, dass Männer und Frauen wirklich nicht zusammenpassen.“

„Ach nein? Und was war das dann mit Sabine?“

„Könnten wir bitte Sabine aus dem Spiel lassen?!“

Und was antwortete das vorlaute Frauenzimmer?! „Nein, können wir nicht! Sie ist ein Teil deines Lebens gewesen! Warum habt ihr euch getrennt?“

Andreas stutzte. Was war das hier? Tat sie etwa das gleiche wie er? Ihn so genau wie möglich unter dem Mikroskop sezieren?! Gut, dann würde sie jetzt eine Antwort bekommen, aus der sie die richtigen Schlüsse ziehen konnte!

„Ich habe mich von ihr getrennt“, betonte er, „ hauptsächlich, weil ich mich in meiner Freiheit, die mir sehr wichtig ist, stark eingeschränkt gefühlt habe! Ich ertrage es einfach nicht, wenn jemand ständig in meiner Nähe sein und mir dann auch noch vorschreiben will, was ich zu denken und zu fühlen habe!"

„Stimmt, das geht gar nicht", behauptete Renate und sah ihn möglicherweise an. Er ignorierte das. „Obwohl es mich wundert – ihr habt doch nicht mal zusammen gewohnt."

„Das hat damit nichts zu tun!", klärte Andreas sie auf und legte noch einmal ordentlich nach: „Das hatte auch mit Liebe nichts zu tun! Das Wort wird total überstrapaziert! Vor allem, was die Beziehung zwischen Männern und Frauen betrifft! Da geht's doch eh nur um Sex … und später um Gewohnheit und Bequemlichkeit! Alles andere ist romantischer Quatsch!"

Wie würde Renate auf diese Meinungsäußerung reagieren? Andreas schielte zur Seite, zu der bunt geringelten Mütze hinüber, die sie über ihr blondes, glattes Haar gestülpt hatte.

Sie nickte zweimal mit dem Kopf. „Du wirst es nicht glauben, aber ich sehe das genauso. Wahrscheinlich ist die einzige Liebe, die wirklich was mit einem innigen, selbstlosen Gefühl zu tun hat, die zwischen Mutter und Kind: Und vielleicht noch die zwischen Künstler und seinem Werk."

„Ja, oder die zwischen Mensch und seinem Haustier." Verflixt, irgendwie lief das hier falsch! Wenn er immer als erster seine Meinung kundtat, konnte sie zu allem Ja und Amen sagen! Also etwas vorsichtiger bitte! Und du stellst die Fragen!

„Mal ehrlich, Renate, was denkst du über mich?"

Sie lachte überrascht auf. „Ich finde, du wirkst wie ein etwas verklemmter, pedantischer, freudloser Asket. Aber das muss ja nicht stimmen."

„So uncharmant, wie du über mich redest, kannst du unmöglich in mich verliebt sein!", stellte Andreas fest. Allmählich wurde er ungehalten.

„Wer sagt denn auch so was? Eigentlich wollte ich nur wissen, ob man ein interessantes Gespräch mit dir führen kann."

„Und – kann man?"

„Immerhin ist es nicht langweilig. Manchmal wirkst du ziemlich gereizt."

„Ja und? Bist du etwa in jeder Lebenslage ausgeglichen?"

„Ich bemühe mich. Es ändert ja nichts an den Tatsachen, wenn ich mich aufrege."

„Eine sehr vernünftige Einstellung." Andreas kaufte ihr das nicht ab. „Hilft dir das auch dabei, mit Gewalt, Tod und Verbrechen fertig zu werden?"

Auf die Frage ging sie gar nicht ein, sondern fing plötzlich an, über den aktuellen Fall zu spekulieren. Andreas machte sofort mit.

Weit vor ihnen spannte sich die Südbrücke über den Rhein, sie spazierten den asphaltierten Weg entlang, zwischen kahlen Bäumen und Sträuchern hindurch, auf deren Ästen eine dünne Schneeschicht in der Sonne glitzerte, und redeten über Motive und weiße Lieferwagen. Renate bezweifelte vor allem, dass Thomas Richter der Heckenschütze war, das sei zu naheliegend, und schlug Andreas vor, die Motive und Alibis der anderen Hinterbliebenen genauer zu prüfen.

„Das kommt schon noch", betonte Andreas. „Wir haben bei Richter weder den Wagen noch das Gewehr gefunden, den müssen wir sowieso bald wieder laufen lassen. Immerhin können wir ihm einen Angriff auf zwei Polizeibeamte anhängen."

„Na, ist doch besser als nichts. Außerdem hat er ja wohl, hab ich gehört, deinen Geschmackssinn schwer verletzt."

„Ja, mit dem Essen bin ich sehr eigen", ließ Andreas sie wissen und fragte in harmlosen Ton: „Was hast du denn so für Macken?"

„Bitte?!"

„Du hast nie geheiratet – das muss doch einen Grund haben."

Renate lachte. „Warum schließen nur immer alle Leute von sich auf andere! Ich kann dir sagen, warum ich den richtigen Mann noch nicht gefunden habe. Meine größte Macke ist die, dass ich ziemlich intelligent bin. Das mögen Männer nicht."

„Blödsinn!"

„Nein, mein Lieber, das ist Fakt!", behauptete sie. „Männer nehmen sich lieber Frauen, die ihnen intellektuell unterlegen sind – und viele Frauen schauen immer noch gern zum Mann auf. Ich vielleicht auch. Aber wo finde ich so einen Mann?"

Sie suchte einen Mann, der intelligenter war als sie? Meinte sie das jetzt ernst? Oder machte sie sich gerade über ihn lustig? Andreas sagte erst einmal nichts, und so fügte sie offenbar nachdenklich hinzu: „Dass ich nicht verheiratet bin, kann natürlich auch daran liegen, dass ich nie Kinder und auch nie mit jemandem zusammenleben wollte, dass ich keinen Alkohol trinke, so gut wie nie ausgehe, keinen Sport mag und, wenn überhaupt, am liebsten allein in Urlaub fahre."

Nun wurde Andreas misstrauisch: Sie klang ja wie eine verschollene Zwillingsschwester von ihm! Er glaubte einfach nicht, dass sie ihm so ähnlich war. Sie hatte nur alles aufgezählt, was sie über ihn aufgeschnappt hatte, um ihn damit zu beeindrucken. Und was, wenn es nicht so war?

Andreas schwieg immer noch. Er wusste nicht, was er denken sollte. Oder wie er reagieren sollte. Und plötzlich meldete sich ein ganz anderer Gedanke: Wenn sie tatsächlich so war wie er – war das nicht auf Dauer furchtbar langweilig? Sollte man dann nicht lieber nach den Unterschieden suchen?

„Anscheinend sind wir uns ja in einigen Dingen sehr ähnlich", begann Andreas. „Wie sieht's denn mit der Astrologie aus?"

„Damit kann ich nichts anfangen", erwiderte sie knapp.

„Und was ist mit Astronomie?", bohrte Andreas weiter.

„Finde ich sehr interessant. Darüber würde ich gern mehr erfahren."

Andreas schaute über den Rhein auf die parkähnlichen Anlagen auf der anderen Seite hinüber und fragte: „Interessierst du dich auch für Psychologie?"

„Na klar, was denkst du denn! Die menschliche Psyche ist mindestens genauso rätselhaft und spannend wie die Tiefen des Alls!"

Ja, das glaubte er ihr sofort – nach der psychologischen Kriegsführung, die sie in den letzten Wochen und Monaten bei ihm angewendet hatte!

„Ich habe mir auch einiges über Psychologie und Psychiatrie angelesen", ließ er sie wissen und verwickelte sie in ein Gespräch über Borderline-Persönlichkeiten und paranoide Schizophrenie.

*

Bonn-Röttgen
Abends

Am Nachmittag hatte Heiko seine Schwiegereltern in Bad Godesberg besucht. Besonders Leonies Vater verdrängte seine Trauer, indem er sich darüber ärgerte, dass die Polizei die Leiche seiner Tochter noch nicht freigegeben hatte.

„Könnt ihr Politiker da nicht mal ein bisschen Druck machen?", hatte er Heiko gefragt, aber der hielt sich zurück. Schließlich war er noch nicht Bürgermeister.

Nach einer Stunde hatte er Leonies Mutter und ihre Geschwister, die sich auch eingefunden hatten, nicht mehr leiden sehen können und war nach Hause gefahren.

Seither hatte er ferngesehen, gelesen, ein paar Briefe verfasst, und jetzt, nachdem es längst dunkel geworden war, beschloss er, spazieren zu gehen. Er ging gerne durch die Dunkelheit, vielleicht weil dann kaum noch jemand unterwegs war, der ihn beim Nachdenken störte. Er schlenderte durch die leeren Straßen auf den Stadtrand zu, dann ein Stück durch den Wald.

Währenddessen dachte er darüber nach, ob er der Polizei nicht einen Verdächtigen liefern konnte, einen Konkurrenten um das Bürgermeisteramt vielleicht, der ihn durch die Ermordung seiner Leonie aus dem Gleichgewicht bringen und so seine Kandidatur unmöglich machen wollte.

*

Bonn, Dorotheenstraße
20.25 Uhr

Andreas hatte sich am Abend mit seinem Diskussionspartner Udo verabredet, der möglicherweise wieder ein paar Kilo zugelegt hatte. Jedenfalls sah er in seinem beigen Pullover etwas unförmig aus. Sie saßen in seiner Wohnung, bei einem Glas Wein und ein paar Salzstangen.

„Wie geht's Lydia?", fragte Andreas.

„Gut so weit. Sie hat eine Kur beantragt."

„Ja, das Alter und seine Gebrechen. Ich hatte übrigens vorhin meine erste Verabredung mit Renate."

„Der Spurensucherin? Ach was! Erzähl mal!", forderte ihn Udo auf und griff nach den Salzstangen. Sein rot gestrichenes Wohnzimmer glühte geradezu im Licht zweier Stehlampen mit ebenfalls roten Schirmen.

Andreas berichtete, Udo kommentierte, und ab und zu lachten sie beide.

„Die Frau meint also, sie habe bisher keinen Mann gefunden, weil sie zu intelligent ist?" Udo nahm ein Schlückchen Wein zu sich und dachte nach. „Da könnte sie sogar richtig liegen. Sei mal ehrlich, Andreas – wir Männer über 50 schätzen es doch gar nicht, wenn Frauen alles besser wissen und dann auch noch zu Recht! Wenn du fair bist, solltest du ihr raten, sich einen mindestens 5 Jahre jüngeren Mann zu suchen."

„Moment mal", protestierte Andreas. „Wer sagt denn, dass ich mit ihrer Intelligenz nicht klar komme?!"

Udo kicherte, und sein Kugelbauch wackelte. „Meine langjährige Erfahrung! Aber egal, mach, was du willst. Wie ist denn euer Schnuppernachmittag ausgegangen?"

Irgendwie hatte die Verabschiedung von Renate an der Fähre ein unangenehmes Gefühl bei Andreas hinterlassen. „Sie hat mich jedenfalls nicht eingeladen, noch mit zu sich hochzukommen, auf einen Kaffee oder so. Sie hat nur gesagt, es sei ein interessanter Nachmittag gewesen. Kein Wort darüber, dass wir das noch mal wiederholen sollen."

„Du willst meine Meinung hören?" Udo schaute ins Glas und überlegte nur kurz. „Also entweder bist du komplett durchgefallen – oder sie hat dich … wie heißt das noch … ach ja, angefixt, das heißt, sie hat dir vorgeführt, was du haben könntest, und jetzt bist du am Zug."

„Komplett durchgefallen? Und wie finde ich das raus?"

„Ich kann dir nur sagen, wie ich mich verhalten würde: Falls dir die Frau gefallen hat, würde ich sie ein bisschen schmoren lassen und sie nach etwa einer Woche fragen, ob sie noch mal Lust auf einen Spaziergang hat. Wenn ja, hast du Chancen, wenn nicht, kannst du sie vergessen."

Andreas verspürte einen leichten Druck im Magen. „Das Problem ist, ich weiß nicht, ob ich den Spaziergang wiederholen will."

„Schlaf ein paar Mal drüber und überleg nicht so viel. Das ist eine Bauchsache. Ach so … du hast ja gar keinen Bauch. Du musst mehr essen, Andreas!"

Andreas bezweifelte den logischen Zusammenhang, wechselte schnell das Thema und brach eine Diskussion zur Frage ‚Welche Partei ist überhaupt noch wählbar' vom Zaun. Anschließend diskutierten sie darüber, ob Sport jung hält. Was vor allem von Udo heftig bestritten wurde.

*

Bonn-Ippendorf
16.05 Uhr

Rudi legte die Feile beiseite und schaltete den Wasserkocher ein. Er brauchte dringend etwas Heißes im Magen, denn im Zimmer war es saukalt. Er schaute auf sein Thermometer: 14°. Langsam musste er heizen, sonst froren ihm noch die Wasserleitungen ein.

Er füllte Kohle in den alten Ofen und zündete sie mit ein paar Zeitungen an. Dann war das Wasser heiß, und er brühte sich einen Kaffee auf. Mit einer Tasse und einer Zigarette setzte er sich in den Sessel und las weiter in seinem Buch.

Ab und zu ging sein Blick zu der Holzskulptur, an der er gerade arbeitete – es wurde eine Art Drachen, ein Fabelwesen aus einer anderen Welt. Bisher war er zufrieden mit seinem Werk. Er las in einem Fantasy-Roman, der ihn irgendwie inspirierte. Hundert Ideen hatte er schon wieder im Kopf, und er fragte sich, ob er die Ideen wohl alle noch vor seinem Tod verwirklichen konnte, denn so massiv, wie er rauchte, würde er sicher keine zehn Jahre mehr leben.

Rudi trank ein paar Schlucke Kaffee und schmunzelte. Lieber ein kurzes, aber ausgefülltes Leben in Leidenschaft, als ein langes und langweiliges!

Als es draußen dämmerte, zündete er mehrere Kerzen an, legte die zweite Sinfonie von Chatschaturjan auf und machte sich anschließend ein Spiegelei zum Abendessen. Im Radio hörte er sich noch die 19-Uhr-Nachrichten an und legte sich ins Bett, nachdem er (für seinen beschissenen Nebenjob!) den Wecker auf drei Uhr nachts gestellt hatte. Im Winter schlief er mit Pullover und Jogginghose, dicken Socken und vier Decken übereinander.

Aber wie öfter in den letzten Tagen konnte er nicht sofort einschlafen. Er rauchte noch zwei Zigaretten und dachte über das nach, was er in der vergangenen Woche getan hatte … Das ließ sich zwar nicht so recht mit seiner Künstlerehre vereinbaren, aber, verdammt noch mal, er brauchte das Geld!

Gegen 21 Uhr fielen ihm endlich die Augen zu.

Rudi schreckte aus seinem wohlverdienten Schlaf hoch, und sein Blick ging sofort zum Wecker: 1.10 Uhr. Nein, der Wecker hatte ihn nicht geweckt.

Er drehte sich langsam auf den Rücken und lauschte. Was war

das für ein komisches Geräusch? Ein verstohlenes Klicken und Klacken, so, als versuche jemand mit einem Schlüssel, der nicht passte, die Haustür zu öffnen.

War es möglich, von einem so leisen Geräusch wach zu werden? Besaß das Unterbewusstsein noch seine animalische Fähigkeit, beim geringsten Anzeichen einer drohenden Gefahr dem Bewusstsein Bescheid zu sagen? Stille trat ein, und Rudi döste sofort weg. War sicher nur ein hungriges Eichhörnchen gewesen …

Plötzlich ein etwas lauteres Schaben und Knacken an einem der hinteren Fenster. Sofort saß Rudi senkrecht im Bett. Einbrecher? Quatsch! Er entspannte sich wieder. Niemand wusste von dem Geld, und selbst wenn – er hatte es so gut versteckt, kein Mensch würde es finden! Wahrscheinlich war da sowieso nur ein Hirsch, der mit seinem Geweih am Fenster entlang strich. Hatte Rudi alles schon erlebt. Trotzdem würde er nicht weiterschlafen können, solange er nicht nachgesehen hatte, was los war.

Der Kohleofen glühte kaum noch, es war kälter im Zimmer geworden. Rudi schlug nicht die Decken zurück (damit die Wärme im Bett nicht verloren ging), sondern schlüpfte seitlich heraus, zog sich die wadenhohen Pantoffeln aus Lammfell an die Füße, griff nach seiner Strickjacke und machte kein Licht. Sehen konnte er genug: An einem Fenster nach hinten zum Wald hinaus gab es keinen Rollladen mehr, sondern nur einen Vorhang. Kein Geld.

Aber demnächst konnte er sich rundum mehrfach verglaste Fenster inklusive Rollladen einbauen lassen, und eine Heizung. Ja, daran dachte er, als er jetzt den dicken, dunkelblauen Vorhang aus dem Sozialladen beiseite zog, um nachzuschauen, wer seine kostbare Nachtruhe störte. Einen Moment hatte er den Eindruck, als bewege sich ein Schatten nach unten weg, dann sah er nichts mehr. Am Fenster hatten sich Eisblumen gebildet; es musste verdammt kalt draußen sein.

Rudi hielt sein Gesicht ganz nah ans Fenster, legte sogar die Hände an beide Seiten des Gesichts und lugte nach draußen. Die Bäume standen schneebedeckt und reglos gleich hinter seinem Gartenzaun, er konnte sogar ein paar Sterne am klaren Himmel sehen, sonst war da nichts.

Gerade dachte er: *Leg dich wieder hin, du kannst noch knappe zwei Stunden schlafen!*, als plötzlich ein Mann mit einer tief heruntergezogenen Mütze von unten her aufsprang, mit einem zum Schlag erhobenen Baseballschläger in beiden Händen, der im nächsten Augenblick auf Rudi zuflog, mit lautem Klirren und Krachen die Scheibe zertrümmerte und in seinem Gesicht landete.

*

Königswinter-Vinxel
Sonntag, 17. Februar
9.30 Uhr

Sascha lag noch dösend in seinem Bett, als plötzlich etwas auf seinen Kopf patschte. Eine kleine Hand. Sascha riss die Augen auf, packte zu und hielt die Hand fest. Er blickte in die großen, sehr dunkelblauen Augen von Gabriel, der sich aufs Bett geschlichen hatte.

„Na, du Räuber, jetzt fängst du schon an, deinen alten Vater zu schlagen?"

Er ließ ihn los, und Gabriel lachte und gluckste und krabbelte vom Bett. Im Flur rief er: „Papa auf! Papa auf!"

Hatte ihn etwa seine Mutter ins Schlafzimmer geschickt, damit er Sascha aufweckte? Er wälzte sich gähnend aus dem Bett, und der Duft frischen Kaffees stieg ihm in die Nase.

Kurz darauf saßen alle am Frühstückstisch, und Gabriel machte nicht den Eindruck, dass er durch den Sturz am Vortag irgendwie geschädigt war. Bis auf die Platzwunde auf der Stirn, über der ein großes, buntes Pflaster prangte.

Nach dem Frühstück fragte Annika mit charmantem Lächeln: „Gehst du gleich mit ihm raus?"

Sascha hatte sogar richtig Lust auf ein bisschen Herumtollen im Freien. „Klar, machst du ihn schon mal fertig?"

Annikas Lächeln wurde zum Strahlen. „Willst du das nicht auch mal probieren?"

„Glaubst du etwa, ich kann meinen eigenen Sohn nicht anziehen?", beschwerte sich Sascha. „Ich springe noch mal schnell unter die Dusche, und dann geht's los!"

Gesagt, getan, eine halbe Stunde später kämpfte er mit Gabriels Armen und Beinen, die in einem dick wattierten, himmelblauen Schneeanzug untergebracht werden mussten. Gabriel zappelte und hampelte herum, dass Sascha fast die Geduld verlor. Er war nass geschwitzt, als er dem Kind endlich die Stiefelchen angezogen hatte.

Anfang des Jahres, als es anfing zu schneien, hatte sich auch Sascha eine schneetaugliche Ausstattung besorgt. Und einen Schlitten. Auf den setzte er nun Gabriel und zog ihn hinter sich her bis in den Wald hinein. Dort tobten sie herum und bewarfen sich mit Schneebällen.

Dann suchten sie in der Umgebung nach einem kleinen Hügel, den sie mit dem Schlitten hinunterfahren konnten, und fanden endlich einen, der von herumtobenden Kindern überfüllt war wie die Kölner Innenstadt von Einkaufswütigen an einem Samstagnachmittag vor Weihnachten. Trotzdem ergatterten sie ein Plätzchen zur Abfahrt, und Sascha ließ Gabriel so oft wie möglich den Schlitten alleine hochziehen, damit das Kind schön müde wurde und nach dem Essen ein Mittagsschläfchen hielt. Und vielleicht – wenn er Glück hatte – konnten er und Annika ungestört eine Stunde Zeit miteinander verbringen.

Das Wunder geschah: Gabriel fielen schon beim Essen fast die Augen zu. Also wurde er ins Bett gelegt, und die Erwachsenen vergnügten sich auf andere Weise. Sie hatten kaum fünf Minuten ihre Kleider wieder am Leib, als das Telefon klingelte.

„Ja?", rief Sascha unwillig in den Hörer.

„Sascha? Hier ist Klaus. Thomas Richter muss angeblich unbedingt mit einem der beiden Kommissare reden, die in seinem Restaurant waren."

„Und? Wo ist Andreas?

„Der musste ins Krankenhaus zu einer Frau, die behauptet, sie wäre vergiftet worden."

„Okay, bin gleich da."

Auf einmal fand Sascha die Idee, kurz zur Arbeit zu fahren, gar nicht so übel – denn Gabriel wurde gerade wach, und er hatte nicht wirklich Lust, zwei weitere Stunden mit seinem Sohn durch den Schnee zu toben.

Annika tat verständnisvoll, und so betrat Sascha eine Viertelstunde später das Büro und ließ sich Thomas Richter bringen. Der Mann war ordentlich gekämmt, trug aber immer noch seine dunkelblaue Strickjacke.

„Kann ich einen Kaffee haben?", fragte er als erstes, und Sascha setzte frischen auf.

„Was ist los, Herr Richter? Möchten Sie ein Geständnis ablegen?"

Richter lachte nicht sehr amüsiert auf. „Nein, möchte ich nicht, aus dem einfachen Grund, weil ich niemanden ermordet habe!"

„Wie Sie meinen. Um was geht's denn dann?"

Sascha setzte sich Richter gegenüber an den Schreibtisch und bemühte sich, genauso professionell wie Andreas ein aufmerksames Gesicht zu machen.

„Ja, wissen Sie … In Ihren Arrestzellen hat man ja viel Zeit zum Nachdenken." Richter schob mit beiden Händen seine Brille auf der Nase nach oben. „Und heute, am frühen Morgen, fiel mir was ein. Wissen Sie, wer seit 15 Jahren mein Installateur ist und meine Heizung wartet?"

Sei freundlich und geduldig, ermahnte sich Sascha. „Nein, wer denn?"

„Burkhardt Graaf. Und als ich in der Zeitung las, dass eine Kornelia G. erschossen wurde, dachte ich noch, ob das wohl seine Frau war?"

Warum sollte Sascha ihm nicht die Wahrheit sagen? „Ja, das stimmt. Und weiter?"

„Ich hab Graaf damals genommen, weil er so preiswert war. Jedenfalls bis zu seiner Scheidung. Danach wurde die Wartung immer teurer. Als ich ihn darauf ansprach, meinte er, er müsse jetzt mehr Geld verdienen, weil seine Ex-Frau ihn finanziell bis aufs Hemd ausziehe."

Der Kaffee war fertig, und Sascha schenkte sich und Richter eine Tasse ein. „So, Herr Richter, jetzt kommen Sie mal zum Punkt."

Er nickte und trank schnell ein paar Schlucke Kaffee, so, als nähme ihm Sascha die Tasse wieder weg, sobald er mit seiner Geschichte fertig war.

„Im Herbst war Graaf mal wieder bei mir, und ich merkte schon, dass der Mann unheimlich sauer war. Ich hab mich dann ein bisschen mit ihm unterhalten – es ging natürlich um seine Ex-Frau Kornelia, er sollte ihr und seiner Tochter wohl einen Skiurlaub finanzieren oder so was, und er regte sich so auf, dass er knallrot im Gesicht wurde." Rasch trank Richter seinen Kaffee aus. „Und dann fiel mir heute Morgen ein, was er unter anderem gesagt hat, als er sich so aufregte. Er rief aus: ‚Die Frau gehört abgeknallt!'"

Richter guckte entsetzt, und Sascha fragte sich, ob der Kerl sich das Ganze nur ausgedacht hatte. Er ging zu Andreas' ordentlich aufgeräumtem Schreibtisch hinüber und suchte nach der Akte von Kornelia Graaf. Darin befand sich auch Burkhardt Graafs Aussage bezüglich seines Alibis, das ja bereits nachgeprüft worden war.

„Tja, Herr Richter, schöne Theorie, die Sie da haben, aber Burkhardt Graaf hielt sich zur Tatzeit bei mehreren glaubwürdigen Zeugen auf."

„Dann hat er eben einen Killer engagiert!", beharrte Richter.

„Ich dachte, Graaf sei völlig verarmt?"

„Was weiß ich! Vielleicht hat er vor der Scheidung ein ordentliches Sümmchen in Sicherheit gebracht – oder vielleicht hat er im Lotto gewonnen! Und weil er Kornelia nicht auch noch was davon abgeben wollte, hat er sie eben erschießen lassen!" Richter argumentierte wieder einmal, als ginge es um sein Leben.

„Und dann hat er gleich drei weitere, ihm völlig unbekannte Leute mit umbringen lassen, um seine Spur zu verwischen?"

„Ja und? Das gleiche werfen Sie mir doch auch vor!", ereiferte sich Richter.

Sascha klappte den Aktendeckel zu. „Wir werden überprüfen, ob Graaf irgendwie zu Geld gekommen ist. Mehr kann ich Ihnen jetzt nicht dazu sagen."

Sascha ließ Richter wegbringen und machte sich ein paar Notizen. Mittlerweile war es vier Uhr nachmittags, und er überlegte, ob er nach Hause fahren oder noch auf Andreas warten sollte. Er wollte ihn gerade anrufen, als die Tür aufging, und Andreas das Büro betrat – mit einer Miene, als sei jemand aus der Familie gestorben.

„Ich hab schon gehört, dass du hier bist", meinte er mit komischer Stimme und schloss die Tür.

„Was ist passiert?", fragte Sascha. Andreas' Gesichtsausdruck war ihm nicht ganz geheuer.

„Es ist wahrscheinlich nicht so schlimm, wie es sich jetzt anhört. Bleib aber auf jeden Fall sitzen und reg dich nicht auf", empfahl Andreas, und allein diese Einleitung reichte, um Sascha in höchste Alarmbereitschaft zu versetzen.

„Ist was mit Gabriel? Musste er ins Krankenhaus?"

„Nein, nein, ihm geht es bestens, ich habe mich selbst darum gekümmert."

„Wie bitte – du warst bei mir zu Hause? Oh Gott, Annika hatte einen Unfall? Lebt sie noch?!"

„Du sollst dich doch nicht aufregen! Niemand ist tot, niemand ist verletzt. Ich –"

„Wie kannst du mich dann so erschrecken!" Jetzt wurde Sascha ungehalten. „Würdest du wohl endlich mal ausspucken, was Sache ist?!"

Andreas stand noch mitten im Raum, die Hände auf die Hüften gestützt, und schaute Sascha schweigend und ernst ein paar Sekunden lang an und verkündete: „Wir mussten Annika verhaften."

Zuerst glaubte Sascha eindeutig an einen Scherz – aber dann wurde ihm bewusst, dass Andreas niemals so einen Scherz machen würde. Und sofort überschlugen sich seine Gedanken: Was konnte Annika angestellt haben? Hatte sie Gabriel verprügelt? Hatte sie einen Nachbarn beleidigt und tätlich angegriffen? Hatte sie jemanden angefahren? Was konnte sie überhaupt in der halben Stunde, in der er nicht da war, getan haben? Hatte sie –

Und er hörte Andreas sagen: „Wir haben sie wegen Mordversuchs verhaftet."

Jetzt hielt es Sascha nicht mehr auf seinem Stuhl. „Mordversuch? Seid ihr irre?! Wer behauptet denn so was?"

Andreas, der immer noch auf komische Weise ruhig wirkte, schenkte Sascha einen eigenartigen Blick. „Die Frau im Krankenhaus behauptet das, eine gewisse Rosamaria de Santos."

Einen Moment lang wusste Sascha nicht, ob er lachen oder vor Empörung an die Decke gehen sollte. Was hatte die Verrückte sich nun wieder zurechtgesponnen? „Gibt es irgendeinen Beweis für diesen Schwachsinn?"

„Ja, eine SMS, die am Freitag von Annikas Handy abgeschickt wurde. Sie lautet wie folgt … warte mal." Andreas holte seinen Notizblock heraus und las vor: „Wenn du Sascha nicht in Ruhe lässt, bist du tot!"

„Das glaube ich nicht", murmelte Sascha.

„Wann hast du die letzte Nachricht von der Frau bekommen?"

„Ich hab seit Tagen keine Zeit gehabt, meine E-Mails anzugucken." Sascha stutzte. „Du weißt über alles Bescheid?"

„Was denkst du denn? Die beiden Damen haben mich mit Infos zugeschüttet. Es war ziemlich dumm von dir, niemanden von uns einzuweihen!"

Auf solche Vorwürfe hatte Sascha gerade gar keine Lust. „Ja, ist klar, aber das hilft uns auch nicht weiter. Wo ist Gabriel?"

„Den hab ich zu deiner Mutter bringen lassen."

„Gut, und wo ist Annika?"

„Nebenan, aber du solltest dich –"

„Was? Mich aus den Ermittlungen raushalten? Nein. Aber ich werde mich nicht mehr aufregen", versprach Sascha. „Komm, lass uns gehen."

Andreas zog die Jacke aus und versuchte nicht, ihn aufzuhalten, und so standen sie eine halbe Minute später im Nebenzimmer, wo Annika bei zwei Kollegen, mit denen Sascha eher selten zu tun hatte, am Schreibtisch saß. In Jeans und feuerrotem Rollkragenpullover, das schwarze Haar frisch gekämmt und zum Zopf geflochten. Sie guckte böse, sprang aber nicht auf, um Sascha um den Hals zu fallen. Nein, sie hatte ihren Stolz.

Sascha holte sich einen Stuhl und setzte sich neben sie. „Darf ich mal fragen, was man dir eigentlich vorwirft?"

Annikas Stimme klang vorwiegend empört. „Die verrückte Kuh behauptet, ich hätte ihr in deinem Namen vergiftete Pralinen geschickt! Ich bin aber keine Giftmischerin! Wenn überhaupt, wäre ich persönlich zu ihr hingefahren und hätte sie eigenhändig erwürgt!"

„Ja, Schatz, das glaube ich dir sofort." Sascha lächelte beruhigend. „Niemand hier verdächtigt dich ernsthaft. Aber da es sogenannte Beweise gegen dich gibt, müssen wir die natürlich genauestens prüfen. Hast du Rosamaria eine SMS geschickt?"

In dieser prekären Situation schaffte es Annika tatsächlich, ihr Temperament zu zügeln und einigermaßen ruhig zu antworten: „Nein."

„Kannst du dir denn erklären, wie die SMS von deinem Handy auf ihres gekommen sein kann? Denk nach. Hast du dein Handy mal irgendwo liegen lassen oder so was?"

Annika hatte verstanden, was auf dem Spiel stand, und versuchte nachzudenken. Aber dann meinte sie: „Tut mir leid, ich bin so durcheinander ... Ich weiß kaum noch, was ich vor einer Stunde gemacht hab."

Sascha traf ein inniger Blick. Wahrscheinlich wollte Annika nach Hause, aber im Moment konnte er ihr wirklich nicht helfen.

„Schatz, du musst über Nacht hier bleiben und –"

Sofort fiel sie ihm ins Wort: „Wieso muss das sein?! Ihr kennt mich doch alle! Kann ich nicht wenigstens –"

„Nein! Sieh es doch so, als würde dir eine Nacht im Hotel geschenkt – mit viel Zeit für dich selbst und einem erholsamen Schlaf, der von niemandem gestört wird."

Annika schaute nach unten, auf ihre schon lange nicht mehr lackierten Fingernägel, und antwortete nicht darauf.

Also redete Sascha weiter: „Leg dich hin, schließ die Augen und denk über die vergangenen Tage nach: Wie und wo könnte Rosamaria an dein Handy gekommen sein? Ich bin sicher, dir fällt was ein. Ich fahre inzwischen in die Klinik und setze sie so unter Druck, dass sie schon mit der Wahrheit rausrückt! Und dann bist du –“

„Ich hab eine Idee!“, platzte es aus Annika heraus, und man sah ihr an, dass ihr die Idee Hoffnung gab. „Setz sie nicht unter Druck, sondern spiel das Spielchen mit! Tu so, als wärst du froh, dass du mich los bist, überschütte sie mit deinem Charme, mach ihr Komplimente, versprich ihr den Himmel auf Erden, gib ihr meinetwegen ein paar Küsschen und frag sie aus! Sie wird so stolz darauf sein, mich ausgebootet zu haben, dass sie garantiert damit prahlt, wie sie's gemacht hat! Na Leute, was haltet ihr davon?“

Andreas nickte. „Könnte klappen. Und wenn die Frau erfährt, dass Sascha ihr was vorgemacht hat, wird sie ihn hassen und nicht mehr belästigen.“

„Ja. Oder sie bringt mich um!“, warf Sascha ein.

„Das Risiko wirst du doch wohl für mich eingehen!“, verlangte Annika und lächelte zuckersüß.

„Natürlich. Okay, dann verkabelt mich mal schön, damit ihr hören könnt, was die Verrückte von sich gibt.“

Das wurde denn auch in einem anderen Raum gemacht, und währenddessen ließ sich Sascha auf den Stand der Dinge bringen: Die Ärzte hatten herausgefunden, dass Rosamaria mit einer gerade noch nicht tödlichen Menge Zyankali vergiftet wurde, die in eine Marzipanpraline injiziert worden war.

Rosamaria hatte nur eine davon genascht, da sie angeblich ein komisches Gefühl im Bauch und einen „eigenartigen“ Geruch in der Nase hatte. Die Pralinen wurden übrigens in drei Geschäften in Bonn angeboten und waren im Postamt am Münsterplatz verschickt worden. Also stand, falls sich bis dahin nicht alles aufgeklärt hatte, am nächsten Tag eine Befragung in Geschäften und bei der Post auf dem Programm.

Eine gute halbe Stunde später fuhr Sascha durch den Haupteingang auf das Gelände der Uni-Kliniken. Unterwegs hatte er einen üppigen Strauß roter Rosen erworben, mit dem er nun in einer der vielen Kliniken in den ersten Stock stieg.

Er klopfte kurz an Rosamarias Tür und trat ein. Ihr Bett war das einzige im Zimmer. Sie selbst lag blass und mit müden Augen unter einer weißen Decke. Aber als sie Sascha erkannte, schoss sofort unübersehbar die Röte in ihr Gesicht. Sascha lächelte verlegen, tat so, als wüsste er nicht recht, was er sagen sollte, und beließ es bei einem warmen „Hallo“.

Rosamaria setzte sich sofort im Bett auf, und ihr Lächeln war noch sehr verhalten. Hatte sie Schmerzen, oder war sie einfach nur misstrauisch? Die Frage war doch, wie intelligent die Frau einerseits und wie überzeugend Saschas Schauspielkunst andererseits war. Lieber hielt er sich vorerst zurück, übergab Rosamaria, die fast so schwarze Augen hatte wie Annika, die Blumen, nahm sie ihr kurz darauf wieder ab und ließ sich von einer Krankenschwester eine passende Vase bringen.

Gleichzeitig zerbrach er sich den Kopf, wie er ein Gespräch anfangen sollte, das ihn und die Polizei weiterbrachte. Vielleicht sollte er sich erschüttert geben – hatte er doch fast seine einzig wahre, große Liebe, nämlich Rosamaria, verloren!

Er stellte die Rosen auf einem Tisch an der Wand ab, auf dem nur eine Zeitschrift lag, eilte an Rosamarias Bett und behauptete, mit möglichst viel Sorge und einer Prise Empörung im Blick: „Ich bin immer noch völlig erschüttert! Wie geht es dir?"

„Besser", hauchte sie, fingerte mit der Hand an ihren schwarzen, ungekämmten Haaren herum und fügte, als sei das jetzt wichtig, hinzu: „Ich sehe furchtbar aus! Wenn ich gewusst hätte, dass du mich so bald besuchst, hätte ich mich ein bisschen zurechtgemacht. Aber ich dachte, du bist vielleicht sauer und kommst gar nicht."

Sascha holte sich einen Stuhl, setzte sich damit an Rosamarias Bett und nahm ihre heiße Hand. „Ach was, ich bin doch nicht sauer auf dich! Höchstens auf Annika – wie kann sie dir so was nur antun?!"

Rosamarias Brille lag auf dem Nachttisch. Die Frau war völlig ungeschminkt und errötete jetzt noch ein wenig mehr, was ihr einen Hauch von pummeliger Bauersfrau verlieh, die viel an der frischen Luft arbeitet.

„Ja, das hätte ich auch nicht gedacht, dass sie so weit geht", antwortete sie scheinheilig. „Aber sie war ja von Anfang an gegen mich."

Sascha schüttelte den Kopf. „Mir war nicht klar, was für ein Mensch sie ist."

„Und ich habe immer gewusst, dass sie nicht die Richtige für dich ist."

Sascha fasste es nicht: Rosamaria kannte Annika doch gar nicht! Wie konnte sie dann so etwas sagen? Hatte sie nicht nur einen Phantasie-Sascha, sondern auch eine Phantasie-Annika in ihrem Kopf, beide ausgestattet mit Eigenschaften, die sie sich gemäß ihrem Wahn ausgedacht hatte?

Sascha räusperte sich. Er wollte endlich wissen, woher die Frau ihn kannte, also musste er sie irgendwie aus der Reserve locken. Aber es kostete ihn nicht unerhebliche Mühe, ihr große Gefühle vorzuheucheln: „Von nun an wird alles anders, mein Schatz. Seit wir uns das erste Mal gesehen haben, musste ich immer nur an dich und deine wunderschönen Augen denken!“

Oh Gott, was für ein Schwachsinn! Aber Rosamaria, die wie im Rausch war, gefiel es: Ihr ganzes Gesicht begann zu strahlen, ihre Wangen röteten sich noch ein bisschen mehr, und wie in ihren E-Mails sprudelte es nur so aus ihr heraus.

„Ich hab mich sofort unsterblich in dich verliebt, als du damals so tollkühn und mutig gegen Holger gekämpft hast. Da war so viel Kraft und Entschlossenheit, ich war völlig hin und weg, und als du mir dann so tief in die Augen geschaut hast, wusste ich, wir sind füreinander bestimmt! Aber ich wusste auch, dass ich noch auf dich warten musste. Das war hart, ich habe so entsetzlich gelitten und –“

Sascha schaltete ab und ließ sie weiterreden, während er versuchte, sich an die Situation zu erinnern, von der sie gesprochen hatte: Wann, zum Teufel, hatte er der Frau tief in die Augen geschaut?

Zumindest stand jetzt fest, woher sie sich kannten – aus der Sekte, in die er sich vor gut zweieinhalb Jahren zu Ermittlungszwecken unter falschem Namen eingeschlichen hatte. Aber ihm war, wenn er ehrlich war, Rosamaria in keiner Weise aufgefallen, und dass sie sich tief in die Augen geschaut hatten, musste sie sich auch zurechtphantasiert haben!

Er hörte ihr wieder zu, und sie schwärmte gerade in den höchsten Tönen von seinen fast übermenschlichen Fähigkeiten (von denen Sascha selbst nichts wusste) und verschlang ihn mit verliebten Blicken. Allmählich sollte er zum Punkt kommen und herausfinden, wie Rosamaria es geschafft hatte, Annika so böse hereinzulegen.

Eine kurze Redepause nutzte er aus, um festzustellen: „Annika hat sich tierisch aufgeregt – sie behauptet steif und fest, sie hätte dir keine SMS geschickt.“

Rosamarias Gesichtsausdruck veränderte sich schlagartig. Mit wütendem Blick fauchte sie: „Da kann sie noch so viel behaupten – die SMS ist auf meinem Handy!“

Sascha bemühte sich sofort, sie zu beschwichtigen und streichelte einmal zart über ihre Wange. „Ja, stimmt, meine Kollegen haben das überprüft. Aber ich verstehe nicht, wie sie an das Zyankali gekommen ist.“

„Vielleicht aus dem Internet? Da kriegt man doch alles!“, bot Rosamaria eifrig an.

„Kann ich mir nicht vorstellen. Meinst du wirklich?“

Und im Bemühen, ihm zu helfen (oder zu gefallen?) schlug sie Sascha noch etwas vor, das ihm sofort verdächtig vorkam: „Vielleicht hat sie ja eine Oma oder Tante, die sich eine von diesen Zyankali-Kapseln besorgt hat – weißt du, so eine, um sich umzubringen. Und die hat Annika ihr geklaut.“

Möglichst harmlos meinte Sascha: „Interessante Idee, in der Richtung werden wir mal ermitteln.“ Und schnell fügte er hinzu: „Wie gut, dass du nur ein Stück gegessen hast. Und das sind tatsächlich deine Lieblingspralinen?“

„Ja, komisch nicht? Deine sogenannte Freundin muss irgendwann gesehen haben, wie ich die gekauft hab.“

„Du meinst, Annika hat dich seit längerer Zeit beobachtet?“, fragte er mit angedeuteter, verärgerter Ungläubigkeit in der Stimme.

„Klar! Die hat das lange geplant und vorbereitet!“

Wieder schüttelte Sascha den Kopf, warf einen Blick auf seine Uhr und bedauerte: „Ich muss gleich gehen. Der Arzt meinte, du brauchst jetzt viel Ruhe. Und ich muss mich um das hinterhältige Biest kümmern, das sich seit mehr als sechs Jahren meine Freundin schimpft!“

Sascha stand auf, brachte den Stuhl zurück zum Tisch und trat noch einmal an Rosamarias Bett. „Ich bin morgen Nachmittag wieder hier, versprochen. Kann ich dir was mitbringen?“

„Nein.“ Ihre Wangen glühten und ihre Augen auch. „Mir reicht es, wenn du hier bist. Du bist alles, was ich mir je gewünscht habe.“

Der Gedanke, wie schamlos er die geisteskranke Frau belog, verursachte Sascha allmählich ein ungutes Gefühl im Bauch. Er beugte sich über sie, um ihr ein Küsschen auf die Wange zu drücken – aber im letzten Moment drehte sie den Kopf, und so traf er ihre Lippen. Sofort richtete er sich auf, widerstand gerade noch der Versuchung, sich den Mund abzuwischen, und zwang sich zu einem liebevollen Lächeln.

„Ruh dich jetzt aus. Ich wünsche dir gute Besserung.“

Schnell verließ er Zimmer und Klinik. Draußen dämmerte es bereits, es war kalt, aber trocken. Grübelnd fuhr Sascha den Venusberg hinunter, doch Grübeln beim Fahren war nicht einfach – man musste schließlich hin und wieder auf den Verkehr achten. Als er im Präsidium ankam, war in seinem Hirn jedenfalls noch keine brillante Idee gereift, wie man Rosamaria der falschen Anschuldigung überführen konnte.

Er fand die Kollegen und auch Annika im gleichen Zimmer wie vorhin, und dort wurde eifrig diskutiert.

„Tja", begrüßte Sascha die Anwesenden. „Viel ist ja nicht dabei rausgekommen."

Andreas lächelte ein klein wenig schadenfroh. „Doch, deine Liebste hier wusste gar nicht, wie routiniert und überzeugend du lügen kannst."

„Sie durfte mithören?!" Sascha schaute Annika in die Augen, aber sie wich seinem Blick überraschenderweise aus. „Also bitte! Keine Vorwürfe, ja?", stellte er klar. „Du hast es so gewollt, und ich hab's getan!" Er wandte sich an Andreas. „Was hältst du davon, die älteren Verwandten der Santos mal darauf abzuklopfen, wer von denen sich vielleicht eine Zyankalikapsel besorgt hat?"

„Im Prinzip eine nette Idee. Aber was, wenn der Kapselbesitzer verstorben ist? Sollen wir ihn exhumieren, nur um nachzuweisen, ob er die Kapsel geschluckt hat oder nicht?"

„Natürlich! Außerdem wird ja wohl die Todesursache irgendwo stehen!"

„Nun mal langsam." Andreas saß an einem der Schreibtische, rieb sich über die lange, schmale Nase, strich mit beiden Händen das wellige, bis über den Hemdkragen wachsende Haar zurück und dachte nach. „Selbst wenn einer der verstorbenen Verwandten eine Kapsel besessen hat, und selbst wenn wir herausfinden, dass er sie nicht geschluckt hat, heißt das nicht, dass Rosamaria sie gestohlen hat."

„Okay. Aber was, wenn der Verwandte noch lebt, kürzlich von Rosamaria besucht wurde und nun seine Kapsel vermisst?"

„Wäre immerhin ein Ansatz. Also gut, Leute", Andreas stand auf und holte seine Jacke, „ich fahre nach Hause und zerbreche mir mal den Kopf, und du, Annika, denkst darüber nach, wie die Frau an dein Handy gekommen sein könnte. Ich brauche jetzt ein bisschen Abstand. Bis morgen früh."

Andreas machte sich auf den Heimweg, und Sascha unterhielt sich noch eine Weile mit Annika, bevor er das gleiche tat.

*

Luxemburg / Bonn
15.00 Uhr

Burkhardt war nach dem Mittagessen mit Lucy und den Verwandten noch ein Stündchen durch Luxemburg spaziert. Er mochte die Stadt mit ihren alten Gebäuden und Brücken sehr, aber plötzlich wurde er von dem Gefühl überwältigt, nach Hause fahren zu müssen. Er musste dringend die letzten Reste aus Kornelias Wohnung räumen – er dachte gar nicht daran, auch noch die Miete für März zu bezahlen!

Er hatte Lucy gefragt, ob sie mitkommen oder bei ihrer Cousine bleiben wolle. Lucy zog es vor, noch ein paar Tage in einer Umgebung zu verbringen, in der sie nicht alles an den Tod ihrer Mutter erinnerte.

In den letzten drei Tagen hatte er mit Freunden und Kollegen die meisten Möbel abtransportiert, über die Hälfte davon schon verkauft, und jetzt musste er nur noch ein paar von den Sachen, die Kornelia in ihren Schränken gehortet hatte, in Kisten verpacken und wegbringen. Dann hatte er auch das hinter sich.

Burkhardt raste über eine recht leere Autobahn Richtung Bonn und war gegen halb sechs – es dämmerte schon – zu Hause, wo er sich erst einmal einen heißen Kaffee gönnte. Keine Viertelstunde später warf er drei leere Pappkartons in den Wagen und kam zehn Minuten später in Kornelias Wohnung an.

Von seinem Unterhalt (!) hatte sie sich eine nicht eben kleine Drei-Zimmer-Wohnung geleistet. Lucy musste natürlich ein eigenes Zimmer haben. Das Bad war fast luxuriös, der Balkon groß und nach Süden gelegen. Was Burkhardt wunderte, war, dass sich Kornelia noch keinen neuen Kerl angelacht hatte – dann hätte sie gleich zweimal abkassieren können! Andererseits, welcher Kerl hatte schon Lust auf ein lautes, dominantes, streitsüchtiges Weib?

Die Diele war bereits komplett leer. Im Wohnzimmer standen noch rund 10 Kartons herum, in denen der Inhalt aus Schränken und Regalen verstaut war – ohne das Essgeschirr allerdings, das Burkhardt einem Freund geschenkt hatte, dessen Tochter im Mai heiraten wollte. Die Einbauküche hatte er ihm auch gleich günstig verkauft, samt Inhalt.

Das Bad war schon ausgeräumt, genau wie Lucys Zimmer, dessen Einrichtung Burkhardt natürlich als erstes zurück in ihr altes Zuhause befördert hatte. Nur in Kornelias Schlafzimmer lagen noch ein paar Säcke mit Schuhen, Röcken, Pullovern etc. herum, die Burkhardt am nächsten Morgen in einem Kleiderspenden-Container entsorgen würde, sowie einige Ordner und Hefte mit wahrscheinlich privaten Sachen, in die er noch keinen Blick geworfen hatte.

Leise, um niemanden zu stören, schaffte er die Kisten und Säcke nach unten ins Auto und gab sich, wieder oben, ans Einpacken der letzten Habseligkeiten eines Menschen, der brutal und frühzeitig aus dem Leben gerissen worden war. Allerdings empfand Burkhardt kein Bedauern.

Beim Einräumen in den zweiten Karton fiel ihm etwas in die Hände, das möglicherweise ein Tagebuch war: ein dickes Heft zwischen zwei farbenfrohen, festen Deckeln. Eigentlich wollte er nicht darin lesen, aber dann blätterte sein Daumen wie von selbst durch die Seiten. Vielleicht wollte er nur ein einziges Mal diesen einen, schwarz auf weiß geschriebenen Satz sehen: Wie sehr sie ihn gehasst hatte.

Stattdessen fiel aus der Mitte des Heftes ein kleines Foto zu Boden. Ein Portraitfoto seines Sohnes. Sieben Jahre war er damals alt gewesen. Ein Nachzügler, nicht unbedingt gewollt, aber dafür umso mehr geliebt.

Burkhardt, der vor der Kiste hockte, merkte, wie seine Knie weich wurden. Schnell setzte er sich auf das Laminat, griff nach dem Foto, starrte darauf. Sein Herz schlug schneller, und ob er wollte oder nicht, auf einmal kam alles wieder hoch.

Der Sommer vor drei Jahren. Ein Urlaub in Österreich. Ein Hotel in den Bergen. Traumwetter. Die ganze Familie geht wandern: Burkhardt, Kornelia, Lucy und Felix.

An manchen Tagen machen sich Vater und Sohn auch alleine auf den Weg zum Gipfel. Wie an jenem Freitag, dem 1. August, als Burkhardt mit Felix kurz nach zehn Uhr morgens losmarschiert und Kornelia und Lucy auf der Sonnenterrasse des Hotels zurücklässt.

Es wird schnell wärmer, die Rucksäcke werden immer schwerer, und so machen sie auf halber Höhe des Berges Rast, auf einer Wiese am Rand einer Felswand. Auf der Wiese haben sich noch drei andere Wanderer zu einer Pause niedergelassen.

Burkhardt und Felix setzen sich dazu, holen Proviant aus ihren Rucksäcken, essen, trinken und unterhalten sich mit dem jungen Mann, der jungen Frau und der etwas älteren Frau. Burkhardt trinkt Kaffee aus einer Thermoskanne, die zur Sicherheit in einer Plastiktüte steckt, denn Burkhardt hat den Eindruck, die Kanne sei am Vortag nicht ganz dicht gewesen. Es handelt sich um eine Supermarktplastiktüte mit blau-weißer

Werbung über einer grünen Wiese mit vielen Sommerblumen, fast einer wie die, auf der sie gerade Rast machen.

Felix tauscht sich mit dem jungen Paar aus, Burkhardt hält sich an die ältere Frau, eine hübsche, gut gelaunte Blondine Mitte Vierzig, die auf den Berg passt wie ein Sportwagen auf einen Feldweg.

Er flirtet sogar ein bisschen mit ihr, während seine Finger an einer Ecke der Plastiktüte herumzupfen. Vielleicht trägt auch dieses Herumgezupfe zu dem Unglück bei, jedenfalls ahnt Burkhardt zu diesem Zeitpunkt noch nicht, welche Rolle die Tüte in wenigen Minuten in der größten Katastrophe seines Lebens spielen wird.

Es beunruhigt ihn auch nicht, als Felix plötzlich aufsteht, sagt: „Mir ist langweilig. Ich guck mir mal die Felswand an", und sich immer weiter von ihm entfernt. Wieso sollte es ihn auch beunruhigen? Felix ist kein Kleinkind mehr, Felix ist neun Jahre alt und wandert nicht zum ersten Mal durch die Berge.

Und trotzdem – er ist ein Kind, ein neugieriges Kind, das dazu neigt, Unsinn zu machen, wenn es sich langweilt.

Aber Burkhardt schaut in die dunkelblauen Augen einer fremden Frau, ist mit den Gedanken überall, nur nicht bei Felix, bis er plötzlich rein zufällig einen Blick zur anderen Seite wirft und erst jetzt realisiert, dass sein Sohn in Gefahr sein könnte: Er ist nur noch wenige Meter von der Kante der steil abfallenden Felswand entfernt.

„Augenblick mal", entschuldigt er sich bei der Blondine und ruft seinem Sohn hinterher: „Felix, bleibst du bitte stehen! Ich hab dir schon hundertmal gesagt, wie gefährlich solche Kanten sein können!"

Aber Felix schreitet zügig und ohne sich umzudrehen in seinem hellblauen T-Shirt und den dunkelblauen Shorts auf den Abgrund zu. Die festen Wanderschuhe sehen an seinem schmalen Körper ein wenig klobig aus.

Burkhardt hat den Eindruck, der Knabe will seinen Vater dafür bestrafen, dass die Frau mehr Aufmerksamkeit bekommt als er. Aber immer noch ist Burkhardt nicht besonders beunruhigt. Er ruft ein zweites Mal: „Bitte, Felix, komm her, lass uns weitergehen."

Felix reagiert nicht. Die Wiese fällt zum Rand hin leicht ab, das Gras wirkt gelb, dazwischen trockene Erdklumpen, vermischt mit Steinen und abgestorbenen Pflanzen. Noch drei Meter bis zur Kante. Noch zwei.

Burkhardt springt auf und brüllt: „Felix, verdammt noch mal, wirst du wohl stehen bleiben!"

Doch Felix denkt gar nicht daran. Er wird langsamer, vorsichtiger, ist noch einen Meter vom Abgrund entfernt.

Burkhardt packt die Panik. Er merkt gar nicht, dass er noch die Plastiktüte in der Hand hält. Er läuft los, als Felix die Kante erreicht und sich neugierig vorbeugt. Im gleichen Moment rutschen Erdklumpen und Steine unter seinen Füßen weg. Felix verliert das Gleichgewicht, rudert mit den Armen. Der Rand bröckelt weiter. Burkhardt hört auf zu denken, sprintet los. Ein Alarm schrillt in seinem Hirn: Geh nicht zu nah ran, dann stürzt ihr beide, dann kannst du ihm nicht helfen!

Als Felix nach vorne kippt, sticht ein Schmerz durch Burkhardts Brust, dass er aufschreit. Dann sieht er, wie sich Felix in letzter Sekunde drehen und mit beiden Händen im Geröll festkrallen kann. Jetzt schreit auch er: „Hilfe, Papa, hilf mir!"

Burkhardt schöpft Hoffnung. *Geh nicht zu nah ran, du bist zu schwer!*, ermahnt er sich und legt sich flach auf den Boden, um sein Gewicht zu verteilen. Und so robbt er vorsichtig, immer noch die Tüte in der Hand, auf den Abgrund zu. Seine ausgestreckten Hände sind keinen Meter mehr von denen seines Sohnes entfernt. Er sieht nicht mehr von ihm als seine dünnen Fingerchen, die sich festklammern. Aber immer öfter muss Felix jetzt nachgreifen, weil ganze Erdklumpen unter seinen Händen abbrechen und Steine und Geröll abwärts rutschen. Burkhardt weiß, dass das nicht mehr lange gut geht.

Und da kommt ihm die Idee mit der Plastiktüte. In Windeseile und mit zitternden Fingern dreht er die Tüte diagonal zusammen, zu einem provisorischen Seil, das er auf Felix' Hände zuschiebt, während er mit äußerster Vorsicht noch ein Stück näher an ihn heran kriecht und ruft: „Pack zu, halt dich an dem Plastik fest, los, halt dich fest, ich zieh dich rauf!"

Felix tastet mit einer Hand nach der Tüte, greift zu, mit der anderen Hand auch, Burkhardt umklammert das andere Ende und fängt an zu ziehen.

Und dann geschieht das Undenkbare: Die schon so oft benutzte Plastiktüte hält der Belastung nicht stand – sie reißt schräg auseinander, zerreißt in zwei Teile.

Der Teil mit Felix' Händen verschwindet hinter dem Rand des Abgrunds. Sein Sohn, der in die Tiefe stürzt, schreit in höchster Not etwas heraus, das Burkhardt nicht versteht. Vielleicht verbietet ihm sein Verstand, irgendetwas zu verstehen. Er kann sich auch nicht bewegen, obwohl er seinem Sohn am liebsten hinterher springen würde. Es geht nicht, er ist wie am Boden festgenagelt. Er begreift es noch nicht wirklich … Noch nicht.

Burkhardt hatte das Foto längst fallen gelassen. Tränen liefen ihm übers Gesicht, er musste die Zähne zusammenbeißen, um seinen Schmerz und seine Wut nicht laut hinauszubrüllen. Er sah noch genau Kornelias Gesicht vor sich, als sie erfuhr, was passiert war. Es war grässlich gewesen.

Noch grässlicher war es, als der Hass in ihren Augen auftauchte, nachdem er ihr am nächsten Tag von seinen Selbstvorwürfen erzählt hatte. Dass er vor lauter Schuldgefühlen die ganze Nacht nicht geschlafen hatte, weil er genau diese Route nicht mit Felix allein hätte gehen sollen; weil er sich nicht zu den anderen Leuten hätte setzen und sich erst recht nicht mit der Frau hätte unterhalten sollen; weil er eher auf Felix' Unternehmungslust hätte reagieren müssen; weil er statt der gottverdammten Plastiktüte ein richtiges Seil hätte nehmen müssen! Weil er den „Unfall“ letztlich hätte verhindern können!

Damit begann die schlimmste Zeit seines Lebens. Nicht nur, dass er von seiner Schuld regelrecht zerquetscht wurde, nein, Kornelia mutierte zur hasserfüllten Furie, die ihn zu jeder Stunde ihres Zusammenseins mit seiner Schuld konfrontierte und ihm darüber hinaus noch die Last aufbürdete, auch ihr Leben auf dem Gewissen zu haben. Sie tat fast so, als habe er Felix mit Absicht ermordet.

Irgendwann hatte er sie aus dem Haus geworfen, aber Kornelia hatte Lucy mitgenommen, und dann hatte sie sich in den Kopf gesetzt, mangels anderer Beschäftigung ihren Ex-Mann fertig zu machen: einerseits dadurch, dass sie ständig Geld forderte, andererseits terrorisierte sie ihn Tag und Nacht mit Anrufen, um ihm zu schildern, wie schlecht es ihr ging, und natürlich um ihm Vorwürfe und Schuldgefühle zu machen. Sie ließ die Wunde nicht heilen.

Und immer, wenn das Telefon geklingelt hatte, hatte er abnehmen müssen – aus völlig irrationaler, höllischer Angst davor, auch Lucy könne etwas passiert sein.

Lucy … Der Gedanke an seine Tochter schwächte den Schmerz ein wenig ab. Er musste jetzt in die Zukunft sehen, er musste alles dafür tun, damit es Lucy, die Bruder und Mutter verloren hatte, wieder besser ging!

Burkhardt wischte sich mit dem Hemdärmel die Tränen aus dem Gesicht, zog ein paar Mal die Nase hoch, stand auf und verpackte die restlichen Sachen, die noch herumlagen, in Kartons, die er nach unten ins Auto brachte. Zum Schluss fegte er noch die Böden, schaltete alle Lampen aus, schloss sorgfältig die Wohnungstür ab und fuhr nach Hause.

Kapitel 7

Bonn-Oberkassel, Kalkuhlstraße
Montag, 18. Februar
7.15 Uhr

Andreas saß in der kleinen Küche an seinem winzigen Tisch und gönnte sich zwei Toasts mit Honig und zwei Tassen kräftigen Kaffees.

Er hatte sich am Vortag nicht bei Renate gemeldet, und sie sich nicht bei ihm. Damit war er vorerst zufrieden. Stattdessen hatte er am Abend darüber nachgegrübelt, was im Fall Annika Assenmacher/Rosamaria de Santos zu tun war. Er war sich nicht hundertprozentig sicher, dass Annika wirklich die Wahrheit sagte. Andererseits – er kannte ihr Temperament, und es war zehnmal wahrscheinlicher, dass sie ihre Nebenbuhlerin bei einem Treffen erschlagen würde als einen raffiniert geplanten Mord zu begehen. Aber vielleicht hatte sie mit genau diesen Gedankengängen gerechnet.

Am besten wäre natürlich, in Rosamarias (oder Annikas) Wohnung die Spritze zu finden, die benutzt wurde, um die Pralinen zu vergiften. Natürlich konnte eine der beiden Frauen die Spritze in den Rhein geworfen oder in einem Päckchen nach Australien verschickt haben, aber für so einfallsreich hielt er –

Sein Telefon klingelte. Inzwischen war es halb acht, und seine Mutter war am anderen Ende der Leitung.

„Morgen! Ist dir aufgefallen, dass es reichlich kühl ist im Haus? Ich war im Keller und der Wasserdruck ist schon wieder unten. Das ist doch nicht normal! Wir sollten überlegen, ob wir uns nicht eine neue Heizung einbauen lassen."

„Wie alt ist die Heizung?"

„Über 15 Jahre alt. Die neuen verbrauchen doch auch viel weniger Energie."

Andreas ahnte, worauf das hinauslief. „Ja, das stimmt. Möchtest du wissen, ob ich eine neue Heizung finanzieren werde?"

„Äh … ja, genau."

„Okay, mache ich. Bestell mal unseren Heizungsmenschen für eine Reparatur und frag nach einem Kostenvoranschlag für die neue Heizung. Machst du das? Ich muss gleich weg."

Die Mutter war zufrieden, und Andreas dachte an den netten

Heizungsmonteur aus Oberkassel, der seit gut 25 Jahren für die Heizung im Hause Montenar zuständig war, und der sich sicher über einen größeren Auftrag freute – und der, wie Andreas gerade einfiel, einen weißen Lieferwagen fuhr.

Burkhardt Graaf (mit doppel a) besaß als Heizungsmonteur garantiert auch einen Lieferwagen, für all die Ersatzteile und Werkzeuge. Bisher hatte sich noch niemand um den Wagen gekümmert. Ja, warum auch? Der Mann hatte doch ein einwandfreies Alibi für den Nachmittag, an dem seine Ex-Frau in Godesberg erschossen worden war!

Andreas ging ins Bad und putzte sich die Zähne, schwer in Gedanken versunken.

Hatte Graaf nicht angemerkt, der Besitzer des Wohnblocks in Troisdorf, bei dem er zur Tatzeit gewesen war, sei ein neuer Kunde? Das hieß, die Leute, die ihn gesehen hatten, kannten ihn gar nicht. Was also, wenn Graaf einen Mann, der ihm leidlich ähnlich sah, angeheuert und ihn zu dem Wohnblocktreffen geschickt hatte? Und überhaupt, was war mit seinen Alibis für die anderen drei Tage? Hatte die jemand überprüft?

Auf einmal hatte es Andreas noch eiliger, ins Büro zu kommen. Ein Blick aufs Außenthermometer: -12° bei wolkenlosem Himmel. Rasch zog er seine neuen Winterstiefel an. Zur Vorsicht nahm er in einer Plastiktüte ein Paar dünnere Schuhe mit, für den gut beheizten Innenbereich, und machte sich, im Kopf eine neue Theorie hin- und her wälzend, auf den Weg.

Es war noch wenig los auf der Königswinterer Straße. Der schwärzliche Schnee in den Gossen war tiefgefroren, es war schon hell, die Luft schneidend kalt.

Sascha hatte sich noch nicht im Büro eingefunden. Er tauchte erst eine halbe Stunde später auf, für Andreas' Empfinden viel zu dünn angezogen. Irgendwie sah er übernächtigt aus, so als habe er stundenlang kein Auge zugetan. Zu viele Filme geguckt?

„Morgen", begrüßte ihn Andreas. „Warst du schon bei Annika?"

„Ja. Ihr ist wohl was eingefallen; sie will gleich mit uns reden."

„Gut, machst du uns einen Kaffee? Mir ist auch was eingefallen."

Andreas erzählte Sascha von seinen Überlegungen bezüglich Burkhardt Graaf, und Sascha rief plötzlich: „Verdammt, das hab ich ja gestern in dem Trubel komplett vergessen!"

Er trug zwei Tassen Kaffee zum Schreibtisch, setzte sich und berichtete von der Aussage des Thomas Richter, die dieser am Vortag gemacht hatte – dass nämlich Graaf bei Richters für die jährliche Heizungswartung zuständig war, und dass er von Graaf die Bemerkung gehört haben wollte, dass dessen liebe Gattin es verdient habe, „abgeknallt“ zu werden.

„Sieh einer an!“, freute sich Andreas. „Da haben wir ja einen zweiten Verdächtigen!“

„Ja, wenn wir beweisen können, dass er uns ein falsches Alibi geliefert hat.“

„Oder wenn wir was Belastendes in seinem Lieferwagen finden.“ Und schon hatte Andreas das Telefon in der Hand und schickte Jörg und Petra zu Graaf, damit sie ihn überredeten, ihnen seinen Lieferwagen (falls er weiß und klapprig war) für eine Untersuchung zu überlassen.

Als das erledigt war, ließ er Annika zu sich ins Büro bringen. Auch sie sah unausgeschlafen aus, war ungeschminkt, ihr dicker, schwarzer Zopf zerzaust, und ihr Ton klang über die Maßen genervt.

Andreas wies auf einen Stuhl und holte ihr persönlich eine Tasse Kaffee. „Du hast nicht viel geschlafen, nehme ich an, aber Sascha meinte, dir wär zum Thema *Handy* was eingefallen.“

Annika trank Kaffee, nickte und begann mit einigen Ausschmückungen ihre Vermutungen darzulegen: „Letzten Dienstag bekam Sascha nach langer Zeit mal wieder eine E-Mail von Rosamaria, über die wir uns beide sehr aufgeregt haben.“ Ein kurzer Blick zu Sascha, der ihr zustimmend zulächelte. „Zwei Tage später bin ich vormittags, als es mal nicht schneite, mit Gabriel auf den Spielplatz bei uns im Neubaugebiet gegangen. Eine Menge Mütter waren da, zum großen Teil kenne ich die alle. Gabriel ist mit ein paar älteren Kindern einen winzigen Hügel runtergerodelt, und es hat ihm großen Spaß gemacht.“

Annika genehmigte sich noch einen Schluck Kaffee und erzählte weiter. „Ich hatte mich auf eine der Bänke gesetzt und guckte Gabriel zu. Keine fünf Minuten später setzte sich eine Frau, die ich nicht kannte, neben mich, und wir plauderten ein bisschen über Kindererziehung und so. Die Frau trug eine dicke, schwarze Winterjacke, eine hellblaue Mütze und, was mich wunderte, eine große Sonnenbrille. Sie hatte kurzes, blondes Haar, das guckte so struppig unter der Mütze raus.“ Ein Schluck Kaffee. „Ich habe immer meinen Rucksack dabei, da ist was zu essen und zu trinken drin. Und mein Handy auch.“

Annika stand auf und spazierte mit der Tasse in der Hand auf und ab.

„Als Gabriel das erste Mal vom Schlitten gefallen ist, bin ich natürlich sofort zu ihm hin. Den Rucksack hab ich an der Bank stehen lassen – und ihm sicher zwei Minuten lang den Rücken zugedreht. Aber das machen alle Mütter so: Die kümmern sich um die Kinder, nicht um die Taschen! Jedenfalls – nachdem Gabriel sich beruhigt hatte, hab ich mich wieder hingesetzt. Die Frau war weg, und ich dachte, ich könnte jetzt mal in Ruhe meine Zeitschrift lesen, doch nach ein paar Minuten kommt sie zurück und erzählt mir, sie hätte im Gebüsch eine Zigarette geraucht. Ihre Tochter solle das nicht sehen. Ich frage sie, welches Kind denn ihre Tochter sei, und sie zeigt auf eine Gruppe älterer Kinder, die sich in der entferntesten Ecke um eine Schaukel zanken."

Annika blieb plötzlich stehen, wandte sich an Sascha und vermeldete empört: „In dem Moment hab ich der Frau das natürlich geglaubt! Woher sollte ich wissen, dass sie mir gerade das Handy aus der Tasche geklaut hatte! Und hinten im Gebüsch hat sie sich garantiert selbst diese Scheiß-SMS geschrieben! Die hinterhältige Kuh! Die miese Schlampe! Die –"

„Annika, bitte, reiß dich zusammen! Wir werden die Wahrheit schon rausfinden." Sascha wollte sie in den Arm nehmen, aber Annika wehrte sich.

„Lass das!", fauchte sie. „Was ich jetzt brauche, ist eine klare Ansage: Wann kann ich nach Hause?"

Sascha schaute Andreas fragend, wenn nicht gar hilfesuchend an, und Andreas übernahm die Antwort.

„Wir fahren gleich los und vernehmen die Leute in der Post und in der Konditorei, und wenn unsere Zweifel an Rosamarias Geschichte dann ausreichend groß sind, können wir dich vielleicht heute Abend gehen lassen."

„Vielleicht?!", fuhr sie nun Andreas an.

So durfte er natürlich nicht mit sich reden lassen. Er setzte eine strenge, kühle Miene auf. „Ja, Frau Assenmacher, vielleicht! Wir ermitteln hier ohne Ansehen der Person!" Als er ihren Gesichtsausdruck sah, musste er lächeln. „So, und nun erzähl mal weiter. Wie ist denn dein Handy wieder in den Rucksack gekommen?"

Erst machte sie einen Schmollmund und guckte zum Fenster hinaus, dann beendete sie ein wenig schnippisch ihren Bericht. „Wahrscheinlich, als Gabriel zum zweiten Mal hinfiel. Ich musste ihn wieder ausgiebig trösten, und als ich zurück zur Bank kam, war die Frau endgültig verschwunden." Annika runzelte die Stirn. „Wenn ich jetzt so darüber nachdenke … Die Kinder an der Schaukel waren alle noch da!"

„Logisch, wenn die Frau Rosamaria war. Die hat nämlich keine Tochter. Was hattest du an dem Tag an?", fragte Sascha.

„Meine pinkfarbene Daunenjacke."

Er gab Annika schnell ein Küsschen auf die Wange. „Wir fahren jetzt mal los, und du ruhst dich noch ein bisschen aus und denkst nach. Vielleicht fallen dir noch ein paar Einzelheiten ein, die uns weiterhelfen."

„Habt ihr eigentlich Rosamarias Fingerabdrücke auf meinem Handy gefunden?"

„Nein, außer deinen waren keine drauf. Sie hatte doch sicher Handschuhe an."

„Kann sein, hab ich nicht drauf geachtet." Auf einmal schimmerten Annikas Augen feucht. „Und was ist mit Gabriel?"

„Glaub mir, Schatz, dem geht's richtig, richtig gut, der wird von den beiden Omas nach Strich und Faden verwöhnt. Mach dir um Gabriel keine Sorgen. Eher um mich, ich muss mich schließlich mit der Verrückten einlassen!"

Annika warf Sascha einen Blick zu, dass Andreas geradezu Angst bekam. „Also, das ist ja … Jetzt bin ich schuld?!", beschwerte sie sich. „Wenn du die Frau damals gleich angezeigt hättest, dann wär's gar nicht zu dem Mist hier gekommen!"

Andreas ging dazwischen. Er hatte keine Lust auf irgendwelche Szenen. „Okay, beruhigt euch! Keiner ist schuld! Solche Dinge kann man nicht vorhersehen! Ich habe übrigens eben erfahren, dass auf der Pralinenschachtel wenigstens keine Fingerabdrücke waren."

„Natürlich nicht! Ich hab sie ja auch nicht angefasst! Glaubst du mir eigentlich immer noch nicht?!", pflaumte Annika Andreas an, aber der nahm sie beim Arm und dirigierte sie in Richtung Tür.

„Doch, weitestgehend. Denk bitte noch mal gut über alles nach. Wir müssen jetzt los, und je früher wir zurück sind, desto eher kannst du nach Hause." Er übergab die Frau einem Kollegen und wandte sich an Sascha. „Lass uns fahren. Die Post am Münsterplatz hat schon auf."

„Okay, und ich hab übrigens je ein Foto von Rosamaria und Annika besorgt, die nehmen wir mit."

Als sie das Präsidium verließen, begann sich der Himmel wieder zuzuziehen. Mist! Wenn es schneite, gab es in Bonn gleich ein Verkehrschaos. Aber noch hatten sie freie Fahrt über die Südbrücke, über einen Rhein, der kein bisschen zugefroren war.

„Sag mal, wollt ihr eigentlich auch unsere Wohnung durchsuchen?“, fragte Sascha plötzlich.

„Damit warten wir noch. Zuerst ist Rosamarias Wohnung dran. Ich hab mir das so gedacht: Du fährst gleich hoch zum Venusberg und lädst Rosamaria zum Mittagessen ein. Bei der Gelegenheit fragst du mal vorsichtig nach, ob wir uns in ihrer Wohnung umsehen dürfen, denn wir müssen –“

Sascha fiel ihm ins Wort. „Ihre Wohnung ansehen? Geht's noch?! Wie soll ich das denn begründen? Die schöpft doch sofort Verdacht!“

„Ach was, dir wird schon ein Grund einfallen! Eins darfst du nicht vergessen – die Frau kann nicht mehr klar denken, sobald du ihr tief in die Augen guckst!“

Sascha knurrte etwas Unverständliches vor sich hin und fuhr von der Brücke ab.

„Was ist los?“, bohrte Andreas nach.

„Auch wenn du das nicht verstehen kannst, mir ist nicht wohl dabei, Rosamaria derart anzulügen.“ Sascha machte eine kurze Pause. „Ich bin eben nicht so ein abgebrühter Frauenbelüger wie andere Männer.“

Andreas fühlte sich nicht angesprochen und ignorierte Saschas Bemerkung. Wahrscheinlich entsprang sie sowieso nur dem Umstand, dass der arme Kerl zurzeit Probleme mit gleich zwei Frauen hatte, und das war hart. Und so begann Andreas ein Gespräch über den Fall und erklärte Sascha, wie ungeheuer wichtig es war, die Giftspritze in Rosamarias Wohnung zu finden – das sei vermutlich die einzige Möglichkeit, Annikas Unschuld zu beweisen. Sascha nickte verdrießlich.

Sie parkten den Wagen in einer Tiefgarage in der Innenstadt und standen eine Viertelstunde später im Büro des Postamtleiters, der über die Störung des laufenden Betriebs nicht erfreut war.

Immerhin wurde schnell klar, welche der Angestellten am Freitag Dienst gehabt hatten. Sie konnten mit einer Frau sprechen, die sich sehr genau an eine Schwarzhaarige in pinkfarbener Daunenjacke erinnerte, die sich furchtbar über die Höhe der Versandkosten aufgeregt habe.

Die Angestellte (um die 50, pummelig, grau werdende Kurzhaarfrisur) begriff diesen Aufstand immer noch nicht und führte aus, sie habe der Kundin ins Gesicht gesagt, wenn ihr das Porto zu hoch sei, solle sie das Päckchen doch zu Fuß bei der gewünschten Adresse vorbeibringen! Mit einem „Ich werde mich über Sie beschweren!“ sei die Frau davongerauscht.

Andreas zeigte ihr die Fotos von Annika und Rosamaria – aber sie erkannte keine von den beiden einwandfrei: Die Kundin habe, obwohl es draußen schneite, eine überdimensionale Sonnenbrille getragen. Und Handschuhe.

Andreas bedankte sich. Als er und Sascha zurück über den Münsterplatz gingen, konstatierte Sascha: „Also wenn das Annika gewesen wäre, dann hätte sie sich weder so auffällig angezogen, noch so lauthals in der Öffentlichkeit herumgezetert! Wenn man so was durchziehen will, verhält man sich unsichtbar! Nein, das war Rosamaria! Die hat mit Absicht so ein Theater veranstaltet, damit sich nur jeder an die Frau in der pinken Jacke erinnert!"

„Vermutlich", stimmte Andreas zu, aber bei sich dachte er nun schon zum zweiten Mal: Annika ist intelligent, und sie hat einiges von der Polizeiarbeit mitgekriegt, warum sollte sie nicht darauf spekulieren, dass die Polizei genauso argumentierte, wie Sascha es gerade getan hatte?

„Hallo, Andreas? Jemand zu Hause?" Sascha packte ihn am Arm. „Wir müssen da rüber!" Er zeigte Richtung Marktplatz.

Andreas schwenkte um und folgte Sascha. „Ich zerbreche mir nur die ganze Zeit den Kopf über Annika."

„Endlich merkst du mal, was ich all die Jahre durchgemacht habe!", stellte Sascha fest und gab noch ein paar Krisensituationen aus seinem Zusammenleben mit Annika zum Besten. Kurz darauf standen sie in der Konditorei, in der die Pralinen gekauft worden waren, und gerieten diesmal an eine zuvorkommende, junge, blonde Verkäuferin.

Wieder fragten sie nach einer schwarzhaarigen Kundin in pinkfarbener Daunenjacke, und genau wie in der Post konnte man sich auch hier genauestens an die Umstände der Begegnung erinnern.

Die Verkäuferin nickte vehement und erzählte: „Zunächst kam die Frau in den Laden gestürmt wie der Elefant im Porzellanladen! Sehen Sie die beiden Tische?" Sie hatte rote Bäckchen bekommen und wies nach links. „Sind die nicht wunderschön dekoriert? Mit den Marzipanfiguren und den Tassen mit den Pralinen drin … Jedenfalls kommt die blöde – äh, die Dame rein, dreht sich einmal um und fegt mit ihrer Tasche die halbe Deko vom Tisch! Und statt sich zu entschuldigen, blafft die mich an: ‚Sie sind ja wohl versichert!' Und lässt sich auch noch stundenlang von mir beraten!"

Andreas schüttelte den Kopf, als sei er entsetzt über so viel Dreistigkeit, und zeigte der Verkäuferin die beiden Fotos.

Sie schaute sie sich an. „Tut mir leid, es könnte jede von ihnen gewesen sein. Sie hatte eine riesige Sonnenbrille an."

„Trug sie Handschuhe während des Einkaufs?", wollte Sascha wissen.

„Ja, genau, das fand ich auch so affig!", platzte es aus der Frau heraus, und dann bat sie unerwartet: „Darf ich die Fotos noch mal sehen? Irgendwas war mit ihrem Mund."

Andreas reichte sie ihr und bekam mit, wie Sascha an seinem Bärtchen zu fingern begann. War auch er nicht völlig von Annikas Unschuld überzeugt?

Diesmal studierte die Verkäuferin die Fotos lange und ausgiebig und redete währenddessen immer weiter. „Ich hab der Frau gar nicht in die Augen geguckt – schon wegen der Sonnenbrille. Ich dachte, sonst sieht sie, wie sauer ich bin. Also hab ich ihr auf den Mund gestarrt, der schimmerte so ein bisschen rosa, eigentlich hatte sie einen schönen Mund, und ich finde, die zwei hier haben ziemlich ähnliche Münder, finden Sie nicht auch?" Andreas nickte, und sie fuhr fort: „Aber ich meine, dass die Frau, die hier war, neben ihrem rechten Mundwinkel eine winzige Narbe hatte; auf den Fotos kann man das gar nicht sehen. Aber vielleicht irre ich mich, und es war eine ganz andere Kundin – die mit der Narbe, verstehen Sie?"

Andreas nickte ein zweites Mal und sah, wie Sascha erleichtert lächelte und sich besonders herzlich bei der Verkäuferin bedankte. Er verließ noch vor Andreas das Geschäft.

Andreas eilte ihm nach und fragte: „Du denkst, die Sache ist gelaufen?"

„Für mich ja! Annika hat keine Narben im Gesicht!"

„Hast du nicht mitbekommen, dass sich die Verkäuferin nicht sicher ist?"

„Doch, und deshalb fahre ich jetzt sofort zur Klinik, lade Rosamaria zum Mittagessen ein und guck mir ihre Mundwinkel an!"

„Nein, wirst du nicht! Du kommst erst mal mit ins Präsidium und lässt dich verkabeln. Du bist so aufgeregt, du bringst noch alles durcheinander, was Rosamaria sagt!"

*

Bonn Unikliniken, Venusberg
12.15 Uhr

In der Cafeteria saß Sascha Rosamaria am Tisch gegenüber und lächelte, was seine Schauspielkunst hergab.

Rosamaria hatte ihre schwarzen Haare im Nacken mit einer Spange zusammengefasst. Sie waren fast schon so lang wie Annikas Haare. Über ihrem weiß geblümten Schlafanzug (wer mochte ihr den ins Krankenhaus gebracht haben?) trug sie einen hellvioletten Morgenmantel aus weich fallendem, glänzendem Stoff. In den letzten Monaten musste sie ein paar Kilo abgespeckt haben, sogar ihr blasses Gesicht war schmaler geworden, und darin wirkten ihre dunklen Augen umso größer, und ihr Blick umso bedrohlicher. Oder eher wahnsinniger?

Jedenfalls hatte Sascha in den letzten Minuten immer wieder kurz und unauffällig ihre Mundwinkel gemustert, und am rechten hatte er tatsächlich so etwas wie eine winzige, noch hellere Linie auf der Haut entdeckt. Das spornte ihn an. Die Frau musste überführt werden!

Er griff nach ihrer Hand und fragte zärtlich besorgt: „Wie hast du geschlafen, mein Engel?"

Prompt errötete sie. „Ich konnte gar nicht zur Ruhe kommen, weil ich … ich musste immer an dich denken."

„Das ging mir ganz genauso." Er streichelte mit dem Daumen über ihre Hand. „Was hat denn der Arzt gesagt? Darfst du schon wieder was Richtiges essen?"

„Er meint, ich soll vorsichtig sein. Vielleicht erst mal nur Suppen oder so."

Sascha stand auf. „Okay, ich schau mal nach, welche Suppen die da drüben haben und –"

„Ach was, ich komme mit, ich hab mir doch nicht die Beine gebrochen!"

„Du bist echt hart im Nehmen", lobte Sascha und hielt ihr seinen Arm hin, damit sie sich einhängen konnte.

Eine Viertelstunde später hatte er sein Schnitzel und sie ihre Kraftbrühe aufgegessen, sie hatten über Privates und Persönliches gesprochen (wobei Sascha öfters von der Wahrheit abwich), und Rosamaria hatte angekündigt, sie werde Saschas Sohn natürlich eine hervorragende Mutter sein, war sie doch Erzieherin und kannte sich mit Problemfällen aus.

Sascha musste sein Temperament sehr unter Kontrolle halten

– wie kam die Irre dazu, seinen Sohn als Problemfall zu bezeichnen? Er musste endlich zum Punkt kommen und von hier verschwinden! Die Frau redete so einen kranken Unsinn daher, dass er sich kaum noch beherrschen konnte.

Nachdem sie mindestens fünf Minuten lang davon geschwärmt hatte, durch welche wunderbaren Zufälle sich ihre Wege gekreuzt hatten, wechselte Sascha übergangslos das Thema: „Rosamaria, ich muss dich mal was fragen. Es geht um das Verbrechen, das Annika an dir verübt hat. Also, ich habe einen Kollegen, der behauptet, du hättest dich selbst vergiftet, um Annika aus dem Weg zu räumen, und er will sich einen Durchsuchungsbeschluss für deine Wohnung besorgen. Soll ich sie mir nicht vorher schnell ansehen? Nur für den Fall, dass da irgendwelche zweideutigen Hinweise zu finden sind … Die würde ich natürlich sofort entfernen.“ Er schaute sie offen an und wich auch ihrem skeptischen Blick nicht aus.

Mit beiden Händen griff sie nach hinten an ihre Haarspange und fragte: „Und du? Glaubst du auch, ich hätte alles inszeniert?“

„Aber Liebes“, Sascha guckte treuherzig, „ich weiß doch, wie Annika immer ausgerastet ist, wenn du dich bei mir gemeldet hast. Der traue ich inzwischen alles zu. Ehrlich, ich wäre froh, wenn ich die Frau los wäre.“

„Ja, das kann ich mir vorstellen“, behauptete sie allen Ernstes. „Aber was willst du in meiner Wohnung finden?“

„Ich weiß nicht, vielleicht ein Foto von Annika mit einer Zielscheibe auf der Stirn … oder so was in der Art?“

Zunächst lächelte sie, fast ein wenig mitleidig, doch dann schien ihr etwas einzufallen. Sie dachte nach, lächelte wieder, jetzt liebevoll, und wollte wissen: „Falls du also irgendwas findest, das nicht ganz … ähm … korrekt ist, würdest du's verschwinden lassen?“

„Klar, ohne zu zögern.“ Sascha erwiderte ihr Lächeln. „Aber dann muss ich mich jetzt beeilen, damit ich vor den anderen da bin.“

„Gut, in meiner Wohnung darfst du dich umsehen“, erlaubte sie ihm, wobei sie das *in meiner Wohnung* derart betonte, dass es fast schon verdächtig war. Wo durfte er sich denn nicht umsehen?

„Sehr schön, dann bringe ich dich zurück auf dein Zimmer und fahre dann sofort in deine Wohnung. Gibst du mir den Schlüssel?“

Den kramte sie oben im Zimmer aus ihrer Handtasche, die ihr vermutlich auch jemand vorbeigebracht hatte. Eine Freundin? Eine Kollegin?

Sascha begab sich zurück ins Präsidium, wo ihn Andreas mit zwei Neuigkeiten empfing: Annika durfte nach Hause, und der Ehemann des zweiten Opfers, Heiko Schnepfensiek, wollte vorbeikommen und mit Andreas über einen Mann reden, den er verdächtigte, seine Frau erschossen zu haben.

„Du fährst also zu Rosamarias Wohnung und nimmst dir so viele Leute mit, wie du kriegen kannst. Stellt die Bude auf den Kopf und sucht nach der Spritze. Wenn ihr sie nicht findet, räumt alles schön wieder auf! Dann müssen wir uns was anderes einfallen lassen."

„Die Frau hat wirklich eine kleine Narbe am rechten Mundwinkel", informierte ihn Sascha. „Habt ihr was über die älteren Verwandten von ihr rausgefunden?"

„Ja, die leben alle in Spanien, und was glaubst du wohl? Rosamaria hat ihnen im Herbst einen Besuch abgestattet."

„Besaß einer von ihnen eine Zyankali-Kapsel?"

„Wissen wir noch nicht, Manfred arbeitet dran."

„Okay, dann bin ich mal weg."

Sascha sammelte ein paar Kollegen ein, fuhr mit ihnen zu Rosamarias Wohnung in der Adrianstraße in Oberkassel und teilte die Leute auf die verschiedenen Zimmer auf. Ein Praktikant wurde nach unten zu den Mülltonnen geschickt. Sascha begleitete ihn, schärfte ihm noch einmal ein, wonach er zu suchen hatte, und schaute sich den kleinen Garten hinter dem Vier-Familien-Haus an.

Rund um die Wiese waren Beete angelegt. Büsche und kleinere Bäume präsentierten sich schwarz und kahl, darunter hielt sich eine dünne Schneeschicht auf dem gefrorenen Boden. Gebückt wanderte Sascha um die Wiese herum und nahm die Schneeschicht genau unter die Lupe – sie schien nirgendwo unterbrochen zu sein, ganz abgesehen davon, dass man in der steinharten Erde gar nichts vergraben konnte. Außerdem schaute er genau unter herabgefallenem Laub und in dunklen Ecken nach. Aber keine Spritze weit und breit.

Eine Viertelstunde später kehrte er in die Wohnung zurück und fragte nach verdächtigen Fundstücken.

„Sascha?", rief Jörg aus dem Schlafzimmer. Er klang amüsiert. „Ich hab hier was für dich!"

Sascha betrat das Schlafzimmer zum ersten Mal und blieb gleich unangenehm überrascht stehen: Über Rosamarias breitem Bett hing ein riesiges Foto von ihm an der Wand, eindeutig aufgenommen vor dem Polizeipräsidium – ganz links am Rand war sogar noch ein Stückchen von Andreas' Jacke zu sehen! Sascha schüttelte den Kopf und ließ die Gestaltung von Rosamarias Schlafgemach weiter auf sich einwirken.

Der Raum war bunt und mit dunklen Holzmöbeln eingerichtet. Es gab viel esoterischen Firlefanz, zum Beispiel Zeichen an den Wänden, die er nicht kannte, und Holz-, Stein- und Metallfiguren in den Regalen und auf Kommoden, die Drachen, Elefantengottheiten und ähnliches darstellten. Und dann natürlich überall Fotos von ihm an den Wänden und auf dem Nachttisch.

Jörg tippte Sascha von der Seite an. In der Hand hielt er eine Barbie-Puppe mit langen, schwarzen Haaren und rotem, kurzem Kleid. In ihrer „Herzgegend" und in ihrem Kopf steckte je eine Nadel.

„Aha", brummte Sascha. „Die Dame ist also wirklich verrückt."

„Na, hör mal, du solltest dich geschmeichelt fühlen", stichelte Jörg. „So eine Verehrerin hat man nur einmal im Leben."

„Das will ich doch sehr hoffen!" Sascha verließ eiligst das Zimmer. Die Voodoo-Puppe war vermutlich das, was Sascha auf Rosamarias Wunsch hin hätte verschwinden lassen sollen.

Er ging ins Wohnzimmer, wo zwei Kollegen die Schrankwand und ein paar Schubladen ausräumten. Mit verschränkten Armen stellte sich Sascha ans Fenster und schaute hinaus auf den Balkon, auf dem ineinander gestapelt drei grüne Plastikstühle standen, sowie ein kleiner Tisch mit geblümter Plastikdecke und ein Fuß für einen Sonnenschirm.

In meiner Wohnung darfst du dich umsehen, hatte Rosamaria betont. Gehörte der Balkon zur Wohnung? Hatte sie dort etwas versteckt? Vielleicht in dem Plastikding, das man mit Wasser füllte und dann den Sonnenschirm hineinsteckte?

Am Geländer hingen zwei grüne Plastikblumenkästen, in denen sich keine Blume, wohl aber Erde befand. Hatte man in Blumenkästen nicht schon Leichenteile gefunden? Genau, und deshalb betrat Sascha den Balkon und inspizierte die Kästen. Die Erde darin war natürlich genauso tiefgefroren wie im Garten. Sascha drückte mit den behandschuhten Fingern darauf herum. Steinhart. Eigentlich ein wunderbares Versteck. Für alles Mögliche. Auch für eine Spritze.

In Saschas Kopf begann unerwartet ein Film abzulaufen: Am Tag, bevor Rosamaria die Pralinen mit Zyankali aus der Spritze vergiftet, holt sie einen der Blumenkästen ins Wohnzimmer, stellt ihn an die Heizung und lässt die Erde auftauen. Als sie mit ihrer Giftmischerei fertig ist, buddelt sie die Spritze in der Blumenkastenerde ein und hängt den Kasten wieder ans Balkongeländer, wo der Inhalt gefriert. Und im Sommer, wenn Gras über die Sache gewachsen wäre, könnte sie die Spritze ausgraben und anderswo entsorgen.

Sofort nahm er die Kästen ab und brachte sie ins Wohnzimmer. „Hat jemand eine Idee, wie man möglichst schnell die Erde hier drin auftauen kann?“

„Stell sie doch auf einen Heizkörper und dreh ihn voll auf“, schlug der eine Kollege vor.

„Nee, das dauert zu lange“, meinte der andere. „Ich würde sie in die Badewanne stellen und immer wieder mit heißem Wasser übergießen.“

„Okay, hört sich gut an.“ Sascha schleppte die beiden Kästen ins Bad, stellte sie in der Wanne ab, drehte die Handdusche auf und wartete, bis das Wasser so heiß war, dass es dampfte. Dann ließ er es auf die gefrorene Erde prasseln. Die saugte das Wasser aber nicht auf, es lief unten aus den Kästen wieder heraus. Kurzerhand steckte er den Stöpsel ein und füllte die Wanne bis kurz unter die Oberkante der Kästen mit heißem Wasser.

Danach half er 15 Minuten den anderen bei der Suche in den Zimmern, um anschließend ungeduldig nach der Erde im Bad zu gucken. Die war immerhin angetaut, das Wasser lauwarm. Also heißes Wasser nachfüllen, eine halbe Stunde weitersuchen.

Unter dem Sofa holte er eine Karte mit astrologischen Zeichen hervor, aus dem Papiermüll fischte er eine leere Medikamentenschachtel, die ein starkes Psychopharmakon enthalten hatte; im Toilettenspülkasten war nichts versteckt, aber im Wohnzimmer im Bücherregal (das übrigens gut sortiert war mit esoterischer Fachliteratur und mit ein paar Krimis) fand er das Buch *Manipulieren, aber richtig*. So eine war sie also. Sascha fühlte sich bestätigt: Die Frau war sehr, sehr krank.

Plötzlich fielen ihm die Kästen ein. Er eilte ins Bad, und die Erde in den Kästen wirkte aufgetaut. Sascha ließ das Wasser aus der Badewanne ab, holte sich in der Küche aus einer Schublade eine zweizinkige Fleischgabel und begann damit vorsichtig, die Erde umzugraben.

*

Polizeipräsidium Bonn

Andreas hatte Heiko Schnepfensiek für halb vier in sein Büro bestellt. Vorher hatte er noch rasch alle zur Verfügung stehenden Informationen über den Politiker eingeholt, aber – man glaubte es kaum – der Mann hatte nicht einmal einen Punkt in Flensburg. Eine strahlend weiße Weste. Zu schön, um wahr zu sein.

Punkt halb vier klopfte es an seiner Tür, und Schnepfensiek erschien im weißen Rollkragenpullover, darüber eine sportliche, dicke, braune Lederjacke und auf dem Kopf einen äußerst extravaganten, braunen Lederhut. Er wirkte jungenhaft trotz seiner 38 Jahre, nur die Hornbrille in seinem Gesicht verlieh ihm einen Anflug von Seriosität und Kompetenz. Die gewaltige Adlernase hingegen gab ihm etwas Unverwechselbares und irgendwie – konnte das sein? – etwas Aggressives.

„Guten Tag, Herr Kommissar", begann er und verzauberte den Raum mit einem Lächeln, als ginge nach langer, schrecklicher Nacht die Sonne auf.

Andreas musste an die Arzthelferin beim Orthopäden denken, die Schnepfensiek ein Alibi gegeben hatte – der Mann war wahrscheinlich ein Frauenschwarm erster Güte. „Guten Tag, Herr Schnepfensiek. Was haben Sie mir denn zu erzählen?"

Schnepfensiek zog Hut und Jacke aus, hängte sie über die Rücklehne des Stuhls und setzte sich. Dann begann er über seine Parteiarbeit zu reden, über die Intriganten und Neider, mit denen er jeden Tag zu tun hatte, und über einen im Besonderen, dem er zutraute, seine Frau ermordet zu haben.

„Aber welches Motiv könnte er haben?", fragte Andreas.

Schnepfensiek guckte, als könne er nicht verstehen, dass Andreas das fragte. „Na, er könnte glauben, dass ich zusammenbreche und meine Kandidatur für das Bürgermeisteramt zurückziehe! Das will er nämlich selbst übernehmen!"

Und Schnepfensiek gab alles zum Besten, was er an negativen Informationen über seinen Konkurrenten zu haben glaubte. Andreas notierte sich den Namen und ein paar Stichpunkte und hörte irgendwann nur noch mit halbem Ohr zu. Er bezweifelte, dass Schnepfensieks Kollege vier Menschen umgebracht hatte, nur um Bürgermeister zu werden – das schien ihm selbst für einen Politiker zu viel kriminelle Energie zu sein.

Schließlich musste Schnepfensiek aufbrechen, er hatte noch einen Termin. Kaum hatte er das Büro verlassen, als Andreas' Telefon klingelte. Sascha war am anderen Ende der Leitung.

„Du wirst es kaum glauben", verkündete Sascha, „aber wir haben die Spritze gefunden!"

„Sehr gut! Ich komme rüber."

Andreas marschierte zu Fuß zu Rosamaria de Santos' Wohnung in der Adrianstraße, erleichtert darüber, dass man nun erstens Annikas Unschuld beweisen konnte, und dass zweitens der Fall vom Tisch war – hatte Andreas doch mit dem Serienkiller weiß Gott genug zu tun! Als er vor Rosamarias Haus ankam, rief einer der Kollegen an und wollte wissen, ob er noch Verstärkung brauche.

„Nein, wir haben genug Leute hier. Ihr fahrt hoch zum Venusberg und passt auf, dass die Frau nicht abhaut! Wir kommen später nach!"

In der Wohnung wurde er von einem selbstgefällig wirkenden Sascha empfangen, der ihn umgehend und persönlich mit dem überführten Blumenkasten im Bad bekannt machte und ihm sofort detailliert die dramatische Geschichte vom Auftauen der Erde erläuterte. Doch plötzlich ertönte aus Richtung der Diele ein empörter Ausruf.

„Ja, was ist das denn?!", schimpfte eine eindeutig weibliche Stimme lautstark, und Andreas sah, wie Sascha zusammenzuckte und aus dem Bad eilte.

Das konnte nur Rosamaria sein, die direkt ins Wohnzimmer gestürmt war, wo Jörg und Walter auf dem Tisch immer noch Aktenordner durchstöberten. Andreas erreichte kurz hinter Sascha die Wohnzimmertür.

Rosamaria, in schwarzer Jacke, mit rosa Mütze auf dem Kopf, stürzte sich wie eine Furie auf die Ordner und herrschte die Männer an: „Wer sind Sie und was machen Sie da? Hören Sie sofort auf damit!"

Sie zerrte an einem Aktenordner, sah etwas daneben auf dem Tisch liegen und erstarrte. Sascha sah es und Andreas auch: Als Beweismittel eingetütet lag eine Voodoo-Puppe mit Nadeln im Körper neben dem Ordner.

Sascha war stehengeblieben. Rosamaria wandte den Kopf, und sie schauten sich lange mit versteinerten Mienen in die Augen – bis die Frau etwas zu begreifen schien und hauchte: „Ich hätte nie gedacht, dass du mich so hintergehen würdest!"

Sascha überlegte nicht lange und erwiderte: „Ich hätte auch nicht gedacht, dass du meine Frau auf so miese Art hereinlegen würdest!"

Rosamaria ließ den Ordner los, lief rot an und schrie: „Du hast mir also alles nur vorgespielt!“

Sascha schrie nicht, sein Ton klang sogar ein wenig hämisch. „Natürlich. Hast du wirklich geglaubt, ich würde mich in eine kranke Irre wie dich verlieben?“

Die Frage hielt Andreas nicht für geeignet, die Situation herunterzufahren. Rosamaria griff denn auch nach dem Erstbesten, was sonst noch auf dem Tisch lag: eine große, zweizinkige, schmutzig wirkende Fleischgabel. Damit stürzte sie sich auf Sascha, der völlig überrascht von ihrem Angriff schien. Er konnte gerade noch ausweichen, als sie ihm die Gabel ins Gesicht rammen wollte.

Eine Schrecksekunde später stürmte Jörg von hinten auf die Frau los und bekam ihren Arm zu fassen, allerdings den ohne Gabel. Wut macht stark, und Rosamaria fuhr halb herum und stach die Gabel mit Wucht in Jörgs Hand, die ihren Arm festhielt.

Jörg schrie auf und ließ los. Während er mit zitternden Fingern und weiteren Schmerzensschreien versuchte, die Gabel aus seiner Hand zu ziehen, schnappte sich Sascha Rosamarias Arm, bog ihn ihr auf den Rücken und zischte ihr ins Ohr: „Danke für den Ausraster – jetzt können wir dich wenigstens erst mal wegsperren!“

Rosamaria, immer noch wütend, versuchte ein paar Mal, Sascha zu treten und ihm das Gesicht zu zerkratzen, aber Andreas kam ihm zu Hilfe. Gemeinsam legten sie der Frau Handschellen an und ließen sie wegbringen. Und zwar zurück in die Uniklinik, aus der sie sich (ohne dass es bisher jemandem aufgefallen war) selbst entlassen hatte und in der sie nun, unter strengster Bewachung natürlich, die Folgen ihrer Vergiftung auskurieren sollte.

*

Auf dem Weg zurück ins Büro überschlugen sich in Saschas Kopf die Gedanken. Er war immer noch aufgewühlt bis in die Knochen.

Hatte er etwas falsch gemacht? Hätte er Rosamaria schon letztes Jahr anzeigen sollen? Hätte das wirklich etwas gebracht? Würde sie für immer in der Psychiatrie bleiben, oder würde sie nach ein paar Jahren auf freien Fuß kommen und sich an Sascha rächen? Indem sie Annika oder Gabriel oder beide umbrachte? Sascha hatte ja schon so einige Schwerverbrecher ins Gefängnis gebracht, aber vor deren Rache hatte er sich nie gefürchtet!

Was er natürlich nicht hätte tun dürfen: die mit Erde verdreckte Fleischgabel auf dem Tisch liegen lassen! Der arme Jörg – er war mit seiner stark blutenden Hand ins Krankenhaus verfrachtet worden. Hoffentlich war er gegen Tetanus geimpft.

Andreas hatte anscheinend gemerkt, wie es in Sascha aussah, denn er hatte entschieden, sich selbst hinters Steuer zu setzen, um die paar hundert Meter zurück zum Polizeipräsidium zu fahren. Es schneite wieder, und so schenkte Andreas seine Aufmerksamkeit dem Straßenverkehr und sagte kaum etwas.

Gegen 17 Uhr kamen sie im Büro an, während es draußen immer dunkler wurde. Sie unterhielten sich noch kurz über den Fall Rosamaria de Santos und den Besuch von Heiko Schnepfensiek und hatten eben beschlossen, ihren Arbeitstag zu beenden, als Manfred ins Zimmer kam und kundtat: „In Ippendorf wurde ein erschlagener Künstler gefunden."

Andreas schenkte ihm einen ungnädigen Blick. „Und? Was willst du uns damit sagen?"

Manfreds Blick war eher verständnislos. „Ja, was wohl! Ihr sollt dahin fahren und euch das ansehen!"

„Kann das nicht jemand anders machen? Wir waren den ganzen Tag unterwegs und haben genug mit unserem Heckenschützen zu tun!"

Manfred begann zu grinsen. „Ach so, ja, folgendes, im Haus wurde unter dem Bett ein Scharfschützengewehr entdeckt, und zwar eins der Marke, die wir gesucht haben."

Andreas ließ sich keinerlei Enthusiasmus anmerken, sondern meinte nur: „Das ist was anderes. Sascha, kommst du mit?"

„Klar, das lasse ich mir nicht entgehen!"

Diesmal durfte er wieder ans Steuer, was ihm aber bei dem Chaos in der Stadt nicht wirklich Spaß machte. Er kämpfte sich die Ippendorfer Straße hinauf, dann noch weiter nach links, bis zum weißverschneiten Wald, dann noch eine schmale Straße rechts, und insgesamt eine Stunde und ein Schneegestöber später trafen sie am Tatort ein.

Der Anblick, der sich ihnen im Licht eines Polizeischeinwerfers bot, war geradezu märchenhaft: ein winziges, türkisblau gestrichenes Häuschen direkt am Waldrand, mit dringend renovierungsbedürftigem Dach; ein verwilderter Vorgarten mit dichten Brombeerranken, dazwischen – vom Schnee berieselt – Skulpturen von Drachen und anderen

Fabelwesen, mal finster, mal verschmitzt dreinschauend; auf der blauen Hauswand und der Eingangstür ebenfalls bunte Fantasiefiguren, gemalt in kräftigen Farben.

Andreas und Sascha begrüßten ein paar Leute, die den Garten nach Spuren absuchten, und gingen ins Haus, das nur aus Erdgeschoss und aus einem einzigen Raum zu bestehen schien, in dem der Mann geschlafen, gegessen und gearbeitet hatte. Weiter hinten waren eine Kochnische und ein sehr bescheidenes Bad abgetrennt.

Der Tote lag mit zerschmettertem Gesicht auf dem Rücken vor einem eingeschlagenen Fenster. In seinem weißblonden Haar klebte eine Menge Blut. Er trug eine schwarze Jogginghose, einen grauen Pullover und eine Art hoher Lammfellstiefel. Sein völlig zerstörtes Gesicht war ein Anblick wie aus einem Horrorfilm.

Der blasse Peer in seiner giftgrünen Jacke trat zu ihnen, auch kein schöner Anblick. „Der Mann ist seit gut zwei Tagen tot. Er muss direkt am Fenster gestanden haben, als der Mörder zuschlug. Jede Menge Glassplitter tief ins Gesicht gebohrt, anschließend hämmerte ihm der Mörder dann weitere Male einen Gegenstand auf den Kopf. So sieht's jedenfalls erst mal aus."

„Ja, so sieht's aus." Andreas schaute sich um. „Also, entweder stimmt das Klischee vom chaotischen Künstler, oder jemand hat hier was gesucht." Schubladen standen offen, Sachen lagen auf dem Boden verstreut. „Wie heißt der Ermordete?"

„Rudolph Frings, 48."

„Und wer hat ihn gefunden?"

„Ein Kollege von ihm, sitzt draußen im Streifenwagen", antwortete Peer. „Also kein Künstler-Kollege – Frings hat nachts Zeitungen ausgetragen. In der Nacht zum Sonntag ist er nicht erschienen, sein Chef hat mehrmals versucht, ihn zu erreichen, in der nächsten Nacht tauchte er auch nicht auf, und so hat der Chef dann heute einen Kollegen zu Frings geschickt, um zu erfahren, was los ist."

„Alles klar. Hat er Familie, Verwandte, Freunde?", fragte Andreas.

„Wissen wir noch nicht."

„Wo ist das Gewehr?"

„Hat unser Waffenexperte schon mitgenommen. Es war in die Decke da eingewickelt" – Peer zeigte auf ein buntes, schmuddeliges Ding – „und unterm Bett versteckt."

Andreas runzelte die Stirn und schob die Brille zurecht. „Ich frage mich, was so ein ‚armer Künstler' sonst noch an Wert besitzen kann, dass man ihn umbringt und das Haus durchsucht?"

„Sonst noch?", fragte Sascha nach.

„Ja, so ein Gewehr bringt auf dem Schwarzmarkt sicher ein ordentliches Sümmchen ein. Das ist doch merkwürdig – das Gewehr war nicht sehr clever versteckt, der Täter hätte es finden können, falls er überhaupt nach Wertsachen gesucht hat."

Abschließend machten sie einen Rundgang durchs Haus und durch den Garten, um sich einen Überblick zu verschaffen, und fuhren zurück ins Präsidium. Unterwegs gab Sascha eine erste Theorie zum Besten, während sie in Poppelsdorf in einem Stau standen, und der Wagen idyllisch zugeschneit wurde.

„Ich kann mir vorstellen, dass vielleicht ein Mitbürger rausgefunden hat, dass Frings der Heckenschütze ist. Er hat ihn aus Wut erschlagen und dann ein paar Schubladen durchsucht, damit es nach Raubüberfall aussieht."

Andreas, der erschöpft wirkte, hatte einen anderen Vorschlag. „Okay, wütende Bürger sind sicher zu manchem fähig, aber das hier? Nein. Ich habe so ein Gefühl, dass Frings nicht unser Heckenschütze ist. Ein Killer bringt um und wird nicht umgebracht. Aber vielleicht wurde Frings vom Heckenschützen erschlagen: Er kannte Frings von irgendwoher und fand, dass der Mann einen prima Sündenbock abgibt. Also hat er ihm das Gewehr untergejubelt und, wie du schon sagtest, einen Raubüberfall vorgetäuscht. Unter dem Aspekt sollte man sich noch mal im Haus umsehen."

Sascha überlegte eine Weile, trommelte mit ungeduldigen Fingern auf dem Lenkrad herum und meinte schließlich: „Na gut, kann auch sein. Aber eins steht dann fest: Wenn der Heckenschütze sein Gewehr Frings untergeschoben hat, hatte er nie vor, alle Bonner zu erschießen, sondern nur vier ganz bestimmte Menschen – und dann muss der Kerl im Umfeld dieser Menschen zu finden sein!"

„Haben wir das nicht schon immer vermutet?"

„Genau. Wir sind Genies."

Kapitel 8

Königswinter-Vinxel
Dienstag, 19. Februar
5.35 Uhr

Vor 5 Minuten war Gabriel wach geworden und hatte nach seiner Mutter verlangt. Annika hatte ihn zu sich und Sascha ins Bett geholt. Nun lag die Ein-Mann-Terror-Organisation zwischen ihnen, aber ohne die geringste Absicht weiterzuschlafen.

Er fantasierte ständig etwas von „Papa“, „Snee“ und „Slitten“, aber Sascha reagierte darauf nicht – er hatte einen gerissenen Mörder zu fangen und konnte nicht dauernd mit Kindern im Schnee spielen! Und vor allem wollte er mindestens noch eine Stunde schlafen!

Daraus wurde nichts. Selbst Annika hatte kein Mitleid mit ihm, sondern betonte mehrmals, wie glücklich sie sei, wieder zu Hause bei Mann und Kind zu sein. Sascha gab nur ein zustimmendes Brummen von sich und drehte sich von ihr weg, um anzudeuten, dass er gerne noch schlafen würde, aber niemand nahm Rücksicht auf ihn. Die Zeit verrann zwischen Dösen und aufschrecken (wenn Gabriel mal wieder vom oder ins Bett sprang), und plötzlich klingelte der Wecker.

Gähnend schleppte sich Sascha in die Küche, wo er sich mit viel Kaffee zurück in den Wachzustand beförderte und kurz vor acht in der Lage war, sein Auto unfallfrei die teilweise noch verschneiten Serpentinen hinunter zum Polizeipräsidium zu lenken.

Dort erwartete ihn der arbeitswütige Andreas, der mit dem Telefon am Ohr am Schreibtisch saß. Er hob kurz die Hand zum Gruß und redete weiter in den Apparat. Sascha hörte nicht richtig zu, sondern versetzte seinem Kreislauf und seinem Magen den nächsten Koffeinschock.

Mit der Tasse in der Hand ließ er sich an seinem Schreibtisch nieder, gerade als Andreas mit Telefonieren fertig war.

„Morgen. Wer hat angerufen?“

„Das Labor“, erklärte Andreas und holte sich auch einen Kaffee. „Man hat schon ein paar Ergebnisse, zum Beispiel einen Teilabdruck von einem Daumen, ganz unten am Gewehrkolben, halb verwischt. Alle anderen Abdrücke sind ganz weggewischt. Dafür fand man an der Spritze aus Rosamarias Blumenkasten nur ihre eigenen Fingerabdrücke, und drinnen Spuren von Zyankali."

„Hat die Verrückte immer noch nicht gestanden, dass sie sich selbst vergiftet hat?"

„Das wird sie nicht tun, Sascha. Ich wette, sie ist mittlerweile felsenfest davon überzeugt, dass Annika sie umbringen wollte. Wahrscheinlich braucht sie auch nur ein paar Tage, um zu verdrängen, dass du ihr was vorgespielt hast, dann himmelt sie dich wieder an."

„Ich will doch sehr hoffen, dass sie für 'ne ganze Weile weggesperrt wird!", schimpfte Sascha.

„Geh ich von aus." Andreas trank einen Schluck und hielt die Tasse fest. „Jetzt aber was anderes. Ich hab doch gestern Petra und Jörg zu Graaf geschickt, damit sie sich sein Auto ansehen. Hat sich erledigt. Erstens ist Graafs Lieferwagen nicht klapprig und weiß, sondern relativ neu und dunkelrot, und zweitens hat man den weißen Lieferwagen gefunden"

„Ist ja prima! Wo denn?"

„Bei unserem Künstler Frings quasi um die Ecke, nur ein paar Straßen weiter."

„Und? Irgendwelche Spuren?"

„Bisher nicht. Aber wir wissen jetzt, wie aus dem Wagen geschossen wurde. Erinnerst du dich an die Aufschrift?"

„Ja, so was wie DIGITAL-TV.DE auf der Seite."

„Richtig. Große, schwarze, aufgeklebte Buchstaben, bis auf eins der T's - das war nicht aufgeklebt, sondern aus dem Blech geschnitten, dadurch konnte der Schütze gucken und schießen."

„Is ja 'n Ding!" Sascha fühlte sich nun sehr wach. „Und wer außer dem toten Frings ist Handwerker und könnte so eine Öffnung in eine Autowand schneiden? Unser Installateur Graaf, mit doppel a, der seiner Frau den Tod gewünscht hat."

„Genau. Den Mann müssen wir unter die Lupe nehmen; vor allem brauchen wir seine Fingerabdrücke. Hast du seine Nummer?"

„Ja, beide. Willst du die Handynummer?"

Andreas nickte, gab die Nummer ein und hatte Graaf auch schon an der Strippe. Graaf war angeblich gerade bei der Arbeit, käme aber selbstverständlich ins Präsidium. So zwischen 15 und 16 Uhr.

„Glaubst du, der haut uns ab?", fragte Sascha.

„Keine Ahnung. Ich hab die Adresse, wo er gerade arbeitet. Ich schicke jemanden hin, der auf ihn aufpasst. Wir beide kümmern uns noch mal um sein Alibi vom letzten Mittwoch, als seine Frau erschossen wurde." Andreas kratzte sich an der Stirn. „Wir haben nicht zufällig ein Foto von Graaf, oder?"

„Nee, wieso?"

„Ich hatte überlegt, ob er das Alibi irgendwie vorgetäuscht hat. Er könnte einen Freund hingeschickt haben, der ihm vielleicht sogar ähnlich sieht – die Leute da kannten ihn schließlich nicht."

„Das wär aber nicht ungefährlich. Außerdem müsste der Mensch auch was von Heizungsanlagen verstehen." Sascha führte seine Kaffeetasse zum Mund, hielt inne und schlug vor: „Was, wenn Graaf einen Zwillingsbruder hat, der auch Installateur ist?"

„Das ist jetzt nicht dein Ernst!", meckerte Andreas und fuhr sich mir beiden Händen durchs grau werdende Haar. „Der Fall macht mich langsam fertig!"

Sascha konnte den Mund wieder nicht halten. „Glaub ich nicht. Seit die Morde aufgehört und wir einen Verdächtigen verhaftet haben, kriegen wir doch eine Superpresse! Nein, es ist nicht der Fall, es ist dein Privatleben. Bring das mal in Ordnung."

Andreas langes, schmales Gesicht versteinerte, und er starrte Sascha an, dass es unheimlich war. Urplötzlich stand er auf und verließ das Zimmer. Gott, musste es dem armen Kerl schlecht gehen!

Sascha ließ ihn in Ruhe und begann über die Zusammenhänge zwischen Graaf und Frings nachzugrübeln. Angenommen, Graaf hatte doch keinen Zwillingsbruder und ein wasserdichtes Alibi für Mittwoch, ca. 17.45 Uhr, dann hatte er vielleicht Frings engagiert, um seine Frau zu erschießen, hatte aber die anderen Morde selbst begangen und versuchte nun, den ganzen Verdacht auf Frings zu lenken.

Aber Künstler Frings hatte sicherlich nicht kostenlos gemordet, nein, da musste Sascha Andreas Recht geben. Irgendwo hatte Frings sein „Honorar" versteckt und –

Andreas' Telefon klingelte. Sascha nahm ab.

„Hallo, Walter hier. Wir haben an Frings' Haus einen tollen Fund gemacht! Wollt ihr rüberkommen und euch das ansehen?"

„Ich weiß nicht, Andreas ist gerade … nicht da. Aber ich sag ihm Bescheid, er ruft zurück." Sascha legte auf und beschloss, Andreas zehn Minuten zu geben. Dann würde er die Fahndung nach ihm einleiten. Aber Andreas tauchte schon nach fünf Minuten wieder auf, Missmut im Blick. Sascha berichtete von dem Anruf, und Andreas schnappte sich sofort das Telefon.

„Hallo, ich bin's. Was gibt's?", dann: „Kannst du's mal weniger geheimnisvoll machen?!"

Walter schien nun ausführlicher zu werden, Andreas lauschte und fauchte dann in den Apparat: „Sag mal, geht's noch! Ich fahr doch bei dem Wetter nicht eine Stunde quer durch die Stadt, nur um mir ein Abflussrohr anzugucken! Macht ein paar Fotos und bringt das Zeug her!" Er legte auf, setzte sich, schaute in eine Akte – und schwieg.

Jetzt platzte Sascha der Kragen. „Was ist denn auf einmal mit dir los? Wer hat dir was getan? Nenn mir den Namen, und ich fordere ihn – oder sie – zum Duell heraus!"

Andreas schaute überrascht auf, fasste an seine Brille, verschränkte die Finger und lächelte dünn. „Danke, du bist ein echter Freund." Pause. „Aber ich ärgere mich hauptsächlich über mich selbst. Erstens habe ich schlecht geträumt heute Nacht, und zweitens habe ich mich immer gewarnt: Fang nichts mit einer Kollegin an. Und nun –"

Sascha fiel ihm ins Wort. „Du hast was mit Renate angefangen?!"

„Nein, verdammt! Ich war ein einziges Mal mit ihr spazieren, und schon gehen die wildesten Gerüchte um!"

„Mein Gott, da stehst du doch wohl drüber! Und wenn du ein bisschen humorvoller und selbstironischer damit umgehst, nimmst du den Leuten sowieso den Wind aus den Segeln!"

„Selbstironischer?"

„Ja, Andreas, das ist, wenn man mal über sich selbst lachen kann!"

„Ich werde darüber nachdenken." Andreas guckte säuerlich, dann klärte er Sascha über den Inhalt des Gesprächs mit Walter auf. „Also, unsere Spurensucher haben sich Frings' Haus auch von außen angesehen. Sie haben das Rohr abgeklopft, das von der Dachrinne in den Boden geht, das hörte sich komisch an. Da drin hatte Frings Geldbündel versteckt."

„Na also, das passt doch", freute sich Sascha. „Weiß man schon, wer der Halter des Lieferwagens ist?"

„Ja, niemand. Die Karre ist tatsächlich uralt, der ehemalige Besitzer ist vor zehn Jahren verstorben, keiner weiß, was aus dem Auto wurde. Die Nummernschilder sind natürlich geklaut."

„Ganz schön riskant, mit so einem Auto durch die Gegend zu fahren." Sascha bekam allmählich leichte Magenschmerzen vom vielen Kaffee. „Der Wagen muss doch auch mal betankt worden sein, und irgendjemand muss doch auch jemanden ein- oder aussteigen gesehen haben."

„Soweit ich weiß, befragen Jörg und Petra gerade die Nachbarn von Frings. Gib doch noch mal ein Foto und unsere Fragen zum Thema *Weißer Lieferwagen* an die Medien weiter", wies Andreas ihn an.

„Okay." Nachdem Sascha das erledigt hatte, diskutierten sie noch eine Weile die neue Sachlage, bis Sascha fragte: „Hat man eigentlich den halben Abdruck auf dem Gewehr mit den Fingerabdrücken von Thomas Richter verglichen?"

Andreas zog ein Gesicht, als habe er seinen bisherigen Lieblingsverdächtigen komplett vergessen. „Ach, stimmt ja, das sollten wir machen."

Er ordnete eine Überprüfung an, und eine halbe Stunde später war klar, dass Richters Abdrücke nur zu etwa 30 % mit dem gefundenen übereinstimmten. Vermutlich musste er bald entlassen werden.

Nicht viel später tauchte Walter auf, ein stolzes Lächeln in den dunklen, eindrucksvollen Augen mit den langen Wimpern, zeigte Fotos von Frings' Dachrinne und dem senkrechten Abflussrohr und legte eine Art Kette aus zehn aneinander gebundenen Plastikbeutelchen, in denen je eine dünne Rolle aus Geldscheinen steckte, auf dem Schreibtisch ab.

Andreas zog Handschuhe an, öffnete eins der Beutelchen und entrollte die Geldscheine: Acht 500 Euro-Scheine und fünf 200 Euro-Scheine, insgesamt also € 5000. Walter und Sascha halfen beim Auspacken der restlichen neun Beutel mit, und am Ende lagen € 50.000 auf dem Tisch.

„Das reicht auf jeden Fall für *einen* Mord", befand Sascha. „Je nach finanzieller Situation des Täters auch für vier Morde."

„Du sagst es." Walter sammelte mit seinen schmalen, behandschuhten Fingern das Geld ein. „Die Beutel hingen mit einer Schnur an einem Haken, den Frings in einem Dachbalken versenkt hat, einfach so ins Abflussrohr runter."

„Kein Wunder, dass Frings' Mörder nichts gefunden hat." Andreas zog die Handschuhe wieder aus. „Beutel und Geldscheine werden auf Fingerabdrücke untersucht. Und versucht rauszufinden, aus welcher Bank sie stammen."

Walter nickte, verließ das Büro, und Andreas und Sascha schrieben noch ein bisschen an ihren Berichten und gingen dann nach unten zum Mittagessen. Vor den Fenstern rieselte wieder der Schnee aus einem bleigrauen Himmel herab, und Sascha fand, dass ihm der Winter allmählich auf die Nerven ging. Es reichte! Man war hier schließlich nicht in Oberbayern!

Sie saßen schon eine Weile im Büro, als ein Kollege einen dünnen, langen Mann Ende 20 bei ihnen ablieferte, der sie unbedingt sprechen müsse. Der Mann im olivgrünen Parka, unter dem ein tannengrüner Rollkragenpullover hervorlugte, stellte sich gleich vor.

„Guten Tag, ich bin Fred Weller. Sind Sie für Frau Edeltraud May zuständig?"

„Allerdings." Andreas deutete auf einen Stuhl. „Bitte, setzen Sie sich. Was können wir für Sie tun?"

„Ja also … ähm … ich bin bei so einem Verein, der ältere Menschen betreut, und ich bin mit Frau May einmal die Woche einkaufen gefahren, und ab und zu auch mal zum Arzt." Er machte eine Pause und strich sich mit einer Hand das schwarze, schulterlange und in der Mitte gescheitelte Haar hinter ein Ohr.

Andreas hörte ihm aufmerksam zu, während seine Finger mit einem Kugelschreiber spielten. Da er nichts sagte, redete Weller weiter, und die Unsicherheit in seiner Stimme nahm noch ein wenig zu.

„Äh ja … also … es ist so, Frau May hat mir von ihrem Lottogewinn erzählt, und sie hat … wie soll ich das sagen … es klang so, als würde ich das ganze Geld erben." Andreas runzelte fragend die Stirn, und Weller fügte, noch unsicherer jetzt, hinzu: „Ich wollte nur fragen, ob Sie das Testament gefunden haben, und wann ich mit dem Geld rechnen kann … Wissen Sie, ich hab mir ein Auto gekauft und müsste es diese Woche bezahlen."

Anscheinend war Andreas zunächst genauso sprachlos wie Sascha. Was war das hier? *Verstehen Sie Spaß* für Kriminalbeamte? Entweder war der Typ extrem naiv – oder extrem raffiniert!

Gerade kam Andreas wieder zu sich und fragte freundlich und harmlos: „Herr Weller, seit wann wissen Sie von Frau Mays Lottogewinn?"

Wellers schwarze Augen wichen Andreas' Blick aus. „Seit ein paar Wochen vielleicht."

„Können Sie sich daran erinnern, Herr Weller, wo Sie sich letzten Montag zwischen 17.30 und 18 Uhr aufgehalten haben?"

„Wieso?"

Herr im Himmel – war der Kerl tatsächlich so begriffsstutzig, wie er tat?

Andreas erklärte ihm seine Gedankengänge: „Zu der Zeit wurde

Frau May auf dem Quirinus-Platz erschossen. Und wo waren Sie?"

Weller machte große Augen, dachte ein paar Sekunden nach und kam zu dem Ergebnis, dass er zu Hause gewesen war. Allein. Und natürlich beteuerte er mehrmals, dass er überhaupt nicht fähig sei, einen Menschen umzubringen. Schon gar nicht Edeltraud May. Und erst recht nicht für Geld.

„Das wäre auch vergebene Liebesmüh gewesen", informierte ihn Andreas. „Ihr Name taucht in Mays Testament nämlich nirgendwo auf."

Wellers Mund öffnete sich ein wenig, eine Hand hob sich Richtung Mund, senkte sich wieder und griff schließlich zum Rollkragen des grünen Pullovers. Er zog ihn ein Stückchen vom Hals weg, als sei er ihm zu eng, während seine Augen richtig feucht wurden. Seine Enttäuschung schien gewaltig zu sein, was Sascha ihm sogar abnahm. Kein Geld, kein neues Auto. Dafür aber vielleicht Gefängnis.

Andreas stellte ihm schon die nächste Frage: „Kennen Sie einen Rudolph bzw. Rudi Frings aus Ippendorf?"

Weller nahm die Finger vom Rollkragen, beugte sich ein wenig vor und erwiderte verdrossen: „Nein, kenne ich nicht."

„Nun gut, Herr Weller, dann lassen Sie bitte Ihre Personalien und Ihre Fingerabdrücke hier, dann können Sie erst mal gehen."

Weller machte kurz ein trotziges Gesicht, besann sich plötzlich eines Besseren, reichte Andreas Personalausweis und Führerschein und ließ sich sogar widerspruchslos die Fingerabdrücke abnehmen.

Als er weg war, rätselte Sascha: „Was war denn das für ein Spinner?"

Andreas hatte darauf keine befriedigende Antwort. Bevor sie darüber diskutieren konnten, ob Weller das Zeug hatte, auf Platz 1 ihrer Verdächtigenliste aufzusteigen, wurde ihnen gemeldet, dass Burkhardt Graaf auf dem Weg nach oben sei.

„Konzentrieren wir uns lieber erst mal auf diesen Verdächtigen", schlug Andreas vor. „Als Handwerker hatte er die Möglichkeit, ein Loch aus dem Lieferwagen zu sägen, er hat ein hervorragendes Motiv, nämlich die Beseitigung der geldgierigen Ex-Frau, und als Selbstständiger kann er sich unauffällig € 50.000 zurückgelegt haben, um Frings mit dem Mord zu beauftragen. Wir –"

Die Tür öffnete sich, und herein kam Burkhardt Graaf, in Jeans, kariertem Hemd und dicker Lederjacke. Auf seinem Gesicht, das braun gebrannt und zerfurcht war wie das von Luis Trenker, lag ein fragender Ausdruck.

Andreas wies auf den Stuhl vor dem Schreibtisch und machte auf Mitgefühl. „Setzen Sie sich doch, Herr Graaf. Wie geht es Ihnen?"

Graaf zog die Jacke aus und hängte sie ordentlich über die Rücklehne des Stuhls. „Danke. Ich sagte ja schon, dass ich nicht um meine Ex-Frau trauere. Ich mache mir nur große Sorgen wegen meiner Tochter. Die hat das schwer mitgenommen."

„Wird sie psychologisch betreut?"

„Ja, ich war letzte Woche gleich mit ihr beim Fachmann. Der hat uns geraten, ein paar Tage wegzufahren. Fand ich eine gute Idee." Graaf nickte und guckte für Sekunden ins Leere. „Wir waren bei Verwandten in Luxemburg, und Lucy ist erst mal dageblieben."

Auch Sascha war davon angetan – so musste das arme Mädchen wenigstens nicht noch die Verhaftung seines Vaters miterleben!

„Herr Graaf, kennen Sie einen Rudi Frings aus Ippendorf?", führte Andreas die Befragung fort.

Graaf schien einen Moment zu überlegen, behauptete dann aber ziemlich gelassen: „Nein, kenne ich nicht."

Andreas seufzte leise, nahm Papier und Stift und forderte Graaf auf: „Versuchen Sie sich bitte zu erinnern, wo Sie sich letzte Woche Montag, Dienstag, Mittwoch und Donnerstag am späten Nachmittag aufgehalten haben."

Graaf, der auf seinem Schädel massive Geheimratsecken und kurz geschnittenes, schon sehr graues Haar hatte, tat erstaunt. „Also, ohne Kalender kann ich Ihnen dazu nichts sagen."

Andreas nahm einen schmalen, langen Kalender vom Schreibtisch und reichte ihn Graaf hinüber. Graaf schaute nach und legte wie aus der Pistole geschossen los.

„Also am Montag, 11. Februar, hatte ich, das weiß ich noch genau, eine Heizungswartung bei einer Firma in Köln. Da bin ich so gegen Viertel kurz vor sechs weggefahren und war dann so gegen halb sieben in Bonn bei einem Freund, da haben wir mit einem Kumpel bis spät abends Skat gespielt."

Was Sascha sehr verdächtig vorkam, war die Tatsache, dass Graaf nicht nachgefragt hatte, warum er plötzlich Alibis für 4 Tage auf den Tisch legen sollte – hatte er damit gerechnet? Und dass seine Aussage klang wie sorgfältig auswendig gelernt, fand Sascha mindestens ebenso verdächtig. Andreas, der sich fleißig Notizen machte, ließ sich nichts anmerken.

Graaf war schon beim Dienstag. Der Blick seiner blauen Augen, unter denen sich leichte Tränensäcke gebildet hatten, wanderte beim Reden durch den Raum. „Der Freund, bei dem ich Montagabend gewesen war, rief an und meinte, seine Heizung wär kaputt, es würde nicht mehr warm im Haus. Ich konnte aber erst um fünf da sein, dann musste ich noch ein Ersatzteil einbauen und war so gegen sechs fertig. Die Frau meines Freundes kann das bestätigen."

Er wirkte fast selbstgefällig und war nicht zu bremsen: „Am Mittwoch hatte ich ja die Besprechung wegen der Heizungsumrüstung, das wissen Sie doch schon. Und am Donnerstag zwischen fünf und sechs Uhr war ich mit Lucy bei dem Psychologen, bei dem sie die Therapie machen soll." Graaf ließ ein forsches Lächeln sehen, das einen Schneidezahn enthüllte, von dem ein Stückchen abgebrochen zu sein schien.

Andreas lächelte freundlich zurück und meinte: „Prima, Herr Graaf, so schöne Alibis kriegen wir hier selten serviert. Würden Sie mir noch die Namen und Adressen Ihrer Zeugen verraten?"

Ohne Zögern kam Graaf Andreas' Wunsch nach. Als er aber um ein Foto von sich und um seine Fingerabdrücke gebeten wurde, legte sich Graafs Stirn in Falten.

„Wieso das denn?", fragte er nach.

„Nur, damit wir Sie als Täter ausschließen können", beruhigte ihn Andreas. „Das machen wir so bei Verwandten."

„Aha", brummte Graaf, aber überzeugt klang es nicht.

Er wurde fotografiert, seine Fingerabdrücke wurden genommen, dann musste er warten. Es stellte sich heraus, dass der verwischte Teilabdruck am Gewehr doch kein so sensationeller Fund war wie erhofft: Sowohl Wellers als auch Graafs Fingerabdrücke wiesen ein paar Übereinstimmungen auf, die aber nicht ausreichten, um einen von ihnen festzunehmen.

Also ließ Andreas auch Graaf gehen, und der machte einen durchaus erleichterten Eindruck.

*

Burkhardt flüchtete aus dem Präsidium, als sei ein SEK hinter ihm her. Sie verdächtigten ihn. Verdammt noch mal, sie verdächtigten ihn!

Sehr unkonzentriert fuhr er über die Südbrücke in die Innenstadt. Er musste sich ablenken. Eigentlich hatte er vorgehabt, ein Geschenk für Lucy zu kaufen, irgendetwas ganz Besonderes, über das sie sich freute, und das sie wenigstens vorübergehend auf andere Gedanken brachte. Nur hatte er noch keine Ahnung, was das sein sollte.

Er fand einen Platz in der Marktgarage und klapperte die Geschäfte ab, um sich inspirieren zu lassen. Aber immer wieder schweiften seine Gedanken zu der Szene im Büro der Kommissare ab. Inzwischen war es dunkel draußen, was überraschend schwer auf Burkhardts Stimmung drückte. Er hatte mehr und mehr das Gefühl, etwas tun zu müssen. Und vor allem hatte er das Bedürfnis, mit jemandem zu reden.

Eine Weile irrte er noch durch die Läden, aber dann hielt er es nicht mehr aus, vor lauter Nervosität. Oder war das schon Angst? Jedenfalls hastete er durch die Straßen auf der Suche nach einer der wenigen öffentlichen Telefonzellen, die es noch gab. Im Hauptbahnhof wurde er fündig. Und das Ding funktionierte sogar.

Er wählte die Nummer des Mistkerls, dem er die ganze Scheiße zu verdanken hatte, und der war zu Hause und meldete sich mit einem vorsichtigen „Ja?"

„Ich bin's, Burkhardt", flüsterte er verschwörerisch in den Hörer.

„Bist du bescheuert?! Du sollst mich nicht anrufen!"

„Jetzt reg dich ab! Ich bin in einer Telefonzelle, und ich muss mit dir reden! Die Polizei verdächtigt mich!"

Das hatte der Kerl wohl nicht erwartet – er schwieg ein paar Sekunden, bis er sich plötzlich wieder meldete.

„Okay, aber nicht am Telefon. Ich komme zu dir. Gegen Mitternacht."

Er legte auf, bevor Burkhardt auch nur ein Wort hätte sagen können. Also hängte auch er ein und fragte sich, ob er das Richtige getan hatte. Jedenfalls war ihm nach Einkaufen nicht mehr zumute, und so fuhr er nach Hause.

Als er im Flur die Jacke an die Garderobe hängte, fröstelte er. Das Haus kam ihm kühl und klamm vor. *Dreh die Heizung auf, du brauchst nicht mehr zu sparen!*

Genau, die kalten Zeiten waren vorbei! Burkhardt ließ an allen Fenstern im Haus die Rollläden herunter und drehte die Heizkörper ordentlich auf. Das gönnte er sich jetzt einfach mal! Zurück im Wohnzimmer wählte er Lucys Nummer, aber sie hatte wohl ihr Handy ausgeschaltet. Also versuchte er es übers Festnetz und hatte natürlich Lucys Tante am Apparat, mit der er sich einigermaßen verstand, und sie erzählte ihm, Lucy mache immer dann einen weniger deprimierten Eindruck, wenn sie mit anderen Menschen zusammen sei. Man dürfe sie nach Möglichkeit nicht allein lassen.

Dem widersprach Burkhardt nicht, sondern fragte, wo seine Tochter zurzeit sei. Im Kino, mit Cousine und Onkel, sagte die Tante. Burkhardt war beruhigt; er bestellte Lucy viele liebe Grüße und legte auf.

Seine Stimmung war immer noch im Keller. Vielleicht halfen ein oder zwei Gläschen Rotwein dagegen. Eigentlich hatte sich Burkhardt nie viel aus Alkohol gemacht. Vielleicht mal eine Flasche Bier zum Endspiel der Fußball-WM. Er schenkte sich Rotwein ein, setzte sich im mittlerweile gut geheizten Wohnzimmer aufs Sofa und fühlte sich nach dem ersten Glas schon fast betrunken.

Und die Stimmung blieb unten. Burkhardt überfiel großes Mitleid mit sich selbst. Seit Felix' Unfall war er nicht mehr richtig auf die Füße gekommen, das Schicksal hatte ihn ordentlich leiden lassen! Kein Wunder, dass die Idee von diesem Mistkerl auf fruchtbaren Boden gefallen war! Wer griff nicht dankbar zu, wenn ihm jemand versprach, sein Leid zu verringern?

Burkhardt stand auf (ihm war tatsächlich schwindlig!), ging hinüber zu einem Eichenschrank, öffnete eine Tür, holte ein Fotoalbum heraus, ließ sich damit auf dem samtigen Perserteppich nieder, den er beinah verkauft hätte, um Kornelia und Lucy einen Spanienurlaub zu finanzieren, und fing an, in dem Album zu blättern.

Auf den Fotos waren sie noch eine glückliche Familie. Kornelia, Lucy, Felix und er. Warum war es nicht einfach so weitergegangen wie in Millionen anderer Familien auch? Die Kinder machten Abitur, studierten, heirateten, dann kamen irgendwann die Enkelkinder, mit denen man noch ein paar Jahre Freude haben konnte, dann der wohlverdiente Ruhestand und ein gemütliches Rentnerdasein – so sollte das laufen!

Warum musste damals alles schiefgehen? Was hatte er falsch gemacht? An welchem Punkt seines Lebens hätte er eine andere Entscheidung treffen müssen? Das wusste er doch ganz genau – er hätte den Scheiß-Unfall in den Bergen verhindern können!

Burkhardt stand mühsam auf, goss sich noch einen Rotwein ein, ließ sich aufs Sofa plumpsen und bohrte solange in seinen Erinnerungen herum, bis ihm wieder die Tränen kamen. Er weinte bitterlich und sicher eine halbe Stunde lang, bis ihm vor Erschöpfung die Augen zufielen. Von irgendeinem Geräusch wurde er dann aber irgendwann aufgeschreckt. Was war das gewesen? Wo war er? Wie lange hatte er geschlafen?

Es dauerte eine Weile, bis ihm klar wurde, dass er in seinem Wohnzimmer auf der Couch lag, dass er Rotwein getrunken hatte, und dass er einen Gast erwartete. Ihm fielen schon wieder die Augen zu, als er von draußen ein dumpfes Poltern hörte. Eine Autotür? Eigentlich hatte es geklungen wie sein Garagentor … Aber das war ja Blödsinn. Ein paar Sekunden später klingelte es an der Haustür.

Als sich Burkhardt erhob, wurde ihm übel, und eigentlich hatte er gar keine Lust mehr, mit dem Kerl zu reden. Am besten schickte er ihn nach Hause. Er ging in den kalten Flur, öffnete die Tür, und da stand er, der Mann, der dafür gesorgt hatte, dass sich Burkhardt jetzt noch schlechter fühlte als vorher.

„Können wir unser Gespräch verschieben? Ich bin total kaputt, ich muss ins Bett."

Doch der Kerl lächelte nur und meinte: „Ich bin in zwei Minuten wieder weg. Es gibt Neuigkeiten."

Neuigkeiten? Burkhardt zögerte. Etwa positive Neuigkeiten? Sollte nach all dem Mist endlich einmal etwas Gutes passieren?

„Gute oder schlechte Neuigkeiten?"

„Gute."

„Okay, dann komm kurz rein. Da bin ich aber gespannt."

Burkhardt fühlte sich etwas wacher, wandte sich ab und ging zurück zum Wohnzimmer. Er hörte, wie hinter ihm die Haustür ins Schloss fiel, hörte hinter sich ein paar schnelle Schritte und spürte plötzlich eine Hand, die ihm ein Tuch auf den Mund drückte, und einen sehr unangenehmen Ge–

*

Bonn, Polizeipräsidium
gegen 16.00 Uhr

„Du willst doch jetzt nicht noch nach Köln fahren?", fragte Andreas ungläubig. „Vom Wetter mal abgesehen – bis wir da sind, ist garantiert kein Mensch mehr in der Firma!"

„Genau. Ich rufe sofort da an und informiere den Chef, dass er auf uns warten soll." Sascha, wieder nur im blau gestreiften Oberhemd, offener Kragen, hochgekrempelte Ärmel, griff zum Telefon.

„Wenn du sowieso da anrufst, kannst du dem Mann ja auch gleich unsere Fragen stellen!"

„Und was ist mit dem Foto von Graaf?" Sascha schaute ihn herausfordernd an.

„Ich hab mal was läuten hören, dass man heutzutage Fotos per Computer verschicken kann!"

Sascha hatte noch keine Telefonnummer eingegeben. „Du siehst doch den Zeugen bei der Befragung gern ins Auge! Was hast du denn bloß gegen eine romantische Fahrt über eine tief verschneite Autobahn in der Dunkelheit? Schön geheizt und bei Tempo 55? Wir brauchen nicht mal über eine Brücke, die Firma liegt auf unserer Rheinseite."

Andreas erlaubte sich einen Seufzer. Sascha hatte ja Recht. „Okay, haben wir eine Thermoskanne da? Dann nehmen wir Kaffee mit und ein Ladeteil fürs Handy und vielleicht ein paar Schokoriegel und zwei warme Decken und –"

„Hallo?!", fiel ihm Sascha ins Wort. „Wir fahren nach Köln, nicht in die Antarktis! Was ist los mit dir?!"

„Hast du nicht die Bilder in den Nachrichten gesehen? Da mussten Tausende von Menschen die Nacht auf der Autobahn verbringen, weil ein Schneesturm alles dicht gemacht hat!"

Sascha schaute ihn an, als habe er Mitleid mit ihm. „Ein Vorschlag: Wir fahren nicht über die Autobahn, sondern über die Landstraße, dann können wir uns ein Hotelzimmer nehmen, wenn wir stecken bleiben. Falls dir das nicht zu teuer ist."

Andreas schluckte ein paar giftige Antworten hinunter, und Sascha tippte die Nummer der Firma ein. Er erwischte den Chef und ließ ihn wissen, dass man auf dem Weg sei.

Eine halbe Stunde später waren sie in Siegburg. Sascha wandte sich Richtung Troisdorf und hielt sich von da auf der Frankfurter Straße, die in etwa parallel verlief zur Flughafenautobahn. Es schneite nicht so schlimm wie befürchtet; die stärker befahrenen Straßen waren frei, der Verkehr war zäh, aber es ging voran.

Eine weitere Dreiviertelstunde später trafen sie in der Firma ein, in der Burkhardt Graaf angeblich am Montag, dem 24. Januar, als Edeltraud May erschossen wurde, von 16.30 bis 18.00 Uhr die Heizungsanlage gewartet hatte.

Der Geschäftsführer, ein geschniegelter, halbwegs freundlicher Mann um die Vierzig suchte die Rechnung heraus und bestätigte, dass Graaf dagewesen sei. Er selbst habe aber nichts mit ihm zu tun gehabt, da müsse man sich schon an Mitarbeiter Kleinfuß wenden.

Sascha und Andreas ließen sich Kleinfuß' Adresse geben, und

glücklicherweise wohnte der Mann in Troisdorf, das ja auf ihrem Rückweg lag. Gegen 18.45 Uhr hatten sie die Straße gefunden, in der Kleinfuß wohnte. Sie zeigten dem Mann das Foto von Graaf und die kopierte Rechnung. Kleinfuß kannte Graaf schon länger und war tausendprozentig sicher, dass es sich um Graaf persönlich gehandelt hatte. Dann aber wurde es interessant.

Kleinfuß hatte Graaf kurz nach 16.30 Uhr in den Keller begleitet, ein bisschen mit ihm geplaudert und war eine halbe Stunde später nach Hause gefahren. Da sich Graaf aber nach einer Wartung nie „abmeldete", wusste wahrscheinlich auch niemand genau, wann er den Gebäudekomplex verlassen hatte.

„Er braucht immer so eineinhalb Stunden, das steht ja auch auf der Rechnung", erklärte Kleinfuß.

Sascha und Andreas verabschiedeten sich und suchten noch eben den Besitzer des Wohnblocks auf (Graafs Mittwochs-Alibi), der für seine Mieter die Heizung umrüsten wollte und der ebenfalls in Troisdorf wohnte – in einer besseren Gegend, in einem teuer aussehenden Haus mit seitlich tief herabgezogenem Dach und einem perfekt komponierten Vorgarten, der sogar noch jetzt im Winter gut aussah.

Der Besitzer des Wohnblocks war sich, nachdem Sascha ihm Graafs Foto gezeigt hatte, auch ganz sicher, dass es sich um genau den Mann handelte, der ihn wegen der neuen Heizung beraten hatte. Er gab Sascha die Namen dreier Mieter, die dabei waren und dasselbe aussagen würden wie er.

Andreas bedankte sich, und zum Abschluss dieses ereignisreichen Tages suchten sie die Mieter im Wohnblock auf, die zum Teil nicht erfreut auf die Störung ihres Feierabends reagierten. Aber tatsächlich meldete niemand den geringsten Zweifel an, dass der Mann auf dem Foto der Heizungsmonteur Burkhardt Graaf war.

Schade, dachte Andreas, aber wie es aussah, hatte Graaf für den Mittwoch, an dem seine Ex-Frau erschossen worden war, ein bombenfestes Alibi.

Kapitel 9

Bonn-Oberkassel
Mittwoch, 20. Februar
6.05 Uhr

Andreas lag wach im Bett und grübelte. Man musste Graaf doch nachweisen können, dass er am Montag letzter Woche die Kölner Firma viel früher verlassen hatte als angegeben.

Na klar! Andreas würde seinen eigenen Heizungsmonteur beauftragen zu kontrollieren, ob die Kölner Heizung wirklich gewartet worden war, das sollte man doch feststellen können! Oder nicht? Er würde ihn fragen.

Andreas stand auf, nahm ein Bad, frühstückte und rief um halb acht den Installateur an. Der fand die Idee, der Polizei bei Mordermittlungen zu helfen, außerordentlich reizvoll und versprach, sich sofort um die Sache zu kümmern, falls ihm kein Heizungsnotfall dazwischenkam.

Andreas zog die neuen, warmen Stiefel an, nahm die anderen Schuhe mit und machte sich auf den Weg ins Präsidium.

Vor dem Haus fegte seine Mutter (im dicken, dunkelblauen Mantel, alten, braunen Stiefeln und einem Kopftuch über den Haaren) mit einem groben Besen den wenigen Schnee vom Gehsteig, der über Nacht gefallen war.

Sie begrüßte ihn mit einem schlecht gelaunten „Morgen!“, und Andreas sah sich veranlasst, ihr einen guten Rat zu geben: „Wir sollten langsam einen Hausmeisterservice mit so was beauftragen!“

Woraufhin die Mutter nörgelte: „Noch kann ich das selbst!“

Andreas ging durch den Vorgarten auf sie zu und schenkte ihr ein Lächeln. „Das freut mich – denn nichts hält länger jung als Bewegung an frischer Luft.“

„Ja, klar“, brummte die Mutter und wandte sich wieder dem Fegen zu.

Andreas eilte weiter, musste aber ab und zu ein anderes Tempo anschlagen, je nach Bürgersteigsituation: Vor manchen Häusern war nur gefegt worden, andere Anwohner hatten Salz gestreut, wieder andere Splitt, und sehr viele hatten gar nichts getan. Wozu sie doch eigentlich verpflichtet waren!

Unter bedecktem Himmel stapfte er durch die Straßen und traf kurz nach acht im Büro ein. Sascha war noch nicht da. Also rief er Petra an, die am Vortag Kameraaufzeichnungen aus einem guten Dutzend Parkhäusern aus ganz Bonn gesichtet hatte.

„Guten Morgen. Unser Lieferwagen ist gleich mehrmals zu sehen, in verschiedenen Garagen jeweils in der Nähe der Tatorte", führte sie munter aus. Wie man aus verschiedenen Quellen hörte, hatte sie einen neuen Freund. „Es scheint immer der gleiche Fahrer zu sein, aber genau kann man das nicht erkennen – der Mensch trägt Sonnenbrille, tief runtergezogene Kappe, einen vermutlich angeklebten Vollbart und schwarze Handschuhe."

Andreas schrieb sich ein paar Details auf und Petra fuhr fort: „Und als ob das nicht reichen würde, hält er auch noch jedesmal, wenn er einer Kamera näher kommt, eine Hand mit Taschentuch mitten ins Gesicht!"

„Der scheint zu wissen, worauf's ankommt", beklagte sich Andreas, aber Petra versicherte ihm, dass die Foto-Experten garantiert noch den einen oder anderen Hinweis aus den Aufnahmen herauskitzeln würden. Andreas wollte das nicht so recht glauben und diskutierte noch ein bisschen herum, als Sascha zur Tür hereinspazierte und gleich fragend guckte.

Andreas legte auf und gab alle Informationen weiter.

Anschließend brachen sie auf, um Burkhardt Graafs Alibi vom letzten Dienstag zu überprüfen. Sie parkten in der Marktgarage, in der auch der Täter den weißen Lieferwagen an jenem Tattag, an dem Leonie Schnepfensiek ermordet worden war, abgestellt hatte, und stiegen hoch zur Sternstraße, wo sie nach dem Haus von Graafs Freund suchten, mit dem er montags Skat gespielt und dessen Heizung er dienstags repariert haben wollte.

Der Freund war nicht da, aber seine Frau. Der Art, wie sie über Graaf sprach, konnte man unschwer entnehmen, dass sie ihn nicht im Mindesten leiden konnte. Trotzdem bestätigte sie, dass Graaf um 17.00 eingetroffen und gegen 18.00 Uhr wieder gegangen sei.

Doch als Andreas fragte, ob das Haus einen Hinterausgang habe, dachte die Frau ein paar Sekunden nach, riss die geschminkten, blaugrünen Augen auf und servierte Andreas und Sascha eine Hypothese, die zwar gewagt, in sich aber völlig logisch war. Sie saßen zu dritt im Wohnzimmer, tranken ein Tässchen Kaffee, die Frau begann zu erzählen, und Sascha machte sich Notizen.

„Burkhardt war am Montagabend so um halb sieben hier und

hat mit Wolfgang und Harald Skat gespielt. Ich weiß das, weil ich noch schnell vor den Nachrichten ein paar Schnittchen gemacht hab. Danach hab ich im Schlafzimmer ferngesehen und bin in der Werbepause, so kurz nach neun in den Keller gegangen, um noch drei Flaschen Bier raufzuholen."

Die Frau war ganz außer Atem vor Aufregung. „Da kommt mir doch der Burkhardt aus dem Heizungskeller entgegen, und als ich ihn frage, was er da wolle, fällt ihm erst mal nichts ein. Wissen Sie, was ich glaube? Dass der irgendwas an der Heizung manipuliert hat, damit die am nächsten Tag kaputt geht! Damit er mal wieder Geld von uns kassieren kann!"

Die Frau beugte sich auf ihrem Sessel vor und unterstrich ihre nächsten Worte mit erhobenem Zeigefinger. „Das hab ich jedenfalls geglaubt, bis Sie nach dem Hinterausgang gefragt haben! Jetzt glaube ich, der Kerl wollte gar nicht unbedingt Geld, der wollte ein Alibi von uns! Als er am Dienstag kam, hab ich ihn gleich in den Keller geschickt, mein Mann war noch nicht da. Und ich hab mich nicht weiter um ihn gekümmert. Der kann sich ohne Probleme durch den Garten auf die Straße geschlichen haben – und von hier bis zum Remigius-Platz, das ist ein Katzensprung."

Sie schwieg, presste für ein Weilchen die Lippen zusammen und fragte schließlich mit verschwörerischer Stimme: „Meinen Sie, Burkhardt hat was mit den Morden von letzter Woche zu tun?"

„Das versuchen wir ja rauszufinden." Andreas lächelte so charmant, wie er konnte. „Wann hat Burkhardt Graaf Ihr Haus wieder verlassen?"

„Etwa eine Stunde später, so um sechs. Irgendwie war er nicht gut drauf – irgendwie abwesend. Er sagte nur ‚Die Heizung funktioniert wieder' und war weg."

„Danke, Sie haben uns sehr geholfen. Wir melden uns."

Als sie wieder im Wagen saßen, konstatierte Sascha: „Es läuft doch."

„Scheint fast so. Jedenfalls sind Graafs Alibis für Montag und Dienstag sehr dürftig, das Alibi für Mittwoch ist ungewöhnlich wasserdicht, gucken wir uns noch das für Donnerstag an." Andreas hatte den Stadtplan schon auf dem Schoß. „Die Praxis des Psychologen befindet sich im nördlichen Godesberg. Soll ich dich hinlotsen?"

„Ja, tu das. Das lenkt dich ein bisschen ab."

„Wovon bitte?"

„Von der Angst vor meinem Fahrstil.“

Andreas entschied sich dafür, die Frotzelei zu ignorieren, und schickte Sascha auf kürzestem Weg aus der Bonner Innenstadt nach Godesberg. Es schneite immer noch nicht, der Verkehr hielt sich in Grenzen und war flüssig.

Die Praxis des Psychologen Adam Kraus lag in der ersten Etage eines unscheinbaren, mehrstöckigen Hauses am Ende der Fußgängerzone zwischen zwei Geschäften. Anscheinend betrieb er die Praxis zusammen mit einer Kollegin, denn ein zweiter Name stand unten auf dem Messingschild: Dipl. Psychologin Ursula Meyer.

Der Mann ließ sie über eine halbe Stunde warten, da er sich gerade in einer Sitzung befand. Das Wartezimmer war winzig und menschenleer: drei Stühle, ein Tischchen mit psychologischen Fachzeitschriften, eine große Grünpflanze am Fenster, zwei Kunstdrucke von Max Ernst an den Wänden. Andreas und Sascha ließen sich nieder, jeder griff nach einer Zeitschrift und blätterte darin herum, Sascha mit merklicher Ungeduld.

Nach 20 Minuten knurrte er: „Wenn uns dieser Psychotyp gleich erzählt, er dürfe uns nicht sagen, ob Graaf mit seiner Tochter hier war, dann erschieße ich ihn!“

„Vielleicht solltest du ihn mal nach einem Behandlungstermin für dich fragen.“

„Wieso für mich? Du hast es eindeutig nötiger!“, giftete Sascha zurück und zählte gleich ein paar angeblich behandlungsbedürftige Eigenheiten von Andreas auf: Beziehungsunfähigkeit, krankhafter Geiz, Angst vor hohen Geschwindigkeiten.

Andreas schaffte es, sich nicht noch mehr zu ärgern, und antwortete: „Also positiv ausgedrückt: Ich bin ein sparsamer, vernunftbetonter Junggeselle, der zum Wohl der Allgemeinheit mit seiner Arbeit verheiratet ist. Das ist nicht behandlungsbedürftig, das ist selbstlos und heldenhaft!“

Sascha hielt daraufhin wohlweislich den Mund. Kurz nach elf bat Psychologe Kraus sie ins Sprechzimmer, das in warmen Farben gestrichen und mit gemütlichen Sesseln eingerichtet war.

Sascha durfte sich Notizen machen, während Andreas die Gesprächsführung übernahm. Er fragte den Therapeuten, einen Mann Mitte 50 mit grauen Schläfen, Goldbrille, in Jeans und dunkelrotem Pullover, ob er bestätigen könne, dass am Donnerstag, dem 14. Februar, Burkhardt Graaf mit seiner Tochter Lucy in der Praxis gewesen sei. Er habe dies als Alibi angegeben. Immerhin schien Kraus zur Auskunft bereit, denn er beugte sich über seinen Laptop und sah in seinem Terminplan nach.

„Ja, die beiden waren an dem Tag hier", meinte er schließlich.

„Würden Sie uns auch noch die Uhrzeit sagen? Von wann bis wann die Sitzung gedauert hat?"

Der Psychologe schaute auf den Bildschirm. „Von 17 bis 18 Uhr."

„Sind Sie sicher? Kann es nicht auch früher gewesen sein?", bohrte Andreas nach.

„Warten Sie mal …" Der Mann schien nachzudenken. „Ja, jetzt erinnere ich mich wieder: Graaf rief von unterwegs an und meinte, er käme gerade aus einem Stau und verspäte sich ein wenig – er sei aber um fünf nach fünf bei mir." Er lächelte. „Bei solchen Angaben guckt man automatisch auf die Uhr. Tatsächlich kam Graaf dann um 17.10 Uhr, und wir haben bis etwa 18.10 Uhr geredet."

„Und er hat den Raum die ganze Zeit nicht verlassen?"

„Nein, er ging nicht mal zur Toilette." Wieder ein feines Lächeln.

Andreas fühlte sich ein bisschen verunsichert. Wollte ihm der Psychologe auf diesem Weg etwas mitteilen? Vielleicht, dass er Andreas und seine Lebensproblematik bis auf den Grund durchschaut hatte? Oder lag es eher daran, dass er Andreas auf irgendeine Art an sich selbst erinnerte? Komischerweise schoss ihm auf einmal die Frage durch den Kopf, wie es sein mochte, mit so einem Menschen befreundet zu sein.

Andreas gab ihm seine Karte und schrieb seine private Handynummer dazu, für den Fall, dass Kraus noch etwas Wesentliches zum Fall einfiel. Eine halbe Stunde später waren sie zurück im Büro, ohne dass Sascha noch eine dumme Bemerkung vom Stapel gelassen hatte. Vermutlich hatte Andreas ein entsprechend abschreckendes Gesicht gemacht.

Im Büro erwartete sie nichts wirklich Neues: Die Experten hatten den Teilabdruck am Gewehrkolben mit den Fingerabdrücken aller Verdächtigen verglichen. Ein paar übereinstimmende Merkmale waren gefunden worden bei Thomas Richter, Burkhardt Graaf, Fred Weller und Rudi Frings. Und doch war leider nicht auszuschließen, dass der Abdruck auch von einem ganz anderen Menschen stammen konnte.

Auf den Geldscheinen aus Frings' Abflussrohr hingegen gab es jede Menge tadelloser Abdrücke, die nur niemandem zugeordnet werden konnten. Alles nicht sehr befriedigend. Bis Jörg mit seiner verbundenen Hand, die er Rosamaria verdankte, ins Büro stürmte.

„Morgen! Ich hab hier was!“ Er hatte ein Handy bei sich, ein älteres, schwarzes Modell, ohne Firlefanz, den der erwachsene Mensch meist gar nicht brauchte. Er hielt es Andreas unter die Nase. „Das gehört unserem Künstler Frings. Ich habe sämtliche gespeicherten Nummern überprüft und bin dabei auf seine Schwester gestoßen. Ich hab mit ihr telefoniert, und sie scheint genauso durchgeknallt zu sein wie ihr Bruder – sie macht in Freiburg astrologische Lebensberatung und hatte wenig Kontakt zu Frings, weil der angeblich so eine negative Aura hat.“

Jörg schüttelte den Kopf, tippte mit dem Zeigefinger immer wieder auf das Handy und redete weiter. „Die Schwester behauptet, sie hätte ein Alibi, gut, werden wir überprüfen. Was aber viel interessanter ist – ich hab auf dem Handy die Telefonnummer einer Frau gefunden, mit der ich nun gar gerechnet habe: Leonie Schnepfensiek!“

*

Königswinter
13.00 Uhr

Thomas saß in dem winzigen Büro hinter dem Restaurant und sah seine Bücher durch. Jetzt, da er ein hübsches Sümmchen erben würde, verspürte er neuen Lebensmut. Von nun an würde er die Sache anders angehen. Vernünftiger, durchdachter. Vielleicht würde er sogar einen Mann vom Fach engagieren, der ihn beriet.

Auf jeden Fall wollte er mit dem Geld einen Teil seiner Schulden abbezahlen, einen Teil in Werbung investieren und sich unbedingt einen guten Koch leisten. Vielleicht musste das ganze Konzept des Restaurants in Frage gestellt werden – vielleicht sogar der Name.

Gedankenverloren bohrte sich sein Blick in den Kalender an der Wand; das Foto zeigte die Drachenburg auf halber Höhe am Drachenfels. Wie wäre es mit *Restaurant Zum Drachen*? Mit besonders feuriger Küche? War doch mal eine erste Idee!

Thomas schaute auf die Uhr und stand auf. Zeit, Sybille einen Besuch abzustatten. Sie wurde morgen aus dem Krankenhaus entlassen. Jeden Tag hatte er stundenlang an ihrem Bett oder mit ihr in der Cafeteria gesessen, hatte ihr jeden Tag einen Blumenstrauß mitgebracht, um sich zu entschuldigen für die tiefe Fleischwunde, die er ihr unabsichtlich zugefügt hatte, und vielleicht für die seelische Wunde, die er ihr schon bald zufügen würde.

Thomas zog die dicke Winterjacke über und verließ das Haus. Das Restaurant war natürlich für die nächsten zwei, drei Wochen geschlossen, danach würde es die (hoffentlich großartige!) Neueröffnung geben.

Eisiger Wind wehte vom Rhein herauf. Thomas bog in die Hauptstraße ein. An der Ecke musste unbedingt ein Hinweisschild für sein Restaurant aufgestellt werden. Das würde teuer! Er marschierte zu dem kleinen Blumenladen, deren Besitzerin Uschi er noch von der gemeinsamen Schulzeit her kannte. Uschi war geschieden, und Thomas hegte den Verdacht, dass sie nicht uninteressiert an ihm war.

Während sie nett miteinander plauderten, hatte er eine ungewöhnliche Idee. Im Zuge dieser Idee kaufte er für seine Sybille keine sauteuren, importierten, roten Rosen, sondern einen preiswerten Strauß aus weißen und blauen Blumen, auf den ihm Uschi der alten Zeiten wegen sogar noch 20% Rabatt gab.

Thomas bedankte sich besonders herzlich und spazierte weiter Richtung Krankenhaus. Die neue Idee geisterte ihm durch den Kopf. Sollte er Sybille nicht schon heute erzählen, was er mit seinem Erbe vorhatte? Sollte er ihr nicht schon heute, wo sie noch unter ärztlicher Aufsicht stand, eröffnen, dass er einen guten Koch einstellen würde? Dass die Tage ihrer „Kochkunst" gezählt waren? Und dass er, falls sie sich weigerte, seine Pläne mitzutragen, sie und die Kinder verlassen würde?

*

Bonn, Polizeipräsidium
14.00 Uhr

Nach dem Mittagessen meldete sich endlich Andreas' Heizungsmonteur, der in der Kölner Firma nachkontrolliert hatte, ob Graaf die Heizungsanlage ordnungsgemäß gewartet hatte. Laut diesem Fachmann hatte Graaf das nicht getan: Mehrere Filter waren nicht gesäubert worden.

Daraus konnte Sascha nur einen Schluss ziehen: Graafs Montagsalibi hatte sich erledigt! Gut, das Motiv für den Mord an Edeltraud

May lag immer noch im Nebel. Warum hätte Graaf die Frau erschießen sollen?

„Fragen wir ihn doch“, schlug Andreas vor und rief Graaf an, um ihn erneut ins Präsidium zu zitieren. Aber Graaf war nicht zu erreichen, weder auf dem Festnetz noch auf dem Handy.

„Ich besorge einen Durchsuchungsbeschluss, und dann besuchen wir den Herrn mal zu Hause.“ Andreas telefonierte gleich weiter.

Eine Stunde später saßen sie im Wagen und machten sich auf den Weg nach Friesdorf zu Burkhardt Graafs Haus. Dunkelgraue Wolken hatten sich über die Stadt gebreitet, und als Sascha über die Südbrücke fuhr, fing es leicht an zu schneien. Vor Weihnachten fand er Schnee ja ganz schön, nach Weihnachten ganz schön lästig.

Und schon wurden die ersten Autos vor ihm langsamer, als habe sich die Autobahn bereits in eine Eisbahn verwandelt! Sascha schimpfte, und Andreas genoss augenscheinlich die nachlassende Geschwindigkeit. Nachdem sie die Friedrich-Ebert-Allee überquert hatten und Friesdorf erreichten, ließ der Verkehr deutlich nach.

Die Straße, in der Graaf wohnte, lag natürlich am hintersten Ende des Stadtteils, fast am Wald. Schließlich hatten sie die Nummer gefunden und stellten den Wagen direkt vor dem Grundstück ab.

Kurz darauf traf auch der Wagen mit vier weiteren Kollegen ein. Alle stiegen aus und sahen sich erst einmal um. In der ganzen Straße stand ein Einfamilienhaus neben dem anderen. Das grau verputzte, an manchen Stellen blaugrau abgesetzte Häuschen von Graaf schien aus den sechziger Jahren zu stammen und seitdem auch nicht verändert worden zu sein.

Allerdings hatte man an die Garage, die seitlich am Haus klebte, nachträglich eine zweite angebaut. Beide Tore waren geschlossen, Graafs dunkelroter Lieferwagen nirgends zu sehen. Was auffiel, waren die zumindest an der Vorderfront herabgelassenen Rollläden. Das erinnerte Sascha auf ungute Weise an einen Fall von vor vier Jahren, wo er mit Andreas ebenfalls vor einem verbarrikadierten Haus gestanden hatte und –

Das war eine völlig andere Situation gewesen! Mach dich nicht verrückt!, befahl sich Sascha und schaute sich um. Es schneite leicht. Über den kleinen Vorgarten, den ein betagter Jägerzaun umschloss, hatte sich eine dünne Schneeschicht gelegt, genauso wie auf die altertümlichen Gehwegplatten, die Andreas (in schwerer Jacke und den neuen Stiefeln) gerade als erster betreten hatte.

Er drückte auf den messingfarbenen Klingelknopf, einmal, zweimal, dreimal. Hinter der Haustür, in die drei schmale, lange Glasscheiben mit Gardinchen dahinter eingelassen waren, rührte sich nichts.

Hatte sich der Kerl tatsächlich schon aus dem Staub gemacht? Sascha zwängte sich neben Andreas und klopfte aufgebracht an die Tür. „Machen Sie auf, Graaf, hier ist die Polizei!"

Er hämmerte ein paar Mal gegen die Holztür, aber Graaf, falls er im Haus war, dachte nicht daran zu öffnen.

„Okay, dann lassen wir uns eben selbst rein!", knurrte Sascha, holte den Spezialschlüssel aus dem Auto und schaffte es, die Haustür, die anscheinend nur ins Schloss gezogen war, in wenigen Sekunden aufzubekommen.

Während auf der Straße erste Zuschauer in dicken Mänteln und Mützen auftauchten, drangen sechs Männer mit gezogenen Pistolen ins Haus ein und sicherten die einzelnen Räume – denn wenn Graaf tatsächlich der Heckenschütze war, konnte er wohl mit Waffen umgehen.

Sascha machte eben einen großen Schritt ins Wohnzimmer, mit der Pistole blitzschnell und routiniert in alle Richtungen zielend. Kein Mensch hier! Rollläden vor den beiden Fenstern, zwei Stehlampen waren eingeschaltet, und auf dem Couchtisch standen eine Flasche Rotwein und ein Glas, daneben mehrere benutzte Papiertaschentücher. Des Weiteren lag auf dem blaugrauen Teppichboden ein aufgeschlagenes Fotoalbum.

Aus dem oberen Stockwerk rief Jörg: „Hier oben ist niemand!"

Kurz darauf kam Andreas. „In Küche und Gästeklo auch niemand."

„Hast du unter der Spüle nachgesehen?"

„Ja, kein Graaf. Nur zwei alte Leichen", beliebte Andreas zu scherzen und zog die Jacke aus. „Ist gut geheizt hier drin, in der Küche auch. Für mich wirkt das nicht so, als wäre Graaf abgehauen."

Sascha schickte einen mitleidigen Blick zum Himmel. „Klar, wenn du vor der Polizei fliehen müsstest, würdest du zuerst die Heizkörper zudrehen und überall das Licht ausmachen und wahrscheinlich einen Nachsendeantrag bei der Post stellen."

Andreas wollte eben etwas Geistreiches erwidern, als sein Gehirn anscheinend auf Wichtigeres stieß. „Die beiden Lampen waren an, als du reingekommen bist?"

„Ja."

„Du findest das also nicht seltsam?"

„Wenn Graaf es sehr eilig hatte, dann nicht."

Andreas rückte und drückte mit beiden Händen an seiner Brille herum. „Okay, drehen wir die Sache um. Wenn du Bonn oder meinetwegen gleich Europa schleunigst verlassen willst, was nimmst du unbedingt mit?"

„Außer Frau und Kind?" Sascha musste nicht lange nachdenken. „Ausweis, Reisepass, Kreditkarten oder besser Bargeld – und vielleicht Medikamente, die ich brauche, oder meinen Impfpass."

„Gut, dann suchen wir mal danach. Hängen vorne im Hausflur nicht ein paar Jacken und Mäntel?"

Sascha nickte und ging in den Flur; Andreas kam hinterher. Eine unmoderne Wandgarderobe mit Metallhaken war neben einem hässlichen Schränkchen an die weiße, ansonsten undekorierte Wand geschraubt. Sascha nahm eine braune Lederjacke vom Haken, sagte: „Die hatte Graaf doch an, als er gestern bei uns war", und begann, die Taschen zu durchwühlen.

Es dauerte keine 20 Sekunden, dann hielt er etwas in der Hand, das seine Theorie von einer Flucht nicht gerade untermauerte: Graafs Brieftasche mit Personalausweis und Führerschein. Kurz darauf fand er in der Jacke auch noch Graafs Handy.

Andreas rieb sich mit zwei Fingern das Kinn und schaute sich ratlos um. „Okay, abgehauen ist er wahrscheinlich nicht – aber wo steckt der Kerl?"

Manfred und Klaus kamen gerade aus dem Keller, und Andreas fragte sofort nach. „Habt ihr da unten was Verdächtiges gefunden?"

Manfred zwirbelte sein rechtes Schnauzbartende und meinte verdrießlich: „Nee, so auf Anhieb nicht. Aber da unten steht so viel Krempel, da müsste man erst mal aufräumen."

„Na, dann ist doch alles klar!", vermeldete Sascha, und drei Köpfe wandten sich schlagartig zu ihm um. „Graaf wurde entführt!"

*

Nein, das glaubte Andreas ja nun gar nicht! Manfred schien geneigt, Sascha zuzustimmen, Klaus guckte skeptisch. Andreas behielt seine Meinung für sich und schickte Manfred und Klaus in die Garage, um nachzusehen, ob der dunkelrote Lieferwagen noch da war. Vielleicht fanden sie dort eine Spur.

Er selbst begab sich mit Sascha zurück ins Wohnzimmer, wo sich

Graaf vermutlich zuletzt vor seinem Verschwinden aufgehalten hatte. Von draußen hörte man, wie ein Garagentor quietschend aufschwang. Andreas streifte Handschuhe über, hob ein aufgeschlagenes Fotoalbum von dem gut drei mal vier Meter großen, samtig schimmernden Perserteppich und schaute sich die Seite genau an: Burkhardt Graaf mit Familie an einem mit Palmen bestandenen Strand.

„Sag mal", wandte er sich an Sascha, „wusstest du, dass Graaf einen Sohn hat?"

Sascha überlegte. „Nee, den hat er bisher jedenfalls nicht erwähnt. Ich mache mir schon die ganze Zeit Gedanken über die benutzten Taschentücher, die da überall rumliegen. Graaf hatte doch gestern keinen Schnupfen, oder?"

„Du meinst, die sind vom Entführer?"

„Quatsch, aber –"

Jemand rief aus dem Flur: „Kommt mal in die Garage!"

Sie verließen das Haus durch die Vordertür und wandten sich der zweiten Garage zu, deren breites Tor weit offen stand. Andreas hatte kein gutes Gefühl.

In der Garage war der dunkelrote Lieferwagen abgestellt. Der Motor des Wagens lief. Man sah, dass am Auspuff etwas befestigt war: Ein dicker Schlauch führte von dort nach vorne. Andreas ging vom Schlimmsten aus.

Eilig umrundeten sie den Wagen. Der Schlauch war zwischen Seitenfenster und dem Dach des Wagens eingeklemmt, die entstandene Lücke mit einem rot und weiß gestreiften Handtuch zugestopft. Klaus hatte bereits die andere Seitentür geöffnet und einen reglosen Burkhardt Graaf aus dem Wagen gezogen und auf dem Boden abgelegt.

„Ich hab den Notarzt gerufen", berichtete Klaus, „aber der Mann fühlt sich sehr tot an."

„Wenn er die ganze Nacht in den Abgasen gesessen hat, ist da nichts mehr zu machen." Andreas schaute sich in der relativ kleinen Fahrerkabine um, die vom restlichen Fahrzeug durch eine Zwischenwand abgetrennt war. Es musste alles recht schnell gegangen sein.

Andreas stellte den Motor ab, und bemerkte bei der Gelegenheit, dass kaum noch Benzin im Tank war. Dann stieg er auf der anderen Seite aus und begutachtete Graafs Leiche – der Mann trug noch die gleichen Sachen, in denen er am Vortag im Präsidium gewesen war: Jeans und das karierte Hemd. Auf den ersten Blick waren keine äußeren Verletzungen zu erkennen.

Hatte er also hier den Heckenschützen vor sich liegen, der, nur um seine Frau zu ermorden, drei weitere Menschen erschoss, und dann aus Reue und vielleicht aus Angst vor der Verhaftung Selbstmord begangen hatte?

Andreas wusste nicht, ob er sich erleichtert oder enttäuscht fühlen sollte. Die Sirene des Krankenwagens brachte ihn auf andere Gedanken. Er forderte noch ein Expertenteam zur genaueren Haus-, Auto- und Garagenuntersuchung an und ließ sich vom Notarzt bestätigen, dass Graaf schon seit Stunden tot war.

Anschließend folgte er Sascha und Manfred zurück ins Wohnzimmer, wo die herumliegenden Gegenstände im Licht des Selbstmords eine völlig neue Geschichte erzählten: Nachdem Graaf im Präsidium über seine Alibis ausgesagt hatte, war er nach Hause gefahren, hatte die Heizung aufgedreht, sich mit Rotwein versorgt, in Erinnerungen geschwelgt, hatte Depressionen bekommen (Papiertaschentücher!) sowie Angst vor dem Gefängnis und beschlossen, sein verkorkstes Leben zu beenden.

Andreas setzte sich auf Graafs Couch, ließ die anderen das Zimmer durchsuchen und dachte nach. Graaf hatte zwei dubiose und zwei überzeugende Alibis. Was, wenn Graaf die ersten beiden Opfer selbst erschossen hatte, und Frings für € 50.000 die letzten beiden? Dann hatte sich Graaf das Geld zurückholen wollen, hatte Frings ermordet, das Geld aber nicht gefunden, und das hatte seinem seelischen Gleichgewicht den Rest gegeben. Klang schlüssig.

Aber dann fand Sascha in einer Schublade etwas, das neue Fragen aufwarf.

*

Bonn Zentrum
15.35 Uhr

Seit über einer Stunde saß Fred neben der alten Frau Käsbacher auf einem primitiven, weißen Plastikstuhl in der orthopädischen Praxis des Dr. Geizkragen. Das relativ kleine Wartezimmer war so voll mit Patienten, dass das (unfreundliche!) Personal sogar noch zwei Extraplastikstühle vor der offen stehenden Tür platziert hatte.

Es war heiß und stickig im Zimmer, die Patienten mieften vor sich hin, und Fred hörte sich zum tausendsten Mal eine Auflistung von

Frau Käsbachers Wehwehchen an. Im Moment berichtete sie über ihre Verdauung und die Beschaffenheit ihres letzten Durchfalls, der sie so plötzlich befiel, dass sie es nicht mehr bis zur Toilette schaffte.

Allmählich meldete sich ein stärker werdender Schmerz in Freds Hinterkopf. Er hörte kaum noch zu, sondern dachte an das schöne Auto, das er hatte abbestellen müssen, dachte an sein Leben, das nun immer so weiter gehen würde, so unspektakulär, anstrengend und karg, und er dachte darüber nach, wie man das alles jetzt, wo es mit der Erbschaft nicht geklappt hatte, ändern könnte.

Banküberfall? Nicht ganz einfach, wenn man das allein durchziehen wollte. Wahrscheinlich war die Wahl der richtigen Bank wichtig. Dann vielleicht doch lieber ein Supermarkt? Bzw. den Geldtransporter, der die Tageseinnahmen in Sicherheit brachte? Das klang vermutlich einfacher, als es war. Nein, dann doch eher eine abgelegene Tankstelle. Und dort klaute man am besten gleich das Benzin statt des Geldes!

Fred grinste unfroh und bekam am Rande mit, wie die Käsbacher ihren morgendlichen Hustenauswurf beschrieb. Du lieber Himmel!

Fred konzentrierte sich wieder auf Geldbeschaffungsmaßnahmen. Eine Entführung wäre doch auch nicht schlecht – ja, die Frau eines vermögenden Unternehmers! Aber was, wenn die Damen dauernd von Bodyguards bewacht wurden? Mist.

Vielleicht sollte er sich an das Umfeld halten, mit dem er sich auskannte: Alte Frauen entführen und mit den Erben verhandeln. Er grinste wieder. Es gab sicher Erben, die dafür zahlten, dass die alten Frauen nicht mehr auftauchten. Eine gute –

„Frau Käsbacher“, rief eine der unfreundlichen Arzthelferinnen im Kommandoton in den Raum.

Ächzend und steif erhob sich Käsbacher von dem unbequemen Plastikstuhl. Fred packte sie am Arm und führte die humpelnde Frau ins Sprechzimmer des Arztes, der selbstverständlich noch nicht anwesend war und seine Patienten vermutlich wieder eine halbe Stunde warten ließ.

Fred zog sich zurück, vertrat sich vor der Praxis ein paar Minuten die Füße und dachte nach. Eine dunkelgraue Wolkendecke verbarg den Himmel, aus dem lautlos ein paar Schneeflocken rieselten. Fred kam es vor, als dämmerte es bereits, aber vielleicht lag das auch an den dunklen Plänen, die ihm durch den Kopf waberten.

*

Bonn, Friesdorf
16.35 Uhr

Sascha hielt den Autoschlüssel in die Höhe. „Dürfte der Schlüssel für den weißen Lieferwagen sein."

Andreas nickte, runzelte die Stirn und schüttelte den Kopf. „Versteh ich nicht! Wenn der erschlagene Frings die beiden letzten Morde begangen hat, hat er doch auch als Letzter den Lieferwagen gefahren. Wieso hat dann Graaf den Schlüssel?"

Er hatte sich auf einem Sessel niedergelassen, auf der vordersten Kante, Ellbogen auf die Knie gestützt.

Sascha, der es ja von Natur aus eilig hatte, fühlte eine gewisse Ungeduld in sich aufsteigen. Der Fall war erledigt, beendet, reif für die Akten. Davon musste er jetzt Andreas, den alten Zweifler, überzeugen.

„Dann gehen eben, tolle Alibis hin oder her, doch alle vier Morde auf Graafs Konto, und er wollte sie Frings in die Schuhe schieben! Er hat Frings das Gewehr untergejubelt, den Wagen in seiner Nachbarschaft geparkt und dann, nachdem er Frings ermordet hat, vergessen, den Schlüssel in seinem Haus zu deponieren!"

„Und was ist mit den € 50.000?"

„Vielleicht hatte Frings herausgefunden, dass er der Heckenschütze ist, und hat ihn erpresst."

„Und wie ist Graaf nach Hause gekommen?"

„Mit dem Taxi?" Sascha ließ einen Hauch von Aggressivität durch seine Antwort wehen.

„Mir gefällt das alles nicht", beharrte Andreas, stand auf und spazierte mit verschränkten Armen durchs Zimmer. „Ruf doch bitte mal Graafs Verwandtschaft in Luxemburg an, vielleicht fällt denen noch was ein. Wir müssen Ihnen sowieso Bescheid sagen, was passiert ist."

„Jetzt?"

„Wenn es dir lieber ist, kannst du natürlich auch bis nächstes Jahr warten." Andreas schenkte ihm einen finsteren Blick.

Sascha holte sich Graafs Telefon, suchte in den gespeicherten Namen nach etwas, das nach Luxemburg klang, und rief an. Schließlich hatte er eine Agnès Dubreaux am Apparat, die recht gut Deutsch sprach, und erklärte ihr, wer er war und was sich Burkhardt Graaf angetan hatte.

Danach entstand eine Pause – bis er einen tiefen Seufzer hörte, und die Frau mit echtem Schmerz in der Stimme sagte: „Warum wird dem armen Mädchen so viel Leid zugefügt? Erst der Bruder, dann die Mutter und jetzt noch der Vater! Ich kann das gar nicht glauben – wieso tut er Lucy das an? Warum?“

„Das wissen wir leider noch nicht“, wich Sascha aus. „Wir haben keinen Abschiedsbrief gefunden.“

„Mein Gott, wie soll ich das dem Kind nur beibringen …“, murmelte die Dubreaux matt und erzählte von dem Unfall von Lucys Bruder Felix. Sascha war kaum noch danach zumute, der Frau Fragen zu stellen. Trotzdem ließ er die Namen Frings, Weller und Richter fallen.

Frau Dubreaux wollte wissen, was die Leute mit Graaf zu tun hatten. Sascha verweigerte jede Auskunft mit dem Hinweis auf laufende Ermittlungen. Daraus wiederum schloss die Frau, dass ihr Schwager vielleicht etwas verbrochen hatte, und daher müsse sie sich erst mit einem Anwalt beraten.

Sascha legte frustriert auf. „Die sind ja ganz hart drauf, die Luxemburger. Die Frau will ohne Anwalt nichts mehr sagen.“

Dazu meinte Andreas; „Aha, die wissen also doch was.“

„Ja, zumindest, dass Graaf auch einen Sohn hatte, der vor ein paar Jahren bei einem Unfall umgekommen ist.“ Sascha guckte herausfordernd. „Für mich macht das die Selbstmord-Theorie noch wahrscheinlicher.“

„Mag sein. Aber Graaf wird genauestens auf Anzeichen von Gewalteinwirkung untersucht! Und man soll nach Spuren von jemandem suchen, der nicht ins Haus gehört!“, ordnete Andreas an. Wen er damit gerade beauftragte, war unklar. Ihm selbst möglicherweise auch, denn urplötzlich wandte er sich zur Tür um und ließ verlauten: „Wir fahren jetzt zu diesem Schnepfensiek! Seine Frau kannte Frings – der Kerl muss doch irgendwas wissen!“

Als sie im Auto saßen, rief Andreas den potentiellen Bürgermeisterkandidaten erst einmal an. Und der meldete sich sogar.

„Hallo, hier ist Kommissar Montenar. Sind Sie gleich zu Hause? Wir sind gerade in der Nähe und haben noch eine Frage an Sie. Können wir kurz vorbeikommen? Ja? Danke. Bis gleich.“ Andreas legte auf und griff zum Stadtplan.

Die Straße, in der sie sich gerade aufhielten, hatte er sofort gefunden, aber dann sah er das Problem: Der Stadtteil Röttgen war tatsächlich nicht weit weg von Friesdorf, aber nur, wenn man mitten durch den Wald fuhr! Was eigentlich nicht erlaubt war.

Andreas studierte die Situation ausgiebig, machte ein unzufriedenes Gesicht und knurrte: „Wir sind die Polizei, wir dürfen überall herfahren. Nehmen wir die Abkürzung!“

Sascha fühlte sich verpflichtet, ein paar mahnende Worte zu sprechen, damit sich Andreas nachher nicht beklagen konnte. „Bist du sicher? Es wird langsam dunkel, und wir haben keine Ahnung, wie die Straßenverhältnisse da mitten im Wald sind! Was, wenn wir keinen Handyempfang haben und in einer Schneewehe steckenbleiben? Haben wir eine Schaufel dabei? Proviant? Warme Decken? Medikamente? Leuchtraketen? Einen Defibri–“

„Halt die Klappe und fahr los!“

Sascha machte sich, streng nach Andreas' Angaben auf den Weg in den Kottenforst. Natürlich standen überall Schilder der Art *Nur für Forstfahrzeuge*, aber laut Andreas durften sie ja herfahren, wo sie wollten.

Tatsächlich dämmerte es schon, und unter den Tannen und den anderen verschneiten Bäumen wurde es besonders schnell dunkel. Der Wagen rollte knirschend über gefrorenen Schnee auf einem sehr schmalen, aber immerhin asphaltierten Weg dahin, der schnurgeradeaus führte.

Plötzlich erkundigte sich Sascha fürsorglich: „Ist dir auch warm genug?“

„Danke“, brummte Andreas.

Danach sprach eine ganze Weile niemand mehr. Andreas schaute sich, ein Finger auf der Karte, die Gegend bzw. die Bäume an, während sich Sascha bei dieser abendlichen Fahrt allmählich vorkam wie in dem Horror-Thriller *Dead End*, in dem die dunkle Straße durch den Wald auch kein Ende nahm. Im Film hörte die Straße wirklich nicht auf, aber in Saschas Welt erschienen irgendwann Häuser und beleuchtete Straßen und andere Autos.

„Wo sind wir?“, fragte Andreas.

Sascha hielt Ausschau nach einem Straßenschild. „Rechts ist der Gudenauer Weg.“

„Okay, wenden, wir fahren nach links.“

Wieder ein gerader Waldweg. „Jetzt wieder rechts“, ordnete Andreas an.

Der Weg wurde noch schmaler, und auf einmal hatte Sascha Bedenken, ob sie jemals wieder aus dem Wald herausfanden. Andreas tat so, als habe er alles unter Kontrolle. Fünf Minuten später verkündete er: „So, jetzt nach links."

Kurz drauf fuhren sie an einer Tennisanlage vorbei und erreichten tatsächlich die Zivilisation.

„Ist das hier ‚Am Katzenlochbach'?"

Sascha suchte nach dem Straßenschild. „Ja."

„Gut, dann sind wir in Röttgen. Da vorne nach links."

Die Straße kam Sascha sogar bekannt vor, und ein paar Minuten später, gegen halb sieben, stellte er den Wagen vor Schnepfensieks Haus ab. Als sie klingelten, wurde ihnen zügig geöffnet. Schnepfensiek, der künftige Bürgermeister mit der Adlernase, empfing sie mit reserviertem Lächeln. Er trug ein hellblaues Hemd zur Anzughose.

„Guten Abend, die Herrn Kommissare. Kommen Sie rein!" Er ging voraus ins Wohnzimmer, das sehr groß, sehr gemütlich eingerichtet und top aufgeräumt war, und bat sie, Platz zu nehmen. „Darf ich Ihnen was anbieten?"

Sascha setzte sich in einen der voluminösen Sessel und schüttelte den Kopf. „Nein, danke."

Andreas ließ sich auf dem Sofa nieder. „Danke, für mich auch nichts. Wir sind sowieso gleich wieder weg." Er räusperte sich. „Herr Schnepfensiek, sagt Ihnen der Name Rudolph Frings etwas?"

Schnepfensiek, der in einem der anderen Sessel saß, schaute nach schräg oben in die Luft, dachte kurz nach und fragte zurück: „Ist das nicht ein ehemaliger Fußballspieler?"

Andreas reagierte unwillig und stellte genervt klar: „Der heißt Torsten. Wir meinen den Künstler Rudolph Frings aus Ippendorf, der letzte Woche in der Nacht von Samstag auf Sonntag ermordet wurde."

Wieder dachte Schnepfensiek nach und lachte plötzlich auf. „Ach, Sie meinen den Kerl, der Drachen und andere komische Phantasiefiguren herstellt?"

„Ja, genau den." Andreas beugte sich ein wenig vor und ließ Schnepfensiek nicht aus den Augen. „Wieso war die Nummer Ihrer Frau auf seinem Handy gespeichert?"

Diese Tatsache schien dem Bürgermeisterkandidaten neu zu sein. Jedenfalls erstarrte er für ein paar Sekunden, während sich in seinem Hirn vermutlich dramatische Szenen abspielten: Was, wenn bekannt wurde, dass der Name seiner Frau im Zusammenhang mit einem neuen Mordfall erwähnt wurde? Was würden seine Parteigenossen denken? Was seine Wähler? Musste der Mann nicht schnellstens eine harmlose

Erklärung aus dem Hut zaubern?

Sascha wartete gespannt auf Schnepfensieks Antwort, und anscheinend hatte er soeben eine gefunden, denn es kam wieder Bewegung in den Mann. Mit traurigem Unterton in der Stimme erzählte er: „Da war ein Bericht über Frings in unserem Lokalblättchen. Leonie war so begeistert von seinen ‚Kunstwerken', dass sie wohl mal zu ihm hingefahren ist. Vielleicht hat sie bei ihm was in Auftrag gegeben, und er sollte sie anrufen, wenn er fertig ist."

Für Sascha klang das sogar halbwegs schlüssig, doch Andreas schien es anders zu sehen.

„Herr Schnepfensiek, wo wir schon mal hier sind, können Sie uns sagen, wo Sie sich letzte Woche Montag, Dienstag, Mittwoch und Donnerstag in der Zeit von etwa 17.30 bis 18.30 Uhr aufgehalten haben?"

Schnepfensiek runzelte die Stirn und fragte: „Wieso, was war denn da?"

Falls er sich verstellte, dann hundertmal besser als Graaf. Sascha holte einen Notizblock heraus, während Schnepfensiek – da Andreas ihm keine Antwort gab – mit einem „Ich schau mal eben in meinen Terminkalender!" aufstand, aus dem Zimmer eilte und mit einem Smartphone zurückkehrte.

Er setzte sich, schlug ein Bein übers andere und suchte in seinem Gerät herum. „Sie meinen Montag, den 24. Januar? Ja, da hatte ich diese Probestunde im Fitness-Studio, von 17.15 bis 18.15 Uhr. Und am nächsten Tag war ich beim Arzt, weil ich mir was gezerrt hatte ... Ja, das war der Tag, an dem Leonie erschossen wurde."

Schnepfensiek legte das Handy auf dem Couchtisch ab und bedeckte mit beiden Händen sein Gesicht. Alle schwiegen eine Minute, dann nahm er die Hände wieder herunter. Seine Augen waren leicht gerötet und feucht.

„'Tschuldigung", murmelte er, griff nach seinem Handy und blätterte weiter in seinem Terminkalender. „Am Mittwoch war ich am späten Nachmittag, auch wenn sich das vielleicht komisch anhört, im Kölner Dom und hab für ... also, ich hab für Leonie gebetet. Ich dachte mir, dass wäre ein angemessener Ort ... Es hat mich sogar irgendwie getröstet. Ich habe in der Nähe in einer Tiefgarage geparkt, die haben doch Kameras, mein Wagen müsste also zu sehen sein."

Schnepfensiek schaute Andreas offen in die Augen. „Ich weiß sehr wohl, was Sie von mir wollen: meine Alibis für die vier Heckenschützenmorde! Aber ich weiß nicht, warum ich vier Menschen umbringen sollte, von denen ich drei nicht einmal kenne!"

„Ja, das fragen wir uns auch", versicherte Andreas und lächelte ein wenig mitleidig. „Und was haben Sie am Donnerstag gemacht?"

Schnepfensiek schaute zu seinem riesigen Flachbildfernseher hinüber und wirkte plötzlich verlegen. „Das ist etwas delikat ... und ich kann mir vorstellen, was Sie von mir denken werden. Also, ich war mit einer Frau zusammen, von etwa 17 bis 19 Uhr, in Siegburg, in einem Hotel, und ich habe einen Strafzettel bekommen, weil ich im Halteverbot stand."

„Wie lautet ihr Name?"

„Tut mir leid, den werde ich Ihnen nicht sagen."

„Und wie heißt das Hotel?"

Schnepfensiek schüttelte einfach den Kopf.

Andreas machte ein Pokerface. „Sie hatten also ein Verhältnis – das ist manchmal auch ein Mordmotiv."

Schnepfensiek guckte verärgert. „Für wie blöd halten Sie mich? Ich will Bürgermeister werden! Glauben Sie, ich setze das aufs Spiel, indem ich Leute umbringe?"

Auf die Frage zuckte Andreas nur die Achseln. „Kann ich mal den Strafzettel sehen?"

Schnepfensiek stand auf und verschwand für eine Weile in einem anderen Zimmer. Sascha dachte gerade, er hätte das Weite gesucht, als er dann doch mit der Anzeige zurückkam und sie Andreas reichte, der sie gleich an Sascha weitergab.

„Hier, notier dir das", meinte Andreas überflüssigerweise und wandte sich an Schnepfensiek. „Ich nehme an, in der Nacht von Samstag auf Sonntag lagen Sie schlafend in Ihrem Bett?"

„Ich nehme es auch an." Schnepfensiek schien immer noch ungehalten. „Ich kann Ihnen nur sagen, dass ich Samstagabend mit ein paar Freunden zusammen war und kurz nach elf Uhr nach Hause gefahren bin!"

Er erhob sich, als wolle er andeuten, dass für Andreas und Sascha die Zeit gekommen sei zu gehen. Aber eins musste er noch loswerden: „Möglicherweise bin ich ja auch schlafgewandelt zu Frings' Haus. Und hab ihn umgebracht, damit er mir keine von den hässlichen Figuren andreht, die meine Frau vielleicht bestellt hat! Aber daran kann ich mich beim besten Willen nicht erinnern!"

Auch Andreas erhob sich. „Herr Schnepfensiek, ich habe Sie keines Verbrechens beschuldigt, sonst würde ich jetzt nicht ohne Sie gehen! Aber ich bin Polizeibeamter dieser Stadt, und ich muss natürlich alles tun, um die Morde aufzuklären! Entschuldigen Sie die Störung."

Seine Stimme klang kühl, und in seinen Augen las Sascha Verärgerung. Wahrscheinlich ärgerte er sich darüber, dass Schnepfensiek tatsächlich kein Motiv für das Erschlagen des exzentrischen Künstlers Frings zu haben schien.

Sascha folgte Andreas rasch auf die Straße und setzte sich zu ihm ins Auto. Andreas' Stimmung hatte sich inzwischen überraschend verbessert.

„Irgendwie haben wir den Kerl verunsichert. Ist dir das auch aufgefallen?" Er schnallte sich an. „Für heute reicht's mir, fahren wir nach Hause."

*

Bonn, Bad Godesberg
18.45 Uhr

Das breite Tor rollte zur Seite, und Mark lenkte den Wagen auf das Grundstück. Der Weg zum Haus war hell erleuchtet. Mark schloss die Haustür auf und wurde sofort stürmisch von seinem jüngsten Sohn und vom Hund begrüßt.

Seine Frau hingegen rief aus der Küche: „Mark, bist du das? Trommelst du mal die Kinder zusammen? Essen ist fertig!"

Na klar, da kam er spät von der Arbeit und durfte sich auch noch um so was kümmern! Er stellte sein Aktenköfferchen im Flur ab, nahm seinen Sohn auf den Arm und stapfte die Treppe hoch in den ersten Stock, wo sich die drei größeren Kinder aufhielten.

„Hallo? Seid ihr hier? Essen ist fertig!"

Oben ließ er seinen Jüngsten vom Arm herunter und schloss sich allein für ein paar Minuten im Bad ein. Aus seiner Jackettasche nahm er ein zierliches, silbernes Döschen und schluckte eine von den Pillen, sonst konnte er den ganzen Zirkus hier nicht ertragen! Vor allem, seit ihm seine Frau wieder einmal unter die Nase gerieben hatte, was sie von seiner Arbeit hielt – und das am zweiten Weihnachtstag, als er sich zu erschöpft fühlte, um sich mit seinen Kindern zu beschäftigen.

„Wovon bist du erschöpft?", hatte sie gekeift. „Du machst doch den ganzen Tag nichts anderes, als in deinem Büro blöd rumzuquatschen!"

Das war die erste verbale Attacke gewesen. Die zweite hatte nicht lange auf sich warten lassen: Zwei Wochen später erschien in einer Zeitung wieder so eine unverschämte Andeutung über ihn, und natürlich hatte sie das gelesen und prompt herumgezetert, er werde noch die ganze Familie mit in den Abgrund reißen! So was hörte man gern.

Mark war einigermaßen fertig mit den Nerven. Er trank ein paar Schlucke kaltes Wasser und hoffte, die Pille würde bald wirken. Im Spiegel schaute er sich nur flüchtig an: Er sah abgespannt aus, und seine Haare wurden auch immer dünner und immer grauer. Kein schöner Anblick. Als jemand an die Badezimmertür klopfte, zuckte er zusammen.

„Papa, wir gehen jetzt runter."

„Okay, komme gleich."

Das Abendessen verlief wie gewohnt. Seine Frau sagte nicht viel, die Kinder stellten hundert Fragen, und Mark hatte eigentlich gar keinen Appetit. Nach dem Essen brachte seine Frau den Kleinen zu Bett, und Mark nutzte die Gelegenheit, in sein Arbeitszimmer zu flüchten. Er sortierte ein paar Papiere und stieß natürlich auf die Anklageschrift wegen Vorteilsannahme. Toll. Hoffentlich gelang es ihm wenigstens, den anderen Fall zu vertuschen.

Plötzlich verspürte er nur noch das Bedürfnis, aus dem Haus zu kommen. Er musste raus hier, raus an die frische Luft, musste sich bewegen, musste nachdenken, musste weg!

Er zog sich um, sagte aber seiner Frau nicht Bescheid, sondern stahl sich durch ein Gartentor auf die Straße und marschierte stramm den Bürgersteig entlang, einfach immer weiter Richtung Rhein. Und da war es wieder – das Gefühl, beobachtet und verfolgt zu werden. Das hatte er seit drei, vier Tagen, und zunächst hatte er gedacht, die Pillen wären schuld. Aber das glaubte er inzwischen nicht mehr.

In seinem Wohnviertel herrschte nicht viel Verkehr. Mark schaute sich um, nur ein paar Autos parkten am Straßenrand. Aber hörte er nicht leise einen Motor surren?

Langsam ging Mark weiter und konzentrierte sich ganz auf die Geräusche hinter ihm: Das leise Surren folgte ihm, eindeutig. Gerade war der Bürgersteig zu Ende. Mark musste auf die schmale Straße wechseln, die hinunter zum Rhein führte. Nach fünf Metern blieb er stehen und drehte sich abrupt um und sah, wie ein dunkler, schwerer Wagen, der gute 20 bis 30 Meter ohne Licht hinter ihm herrollte, genauso plötzlich bremste und mit laufendem Motor stehen blieb.

Die nächste Straßenlaterne war ein gutes Stück entfernt, so dass Mark beim besten Willen nicht erkennen konnte, wer in dem Wagen am Steuer saß. Was er allerdings sah, war, dass das Nummernschild abmontiert war. Sein Hirn zog sofort die Schlussfolgerung: Wer sonst sollte das sein als einer dieser feigen Aasgeier von der Presse!

Warum ließen sie ihn nicht in Ruhe? Warum stocherten sie unermüdlich in seinem Leben herum? Dazu hatten sie kein Recht. Und das würde er, verdammt noch mal, dem Kerl jetzt beibringen!

Mark war so aufgebracht, dass er einen Schweißausbruch bekam. Er ging direkt auf das Auto zu und erwartete, dass der Fahrer den Rückwärtsgang einlegen und sich aus dem Staub machen würde. Stattdessen heulte plötzlich der Motor auf, und der Wagen schoss auf Mark zu. Er hatte zwei Sekunden Zeit, um zu reagieren. Blitzartig wandte er sich um und floh von der Straße weg, auf eine verschneite Wiese zu seiner Rechten.

Doch der Wagen folgte ihm. Mit nicht mehr ganz so hohem Tempo bewegte er sich über das holprige Gelände und kam schnell näher.

Mark rannte, was das Zeug hielt, aber er war hier auf freier Fläche klar im Nachteil! Er brauchte irgendein Hindernis, das den Wagen stoppte. Die Straßenlaterne! Er musste sich hinter die Straßenlaterne flüchten! Sie war keine fünf Meter entfernt – konnte er das schaffen?

Der Fahrer des Wagens schien zu begreifen, was er vorhatte, und trat aufs Gas. Auch Mark aktivierte letzte Reserven, legte einen Sprint ein, spürte die Stoßstange schon an seinen Beinen, trat auf eine gefrorene Pfütze, rutschte mit dem linken Fuß aus und griff in Panik mit der rechten Hand nach vorne – und erwischte den Pfahl der Laterne.

Er klammerte sich fest und versuchte, den Rest seines Körpers ebenfalls in Sicherheit zu bringen, aber da passierte es: Der Wagen raste seitlich an der Laterne vorbei und nahm Marks Knie mit. Mark hörte das Klirren von Glas, und dann erst spürte er einen Schmerz, als habe ein Vorschlaghammer mit voller Wucht sein Bein getroffen.

Er sackte zu Boden, während er jetzt den Pfahl mit beiden Händen umschlang. Trotz des Schmerzes hatte er nur einen Gedanken: Was, wenn der Kerl wendete und ihn zwischen Stoßstange und Lampenpfahl einfach zerquetschte?

Steh auf! Nun mach schon, steh auf! Aber sein Bein gehorchte einfach nicht. Und der Wagen machte eine Vollbremsung! Jetzt würde er kehrt machen und Mark den Rest geben!

Vor Schmerz und Angst keuchend umklammerte Mark den Laternenpfahl und wartete auf den Todesstoß. Und in dem Moment bereute er zutiefst, was er in all den Jahren falsch gemacht hatte. Er bereute seine Gleichgültigkeit gegenüber den Menschen, die ihn liebten. Seine Unehrlichkeit, seine Gier. Wenn er doch nur die Zeit zurückdrehen könnte, dann würde er –

„He, was ist denn da los?!“, rief eine Stimme irgendwo hinter ihm, und fast gleichzeitig hörte Mark, wie der Wagen, ohne zu wenden, davonpreschte.

Oh Gott, danke! Mark kamen die Tränen, vor Schmerz und vor Erleichterung. Er würde sich ändern, ja, von jetzt an würde er alles anders machen!

Bevor er ins Detail gehen konnte, hatten ihn die abendlichen Spaziergänger erreicht und wollten besorgt wissen, was passiert sei. Mark erzählte, was er wusste, und war eine Viertelstunde später auf dem Weg ins nächste Krankenhaus.

Kapitel 10

Bonn-Oberkassel
Donnerstag, der 21. Februar

Andreas gähnte, drehte sich auf den Rücken, griff nach seinem Wecker, hielt ihn sich dicht vor die Augen und schaute nach, wie spät es war: 5.45 Uhr. Dieser Fall ließ ihn aber auch nicht zur Ruhe kommen!

Keine zwei Sekunden später ging sein Verstand schon wieder die Alibis von Schnepfensiek durch, und plötzlich fiel ihm etwas auf: Schnepfensiek hatte zwei gute und zwei dürftige Alibis. Genau wie Graaf. Aber wenn die beiden etwas miteinander zu tun hatten, woher kannten sie sich? Hatte er die beiden überhaupt je danach gefragt? War Graaf vielleicht Schnepfensieks Heizungsmonteur gewesen?

Andreas stand auf, lief rasch mit nackten Füßen zu seinem Schreibtisch, holte Block und Stift, sprang schnell zurück ins warme Bett und schrieb ein paar Punkte auf, die unbedingt heute zu erledigen waren:

1. Nachprüfen, ob Graaf jemals Schnepfensieks Heizung ge wartet oder repariert hatte.
2. Einen übersichtlichen und ausführlichen Plan der Alibis von Schnepfensiek und Graaf erstellen.
3. Schnepfensieks Alibis unter dem Mikroskop zerlegen.
4. Mit dem Kollegen, den Schnepfensiek beschuldigt hatte, in Kontakt treten.

Gegen halb acht traf Andreas unten im Hausflur auf seine Mutter, die sich mit Schneeschaufel, Eimer und Besen bewaffnet hatte.

„Ach, guten Morgen, Sohn. Warte mal eben, ich hab was für dich“, begrüßte sie ihn, verschwand in ihrer Wohnung und kam mit einem dicken Briefumschlag zurück. „Hier, der Kostenvoranschlag für unsere neue Heizung.“

Sie drückte Andreas den Umschlag in die Hand, und er steckte ihn in eine seiner Jackentaschen.

„Weißt du was, ich helfe dir schnell“, meinte er, nahm sich die Schneeschaufel und trat vors Haus. Es dämmerte bereits, und der viele Schnee, der über Nacht gefallen war, ließ die Welt noch heller aussehen. Andreas schob den Schnee vom Bürgersteig in die Gosse, und seine

Mutter fegte mit dem groben Besen die Reste hinterher.

Eine Viertelstunde später stapfte Andreas, froh über seine neuen Winterstiefel und wach vom Bearbeiten des Bürgersteigs, über die meist noch verschneiten Trottoirs zum Polizeipräsidium.

Sascha war schon im Büro und wunderte sich darüber, dass die Serpentinen von Vinxel herunter nach Oberkassel schon gestreut waren – er sei extra früher aufgebrochen. Zunächst gingen sie ihre Abschlussberichte zum Fall *Rosamaria de Santos* durch und kamen dann auf Politiker Schnepfensiek zu sprechen.

„Ich rufe den jetzt einfach mal an“, entschied Andreas, wählte die Nummer und hatte den Mann kurz darauf am Apparat.

„Guten Morgen, Herr Schnepfensiek! Hier ist Kommissar Montenar – würden Sie mir verraten, welche Firma bei Ihnen die Heizung repariert bzw. wartet?“

Hatte Schnepfensiek mit so einer Frage gerechnet? Er wirkte nicht überrascht und auch nicht besonders zögerlich. „Das macht bei uns die Firma Pützfeld. Wieso?“

„Kennen Sie auch die Firma Graaf? Burkhardt Graaf?“

„Graaf?“, murmelte Schnepfensiek und schien ein paar Sekunden zu überlegen. „Nein, hab ich noch nie gehört. Um was geht es eigentlich?“

Natürlich beantwortete Andreas solche Fragen nicht. „Entschuldigen Sie die frühe Störung, ich melde mich später wieder.“

„Aber was –“

Andreas legte auf und beauftragte Sascha: „Ruf mal die Firma Pützfeld an und lass dir bestätigen, dass sie für Schnepfensieks Heizung zuständig ist.“

Während Sascha telefonierte, klopfte es an der Tür, und Renate kam herein, mit verlegenem Lächeln, in einem langen, schwarzen Pullover und feuerrotem Schal um den Hals. Schlagartig fühlte sich Andreas irgendwie … gehemmt. Ja, das hatte man davon, wenn man Arbeit und Privatleben vermischte!

Er lächelte bemüht lässig zurück und begrüßte Renate mit den Worten: „Guten Morgen! Die Überbringerin guter Botschaften. Was hast du denn Schönes für uns?“

Sascha, der gerade aufgelegt hatte, glotzte neugierig zu Andreas hinüber, der sich jetzt über seine übertriebene Begrüßung ärgerte. Renate setzte sich an Andreas' Schreibtisch, schlug den Hefter auf, den sie mitgebracht hatte, und berichtete, dass Peer bisher kein Fremdverschulden am Tod von Burkhardt Graaf hatte ausmachen können; der Mann sei an Kohlenmonoxid-Vergiftung gestorben.

Keine Kampfspuren, keine Fesselungsspuren, kein Schlag auf den Kopf, keine Betäubungsmittelspuren. Peer räumte allenfalls ein, dass ein potentieller Mörder Graaf mit Chloroform bewusstlos gemacht haben könnte, denn das ließe sich nach der langen Zeit nicht mehr nachweisen, weder im Blut noch im Urin des Opfers. Im Übrigen sei der Tod gegen 4.00 Uhr morgens eingetreten.

Andreas war enttäuscht. Hatte also Graaf tatsächlich in Zusammenarbeit mit Frings die vier Menschen in aller Öffentlichkeit erschossen und sich dann aus Verzweiflung das Leben genommen? Aber was war mit den Ungereimtheiten in Graafs Haus, mit dem Schlüssel des weißen Lieferwagens? Warum räumte Graaf erst den einzigen Zeugen aus dem Weg und brachte sich dann um? Weil er die € 50.000 nicht gefunden hatte?

Andreas stützte die Unterarme auf die Schreibtischplatte, beugte sich vor und beschwor Renate: „Bitte sag mir, dass ihr irgendwas gefunden habt – irgendeine Kleinigkeit, die vielleicht beweisen könnte, dass Graaf am Dienstagabend nicht allein war! Dann kriegst du auch einen extra leckeren Kaffee von mir.“ Sascha stellte sicher gerade die Ohren auf und grinste vor sich hin, aber Andreas sah ihn nicht an.

Renate schenkte Andreas ein keckes Lächeln. „Okay, aber erst den Kaffee.“

Er sprang sofort auf, eilte zur Kaffeemaschine, goss ihr einen Kaffee in einen himmelblauen Becher und fragte zuvorkommend: „Milch, Zucker, Süßstoff?“

„Viel Milch, sonst nichts.“

Während Renate den heißen Kaffee nippte, wurde Andreas allmählich ungeduldig. Hatte sie nun etwas gefunden oder nicht?

Plötzlich rollte sich Sascha auf seinem Schreibtischstuhl direkt neben Renate, legte ihr die Hand auf die Schulter und forderte sie auf: „Na komm schon, altes Mädchen, erzähl uns, was du entdeckt hast.“

Renate wandte ihm das Gesicht zu. „Seit du Vater geworden bist, bist du echt nicht mehr zurechnungsfähig! Nenn mich gefälligst bei meinem richtigen Namen: hervorragend qualifizierte Fachkraft!“

„Okay, Fachkraft, du hast also wirklich was gefunden?“

Renate lächelte triumphierend. „Ja. Auf dem Läufer im Flur war ein leicht angetrockneter Schuhabdruck. Von mir stammt er garantiert nicht! Und von den Kollegen, die vor mir da waren, hat keiner – nicht einmal du, Sascha – eine so kleine Schuhgröße, das weiß ich aus den Akten."

„In den Akten stehen unsere Schuhgrößen? Das ist ja –"

„Gut ist das", unterbrach ihn Renate. „Von Graaf ist der Abdruck jedenfalls nicht, der hatte Größe 45. Lucy können wir ebenfalls ausschließen, dafür war der Abdruck zu frisch. Also handelt es sich entweder um eine Frau oder um einen Mann mit ungewöhnlich kleinen Füßen."

„Von welcher Schuhgröße reden wir denn hier? 35?", fragte Andreas ungeduldig.

„Nun sei doch nicht immer gleich so giftig! Wir können gern noch mal am Wochenende spazieren gehen, wenn du das unbedingt willst."

Oh, das war heftig – und dann auch noch in Saschas Gegenwart! Geh einfach nicht drauf ein, soll sie ihr Spielchen allein spielen.

„Welche Schuhgröße?", wiederholte er und brachte mit größter Mühe ein unverbindliches Lächeln zustande.

„Der Abdruck ist sehr schwach und schon etwas zerbröselt, nachdem so viele Leute über den Läufer gelatscht sind. Ich schätze mal Größe 39, maximal 40."

Das war eine eigenartige Wendung. Andreas nahm seine Kaffeetasse in beide Hände, lehnte sich zurück und vergaß seine Sticheleien mit Renate für den Moment.

„Sascha, haben wir eine Frau unter unseren Verdächtigen?", fragte er.

„Meinst du als Heckenschützin oder für den Mord an Graaf?"

„Wenn Graafs Selbstmord inszeniert war, dann scheidet eine Frau aus. Wie soll eine zierliche Frau einen kräftigen Kerl wie Graaf auf den Sitz des Lieferwagens gehoben haben?"

„Ja, ganz abgesehen davon, dass eine Frau ja gar nicht das technische Verständnis für so eine Tat mitbringt", kam es von Renate.

Andreas ließ sich nicht provozieren. „Wie du meinst. Aber vielleicht hatte Graaf ja seit längerem eine Freundin, von der wir nichts wissen, und die war an dem Abend bei ihm und hat ihm den Laufpass gegeben."

„Womit wir wieder beim Selbstmord wären", beschwerte sich Sascha.

„Richtig. Und das gefällt mir nicht. Kannst du dich erinnern, ob Schnepfensiek kleine Füße hat?"

„Nee, hab ich nicht drauf geachtet."

„Mist, ich auch nicht. Gut, dann teilen wir die Sache folgendermaßen auf: Renate, du fährst noch mal zu Graafs Haus und suchst nach Spuren einer eventuellen Freundin. Petra kann sich Telefon und Handy vornehmen und sie soll unbedingt Schnepfensieks Kontobewegungen überprüfen. Jörg soll die Überwachungsaufnahmen der Parkgarage am Kölner Dom durchsehen, wo Schnepfensiek in seinem Wagen drauf sein soll. Wir beide fahren ins Fitnesscenter nach Alfter wegen des Montagsalibis unseres Bürgermeisterkandidaten."

Die beiden nickten, Renate verließ das Büro, und Sascha griff zum Telefon, um die Anweisungen weiterzugeben.

Eine Weile später saßen Sascha und Andreas im Auto und überquerten die Südbrücke – was bereits eine halbe Stunde dauerte. Es schneite wieder, ziemlich heftig sogar, und die ersten Verkehrsteilnehmer waren ineinander gekracht.

*

Sascha trommelte ungeduldig mit den Fingern auf dem Lenkrad herum. Sollte Andreas etwa Recht behalten mit seinem Schreckensszenario vom stundenlangen Festsitzen auf der Autobahn? Und das auch noch auf einer Brücke! Konnte eigentlich so eine Brücke unter der Last der auf ihr stehenden Autos und unter bestimmten Witterungsbedingungen einstürzen? Klang das nicht immer mehr nach Andreas, dem düsteren Orakel von Bonn?

„Wie hat eure Beziehung die Sache mit Rosamaria de Santos verkraftet?", erklang es plötzlich vom Beifahrersitz.

Sascha fragte sich, ob er jetzt wirklich über seine Beziehung reden wollte. Andererseits, man konnte den Spieß ja umdrehen.

„Annika und ich haben uns stundenlang ausgesprochen, das war richtig gut. Das solltest du mit Renate vielleicht auch mal machen. Ich hab den Eindruck, ihr beide wisst gar nicht, was ihr wollt."

„Ach ja, den Eindruck hast du?", knurrte Andreas und schwieg erst einmal.

Sascha fuhr zwei Meter weiter und fing jetzt selbst an, über sein Zusammenleben mit Annika nachzudenken.

Es herrschte großes Schweigen im Wagen, während Sascha über die Südbrücke kroch, irgendwann durch heftiges Schneetreiben nach rechts abbog, im Schritttempo an der Reuterstraße ankam, genauso schnell ein Stück Autobahn hinter sich brachte und schließlich die Stadt Richtung Alfter verließ.

Als der Schneefall schwächer wurde, und Sascha immerhin auf gewagte 40 km/h beschleunigte, meldete sich Andreas wieder zu Wort.

„Sascha, ich muss mich bei dir bedanken. Ich hab mir das, was du gesagt hast, mal durch den Kopf gehen lassen. Du hast Recht: Sie weiß auch nicht, was sie will. Das beruhigt mich."

Sascha wunderte sich. Wieso war das beruhigend? Er hütete sich, die Frage laut zu stellen, sondern wies Andreas darauf hin, dass man Alfter erreicht habe. Andreas holte den Stadtplan heraus und suchte nach der Adresse des Fitnesscenters. Es lag etwas außerhalb der Gemeinde, zwischen Wald und vielen Feldern – dort, wohin auch andere Center ausgelagert worden waren.

Der Trainer, der an jenem Montag Schnepfensiek betreut hatte, war glücklicherweise anwesend, bestätigte voll und ganz dessen Angaben und erklärte auch noch kenntnisreich, wie es zu der Zerrung gekommen war: Schnepfensiek habe das Gerät für die Taille ausprobieren wollen, habe zu viel Gewicht aufgelegt und plötzlich vor Schmerz aufgeschrien.

Der Trainer habe zuerst befürchtet, dem Mann sei bei der Drehung eine Bandscheibe herausgesprungen, aber dann war es doch nur ein gezerrter Muskel gewesen. Schnepfensiek habe noch auf die Wanduhr geguckt (es war zehn vor sechs) und gemeint, heute könne er wohl nicht mehr zum Arzt gehen. Also habe der Trainer die Zerrung gekühlt und Schnepfensiek dringend ermahnt, am nächsten Tag einen Facharzt aufzusuchen.

Der Trainer, ein überraschend schmächtiger Mann im dunkelblauen T-Shirt, identifizierte Schnepfensiek auf dem Foto, das Sascha ihm zeigte, eindeutig und zweifelsfrei. So eine Nase fand man in Bonn und Umgebung so schnell kein zweites Mal.

Andreas und Sascha bedankten und verabschiedeten sich und beschlossen einstimmig, in einem Fast-Food-Restaurant um die Ecke eine Mittagspause einzulegen. Nachdem sie sich gestärkt hatten, fragte Sascha: „Müssen wir eigentlich noch mal zu dem Orthopäden hin?"

Ein wenig träge schaute Andreas hinaus in den jetzt wieder stärker fallenden Schnee, gähnte sogar einmal und behauptete: „Das ist doch sinnlos – der wird uns nichts anderes sagen können als letzte Woche. Fahren wir lieber zurück ins Büro, sonst sind wir vor Mitternacht nicht zu Hause."

Das war natürlich maßlos übertrieben: Sie würden sicher nur

läppische drei Stündchen für den Rückweg brauchen! Dann kam ihnen allerdings etwas dazwischen. Ein Mark Fleischer-Gerlach lag im Johanniterkrankenhaus und habe einen Mordversuch anzuzeigen. Und da die Klinik praktisch auf ihrem Weg lag, meinte die Zentrale, Andreas und Sascha dorthin schicken zu müssen. Was Andreas nicht eben freundlich kommentierte.

Gegen 15 Uhr betraten sie das Krankenhaus. Vor dem Zimmer von Fleischer-Gerlach hielt ein uniformierter Kollege Wache. Das Zimmer selbst hatte der Mann, der Mitte Vierzig und schmal war und kurzes, angegrautes Haar hatte, für sich allein. Unter seinen graublauen Augen zeigten sich dunkle Schatten. Ob von Natur aus oder infolge der OP, die er hinter sich hatte, war schwer zu beurteilen. Sein linkes Bein war von oben bis unten geschient.

Sie stellten sich vor, und Andreas forderte Fleischer-Gerlach auf, zu erzählen, was ihm zugestoßen war. Er berichtete von seinem abendlichen Spaziergang in Bad Godesberg und dem dunklen Auto, das ihn überfahren wollte, und von den Leuten, die ihm geholfen hatten.

Sascha fragte in der Zentrale nach, und ja, die Leute waren schon vernommen worden und hatten ausgesagt, es habe sich um einen vermutlich schwarzen, sehr kompakten Audi gehandelt, der ohne Nummernschilder unterwegs gewesen sei, und dessen Fahrer man nicht hatte erkennen können, weil er sein Gesicht mit irgendetwas bedeckt hatte – die Meinungen gingen da auseinander und reichten von Baseballkappe über Sonnenbrille bis hin zur Skimaske.

Fleischer-Gerlach hatte derweil die Augen geschlossen und schien still vor sich hin zu leiden.

Andreas sprach ihn an. „Herr Gerlach, mal unter uns – haben Sie Feinde?"

Der Mann riss die Augen auf und nickte. „Natürlich hat man die in meinem Beruf! Mehr als genug! Gestern Abend, als ich den Wagen entdeckte, hab ich zuerst gedacht, das sei einer von den Pressefritzen, die immer hinter mir her sind. Aber heute frage ich mich: Warum soll mich einer von denen umbringen? Die leben doch von mir!"

„Was sind Sie denn von Beruf? Schauspieler?", fragte Andreas.

Gerlach starrte ihn an, als sei er ein Besucher vom fernen Saturn. „Ja, kennen Sie mich denn nicht? Ich bin im Stadtrat!"

„Freut mich für Sie", entgegnete Andreas. „Ich kenne nicht viele Bonner Politiker. Aber Sie kennen doch sicher Heiko Schnepfensiek?"

Die Nennung von Schnepfensieks Namen ließ Gerlach für ein

paar Sekunden verstummen. Dann fragte er bemüht harmlos: „Wie kommen Sie jetzt auf den?"

„Das werde ich Ihnen verraten. Auch Herr Schnepfensiek fühlt sich verfolgt, und zwar von einem seiner Kollegen, einem Guido Hofmann."

Gerlach, der vermutlich vor lauter starken Schmerzmitteln nicht klar denken konnte, hob überrascht die Augenbrauen. „Guido? Wieso denn das?"

Andreas schwieg und wartete ab. Man konnte Gerlach förmlich beim Grübeln zusehen – und plötzlich rief er, als sei eine Offenbarung über ihn gekommen: „Ja, klar, das in dem Auto könnte Guido gewesen sein!"

„Was hat er denn gegen Sie, Herr Gerlach?", hakte Andreas nach.

„Ach, das hat was damit zu tun, dass ich mit seiner Frau ... Aber darüber will ich jetzt nicht reden! Ich habe Schmerzen, gehen Sie bitte und schicken Sie mir eine Schwester rein!"

„Ist gut, machen wir. Und wir knöpfen uns mal Guido Hofmann vor. Gute Besserung, Herr Fleischer-Gerlach", verabschiedete sich Andreas und instruierte den uniformierten Kollegen vor Gerlachs Krankenzimmer: „Passen Sie gut auf, und lassen Sie vor allem niemanden mit einer gewaltigen Adlernase zu Gerlach – egal, als was er sich verkleiden mag!"

Sascha kam sich leicht zurückgeblieben vor. Aber Andreas rückte nicht mit seinen neuen Erkenntnissen heraus, bis sie im Wagen saßen.

„Ich lass mir von der Zentrale eben die Adresse von Guido Hofmann durchgeben und dann fahren wir –", begann Sascha, aber Andreas fiel ihm ins Wort.

„Nein, wir fahren nicht zu Hofmann, der hat mit der Sache gar nichts zu tun! Wir fahren ins Büro, ich muss was anderes überprüfen."

„Was denn?" Sascha startete den Wagen und freute sich schon auf die Überquerung der Südbrücke im Berufsverkehr bei Schneechaos.

„Es geht immer noch um die Alibis von Graaf und Schnepfensiek. Da liegt der Schlüssel – das hab ich im Gefühl."

„Und es hat auch was mit Fleischer-Gerlach zu tun, stimmt's?", vermutete Sascha drauf los. Es musste einen Grund haben, warum Andreas vorhin Politiker Schnepfensiek ins Spiel gebracht hatte!

„Ja, ich denke, Schnepfensiek und Gerlach sind mehr als nur

Kollegen. Sascha, tu mir den Gefallen, achte auf den Verkehr und lass mich in Ruhe nachdenken.“

Sprach’s und verfiel in einstündiges Schweigen, denn so lange brauchten sie vom Johanniter-Krankenhaus bis zum Polizeipräsidium.

*

Als sie gegen 16.30 Uhr endlich im Büro eintrafen, machte sich Andreas erst einmal frischen Kaffee. Keine fünf Minuten später rief Petra an.

„Hallo, ihr Schneemänner, seid ihr wieder da?“, begrüßte sie Andreas, und er dachte, bei der guten Laune müsse sie ja tolle Neuigkeiten zu verkünden haben. Aber die gute Laune schien andere Gründe zu haben.

„Also, ich hab erst mal bei der Tante in Luxemburg angerufen, und die hat Lucy ausgefragt. Sie behauptet, ihr Papa hätte seit der Trennung von der Mutter keine Freundin mehr gehabt. Kann natürlich Wunschdenken sein.“ Petra schien in einer Liste zu blättern. „Die in seinem Telefon und seinem Handy gespeicherten Nummern gehören jedenfalls keiner Freundin, und Renate lässt dir ausrichten, dass auch in Graafs Haus keine derartigen Spuren zu finden sind.“

„Okay, das passt ins Bild.“ Andreas machte sich eine Notiz. „Sieh mal in deiner Liste nach, ob Schnepfensieks Nummer auf einem von Graafs Telefonen gespeichert ist.“

„Also bitte, Andreas! Das hätte ich dir doch wohl sofort gesagt!“ Kurze Pause, dann: „Apropos Schnepfensiek – er hat sich letztes Jahr im August und Anfang September je € 20.000 von einem seiner Bankkonten geholt. Da solltest du nachhaken.“

„Mach ich. Danke, du hast uns wirklich weitergeholfen.“

„Ach ja, Jörg wartet auch auf deinen Anruf.“

Und so rief Andreas noch eben Jörg an, der sich von der Parkgarage am Kölner Dom ein paar Aufnahmen hatte überspielen lassen.

„Im Auto mit Schnepfensieks Kennzeichen sitzt zur fraglichen Zeit ein Mensch mit Schnepfensieks Hut. Das ist klar zu erkennen“, kommentierte Jörg. „Aber ob der Mensch Heiko Schnepfensiek ist, ist völlig offen. Sobald er an einer Kamera vorbeikommt, ist immer eine Hand mit Taschentuch mitten in seinem Gesicht! Ich versteh das nicht – der Mann ist doch intelligent, der muss doch wissen, wie auffällig das ist!“

Andreas stand mit dem Telefon in der Hand auf und ging zum Fenster. Er konnte sowas von nicht mehr sitzen!

„Ja, wahrscheinlich, aber wir müssen ihm erst mal nachweisen, dass nicht er den Wagen fährt. Vielleicht hat er auch gedacht, er braucht das Alibi gar nicht, weil wir sowieso nicht auf ihn kommen."

„Tja", warf Sascha ein, „da hat er uns aber mächtig unterschätzt!"

„Tun Verbrecher das nicht immer?", fragte Jörg.

„Natürlich." Andreas legte auf, und im gleichen Moment vermeldete Sascha: „Wenn nichts Dringendes mehr anliegt, würde ich jetzt gerne nach Hause fahren. Wer weiß, wie lange es dauert, den Berg nach Vinxel hochzukommen."

„Okay, fahr ruhig. Ich muss sowieso nachdenken."

*

Als Sascha gegen 17 Uhr in die Langemarckstraße abbog, erwartete er das Schlimmste – aber die Straße war frei, die Autos vor ihm fuhren nicht schnell, aber sie fuhren. Die Serpentinen den Berg hinauf waren sorgfältig gestreut, es hatte längst aufgehört zu schneien, und so kam er zu seiner Überraschung schon nach einer Viertelstunde oben auf dem Berg an.

Als Sascha wieder einmal in den Rückspiegel sah, bemerkte er zum dritten Mal hintereinander, dass ihm ein schwerer, schwarzer Wagen folgte. Nun, an und für sich nichts Ungewöhnliches, denn die Straße, auf der er fuhr, war die einzige, die man nehmen konnte, wenn man aus dieser Richtung nach Vinxel, Rauschendorf oder Birlinghoven wollte.

Was Sascha dennoch nicht gefiel, war das extrem stark verschmutzte Nummernschild, auf dem man allerhöchstens ein „B" am Anfang erkennen konnte. Auch vom Fahrer war nicht viel zu sehen, denn erstens fing es schon an zu dämmern, zweitens hatte er eine Kappe tief in die Stirn gezogen und drittens einen Schal bis weit übers Kinn gewickelt.

Das alles gefiel Sascha nicht. Und so fuhr er denn, als er in seine Straße hätte abbiegen müssen, geradeaus weiter.

Kurz vor der nächsten Kreuzung gab es eine Tankstelle, und da der Tank des Wagens sowieso nur noch halb voll war, entschied sich Sascha, dort einen Zwischenstopp einzuschieben und abzuwarten, was das „Verfolgerauto" so trieb.

Als Sascha zur Tankstelle abbog, fuhr der schwarze Wagen geradeaus weiter. Während Sascha den Tank füllte, beobachtete er die Straße, aber von dem verdächtigen Wagen war nichts mehr zu sehen. Nachdem er bezahlt hatte, lenkte er sein Auto auf einen kleinen, freien Platz am Rand des Tankstellengeländes und hielt dort fünf Minuten lang Ausschau. Kein schwarzer Wagen tauchte auf.

Also nahm Sascha die Hauptstraße zurück zu der Seitenstraße, in der er wohnte, kurvte um die Ecke und blieb gleich dahinter in einer fremden Hauseinfahrt stehen. Wieder wartete er fünf Minuten ab. Wieder kein schwarzer Wagen.

Die letzten 200 Meter bis zu seiner Wohnung legte er im Schleichtempo zurück und schaute alle drei Sekunden in den Rück- und die Seitenspiegel. Nichts zu entdecken. Entweder hatte er sich die Verfolgung nur eingebildet, oder der Verfolger war schlauer als er. Was ja im Prinzip gar nicht möglich war.

Sascha stellte das Auto in die Garage, warf das Tor zu und bemerkte erst jetzt, dass Annikas Gefährt nicht vor dem Haus stand und dass oben in der Wohnung die Rollläden noch nicht heruntergelassen waren. Wahrscheinlich hatte sie sich mit einer Freundin zu Kaffee und Kuchen getroffen.

Auch gut. Sascha hatte nämlich Lust auf einen Horrorfilm. Er legte *Cube* ein und machte es sich mit Cola und Schokolade in seinem Zimmer gemütlich. Obwohl er den Film schon dreimal gesehen hatte und natürlich das Ende kannte, fand er ihn immer noch spannend. Leider durfte er diesmal nur gut die Hälfte gucken. Annika und Gabriel kehrten heim, als gerade die junge, mathematisch begabte Frau herausgefunden zu haben glaubte, dass die Zahlen in den Türen zwischen den Würfeln dreidimensionale, kartesische Koordinaten waren.

„Hallo, Schatz“, begrüßte ihn Annika, während sie den Kopf zur Tür hereinstreckte. „Wusst ich’s doch: Der Herr sitzt vor der Kiste, statt das Abendessen vorzubereiten!“

„Du machst wohl Scherze!“, beschwerte sich Sascha. „Ich habe einen harten Arbeitstag hinter mir! Wir haben stundenlang im Stau gestanden! Weißt du, wie anstrengend das ist?“

„Das war wohl hoffentlich auch ein Scherz“, gab Annika grinsend zurück und kümmerte sich selbst ums Essen. So lange durfte sich Sascha mit Gabriel beschäftigen, der natürlich wieder „Slitten fahren“ wollte. Eben hob Sascha an, ihm seinen Wunsch wortreich auszureden, als ihm der schwarze Wagen einfiel.

„Annika? Das mit dem Essen dauert doch sicher noch ein halbes Stündchen, oder? Ich ziehe Gabriel auf dem Schlitten einmal die Straße rauf und runter, okay?", rief er aus dem Flur, und Annika antwortete mit mütterlicher Strenge: „Meinetwegen – aber in 25 Minuten seid ihr zurück, sonst wird ja alles kalt!"

Sascha sah auf seine Armbanduhr und streifte Gabriel in Rekordzeit den Schneeanzug über. Fünf Minuten später zog er den Holzschlitten über sämtlichen festgefahrenen Schnee auf der Straße, den er finden konnte, und hielt gleichzeitig Ausschau nach einem schwarzen Auto. Immer noch nichts davon zu entdecken.

Aber als er ein paar Minuten später mit Gabriel im Schlepptau die Straße zurück ging und fast am Haus angekommen war – huschte da nicht eine Gestalt durch die Büsche neben dem Haus? Ein Schatten, der sich von Sascha fortbewegte? Und mit dem Schatten des Nachbarhauses verschmolz und verschwunden war? Oder hatte er sich auch das nur eingebildet?

Nur zu gern wäre er dem Schatten hinterher gejagt, aber er konnte Gabriel ja nicht mutterseelenallein auf der Straße stehen lassen. Also zog er ihn auf dem Schlitten noch ein paar Mal vor dem Nebenhaus hin und her, versuchte sogar, mit Gabriel hinters Haus zu kommen, aber das verhinderte ein stabiler, wenn auch nicht sehr hoher Zaun.

Sascha fragte sich, ob sich sein (eingebildeter) Verfolger noch irgendwo auf dem Grundstück versteckte, oder ob er schon über alle Zäune und Berge war. Er spähte noch eine Minute lang in die Dunkelheit hinter dem Haus, entdeckte aber nichts und fand sich kurz darauf in der Küche zum Essen ein.

Nach dem Essen, als noch alle am Tisch saßen, teilte Annika ihm mit, sie sei am Nachmittag nicht bei einer Freundin gewesen, sondern bei ihrer und Saschas Mutter, und beide hätten sich mit Freuden bereit erklärt, Gabriel je zwei Vormittage zu betreuen, denn, so schwärmte Annika, ihr Chef, Herr Hackenstab, habe sie dringend gebeten, wenigstens vier Vormittage pro Woche im Schuhgeschäft mitzuarbeiten. Und ab August, so betonte sie, habe Gabriel ja sowieso einen Kindergartenplatz.

Irgendwie passte Sascha das alles gar nicht. Aber noch sagte er nichts.

*

Bonn
19.05 Uhr

Fred lag auf der Couch und schaute sich einen alten Krimi mit Columbo an. Unheimlich, wie der Typ immer schon nach fünf Minuten wusste, wer der Mörder war!

Freds Gedanken schweiften kurz ab zu den Kommissaren im Polizeipräsidium. Ob die genauso clever waren? Auf jeden Fall waren sie furchtbar misstrauisch, und der eine, der Ältere, hatte ihn mit seinem Blick durchbohrt, als könne er sehen, was Fred dachte. Und Fred hatte sich ertappt gefühlt – obwohl er doch gar nichts verbrochen hatte!

Und plötzlich schwante ihm, dass er möglicherweise gar nicht zum Verbrecher taugte. Er konnte noch so viele sensationelle Pläne schmieden, er würde ja doch keine einzige davon in die Tat umsetzen! Aber – Fred setzte sich auf – hatte er nicht gerade eine unglaublich gute Geschäftsidee im Kopf gehabt?

Es gab doch sicher genug geborene Kriminelle, die nicht besonders viel im Hirn hatten. Was, wenn Fred diesen Leuten seine genialen Pläne und Ideen verkaufte? Konnte das funktionieren? Die große Frage war, wie und wo er seine „Ware“ anbieten sollte. Internet? Bahnhofsviertel? Zwielichtige Kneipen oder Clubs?

Plötzlich musste er grinsen – vielleicht konnte er ja, wenn er es geschickt anstellte, vom Arbeitsamt noch einen Zuschuss für Existenzgründer kassieren!

*

Königswinter
18.30 Uhr

Thomas saß bestens gelaunt in seinem Büro und beschäftigte sich mit der Neugestaltung seines Restaurants. Den ganzen Nachmittag über war er durchs Städtchen geschlichen und hatte die Konkurrenz ausspioniert, eine Mammutaufgabe – hatte er doch nicht geahnt, dass es in Königswinter so viele gab.

Inzwischen hatte er sich für den neuen Namen und das neue

Konzept entschieden: Im *Restaurant Zum Drachen* würden demnächst rheinische Spezialitäten und chinesische Küche angeboten werden, auf einer nicht zu großen Karte.

Er inserierte bereits für einen neuen (und guten!) Koch, nachdem er mit Sybille ziemlich schwer aneinander geraten war. Natürlich verteidigte sie ihren Platz in der Küche mit Klauen und Zähnen, aber Thomas drohte ihr, sie auf der Stelle zu verlassen, wenn sie nicht nachgab.

Nach einer reichlich hysterischen Szene hatte sie nachgegeben.

Doch seitdem sprach sie kein Wort mehr mit Thomas. Hätte sie geahnt, wie wenig ihn das berührte, wäre sie sicher vollends ausgerastet!

*

Nachdem Sascha weg war, konzentrierte sich Andreas ganz auf die vier Alibis von Graaf und die vier Alibis von Schnepfensiek. Er machte sogar einen kurzen Spaziergang rund ums Präsidium, um sein Gehirn auf Trab zu bringen. Und sein Gehirn spuckte fünf Minuten später eine Idee aus.

Zurück im Büro schrieb er die Alibis der beiden einzeln auf je ein Blatt Papier und versah sie mit einem großen, roten Plus für gutes Alibi und einem großen, roten Minus für fragwürdiges Alibi. Anschließend kamen noch vier Blätter für die Wochentage hinzu. Dann schaffte er Platz auf seinem Schreibtisch und legte sein Werk drauf aus.

Es ergab sich folgender Anblick, mit dem er fast gerechnet hatte:

	Mo	**Di**	**Mi**	**Do**
Graaf	-	-	+	+
Schnepfensiek	+	+	-	-

Gut, ein Beweis war das nicht, aber man konnte sehr wohl daraus folgern, dass sich die beiden Herren die Morde aufgeteilt hatten: Graaf hatte Edeltraud May und Leonie Schnepfensiek erschossen, Schnepfensiek die beiden letzten Opfer, Kornelia Graaf und Norbert Richter!

Vermutlich hatte der exzentrische Künstler Frings einen der beiden erpresst, weil er etwas über ihn wusste, und war von Graaf oder Schnepfensiek beseitigt worden. Und der Politiker Mark Fleischer-Gerlach, der jetzt im Krankenhaus lag, wusste auch etwas und hatte deshalb ebenfalls sterben sollen!

Aber etwas fehlte noch: Graaf und Schnepfensiek mussten die Morde akribisch geplant und vorbereitet haben und zwar gemeinsam. Aber woher kannten sie sich? Wo waren sie sich begegnet? Was verband die beiden so unterschiedlichen Männer? Musste man nicht ein gewisses Vertrauensverhältnis aufbauen, bevor man bereit war, sich gegenseitig die Ehefrau zu ermorden?

Zumindest hatten beide ein Motiv: Graaf wollte für seine Frau keinen Unterhalt mehr zahlen, und Schnepfensiek wollte sich von seiner „verrückten" Frau die Karriere als Bürgermeister nicht kaputt machen lassen.

Andreas sammelte die Blätter ein und steckte sie in einen blauen Eckspanner, griff zum Telefon und veranlasste, dass Mark Fleischer-Gerlach noch schärfer bewacht wurde. Für ihn bestand Lebensgefahr. Außerdem schickte er Manfred und Petra ins Johanniterkrankenhaus, um Gerlach doch noch ein paar Informationen zu entlocken.

Man musste ihm nur klar machen, dass es für ihn keine bessere Lebensversicherung gab, als alles über Schnepfensiek auszusagen. Auch wenn dann vielleicht Gerlachs eigene dunkle Machenschaften ans Licht kamen. Ja, das wäre ein Grund für ihn, zu schweigen.

Andreas zog seine dicke Jacke an. Ob sich Gerlach auf einen Deal einließ? Es ging immerhin um sein Leben. Andreas klemmte sich die Mappe, in die er noch ein paar frühere Aussagen von Schnepfensiek gelegt hatte, unter den Arm und trat den Heimweg an. Unterwegs kreiste sein Verstand dann nur noch um eine einzige Frage: Wie hatten Graaf und Schnepfensiek bloß zueinander gefunden?

Kapitel 11

Bonn-Oberkassel
Freitag, 22. Februar
4.45 Uhr

Als Andreas aufwachte, merkte er, dass er schweißgebadet war. Du lieber Gott – was hatte er sich für ein Zeug zusammengeträumt! Jeder hatte jeden erschossen: Graaf hatte seinen Sohn erschossen, Fleischer-Gerlach Schnepfensieks Frau, Andreas Saschas Freundin Annika, Schnepfensiek Andreas' Mutter!

Das kam nur daher, dass er den ganzen Abend immer wieder Aussagen durchgelesen und Hypothesen aufgestellt hatte. Er hatte Zeichnungen und Diagramme angefertigt, um Beziehungen zwischen den vielen Verdächtigen und Zeugen herzustellen. Aber irgendwann hatte ihn das Ganze wahnsinnig gemacht, und er hatte sich mit einer Zeitschrift ins Bett gelegt und war gegen 22 Uhr eingeschlafen.

Aber dafür jetzt um fünf Uhr aufstehen? Nein. Andreas drehte sich auf die andere Seite, dachte an seinen schönen Urlaub in Rom … und schlief wieder ein.

Um 7 Uhr klingelte der Wecker. Andreas stand auf, und nach dem Frühstück stellte er sich vor seinen Schreibtisch und schaute auf seine ausgelegten Blätter herab. Er sammelte die Alibis und Wochentage ein und ließ seinen Blick noch einmal über den Plan mit den Namen und den Beziehungspfeilen wandern, und plötzlich fiel ihm etwas auf: Sowohl Graaf als auch Schnepfensiek hatten einen Sohn verloren. Wie wurde man mit so etwas fertig? Vielleicht mit Hilfe eines Psychologen?

Graaf war mit Tochter Lucy bei Psychologe Kraus gewesen. Kannte er ihn von früher her? War Schnepfensiek am Ende auch von Kraus behandelt worden? Oder von seiner Kollegin? Waren sich die beiden Verdächtigen im Wartezimmer begegnet?

Die Vorstellung elektrisierte Andreas. Er packte alle Blätter zusammen und eilte zu Fuß in sein Büro. Draußen war es wolkenlos, die Sonne bereits aufgegangen, die Luft eisig, der Wind aus nordöstlicher Richtung schneidend kalt.

Andreas war froh, als er endlich an seinem Schreibtisch saß. Sofort suchte er die Nummer von Adam Kraus heraus und rief an. Doch die Praxis war anscheinend noch nicht besetzt. Also sprach er Kraus aufs

Band, er möge bitte möglichst bald zurückrufen.

Als Sascha um kurz nach acht Uhr auftauchte, weihte ihn Andreas gleich in seine neueste Theorie ein. Dann telefonierte er mit Petra, die am Vortag bei Politiker Gerlach im Krankenhaus gewesen war und absolut nichts erreicht hatte: Der Mann wollte einfach nicht herausrücken mit dem, was er wusste. Also schickte Andreas Petra zu Gerlachs Frau – vielleicht war dort etwas zu erfahren.

Als um 9.10 Uhr Psychologe Kraus immer noch nicht zurückgerufen hatte, wurde Andreas ungeduldig. Er rief noch einmal in der Praxis an, hatte aber am anderen Ende wieder nur das Band am Apparat.

„Lass uns doch hinfahren", schlug Sascha vor. „Das Wetter ist gut, die Straßen sind frei, wir brauchen höchstens 20 Minuten."

Andreas willigte kurzerhand ein. Im Wagen drehte Sascha die Heizung voll auf, anscheinend war sogar ihm kalt. Unterwegs erzählte Andreas vom Kostenvoranschlag für die neue Heizung, den Sascha natürlich für viel zu hoch hielt. Er verwies aufs Internet, wo sich Andreas mal informieren sollte, und begann dann über die Mutter seines Sohnes zu schimpfen, die das arme Kind vier Vormittage in der Woche den Einflüssen seiner Großmütter ausliefern wollte.

„Also, ich fand's immer schön bei meiner Oma", warf Andreas ein. „Außerdem geht das Kind doch sicher bald in den Kindergarten."

Als Sascha dazu nichts sagte, begann Andreas von Omabesuchen aus Kindertagen zu erzählen, womit er Sascha vermutlich tödlich langweilte. Was aber nicht so schlimm war, denn er musste die Tortur nur knappe 20 Minuten über sich ergehen lassen, dann standen sie vor der Gemeinschaftspraxis von Adam Kraus und Ursula Meyer.

Diesmal öffnete ihnen Frau Meyer die Tür, eine groß gewachsene, aber nicht dünne Person in den Fünfzigern, die ihre langen, blonden Haare zum dicken Zopf geflochten hatte, der ihr auf dem Rücken fast bis zur Taille hing.

„Adam hat mir schon von Ihnen erzählt", verkündete sie und fragte mit nettem Lächeln: „Was möchten Sie denn diesmal wissen?"

„Eigentlich nur, ob der verstorbene Burkhardt Graaf früher schon mal Patient Ihres Kollegen war", erklärte Andreas.

„Früher?"

„Ja, vor zwei, drei Jahren."

Sie setzte sich an einen PC und suchte in den Dateien herum. Die silberne Brille hatte sie auf der Nase ein wenig nach unten geschoben und schaute über den Rand auf den Monitor.

„Ja, stimmt, er hat im Herbst vor drei Jahren eine Therapie angefangen, die fast zwei Jahre gedauert hat.“

„Sehr schön, und jetzt müssen wir nur noch wissen, ob Heiko Schnepfensiek hier ebenfalls eine Therapie gemacht hat, etwa zur gleichen Zeit.“

Jetzt sah sie Andreas über die Brille hinweg an. „Schnepfensiek, der Politiker? Nun, der lebt ja noch. Also, das darf ich Ihnen nicht –“

„Frau Meyer“, fiel ihr Andreas ins Wort und versuchte sich an einem verzweifelten Lächeln. „Sie sollen uns nicht sagen, weshalb er hier war, sondern nur, ob er hier war. Es geht um mehrere ermordete Menschen, und wir brauchen die Auskunft unbedingt. Ich verspreche Ihnen hoch und heilig, dass niemand erfährt, woher wir unsere Informationen haben! Bitte, helfen Sie uns.“

Sascha guckte ebenfalls flehentlich.

Frau Meyer senkte den Blick, überlegte und meinte plötzlich: „Wissen Sie was, ich muss mal ganz dringend zur Toilette. Das kann ein paar Minuten dauern.“

Kaum war sie aus dem Zimmer, da eilte Sascha auch schon zum Computer und begann zu suchen. Andreas sah ihm über die Schulter. Es dauerte nicht lange, da hatten sie gefunden, was sie suchten: Schnepfensiek war Patient bei Ursula Meyer gewesen, zur gleichen Zeit, als Graaf Patient bei Adam Kraus gewesen war!

Und es kam noch besser: Da die Psychologen auch Wochentage und Uhrzeiten der Therapiesitzungen abgespeichert hatten, wurde schnell klar, dass die beiden Verdächtigen mindestens über Monate hinweg gemeinsam im Wartezimmer gesessen haben mussten!

Auch wenn das alles noch keine wirklichen Beweise waren, so wusste Andreas jetzt endlich, auf wen er sich konzentrieren sollte: auf Schnepfensiek. Er bedankte sich herzlich bei Frau Meyer, als sie zurückkam, und verabschiedete sich auch gleich wieder.

Als sie aus dem Haus auf die Straße traten, in der es viele, kleinere Geschäfte gab, schien es Andreas, als habe er auf der anderen Straßenseite, etwa 100 Meter entfernt, Schnepfensiek aus einem Laden kommen sehen. Er stupste Sascha an, aber als der guckte, hatte sich der Mann schon abgewandt und eilte davon.

Im Wagen griff Andreas zum Telefon, während Sascha fragte: „Was hast du vor?“

„Petra anrufen.“

Petra teilte Andreas mit, dass Fleischer-Gerlachs Ehefrau auch nichts Genaues wusste, Petra aber immerhin ein paar Zeitungsartikel zum Lesen empfohlen hatte, in denen ihrem Mann, zumindest andeutungsweise, Bestechlichkeit vorgeworfen wurde. Und sogar die Ehefrau des Politikers wusste, dass jedwede Vorteilsannahme erpressbar machte. Natürlich kannte sie Schnepfensiek, wollte sich aber nicht zu ihm äußern.

Andreas ließ Sascha beim Gespräch mithören, und der schlug vor, kaum dass Petra aufgelegt hatte: „Lass uns diesem Gerlach noch mal einen Besuch abstatten! Wir hauen ihm unseren derzeitigen Wissensstand um die Ohren, dann muss er einfach aussagen!"

„Okay, versuchen wir's", stimmte Andreas zu und begann zu überlegen, mit welcher Taktik er am besten an Fleischer-Gerlach herankam.

Die Fahrt zum Johanniterkrankenhaus verlief reibungslos und flott, die Sonne schien, es gab keine Staus, und Sascha wertete diesen Umstand als gutes Zeichen von oben. Andreas fragte lieber nicht nach, was er damit meinte.

*

Sascha grüßte den Kollegen und schaute automatisch auf die Uhr, als sie vor Mark Fleischer-Gerlachs Krankenzimmer (der Mann hatte die Initialen MFG, fiel ihm gerade auf) ankamen: 10.27 Uhr.

Sascha war nicht gut gelaunt, er hatte unruhig geschlafen, weil er wiederholt von schwarzen Wagen und finsteren Gestalten geträumt hatte, die ihn verfolgten. Wenn der korrupte Politiker heute wieder nichts sagte, dann Gnade ihm Gott!

Auf einmal schaute ihn Andreas von der Seite an, als habe er seine Gedanken gelesen. „Was ist los? Du wirkst so gereizt. Du willst doch unserem netten Politiker nichts tun?"

„Das liegt ganz allein bei ihm!", knurrte Sascha und stieß die Tür auf.

Vor der breiten Fensterfront waren zur Hälfte die Gardinen zugezogen, damit dem Herrn die Sonne nicht ins Gesicht schien. Gerlach schreckte hoch, als habe man ihn aus einem Nickerchen gerissen. Als er Andreas und Sascha erkannte, entglitt sein Gesicht kurz zu einem gequälten Ausdruck, dann lächelte er schwach.

„Guten Morgen – Sie geben wohl auch keine Ruhe, was?"

„Richtig", antwortete Andreas. „Und meistens zahlt es sich aus."

Kurze Pause, dann drückte er an seiner Brille herum und fügte eher sachlich und kühl hinzu: „Herr Fleischer-Gerlach, wir sind gerade auf dem Weg, Ihren Kollegen, Herrn Schnepfensiek, zu verhaften. Wir haben genug Beweise, um ihm mindesten zwei Morde anzulasten!"

Gerlachs Gesicht wurde starr, sein Blick wanderte über die Wände.

Andreas sah zufrieden aus und fuhr mit milderer Stimme fort: „Da wir aber keine Unmenschen sind, geben wir Ihnen, Herr Fleischer-Gerlach, jetzt die einmalige Gelegenheit, uns zu erzählen, wie Sie Schnepfensiek bei den Morden geholfen haben – bevor der uns nämlich seine Version davon auftischt."

Andreas holte sich einen Stuhl und setzte sich damit neben das Kopfende des Betts. Sascha machte es ihm nach und nahm seinen Notizblock heraus.

Gerlach, der jetzt elend und hilflos wirkte, schien Andreas vorbehaltlos zu glauben. Er schluckte schwer und begann seine Aussage mit den Worten: „Ich habe nicht bei irgendwelchen Morden mitgeholfen – ich wusste doch gar nicht, was der Kerl vorhat!"

Und als er weiterredete, wurden sogar seine Augen feucht. Ja, diese Politiker waren alle brillante Schauspieler!

„Schnepfensiek wusste, dass ich etwas … ähm … Unkorrektes gemacht habe, aber das tut hier nichts zur Sache! Jedenfalls hat er mich damit erpresst und verlangt, dass ich ihm einen kleinen Gefallen tue." Gerlach, der einen blaugemusterten Schlafanzug trug, legte gekonnt eine Pause ein, tat, als sei er verlegen, als bereue er alles, und gestand: „Ich musste letzten Mittwoch seinen Wagen in Köln in eine Tiefgarage fahren und zwei Stunden später wieder herausfahren. Am nächsten Tag musste ich den Wagen in Siegburg im absoluten Halteverbot abstellen und mich dann anonym bei der Polizei darüber beschweren. Aber das war alles – mit den Morden habe ich nichts zu tun!"

Andreas nickte und fragte: „Und vorgestern hat er versucht, sie umzubringen?"

„Ich hab ihn zwar nicht erkennen können, aber ich geh mal stark davon aus, dass er es war."

„Also schön, Herr Gerlach. An Ihrer Stelle würde ich mich schon mal seelisch darauf vorbereiten, dass demnächst all Ihre *Unkorrektheiten* ans Licht kommen. Gute Besserung."

Andreas stellte den Stuhl zurück, Sascha ebenfalls, dann eilten sie aus dem Zimmer. Draußen blieb Andreas aber sofort stehen und beauftragte einen der beiden Polizisten, Gerlach sofort Gesellschaft zu leisten und für die nächsten zwei Stunden zu verhindern, dass der Mann telefonierte.

Sascha war irritiert. „Warum sollte Gerlach den Mann, der ihn überfahren hat, warnen?"

„Der Mensch ist ein eigenartiges Wesen", brummte Andreas vage, und auf dem Weg zum Treppenhaus fragte er: „Weißt du, ob man hier gut essen kann? Ich möchte mich stärken, bevor wir Schnepfensiek verhaften."

„Keine Ahnung. Probieren wir's aus", meinte Sascha und fand kurz darauf ein Hinweisschild für die Cafeteria.

Um die Uhrzeit konnten sie sich ihren Platz noch aussuchen, aber bevor sie sich an der Selbstbedienungstheke ihr Essen holten, erledigte Andreas noch schnell ein paar Telefonate: Er ließ sich einen Haftbefehl für Schnepfensiek und einen Durchsuchungsbeschluss für dessen Haus ausstellen und beauftragte Jörg und Petra damit, die Papiere und ein Spurensicherungsteam nach Röttgen mitzubringen. Treffpunkt 12.00 Uhr mittags vor Schnepfensieks Haus.

Dann wurde gegessen. Für ein Krankenhaus schmeckte es recht ordentlich. Anschließend nahm Sascha wieder die Abkürzung durch den Wald, was jetzt bei Tageslicht und Sonnenschein deutlich weniger furchterregend war als im Dunkeln. Um fünf vor zwölf bogen sie in Schnepfensieks Straße ein, und Andreas, der lange schweigend gegrübelt hatte, gab unerwartet das Ergebnis seiner geistigen Arbeit bekannt.

„Schnepfensiek hat alles sehr schön eingefädelt", hob er an, den Blick abwesend in die Frontscheibe gebohrt. „Vor allem das mit dem Lieferwagenschlüssel, den er Graaf untergeschoben hat – damit hat er ihn mit Frings Ermordung in Verbindung gebracht, und wir sollten denken, Graaf hätte einen Fehler gemacht und vergessen, den Schlüssel am Tatort zurückzulassen. Clever. Aber dann ist unserem zukünftigen Bürgermeister selbst ein Fehler unterlaufen: Er hat versucht, Fleischer-Gerlach umzubringen, und das, als Graaf schon tot war! Und er vermasselt die Sache auch noch! Ich wette, der arme Schnepfensiek ist seit gestern mit den Nerven am Ende."

Sascha schaute Andreas an, und der ließ jetzt ein gehässiges Lächeln sehen. Hoffentlich freute er sich nicht zu früh. Denn vielleicht hatte der Kerl wirklich noch ein paar Überraschungen auf Lager.

Sascha entdeckte in der Nähe des Hauses erst den Wagen mit Petra und Jörg, dann den mit Renate und Wilfried. Sascha parkte gleich hinter ihnen. Jörg, Petra und Wilfried schlichen sich hinters Haus, während die anderen auf die vordere Haustür zumarschierten. Schnepfensieks eleganter, weißer Wagen stand vor der Garage – war der Herr vielleicht im Aufbruch?

Eine blasse Wintersonne, die kaum wärmte, schien vom zartblauen Winterhimmel, schmutziger Schnee lag in allen Gossen, aber der mit Natursteinplatten ausgelegte Weg zu Schnepfensieks Haustür war perfekt gefegt. Bei dem Haus handelte es sich um ein Ein-Familien-Haus mit Erdgeschoss und Dachgeschoss. Das Erdgeschoss war mit rötlichen Klinkern verkleidet und garantiert bis zum Äußersten gedämmt. Die weiße Haustür besaß ein paar Glasscheibchen.

Sascha drückte den Finger auf die Klingel. Nichts tat sich. Er klingelte zwei weitere Male, dann hämmerte er mit der Faust gegen die Tür. Keine Reaktion. Andreas nickte, Sascha öffnete die Tür mit dem Spezialschlüssel. Alle zogen ihre Waffen, Andreas sagte den drei Leuten hinterm Haus Bescheid, dass sie ins Haus eindrangen.

Sascha rief mehrmals: „Schnepfensiek, sind Sie da? Hier ist die Polizei!" Aber niemand ließ sich sehen oder antwortete.

Die drei schauten in jeden Raum, Jörg kam ihnen zu Hilfe, während Petra und Wilfried immer noch aufpassten, dass sich Schnepfensiek nicht durch den Garten absetzte. Aber nachdem der Mann auch im Keller nicht zu finden war, schien klar, dass er das Haus schon vor dem Eintreffen der Polizei verlassen haben musste.

Vermutlich fuhr er den schwarzen Wagen (wahrscheinlich ein Leihwagen), mit dem er beinah Fleischer-Gerlach umgebracht und mit dem er Sascha verfolgt hatte. In dieser Sekunde befiel Sascha ein ganz eigenartiges Gefühl, ohne dass er es irgendwo hätte einordnen können.

„Gut, der Kerl ist nicht da, aber wir werden jetzt sein Haus auseinandernehmen. Ich geb noch eben die Fahndung raus!", verkündete Andreas, der mit Sascha in Schnepfensieks Arbeitszimmer stand.

Während Andreas telefonierte, sah sich Sascha um: Das Zimmer hatte zwei Fenster, eins zur Seite und eins nach hinten zum Garten hinaus, vor beiden hingen einfache, weiße Gardinen. Keine Blumen auf den Fensterbänken, keine Dekoration. An den Wänden weiße Regale mit Tausenden von Büchern, der Schreibtisch aufgeräumt, nur ein paar Aktenordner und Schnellhefter lagen auf einer Seite – und mitten auf der Platte befand sich ein Zettel, den bisher niemand beachtet hatte.

Als Sascha ihn zur Kenntnis nahm, beschlich ihn wieder das eigenartige Gefühl. Sah das nicht aus wie eine Botschaft von Schnepfensiek? Er ging zum Schreibtisch hinüber, zog Handschuhe über, griff zum Zettel und las: *Verfolgen Sie mich nicht, ich habe Geiseln!!*

Schlagartig und mit heißem Schreck wurde Sascha klar, was es mit seinem Gefühl auf sich hatte: der Schatten in den Büschen hinter dem Haus! Verflucht noch mal, Schnepfensiek wusste, wo er mit seiner Familie wohnte!

„Andreas?“ Sascha reichte seinem Kollegen den Zettel und holte gleichzeitig sein Handy heraus. Vielleicht war es Gedankenübertragung, vielleicht ein wunderbarer Zufall, jedenfalls erschien, noch bevor er Annikas Nummer eingegeben hatte, im Display eine Meldung, dass Annika ihn anrief.

Sein Herzschlag beschleunigte sich, ihm wurde noch heißer. War etwa nicht Annika, sondern Schnepfensiek am Apparat?

Er meldete sich. „Ja?“

„Sascha, hier kommt mir was spanisch vor“, beschwerte sich Annika nicht eben flüsternd in sein Ohr. „Ich hab vorhin im Bad gelüftet und wollte gerade das Fenster wieder zumachen, da seh ich so einen Mann mit Hut durch den Garten schleichen und im Keller verschwinden! So ein Idiot hat wieder die Kellertür aufgelassen! Soll ich die Polizei rufen oder –“

Sascha fiel ihr ins Wort. „Hör genau zu, das ist eine sehr ernste Sache, du darfst die Wohnung nicht verlassen und niemandem aufmachen! Bleib am Handy und sprich mit mir! Wir benachrichtigen die Kollegen, und ich bin schon unterwegs!“

*

Heiko nahm den Hut vom Kopf und lauschte: Im Keller schien sich niemand aufzuhalten.

Heiko war geladen – natürlich hätte das alles nicht so laufen dürfen! Natürlich hätte er Mark mit dem Wagen platt machen müssen! Natürlich hätte der dämliche Burkhardt mit seiner Tochter nicht zu demselben Therapeuten gehen dürfen wie vor drei Jahren! Aber wie gut, dass Heiko die Kommissare im Auge behalten und sie aus der Praxis hatte kommen sehen – so hatte er wenigstens einen Vorsprung!

Er war im Treppenhaus angekommen. Er wusste, dass der jüngere Kommissar mit Frau und Kind im ersten Stock wohnte. Er würde sich das Kind schnappen, und dann würde die Frau schon freiwillig mitgehen! Wieder lauschte Heiko, aber es war sehr still im Haus. Kein

Wunder, denn draußen auf den drei Stellplätzen stand nur ein Wagen, nämlich der von Frau Kommissar. Oh ja, er hatte im Vorfeld so einiges ausspioniert, er wusste Bescheid. Er hatte einen Plan für den Fall, dass er aufflog; er hatte sogar einen Plan B!

Möglichst geräuschlos eilte Heiko die Steinstufen empor. Das war nicht schwer. Jetzt klingelte er an der Wohnungstür. Niemand öffnete. Was war los? Stand die Frau unter der Dusche? Machte sie ein Mittagsschläfchen mit ihrem Sohn? Was sollte er tun?

Heiko wurde wütend. Die Frau war in der Wohnung – sie hatte ihm gefälligst aufzumachen! Er nahm Maß und trat in Höhe des Schlosses gegen die Tür, einmal, zweimal, beim dritten Mal flog die Tür auf. Vorsichtig betrat Heiko die Wohnung, schaute sich um, blieb stehen, lauschte … und hörte hinter einer der Türen, die vom Flur abgingen, leises Weinen und gedämpftes Tuscheln.

Er wandte sich der Tür zu und klopfte sachte mit dem Finger dagegen. „Frau Assenmacher, kommen Sie da raus, es geht um Leben und Tod – es ist wirklich wichtig, dass wir miteinander reden. Bitte. Ich will Ihnen nichts tun." Er machte eine Pause und drückte die Klinke herunter. Ja, die Tür war abgeschlossen. „Hören Sie, Frau Assenmacher, wenn Sie nicht rauskommen, trete ich die Tür ein und hole mir Ihren Sohn, kapiert?!"

Heikos Ton war schärfer geworden. Was fiel der Frau ein, seinen Plan zu durchkreuzen? Wieso hatte sie sich überhaupt eingeschlossen? Hatte sie gewusst, dass er kam? Hatte sie gar ihr Handy bei sich und telefonierte schon fleißig mit der Polizei? Verflucht – er musste sich beeilen!

Gerade hob er den Fuß, um die Tür aufzutreten, da rief die Frau in sehr aggressivem Ton: „Geh sofort von der Tür weg, du Scheißkerl! Ich hab eine Waffe, und ich knall dich ab, wenn du meinem Sohn und mir zu nah kommst!"

Einen Moment lang war Heiko sprachlos, dann schrie er zurück: „Ach ja?! Erzähl das deiner Großmutter! Und wenn du's genau wissen willst – ich hab auch eine Waffe!"

*

Andreas hatte sich nach hinten ins Auto gesetzt, damit er keinen Herzinfarkt bekam, denn Sascha fuhr, als hätte er sich seinerzeit selbst den Führerschein ausgestellt. Neben ihm saß Jörg, dem es auch schon die Sprache verschlagen zu haben schien. Er ließ den Haltegriff gar nicht mehr los.

Sascha bemerkte das alles anscheinend nicht, denn er war damit beschäftigt, Annika und seinen Sohn vor Schnepfensiek zu retten.

Alle hörten mit, was er mit ihr besprach: Zunächst hatte er Annika befohlen, sich seine Pistole aus seinem Zimmer zu holen, hatte ihr gesagt, wo der Schlüssel für die Schublade versteckt war, und hatte ihr gesagt, sie solle sich mit Gabriel und der Waffe im Bad einschließen. Und Annika hatte es, ohne lange zu diskutieren, getan.

Im Prinzip hielt Andreas diese Vorgehensweise für keine schlechte Idee, aber es war keine Garantie dafür, dass alles gut ging. Das war sicher auch Sascha klar, denn er raste gerade mit 100 km/h durch Dottendorf. Trotzdem würden sie niemals rechtzeitig vor Ort sein, das konnten höchstens die Königswinterer Kollegen oder die aus dem Präsidium schaffen. Plötzlich hörte man im ganzen Auto ein gedämpftes Krachen.

„Ich glaube, der Kerl hat die Wohnungstür eingetreten", flüsterte Annika.

„Scheiße!" Sascha schlug aufs Lenkrad. „Wie geht's Gabriel?"

„Der quengelt hier rum."

„Halt ihn bloß von der Tür weg und –"

Man hörte Schnepfensieks Stimme, die Annika aufforderte, aus dem Bad zu kommen und mit ihm zu reden.

Sascha empfahl: „Antworte gar nicht … und wenn doch, lass ihn möglichst nicht hören, dass du Angst hast."

„Ich hab keine Angst!", zischte Annika. „Ich platze gleich vor Wut!"

Kurze Pause, und dann brüllte sie Schnepfensiek zu, dass sie eine Waffe habe und ihn abknallen würde, wenn er ihr und Gabriel zu nahe komme. Schnepfensiek schien ihr nicht zu glauben und schrie zurück, dass er ebenfalls eine Waffe dabei habe.

Andreas war alarmiert. Er wollte Annika gerade einen guten Rat geben, als unerwartet ein Schuss fiel. Alle im Wagen schraken zusammen, Sascha trat das Gaspedal noch mehr durch und rief, völlig außer sich: „Annika! Was ist passiert? Sag doch was! Annika!"

*

Heiko stand fassungslos im Flur und sah an sich herab. Die Frau hatte geschossen, ohne Vorwarnung hatte sie auf ihn geschossen! Und sie hatte ihn auch noch getroffen! Durch die geschlossene Tür!

Plötzlich kam wieder Bewegung in ihn – er eilte weg von der Tür in eine andere Ecke des Flurs und zog vorsichtig die dicke Jacke aus, in deren Ärmel gleich zwei Löcher zu sehen waren. Sein heller Pullover hatte sich am linken Oberarm rot gefärbt. Es war nicht viel, aber Heiko merkte jetzt erst, dass es wehtat.

Er schob den Pulloverärmel hoch und begutachtete die Wunde: ein Streifschuss, ein bisschen Pullover weggerissen, ein bisschen Haut und Fleisch zerfetzt, aber alles nicht so schlimm.

Heiko schaute in die anderen Zimmer, fand die Küche und band sich ein Geschirrtuch um den Arm. Das Küchenfenster war gekippt, und auf einmal meinte er, in der Ferne Polizeisirenen zu hören. Hatte das rabiate Weib also doch Hilfe gerufen! Dann eben abhauen und zu Plan B übergehen! Hier konnte er sowieso nichts mehr ausrichten.

Heiko zog den Pulloverärmel herunter und die Jacke wieder an, und als er durch den Flur hastete, hatte er nicht übel Lust, der Furie im Bad auch ein paar Kugeln durch die Tür hinein zu schicken!

*

Sascha bretterte über die Südbrücke und schrie in sein Handy: „Annika, wer hat da geschossen?! Annika, sag doch was!"

Auf einmal Annikas Stimme, schwer verärgert. „Ich war das. Alles in Ordnung, uns geht's gut. Ich glaub, ich hab den Kerl getroffen, aber er lebt noch – ich hör ihn rumlaufen!"

„Mein Gott, Annika – ich bin hier fast gestorben!", rief Sascha, fuhr noch ein bisschen schneller und änderte abrupt die Taktik. „Okay, das war in Ordnung, das war prima! Der Kerl weiß jetzt wenigstens, wozu du fähig bist", lobte Sascha seine Annika. „Aber Schatz, steig jetzt in die Wanne und duck dich, und bleib bloß weg von der Tür. Nachher schießt das Schwein noch zurück! Andreas sagt mir gerade, die Kollegen sind fast bei dir. Hörst du schon was?"

„Ja, Sirenen, und ich meine, der Verbrecher hätte gerade die Wohnung verlassen."

„Okay, bitte bleib, wo du bist, sieh nicht nach, ob er noch da ist, bitte. In Ordnung? Es dauert keine fünf Minuten mehr, ich bin schon in Oberkassel. Mach jetzt keinen Fehler."

Auf einmal fing Gabriel an zu weinen, was die Verständigung erschwerte. Sascha wandte sich an Andreas. „Sind alle Straßen um Vinxel abgesperrt?"

Andreas, der sein Handy kurzzeitig vom Ohr genommen hatte, nickte.

Sascha war da skeptischer. Gut, die großen Straßen, von denen es hier oben nicht so viele gab, konnte man vielleicht noch überwachen, nicht aber die unzähligen Schleich-, Wald- und Feldwege! Wenn sich Schnepfensiek ein bisschen auskannte, war er längst über alle sieben Berge, bevor Sascha oder sonst jemand eintraf.

„Ich glaube, deine Kollegen sind da", meldete sich Annika plötzlich. „Sag ihnen, sie sollen hinten durch den Keller gehen, dann brauchen sie die Haustür nicht kaputt zu machen."

Er gab die Information an Andreas weiter, der sie schon mitgehört hatte. Zehn Minuten später kamen sie endlich vor dem Haus in Vinxel an. Klaus und Manfred waren schon da sowie ein Krankenwagen, zwei Streifenwagen, das Fernsehen und ziemlich viele Gaffer.

Sascha war das egal – Hauptsache, er hatte die beiden Menschen unversehrt wieder, die er am meisten auf dieser Welt liebte.

*

Vor einer guten halben Stunde hatte Heiko den hellen, graublauen Leihwagen, den er gegen den schwarzen ausgetauscht hatte, am Waldrand abgestellt. Für den Rückweg dorthin brauchte er fast zehn Minuten zu Fuß.

Dann fuhr er einen unbefestigten Weg entlang, bis er auf der Langemarckstraße herauskam. Dort bog er Richtung Vinxel ab, damit er nicht den Kommissaren begegnete, die vermutlich vom Polizeipräsidium aus Oberkassel hierher unterwegs waren. Als er oben auf der Höhe die Polizeiabsperrung sah, tat er sogar absichtlich so, als wolle er nach Vinxel in den gesperrten Bereich hinein, aber ein Polizist bedeutete ihm nachdrücklich, er solle nach rechts abbiegen oder umkehren.

Während Heiko also nach rechts abbog, beobachtete er, dass sich die Polizei besonders auf schwarze Wagen konzentrierte und diese kontrollierte. Genauso hatte er das geplant. Seine Anspannung ließ ein klein wenig nach, und sofort spürte er die Streifwunde am Arm, ein leicht pochender, brennender Schmerz. Hoffentlich fing sie nicht stärker an zu bluten – auf keinen Fall durften Blutflecken auf der Jacke zu sehen sein, das wäre ungünstig für seinen Plan B.

Während der Wagen die gut ausgebaute Straße hinunterrollte, schaute sich Heiko mit einem Anflug von Wehmut die Aussicht an, die er vielleicht nie wieder genießen würde: die schneebedeckten Hügel der Siebengebirgskette, die sich so malerisch vor dem blauen Himmel mit den sehr weißen Wolken abzeichnete.

Kurz bevor Heiko nach Oberdollendorf abbog, hielt er am Straßenrand an und suchte den Ärmel seiner dicken Jacke nach verdächtigen Flecken ab, aber da war nichts. Also fuhr er weiter, und ein Gedanke streifte kurz sein Hirn: Brauchte er überhaupt eine Geisel? Warum nahm er nicht schleunigst die nächste Autobahn nach Westen? Bis die Polizei wusste, welchen Wagen er fuhr, wäre er längst in Südfrankreich!

Oder auch nicht. Die Kommissare waren nicht blöd – schließlich hatten sie herausgefunden, dass er etwas mit der Mordserie zu tun hatte. Dabei hatte er alles so perfekt geplant! Und woran scheiterte dieser perfekte Plan? Samt und sonders an anderen Leuten! Man sollte sich eben nur auf sich selbst verlassen, verdammt noch mal!

Heiko fluchte vor sich hin, während er die Stadtgrenze zu Bonn überquerte und durch das verkehrsberuhigte Oberkassel fuhr.

Angefangen hatten die Probleme mit Frings, dem komischen „Künstler"! Heiko war davon ausgegangen, dass ihn mitten in der Nacht im tiefsten Wald niemand bei seinen Schießübungen beobachten würde – aber Frings, der nachts Zeitungen austrug, hatte es getan! Und dann hatte er Heiko erpresst! € 50.000 hatte er dem Kerl in den Rachen geworfen, Geld, das er jetzt gut hätte gebrauchen können! Und dann hatte er das Scheißgeld nicht wiedergefunden! Vielleicht hätte er Frings erst ausquetschen sollen, statt ihn sofort zu erschlagen.

Und anscheinend hatten die Kommissare auch nicht geschluckt, dass Burkhardt Selbstmord begangen hatte. Genau, und deshalb war es doch besser, sich eine Geisel zu besorgen!

Heiko war jetzt mitten im Ort und musste an einer roten Ampel halten. Rechts über den Häusern ragte der Steinbruch empor und darüber wieder verschneiter Wald. Heiko war nicht mehr weit von der Kalkuhlstraße entfernt – er wusste genau, wo der andere Kommissar wohnte.

*

Andreas saß im Wagen vor dem Haus in Vinxel und telefonierte. Sascha nahm Annikas Aussage auf und hatte sicher alle Hände voll zu tun, um sie und sich selbst zu beruhigen.

Wie gut, dass die Frau so wehrhaft war. Andererseits, Andreas mochte sich gar nicht vorstellen, was passiert wäre, wenn sie den Kerl durch die Tür erschossen hätte – fiel das noch unter Notwehr?

Eben erfuhr Andreas, dass Schnepfensiek bisher an keiner Absperrung gesichtet worden war. Also trieb er sich wohl noch in der Nähe herum, oder er hatte, was Andreas für wahrscheinlicher hielt, über irgendwelche Feld- und Waldwege entkommen können.

Natürlich wurden inzwischen alle Bahnhöfe, Flughäfen und Grenzübergänge, die für eine Flucht in den nächsten ein bis zwei Stunden in Frage kamen, kontrolliert. Für Andreas gab es im Moment hier nichts mehr zu tun, und so fuhr er eine Viertelstunde später allein zurück zum Präsidium.

*

Diesmal stellte Heiko den Wagen direkt vor dem Haus ab, einem alten Backsteingebäude mit moderner, weißer Haustür. Er stieg aus. Es war halb zwei am Nachmittag, und die kurze Seitenstraße lag ruhig und menschenleer da.

Der Vorgarten sah, wie zurzeit alle Vorgärten, recht trostlos aus. Heiko stieg die drei Stufen zur Haustür hinauf und klingelte. Erst einmal tat sich gar nichts. Heiko wurde ungeduldig. Was, wenn die Frau gar nicht zu Hause war? Sollte er sich dann irgendeine beliebige, andere Geisel nehmen?

Er klingelte ein zweites Mal, und eine halbe Minute später hörte er etwas: Jemand kam zur Tür. Heiko machte sich bereit. Die Haustür wurde geöffnet, und eine Frau in den Siebzigern stand da, die Mutter des Kommissars, groß, schlank, blonde Dauerwelle, mit einem leicht verärgerten Gesichtsausdruck. Er ließ sie gar nicht zu Wort kommen, sondern redete sofort besorgt und drängend auf sie ein.

„Hallo, Frau Montenar, ich bin ein Kollege von Andreas und soll Sie sofort ins Präsidium bringen! Andreas ist hinter einem Serienmörder her, der gedroht hat, Sie zu erschießen! Er kennt Ihre Adresse. Sie müssen unbedingt von hier weg. Ziehen Sie einen Mantel über und kommen Sie mit!“

Sie runzelte die Stirn und guckte misstrauisch. „Ich muss aber erst Andreas an –“

„Haben Sie ein Handy? Gut. Nehmen Sie es mit, Sie können Andreas von unterwegs aus anrufen! Wir haben keine Zeit zu verlieren! Schnell!“ Er musste es so dringend wie möglich machen, damit sie nicht nachdenken konnte.

Jetzt tauchte doch Angst in ihren Augen auf. Sie ließ die Haustür offen stehen, eilte zurück in ihre Wohnung. Heiko trat in den Flur und lauschte, ob die Frau nicht telefonierte. Das tat sie nicht, sondern war eine Minute später mit anderen Schuhen, im Mantel und natürlich mit Handtasche zurück im Hausflur.

„Wie lange muss ich denn bleiben?“, fragte sie aufgeregt. „Soll ich nicht lieber noch meine Medikamente oder die Zahnbürste mitnehmen? Oder die –“

„Machen Sie sich keine Sorgen“, meinte Heiko. „Wenn Sie über Nacht bleiben müssen, wird Ihnen Andreas alles bringen, was Sie brauchen.“

Heiko schob die Frau zur Tür hinaus. „Haben Sie den Hausschlüssel? Vielleicht ist es besser, wenn Sie die Tür gut abschließen.“

Sie hatte den Schlüssel noch in der Hand, und als sie ihn ins Schloss stecken wollte, zitterte sie derart, dass Heiko fast Mitleid bekam.

„Warten Sie, ich helfe Ihnen.“ Er schloss die Tür ab, gab der Frau den Schlüssel zurück, half ihr noch schnell auf den Beifahrersitz und lief auf die andere Seite des Autos. Kaum saß er, als sie auch schon mit immer noch zitternden Fingern das Handy aus der Handtasche hervorkramte und die Nummer ihres Sohnes wählte.

Heiko fuhr keineswegs los, sondern wartete den richtigen Zeitpunkt ab – der Kommissar sollte ja wissen, was passierte! Er sollte Angst haben! Gottverdammte Angst!

Als die Frau das Telefon ans Ohr nahm und sich auf das Gespräch konzentrierte, beugte sich Heiko schräg vor, öffnete das Handschuhfach und holte eine Flasche mit durchsichtiger Flüssigkeit und einen weißen Lappen heraus. Ganz offen und ganz ohne Hast.

„Andreas? Ich bin's. Sag mal, stimmt das – du jagst einen Serienmörder? Ja? Hier ist gerade jemand gekommen, der will mich zum Präsidium fahren.“

Heiko drehte die Flasche auf und goss eine gute Portion der Flüssigkeit auf das Tuch. Die Frau redete weiter.

„Ja, er hat mir gesagt, er muss mich in Sicherheit bringen.“ Sie hörte zu und wandte sich zur Seite. „Wie heißen Sie?“

„Bestellen Sie Ihrem Sohn einen schönen Gruß von Heiko Schnepfensiek.“

„Ich sitze gerade im Auto von Herrn Schnepfensiek und soll dich schön grüßen“, gab sie brav weiter, und im nächsten Moment presste ihr Heiko das Tuch auf Mund und Nase und hielt die Frau mit der anderen Hand fest. Sie schnaufte und zappelte ein wenig, ließ das Handy fallen, griff nach Heikos Unterarm, klammerte sich fest und versuchte ihn wegzuziehen, aber ihre Kraft ließ rapide nach, und plötzlich kippte ihr Kopf zur Seite. Die Hände sanken herab, die aufgerissenen Augen fielen zu.

Rasch schnallte Heiko die Frau an, verstaute sein Werkzeug wieder im Handschuhfach, hob das Handy auf, aus dem eine aufgebrachte Stimme „Mutter, was ist los?!“ brüllte, ließ die rechte Seitenscheibe herunter und warf das Telefon nach draußen.

Seitenfenster hoch, Motor an – und da endlich nahm er den Mann wahr, den kleinen, mageren Mann im schwarzen Wintermantel, mit einer Pelzmütze auf dem Kopf und einem kleinen, weißen Pudel an der Leine. Er stand vielleicht zehn Meter von Heiko entfernt auf dem Bürgersteig und glotzte zum Auto hinüber. Wo kam der her, verflucht noch mal?!

In Heikos Hirn flammte gewaltige Wut auf. Wieso ging denn neuerdings immer alles schief? Hatte er nicht allmählich genug Scheiße erlebt? Erst seine beiden toten Söhne, dann seine wahnsinnige Ehefrau, die er beseitigen musste, dann die drei Blödmänner Burkhardt, Mark und Frings, das Zerplatzen seines Bürgermeister-Lebenstraums! Und jetzt sollte nicht einmal seine Flucht klappen?

Heiko trat aufs Gas, und der Wagen schoss auf den Mann mit dem Hund zu. Der Mann verharrte eine Schrecksekunde lang auf der Stelle, sprintete aber zur Seite und sprang flink über eine niedrige Steinmauer, die einen Vorgarten umgab, wobei der kleine Hund förmlich ein paar Meter durch die Luft flog und vom Mann aufgefangen wurde. Dann flüchteten die beiden eine kurze Treppe hinauf zu einer Haustür, an der er klingelte.

Heikos Wagen krachte mit dem vorderen rechten Scheinwerfer gegen die Mauer. Verflucht noch mal! Er rammte den Rückwärtsgang ein. Gott sei Dank – der Wagen fuhr noch! Heiko bog nach links in eine kurze Straße ein, an deren Ende ein von alten Bäumen umstandener Parkplatz lag.

Kein Mensch war zu sehen. Heiko fuhr auf den Parkplatz, stellte den Wagen in der hintersten Ecke ab, entfernte den Gurt von der reglosen Frau, stieg aus, öffnete die hintere Tür auf der Beifahrerseite, schaute sich gründlich um, zog die Frau aus dem Auto und bugsierte sie auf die Rückbank. Aus dem Handschuhfach holte er Klebeband und umwickelte damit Fuß- und Handgelenke der Frau.

Türen zu, einsteigen, den Parkplatz verlassen. Dann an einem Supermarkt vorbei. Anhalten an einer Ampel. Vor ihm die Hauptstraße. Heiko überlegte kurz: Sollte er nach rechts fahren, Richtung Königswinter, oder nach links, Richtung Südbrücke?

Er entschied sich für die Südbrücke.

Kapitel 12

Bonn
Freitag, 22. Februar
13.40 Uhr

Andreas war mit Saschas Dienstwagen schon fast in Oberkassel angekommen, als ihn der Anruf erreichte. Zuerst wunderte er sich, dass jemand so vorausschauend gewesen war und seine Mutter in Sicherheit bringen wollte. Ihm selbst wäre das im Traum nicht eingefallen.

Als er aber den Namen „Schnepfensiek“ hörte, wurde ihm von Kopf bis Fuß siedend heiß. Der Schweinehund hatte seine Mutter ins Auto gelockt, um sie als Geisel zu benutzen!

Andreas kurvte die Serpentinen hinunter, wie sonst wohl nur Sascha, und schaffte es noch nebenbei, in der Zentrale anzurufen, um Bescheid zu sagen und eine sofortige Absperrung aller Straßen rund um sein Haus anzuordnen. Worauf man in der Zentrale etwas gereizt reagierte: Viele Leute seien im Moment nicht greifbar, da sie oben in Vinxel im Einsatz waren!

„Okay, holt die Männer zurück und macht wenigstens die Südbrücke dicht!“ Andreas trat das Gaspedal noch weiter durch, denn er hatte den Berg hinter sich und raste auf die Hauptverkehrsstraße von Oberkassel zu. In letzter Sekunde fielen ihm die ganzen Ampeln ein, und so bog er in die parallel laufende Adrianstraße ab, in der ihn keine einzige Ampel aufhielt.

Andreas‘ Hirn malte sich derweil schreckliche Dinge aus, die Schnepfensiek seiner Mutter antun konnte, und er war überzeugt, dass die Sache für alle Beteiligten katastrophal ausgehen würde. Und was das Ganze noch schlimmer machte: Er konnte kaum klar denken vor Sorge und Aufregung. Aber wahrscheinlich hatte der Scheißkerl genau das bezweckt!

Andreas raste bis zum Ende der Adrianstraße, dann nach links, quer über die Hauptstraße, und schon sah er den Streifenwagen, der vor seinem Haus stand. Und die drei Menschen, von denen einer aufgebracht gestikulierte.

20 Sekunden später gesellte sich Andreas zu ihnen, erkannte die beiden Polizisten und seinen Nachbarn, Frührentner Eugen, der mit seinem kleinen, dünnen Hund Fritzchen am Rhein spazieren gegangen war

und empört erzählte, er sei auf dem Rückweg beinah von Schnepfensiek totgefahren worden.

Und er schilderte Andreas beinah stolz, dass er höchstpersönlich Zeuge der Entführung von Andreas' Mutter gewesen war. Das Beste aber kam noch: Er konnte den Wagen beschreiben und hatte sich vor allem das Kennzeichen gemerkt. Andreas ärgerte sich noch im Nachhinein – die ganze Fahndung war auf einen kompakten, schwarzen Audi ausgerichtet gewesen! Und nun fuhr der Kerl einen hellen VW.

Andreas gab die neuen Infos an die Zentrale durch und überlegte gerade, was zu tun war, als er einen Anruf bekam: An der Absperrung zur Südbrücke sei ein heller VW aufgefallen, der wohl zunächst auf die Brücke hatte abbiegen wollen, beim Anblick der Streifenwagen aber plötzlich unter der Brücke hindurch Richtung Beuel gerast war. Das Kennzeichen hätte man nicht genau erkennen können.

Andreas sprang in den Wagen, wendete und machte sich mit Höchstgeschwindigkeit auf den Weg zur Brücke. Unterwegs meldete er sich bei Sascha.

„Alles so weit gut überstanden?"

„Na ja, Annika kann sich immer noch nicht so ganz beruhigen, und ich ... ich würde den Dreckskerl am liebsten persönlich abknallen! Sich an einer Frau und einem Kleinkind vergreifen zu wollen! Das ist so –"

„Sascha, er hat meine Mutter als Geisel genommen."

Stille in der Leitung. Auf einmal: „Ist das dein Ernst?"

„Ja. Pass auf, wir kennen jetzt den Wagen von Schnepfensiek und das Kennzeichen. Ich bin gerade hinter ihm her, Richtung Beuel. Wahrscheinlich wird er versuchen, über die Kennedy-Brücke zu kommen, aber wir haben alle Brücken dicht gemacht. Dann bleiben ihm noch die Autobahnauffahrten in Troisdorf, Augustin oder Siegburg. Wir müssen ihn von Norden her abdrängen. Was hältst du davon, wenn du ihm von Südosten entgegenkommst?"

„Den Wichser hol ich mir! Hast du schon Kontakt mit ihm?"

Andreas passierte gerade die Südbrückenauffahrt. Ein Streifenwagen folgte ihm.

„Nein", meinte Andreas. „Aber der meldet sich noch, er hat schließlich meine Mutter. Irgendwas wird er schon von uns wollen."

„Gut. Renate und Co. sind noch hier. Ich schnapp mir einen von deren Wagen und fahr los. Wohin?"

„Warte noch zehn Minuten, dann geb ich dir Bescheid."

„Okay."

Es gab mehrere zum Rhein parallele Straßen durch Beuel. Andreas hatte die flussnächste genommen; es war relativ ruhig dort, er konnte schnell fahren. Der Streifenwagen hatte sich vor ihn gesetzt und verjagte mit seiner Sirene ein paar Trödler von der Fahrbahn.

Andreas war sicher, dass sie schon in Höhe des Josef-Hospitals waren, als eine Durchsage kam: „An alle: Der verdächtige Wagen wollte gerade verkehrswidrig auf die Kennedy-Brücke fahren! Er rast jetzt über die B 56 auf Siegburg zu. Einer unserer Wagen ist an ihm dran!"

„Prima, dann haben wir ihn ja gleich", murmelte Andreas vor sich hin und verstand nicht wirklich, warum Schnepfensiek nicht irgendwo anhielt, die Tatsache, dass er eine Geisel hatte, ausnutzte und Forderungen stellte. Hieß das etwa … Andreas hielt kurz die Luft an. Hieß das, dass die Geisel nicht mehr lebte?

Er schüttelte den Kopf. Nein, das konnte alles Mögliche bedeuten! Ihm fiel nur gerade nichts anderes ein. Wie auch immer, wenn dies der Tag war, an dem seine Mutter sterben sollte, dann war das eben so. Auch er konnte heute draufgehen. Aber dann würde er Schnepfensiek mitnehmen! Und –

„Andreas? Hier ist Ralf", tönte es aus dem Funkgerät. „Wir sind direkt hinter dem Wagen von Schnepfensiek. Er ist nach links abgebogen – sieht so aus, als wollte er es auch bei der Nordbrücke probieren."

„Wie heißt die Straße, wo wir abbiegen müssen?"

„Niederkasseler Straße. Ist das richtig – wir sollen ihn noch nicht stellen?"

„Ja, richtig. Er hat eine Geisel, wir werden uns was einfallen lassen müssen."

„Okay, wir bleiben an ihm dran."

Der Streifenwagen vor Andreas, dessen Besatzung mitgehört hatte, fuhr etwa drei Minuten später nach links in die Niederkasseler Straße und räumte sich und Andreas den Weg frei. Nach ein paar weiteren Minuten kam die Information der Kollegen an der Autobahnauffahrt Bonn-Beuel-Nord, dass der Fahrer des hellen Wagens, als er erkannte, dass er auch nicht über die Nordbrücke entkommen konnte, die einzige Straße genommen hatte, die übrig blieb: die Geislarer Straße Richtung Meindorf.

Kurz darauf erreichten auch Andreas und sein Begleitwagen die Kreuzung und rasten auf der gut ausgebauten Straße Schnepfensiek hinterher. Fünf Minuten früher hatte Andreas Sascha losgeschickt, er solle über Hoholz, an Hangelar vorbei die Straße Richtung Menden fahren. Vielleicht konnte man Schnepfensiek von zwei Seiten in die Zange nehmen.

Keine 100 Meter weiter sah Andreas die ersten Häuser von Meindorf und, durch eine langgezogene Rechtskurve, auch zum ersten Mal Schnepfensieks Auto, das jetzt von zwei Streifenwagen und von Andreas gejagt wurde.

Die Wiesen und Felder zu beiden Seiten waren größtenteils noch tief verschneit, die Sonne schien zwischen weißen Wolken hindurch, die sich kaum zu bewegen schienen. Die vier Autos rasten durch Meindorf, wo höchstens 30 km/h erlaubt waren, mit einer Geschwindigkeit von gut 100 km/h. Dass das nicht gutgehen würde, ahnte Andreas, als ihm die 90° Kurve einfiel, die es irgendwo am Ende des Dorfes gab, und die man unmöglich mit 100 km/h schaffen konnte. Andreas nahm den Fuß vom Gas und warnte die Fahrer der beiden Streifenwagen.

Und dann war es so weit: Schnepfensiek, der sich hier wohl nicht auskannte, preschte nach rechts um besagte Kurve und verschwand hinter ein paar Häusern. Keine Sekunde später hallte das durchdringende Quietschen von auf Asphalt bremsenden Reifen durch den Ort, gefolgt von einem scheppernden Krachen, wie von Metall auf Stein. Es hatte Schnepfensiek aus der Kurve geschleudert!

Andreas folgte dem Streifenwagen um die Ecke, sein Herz schlug schnell. Was würde er zu sehen bekommen? Gab es noch Hoffnung für seine Mutter?

Schnepfensieks Auto war mit der gesamten linken Seite gegen eine anscheinend ziemlich stabile Mauer gedonnert. Von dem Mann und der Mutter war nichts zu sehen, aber als einer der Streifenwagen neben dem Auto anhielt, wurde plötzlich die Beifahrertür aufgestoßen und eine Hand schob sich in der unteren Türhälfte heraus (so, als kniete Schnepfensiek vor dem Beifahrersitz oder lag gar davor), hielt etwas in die Höhe, und eine kräftige Stimme rief: „Bleiben Sie weg vom Auto! Ich habe eine Bombe! Wenn Sie nicht verschwinden, sprenge ich mich, die Geisel und alle, die hier rumstehen, in die Luft!"

Der Streifenwagen fuhr sofort vorsorglich ein paar Meter rückwärts, und auch Andreas blieb, wo er war. Er konnte beim besten Willen nicht erkennen, was Schnepfensiek da in der Hand hielt. Ein Handy? Eine andere Art von Zünder? Bluffte er oder nicht? Andreas traute dem Kerl alles zu.

Inzwischen kamen natürlich die ersten aufgeschreckten Bürger aus den umliegenden Häusern. Andreas stieg aus und wies seine Kollegen an, die Leute von Schnepfensieks Auto fernzuhalten und in der Zentrale Bescheid zu geben. Möglicherweise brauchte man Verstärkung, auf jeden Fall aber einen Krankenwagen.

Andreas musste sich dazu zwingen, sich zu konzentrieren: Hatte er an alles gedacht? Was waren die nächsten Schritte? Sollte er nicht lieber jemand anderen mit Schnepfensiek verhandeln lassen, weil er nur noch daran denken konnte, wie es der Geisel in dem verunfallten Wagen ging? Wie auch immer – zuallererst musste er wissen, ob seine Mutter noch lebte!

Langsam und mit erhobenen Händen näherte er sich Schnepfensieks Wagen und fing schon unterwegs an zu reden.

„Hören Sie mich, Schnepfensiek? Ich will Ihnen nichts tun. Ich will nur nachsehen, ob meine Mutter noch lebt. Das verstehen Sie doch? Wir können gerne miteinander verhandeln, aber erst muss ich mich davon überzeugen, dass es ihr gut geht, okay? Schnepfensiek, sagen Sie was!"

Er machte einen Schritt auf das Auto zu, dann noch einen, dann herrschte ihn Schnepfensiek aus seiner Deckung heraus an: „Bleiben Sie stehen! Sofort!"

Andreas blieb stehen. Eine halbe Minute passierte nichts, der Mann schien zu überlegen, wie weit er Andreas gehen lassen durfte.

„Okay", lenkte er plötzlich ein. „Ziehen Sie mal die Jacke aus ... So, und jetzt nehmen Sie Ihre Waffe raus und werfen sie hinter sich auf den Boden."

Andreas tat alles, was er sagte und zog die Jacke wieder an.

„So, und jetzt machen Sie die hintere Tür auf und sehen nach Ihrer Mutter! Aber keine falsche Bewegung, sonst geht hier alles hoch!"

„Ja, ja, ich hab's kapiert", brummte Andreas, ging zur hinteren Seitentür und versuchte, während er sie langsam öffnete, sich auf das einzustellen, was ihn möglicherweise erwartete. Er beugte sich vor und schaute ins Auto: Seine Mutter lag auf der Rückbank, mit gefesselten Hand- und Fußgelenken, in langer, schwarzer Hose, rosa gemustertem Pullover und dunkelblauem Wollmantel, der offen stand.

Sie rührte sich nicht, ihre Augen waren geschlossen, ihr Atem ging schnell und flach. Sie lag seitlich auf dem Polster mit angezogenen Beinen, und Andreas sah nach rechts, wo sich Schnepfensiek hinter die Rücklehne des Beifahrersitzes duckte. Von dort passte er genau auf, was Andreas tat – und inzwischen hatte er nicht nur den mysteriösen Zünder in der Hand, sondern auch eine mattsilberne Pistole.

Andreas musste unbedingt mit dem Mann reden. „Darf ich mir mal ihren Kopf ansehen? Ich muss wissen, ob sie sich beim Aufprall verletzt hat“, bat Andreas höflich, obwohl sich in seinem Innern die Wut auf Schnepfensiek und die Angst um seine Mutter zu einem gefährlichen, hochexplosiven Gemisch zu verbinden drohten.

Reiß dich zusammen! Wenn du jetzt versuchst, ihn zu überwältigen, und es klappt nicht, dann war's das!

Schnepfensiek schob seine mächtige, römische Nase an der Kopfstütze vorbei und warf ein paar forschende Blicke auf die Rückbank, auf der immerhin seine kostbare Geisel lag.

„Na los, machen Sie schon!“, zischte er und beobachtete genau, was Andreas tat.

Andreas wand sich in den Innenraum, stützte sich mit einer Hand auf der Rückbank ab und fühlte mit der anderen Hand nach dem Puls am Hals seiner Mutter. Er hielt die Luft an und suchte. Verdammt, wo war der Puls? Schnepfensiek sagte irgendetwas, aber Andreas hörte nicht hin.

Er drehte den Oberkörper seiner Mutter so, dass sie auf dem Rücken zu liegen kam, und bemerkte sofort die Platzwunde an der Schläfe, von der aus Blut in ihr blondes, nicht mehr so dichtes Haar gelaufen war. Aber daran konnte sie doch nicht gestorben sein! Unsinn, sie atmete noch! Oder bildete er sich das ein? Herrgott, wo war der Puls? Andreas presste die Finger seitlich an ihren Hals und bewegte sich nicht. Vielleicht war er zu weit hinten, er schob die Finger weiter vor, tastete sich hierhin und dorthin, halt, da war etwas gewesen! Wieder hielt er die Luft an, konzentrierte sich … und ja, da pulsierte das Blut unter seinen Fingerspitzen. Aber schwach, sehr schwach.

Andreas kroch zurück zur Tür und machte Schnepfensiek in aller Schärfe klar, was Sache war.

„Hören Sie gut zu: Meine Mutter hat anscheinend eine schwere Kopfverletzung und kaum noch Puls. Sie gehört sofort ins Krankenhaus!“ Er machte eine Pause und wartete auf Schnepfensieks Reaktion, aber auch der schien mit der Situation überfordert. Also schlug ihm Andreas ohne lange darüber nachgedacht zu haben, etwas vor, das ihm eben durch den Kopf geschossen war. „Machen wir einen Tausch – Sie lassen meine Mutter frei und nehmen mich als Geisel! Überlegen Sie doch mal: Wenn meine Mutter stirbt, haben Sie nichts mehr in der Hand, aber ich könnte Sie sogar hinfahren, wo Sie wollen!“

Andreas wartete. Wenn der miese Verbrecher sich nicht auf den Vorschlag einließ, dann würde ihm Andreas an die Kehle gehen, Bombe hin oder her!

„Jetzt antworten Sie endlich!“, verlangte er ungeduldig.

Schnepfensiek regte sich nicht einmal künstlich auf. Vielleicht spürte er, dass Andreas kurz davor war, die Beherrschung zu verlieren. „Ja, ist eine gute Idee“, gab er plötzlich bekannt. „Holen Sie Ihren Wagen hierher, dann steigen wir um!“

„Ich sage meinen Kollegen Bescheid, damit sie wissen, um was es geht, und damit sie schnellstens einen Notarzt rufen.“

„Meinetwegen. Aber lassen Sie sich keine Waffe oder so was geben, klar? Ich durchsuche Sie, sobald wir im Wagen sitzen.“

Andreas nickte, entfernte sich vom Unfallauto und eilte zu den Kollegen, um ihnen wichtige Informationen und Instruktionen zu geben. Hoffentlich vergaß er nichts!

*

Heiko war nicht wohl dabei, mit einem Kommissar im Auto weiterzufahren – der heckte doch garantiert irgendwas aus! Andererseits, was blieb ihm übrig? Wenn die alte Frau wirklich starb, hatte er erstens keine Geisel mehr, und zweitens, sobald das feststand, einen wildgewordenen Sohn am Hals!

Was ihn am meisten fertigmachte, war die Tatsache, dass er keine Zeit hatte, einen neuen Fluchtplan auszutüfteln. Er war der Typ, der Zeit und Ruhe brauchte, um einen logischen Ablauf zu planen, um alle Konsequenzen und Eventualitäten zu bedenken und um vielleicht sogar die eine oder andere Abweichung vom Plan einzukalkulieren. Es war gar nicht sein Ding, so spontan zu handeln! Man machte doch immer einen Fehler. Nein, das alles gefiel ihm nicht. Wahrscheinlich lauerten schon überall Scharfschützen, um ihn abzuknallen, sobald er aus dem verbeulten Wagen stieg!

Sofort duckte er sich wieder tiefer in die Polster und hielt nur seine Hand mit dem Smartphone hoch, um die Bombendrohung zu unterstreichen. Natürlich hatte er keine Bombe.

Wo blieb der verdammte Kommissar? „He, nun machen Sie endlich!“, brüllte er aus dem Wagen und fuchtelte mit dem Telefon herum.

Eine Minute später fuhr ein dunkelblaues Auto mit Montenar am Steuer von vorne so dicht neben seinen Mietwagen, dass sich gerade noch die Türen weit genug öffnen ließen, dass Heiko vom Beifahrersitz aus, auf dem er sich versteckt hatte, auf den Rücksitz des anderen Autos krabbeln konnte, wo er sofort wieder bestmöglich in Deckung ging, Montenar aber auch gleich die Pistole an den Kopf drückte.

Im selben Moment fiel ihm die Tasche im Kofferraum ein, die Tasche mit den anderen Waffen, dem Elektroschocker und den Handgranaten! Gottverdammter Scheißdreck! Sollte er sie holen? Er fühlte förmlich die Kugel in seinem Rücken, wenn er sich zu weit aus dem Auto wagte. Sollte er den Kommissar schicken, um die Tasche zu holen? Nein, das war genauso riskant, der Kerl würde garantiert versuchen, abzuhauen!

Heiko blieb nichts übrig, als seine Tasche zu vergessen und sich zu ärgern. Er tastete Montenar flüchtig ab. „So, und jetzt sagen Sie Ihren Leuten, dass uns gefälligst keiner der Streifenwagen folgen soll. Sonst sind Sie tot!"

Der Mann rief es aus dem Fenster, seine Kollegen nickten.

„Fahren Sie endlich los!", zischte Heiko ihm ins Ohr und drückte ihm die Pistole noch ein bisschen fester an den Kopf.

„Und wohin?"

„Weiter Richtung Siegburg", ordnete Heiko an.

Montenar wendete und fuhr, bisher noch unbehelligt, zwischen all den Streifenwagen, die sich inzwischen um die Unfallstelle versammelt hatten, hindurch, unterquerte eine Autobahn- und eine Eisenbahnbrücke und kam auf einer geraden und breiten Straße Richtung Osten heraus.

„Herr Kommissar, könnten Sie netterweise einen Zahn zulegen?", fragte Heiko.

Montenar, der bisher korrekte 50 km/h gefahren war, erhöhte auf 70. Heiko hielt seinen Kopf möglichst dicht an den graubehaarten Schädel vor ihm und spähte misstrauisch nach rechts, nach links, nach vorne und besonders nach hinten. Noch folgte ihm niemand, aber er war nicht so naiv zu glauben, dass er nicht genau beobachtet wurde. Das Auto war ein Polizeidienstwagen, der garantiert mindestens mit einem GPS-Trackingsystem ausgerüstet war!

Immer wieder überfielen Heikos Verstand Zweifel, ob er alles richtig oder einen höllischen Fehler nach dem anderen gemacht hatte! *Egal. Zu spät. Konzentrier dich auf die nächste Viertelstunde!*

Montenar trödelte über die gerade Straße, auf der nicht viel los war, als absolviere er die erste Fahrstunde seines Lebens. Links standen

Häuser, rechts gab es sehr viel freies Feld mit Blick auf das Siebengebirge. Gerade kamen sie an einem Friedhof vorbei. Wenn das nicht mal ein schlechtes Zeichen war!

*

Sascha hatte den Wagen vor dem Kreisverkehr abgestellt. Es war Renates Dienstwagen, und sie saß neben ihm.

„Du machst so was gerne, stimmt's?", wollte sie wissen und zog, da es inzwischen ziemlich warm im Wagen war, ihre bunte Wollmütze vom Kopf, von dem daraufhin mehrere ihrer langen, blonden Haare statisch aufgeladen abstanden.

Sascha drehte die Heizung herunter und fragte zurück: „Du etwa nicht?"

„Nee, keine Nerven mehr."

„Da passt du aber hervorragend zu Andreas."

Sascha schaute zur Seite, um zu sehen, welche Reaktion er mit dieser Bemerkung angerichtet hatte. Sie errötete leicht. Vor Verlegenheit oder vor Ärger?

Es war wohl eher letzteres, denn ihre Antwort klang ein bisschen angefressen. „Allmählich verstehe ich, was der Mann sagt – dass man nämlich Berufs- und Privatleben auseinanderhalten soll."

„Aber –", hob Sascha eben an, als ein dunkelblauer Wagen, den er bestens kannte, in den Kreisel fuhr und Richtung Siegburg/Troisdorf abbog. „Da sind sie! Der Kerl will es anscheinend an der nächsten Autobahnausfahrt probieren!"

Sascha nahm in einigem Abstand die Verfolgung auf, während Renate die Zentrale und alle anderen, an der Observierung beteiligten Kollegen informierte.

Man konnte jedes Wort hören, das im Auto zwischen Andreas und Schnepfensiek gesprochen wurde: Andreas hatte vorhin, als er wieder in den Wagen gestiegen war, die Funkanlage im Auto so eingestellt, dass keine Gespräche eingingen, sondern nur Gesprochenes nach außen ging. Und natürlich aufgezeichnet wurde. Schnepfensiek schien das nicht zu merken. Wie sollte er auch?

Und so hörten sie bald darauf Andreas in launigem Ton fragen: „Herr Schnepfensiek, welche Schuhgröße haben Sie eigentlich?"

Es folgte eine längere Pause, bis Schnepfensiek missmutig zurückgab: „Sie haben also auch noch Fußspuren von mir gefunden? Wo?"

„In Graafs Hausflur. Andernfalls hätten wir die Geschichte mit dem Selbstmord vielleicht geglaubt."

„Fahren Sie da rechts ab, da geht's zur Autobahn." Schnepfensiek machte eine kleine Pause, bevor er klagte: „Ich hätte mich nie auf die Geschichte einlassen dürfen!"

„Ach, die *Geschichte* war gar nicht Ihre Idee? Jetzt erzählen Sie doch nicht schon wieder Märchen!", verlangte Andreas. Er wirkte immer noch erstaunlich ruhig und fügte hinzu: „Entschuldigung, ich hatte vergessen, dass Sie Politiker sind."

Ob und was Schnepfensiek darauf geantwortet hätte, würde man vermutlich nie erfahren, denn in dem Moment kam wohl die Polizeikontrolle an einer der Autobahnauffahrten in Sankt Augustin auf die A 560 in Sicht.

Man hörte Schnepfensiek sagen: „Fahren Sie langsamer. Zu dem Polizisten hin … Ja, zu dem da!"

Sascha glaubte sogar zu hören, wie der Wagen immer mehr an Geschwindigkeit verlor; er bekam mit, wie ein Fenster heruntersurrte, und dann ertönte wieder Schnepfensieks fordernde Stimme: „Lassen Sie uns durch – ich habe den Kommissar hier als Geisel!"

Auch die Stimme des Polizisten (war das nicht Knut?) war deutlich vernehmbar: „Ich habe Anweisung, Sie *nicht* durchzulassen!"

Schnepfensiek klang aufgebracht. Das war nicht ungefährlich. „Und wenn ich den Mann jetzt sofort erschieße?"

„Erstens ist das sein Berufsrisiko", erläuterte Knut bereitwillig, „und zweitens haben dann *Sie* ein Riesenproblem."

Sascha wurde es schon ein wenig anders ums Herz – die da vorne pokerten aber verdammt hoch! Sascha schielte kurz zu Renate hinüber, und auch sie schien den Atem anzuhalten.

*

Andreas starrte geradeaus durch die Windschutzscheibe, wartete auf den Schuss in seinen Kopf, aber vermutlich würde er den Knall gar nicht mehr hören.

Aber dann hörte er den Knall doch, weil Schnepfensiek nicht auf ihn, sondern auf Knut geschossen hatte! Andreas sah jedenfalls seinen Kollegen aus dem Augenwinkel zusammensacken und überlegte für den Bruchteil einer Sekunde, ob jetzt nicht der geeignete Moment war, Schnepfensiek zu überwältigen … Aber erstens befand sich der Kerl hinter ihm, und zweitens spürte er auch schon die harte Mündung der Waffe wieder an seinem Hinterkopf.

„Los! Mach das Fenster zu und fahr weiter!“, zischte Schnepfensiek von hinten.

Andreas schloss die Augen, atmete tief ein und aus, um sein Entsetzen und seine Wut unter Kontrolle zu bringen: Er stellte sich einen Deckel vor, den er über eine Pfanne mit brennendem Öl stülpte. Aufregen konnte er sich hinterher noch mehr als genug – falls er diesen Mist hier überhaupt überlebte!

„Okay, Herr Schnepfensiek, wohin darf ich Sie bringen?“, fragte er eisig. Er würde das gerade begangene Verbrechen mit keinem Wort erwähnen. Der Irre war ja unberechenbar wie ein angeschossenes Raubtier!

Schnepfensiek grübelte nicht lange nach, sondern wies mit der freien Hand nach vorne. „Einfach da lang!“

Klar. Wahrscheinlich wollte er versuchen, an der nächsten Auffahrt auf die Autobahn zu kommen. Wieso war dem Mann eigentlich nicht klar, dass man ihn nicht dahin fahren lassen würde, wo er hinwollte? Konnte er vor Panik nicht mehr richtig denken?

Ihr Weg führte durch eine Art Industriegebiet – Großmärkte, Baumärkte, Autohäuser, Fast-Food-Ketten. Plötzlich gab Schnepfensiek Anweisung, nach links zu fahren. Mitten hinein ins Wohngebiet. Was blieb Andreas übrig? Seine Mitarbeit verweigern und sich erschießen lassen? Nein, noch nicht. Die Straße kam vor der Siegbrücke auf der B 56 heraus. Natürlich waren auch hier alle Autobahnauffahrten abgesperrt. Diesmal musste Andreas rechts abbiegen. Schnepfensiek fluchte und tobte, aber wenigstens erschoss er vorerst niemanden.

Währenddessen dachte Andreas an seine Mutter. Wie mochte es ihr gehen? Lebte sie noch? Oder kämpfte sie ums Überleben? Oder war sie über den Berg? Hatte sie bleibende Schäden? Oder ein psychisches Trauma? Würde sie nie mehr die Alte sein? Würde –

„Was soll der Scheiß?“, schimpfte Schnepfensiek und klopfte unsanft zweimal mit der Pistole auf Andreas' Kopf. „Du musst doch wissen, was die vorhaben! Wollen die mich so lange durch die Gegend hetzen, bis ich kein Benzin mehr hab?“

„Nein, keine Ahnung. Ehrlich.“ Andreas befühlte vorsichtig seinen Kopf: Er schien nicht zu bluten.

Schnepfensiek brummte verärgert etwas vor sich hin. Vielleicht war jetzt die Zeit zum Reden gekommen. Andreas bemühte sich um einen mitfühlenden Ton und fragte: „Herr Schnepfensiek, warum haben Sie eigentlich Ihren Freund Burkhardt Graaf ausgeschaltet?"

„Freund?" Schnepfensiek lachte bitter auf. „Wir hatten für eine gewisse Zeit gemeinsame Ziele. Das war alles!"

„Und als Sie ihn nicht mehr brauchten, und er Sie durch unsere Nachforschungen mit in den Abgrund zu ziehen drohte, dachten Sie: Weg mit dem Kerl, ein Zeuge weniger!"

Weder widersprach Schnepfensiek noch protestierte er. Also stimmte wohl Andreas' Annahme. Da Schnepfensiek aber immer noch schwieg, dachte Andreas über eine andere Taktik nach, wie er den Mann zum Reden bringen konnte. Erreichte er vielleicht mehr, wenn er Schnepfensieks Killerqualitäten lobte? Einen Versuch war es wert.

„Also die Sache mit dem vorgetäuschten Selbstmord von Graaf in der Garage, das war eine reife Leistung. Alle Achtung! Unser Team ist erst mal drauf reingefallen!" Andreas ließ latente Bewunderung in seiner Stimme mitschwingen. „Und auch die Sache mit Frings. Wie Sie dem alles in die Schuhe geschoben haben – klasse Idee! Aber echt großes Theater war, wie Sie's haben aussehen lassen, als hätte Graaf mit Frings zusammengearbeitet. Wirklich sehr kreativ."

Da Schnepfensiek noch immer schwieg, fügte Andreas hinzu: „Ich verstehe aber bis heute nicht, wofür Frings die € 50.000 bekommen hat."

Jetzt meldete sich Schnepfensiek doch, mit einem wütenden: „Sagen Sie mir, wo die Drecksau das Geld versteckt hatte!"

Andreas fuhr über die Kreuzung, an der man rechts zum HUMA abbiegen konnte, schaute in den Rückspiegel und war sicher, dass ihm etliche Kollegen folgten. Er schaute auch in Schnepfensieks Augen, die dunkel wirkten – und entschlossen. Zum Äußersten entschlossen.

Andreas erzählte ihm bereitwillig von den Geldbündeln im Abflussrohr der Dachrinne. Hinter sich hörte er wieder heftiges Fluchen. Er fragte nach: „Wofür war das Geld? Hat Frings Sie erpresst?"

Schnepfensiek machte irgendein komisches Geräusch und schimpfte: „Er hat mich bei Schießübungen im Wald gesehen. Und dann ruft der Arsch auch noch bei meiner Frau an, um mich unter Druck zu setzen! Ich hab die € 50.000 in Raten an ihn gezahlt. Ich wollte, verdammt noch mal, mein Geld zurück! Dann wär alles anders gelaufen – dann wär ich längst in Südamerika!"

„Und jetzt? Soll ich Sie nach Südamerika fahren?"

Schnepfensiek antwortete auf seine Art – er stieß Andreas die

Pistole gegen den Hinterkopf und zischte: „Quatsch nicht! Bieg da vorne links ab!“

Sie waren an der großen Kreuzung angekommen, wo es rechts zur Kinderklinik und links nach Hennef ging. Was wollte der Mensch in Hennef? Da er wieder schwieg, redete Andreas weiter. In so einer Situation sollte man nie die Kommunikation abreißen lassen. Vielleicht half ein wenig Provokation.

„Herr Schnepfensiek, Sie haben zwei Fehler bei der ganzen Aktion gemacht. Wollen Sie wissen, welche?“, stichelte Andreas und erntete Schweigen. „Nun, ich nenne Sie Ihnen trotzdem. Für den ersten Fehler können Sie nichts, das war der bescheuerte Zufall. Sie konnten ja nicht wissen, dass Ihr erstes und Ihr letztes Opfer miteinander in Beziehung standen. Aber dadurch sind wir zum ersten Mal auf die Idee gekommen, dass die beiden anderen Erschossenen nur der Ablenkung dienten. Blöd, was?“

Schnepfensiek gab keinen Ton von sich.

Während Andreas an einer roten Ampel warten musste, rieb er Schnepfensiek eine weitere Schwäche seines Plans unter die Nase. „Der zweite Fehler, den Sie ganz alleine begangen haben, und der vermeidbar gewesen wäre, war der Mordversuch an Ihrem Kollegen Fleischer-Gerlach. Warum haben Sie das gemacht? Um unsere Aufmerksamkeit auf sich zu lenken?“

„Ja, Sie haben Recht!“, knurrte Schnepfensiek. „Das hätte nicht schiefgehen dürfen! Ich wusste, dass die feige Sau singt, wenn ich ihr nicht das Maul stopfe!“

Der Mann klang fast, als hätte er zwei Persönlichkeiten in sich – wo war der eloquente, nette Politiker geblieben?

Nach endlosen Minuten sprang die Ampel auf Grün, und Andreas bog in die schnurgerade, beidseits mit großen, jetzt kahlen Bäumen gesäumte Hennefer Straße ab. Er fuhr eine verdächtig leere Straße entlang. Hatte man auch hier schon alles rundum abgesperrt?

Da Schnepfensiek immer noch nicht besonders redselig war, wanderten Andreas' Gedanken plötzlich ab zu ganz eigenen, existenziellen Fragen. Wenn das hier jetzt die letzte Stunde seines Lebens war, konnte er dann ohne Reue abtreten? Konnte er sagen, ja, ich habe das Leben voll ausgekostet? Ich habe alle für mich wichtigen Erfahrungen gemacht? Da ist nichts mehr, was ich unbedingt noch erleben muss?

Oder würde er voll Panik denken: Halt, da fehlt noch was, ich kann noch nicht gehen! Ich bin noch nicht fertig mit dem Leben! Ich will unbedingt noch mich einmal von Kopf bis Fuß richtig in eine Frau verlieben, einen Sohn zeugen, einmal noch von einem Hügel aus die Sonne über Rom untergehen sehen, das Teleskop auf dem Mauna Kea besuchen, Klavier spielen lernen, endlich mit dem –

„Verfluchte Scheiße!“, keifte Schnepfensiek in sein Ohr. „Da stehen sie schon wieder! Halt mal an! Du sollst anhalten!“

Sie hatten die letzten Häuser von Niederpleis hinter sich gelassen und standen nun auf der völlig leeren Straße, Felder rechts und Felder links. Weiter vorne waren die Auffahrten zur Autobahn 560 zu erkennen, sowie das übliche Polizeiaufgebot. Aber etwas war diesmal anders, und Schnepfensiek hatte es auch schon gemerkt.

„Die Auffahrt Richtung Siegburg ist offen! Wieso?“ Er schlug Andreas wieder die Waffe an den Kopf. „Wieso!?“

„Woher soll ich das wissen?“, brüllte Andreas zurück und fasste sich mit einer Hand an den Kopf.

„Die haben doch was vor. Ich soll auf die Autobahn fahren! Das ist eine Falle!“

„Ja, damit muss man rechnen, wenn man Geiseln nimmt!“

Schnepfensiek brabbelte vor sich hin, als sei er kurz davor, durchzudrehen. „Die haben ein Stück Autobahn isoliert, ein Stück, wo man nirgendwo mehr raus kann – so wie damals die zwei Bankräuber auf der A 3! Weißt du noch? Die Geiseln wurden erschossen!“

„Ja, ich weiß!“, erwiderte Andreas giftig. „Und die Bankräuber wanderten für sehr lange Zeit hinter Gitter!“

„Wir werden durchbrechen!“, entschied Schnepfensiek.

„Was?“

„Ich will nicht mehr auf die Autobahn! Wir fahren geradeaus, einfach mitten durch die Absperrung! Ich will in die nächste Stadt, dahin, wo viele Menschen sind!“ Schnepfensiek schien sich für seine Idee mehr und mehr zu begeistern. „Ja, das machen wir! Los jetzt, tritt aufs Gas und zwar ordentlich!“

Schnepfensiek bohrte Andreas von der Seite die Waffe genau dahin, wo der oberste Wirbel saß. Andreas fuhr los und beschleunigte, raste auf die weißroten Absperrgitter los. Da er wusste, dass Sascha und alle anderen mithörten, war er überzeugt, die Kollegen an der Absperrung würden schleunigst einen Nagelgurt auslegen, um den Wagen zu stoppen. Aber das taten sie nicht.

Andreas spielte ein paar Sekunden lang mit dem Gedanken, nicht durch die Absperrung, sondern nach links auf die Autobahn zu rasen

– was er wahrscheinlich mit einem Kopfschuss würde bezahlen müssen. Denn Schnepfensiek kam es auf einen Mord mehr oder weniger nicht an, und Andreas war sich nicht sicher, dass der Wahnsinnige daran dachte, dass ein außer Kontrolle geratenes Auto auch ihn das Leben kosten konnte.

Und so fuhr Andreas doch geradeaus, der Wagen krachte gegen das Metallgitter, schleuderte es zur Seite, schlingerte kurz und fuhr relativ unbeschädigt weiter.

„Okay, werd jetzt nicht langsamer!", befahl Schnepfensiek.

Andreas raste die Straße hinab, unter einer Autobahnbrücke und einer Eisenbahnbrücke hindurch, in einen Kreisel hinein und direkt rechts wieder hinaus. Jetzt befanden sie sich auf der ebenfalls sehr geraden Straße, die nach Hennef führte, und die war keineswegs abgesperrt und unbefahren. Andreas musste mit dem Tempo heruntergehen und sich daraufhin das Genörgel in seinem Rücken anhören.

„Wissen Sie was, Herr Schnepfensiek?", herrschte er den Mann an. „Langsam reicht's mir! Wie wär's, wenn Sie fahren? Und ich steig aus und geh zu Fuß weiter!"

Kurzes Schweigen. Dann stellte Schnepfensiek eisig fest: „Mir reicht's auch! Ich sollte dich erschießen und mich allein aus dem Staub machen!"

Andreas fand es an der Zeit, den Spieß umzudrehen. „Das wird nicht klappen", klärte er den Kerl auf. „Wenn Sie mich erschießen, sind Sie zwei Sekunden später tot!"

„Ach ja?", spottete Schnepfensiek, aber Andreas konnte im Rückspiegel beobachten, wie sich Schnepfensiek gründlich nach allen Seiten umsah. Nervös. Ängstlich.

Plötzlich schrie er durchs Auto: „Ihr seid doch ein hinterhältiger Haufen! Aber euch werd ich's zeigen!"

*

Sascha hörte Schnepfensiek herumschreien und fragte sich, ob Andreas die Sache nicht ein bisschen zu lässig anging.

Auch Renate, die immer noch neben ihm saß, guckte gequält. „Ist das für Andreas nur ein Adrenalinkick, oder ist er leicht suizidal veranlagt?"

„Ich glaube, weder noch." Sascha kam aus einer Seitenstraße und löste Manfred und Klaus im Zivilwagen bei der Verfolgung ab. „Ich hatte schon öfter den Eindruck, dass Andreas in extrem gefährlichen Situationen in der Lage ist, seine Gefühle abzuschalten."

„Aha". Renate dachte nach und kam dann mit der Erkenntnis: „Ich hatte ja keine Ahnung, dass ein Spaziergang mit mir eine extrem gefährliche Situation für ihn ist."

„Da siehst du mal", kommentierte Sascha und konzentrierte sich darauf, nicht zu nah an den zu verfolgenden Wagen heranzufahren. Andererseits – hatte Andreas mit seiner Bemerkung einen Hinweis gegeben, dass sich die Verfolger offen zeigen sollten? Damit Schnepfensiek seine Drohung ernst nahm?

Er holte sich Renates Meinung ein, und Renate sah die Sache genauso. Daraufhin besprach er sich mit Manfred, der die Einsatzleitung übernommen hatte und in einer Parallelstraße in die gleiche Richtung fuhr wie Schnepfensiek. Manfred diskutierte mit anderen Kollegen und gab schließlich Anweisung, die heimlichen Pfade zu verlassen und Schnepfensiek ganz offen einzukreisen.

Das taten sie, und Sascha gelang es ohne Mühe, sich vor Andreas' Wagen zu setzen und ihm beim Überholen per Hand ein Zeichen zu geben. Andreas reagierte sogar.

Inzwischen waren sie in Hennef angekommen und fuhren über eine immer enger werdende Hauptstraße ins verkehrsberuhigte Zentrum hinein. Viele kahle Bäume entlang der Straße, rechts eine Tankstelle, links eine Art Park, dahinter noch eine Tankstelle. Der Straßenverkehr war überschaubar.

Sascha behielt im Rückspiegel das Auto mit Andreas und Schnepfensiek im Auge. Unerwartet bog der Wagen nach rechts ab. Wo wollte der Schweinehund hin? Sascha bremste nicht ab, sondern gab Gas und nahm die nächste Seitenstraße, die rechts abging.

*

Heiko gab Anweisung, nach rechts abzubiegen. Der Kommissar tat es, fuhr dann aber nicht geradeaus, sondern zog den Wagen nach links auf einen kleinen Platz zu, der eingefasst war von drei Stufen, die zu der Platzmitte hinab führten. Lauter Geschäfte ringsum. Ein paar wenige Fußgänger waren unterwegs.

Bevor Schnepfensiek es verhindern konnte, hoppelte der Wagen die Stufen hinunter und fuhr über den Platz bis ans andere Ende, wo wieder ein paar Stufen hinaufführten. Dort stoppte Montenar, da sich ihm der Wagen von Piel in den Weg stellte. Heiko konnte ihn durch die Windschutzscheibe genau erkennen.

Heiko drehte sich um: Hinter ihm bremsten mit quietschenden Reifen zwei weitere Wagen, aus denen Männer mit gezogenen Pistolen sprangen. Er war umzingelt – verflucht, wie hatte es soweit kommen können? Seine Gedanken waren konfus, als hätte er eine halbe Flasche Wodka gesoffen! Was konnte er tun?! Er musste raus aus dem Wagen! Sofort! Mit seiner Geisel!

„He, Kommissar, wir steigen jetzt aus!“, befahl er halblaut und so ruhig, wie er konnte. Der arrogante Kerl sollte nicht merken, wie es in ihm aussah.

Heiko warf einen letzten Blick nach draußen: Inzwischen standen fünf zivile Fahrzeuge halbkreisförmig um den Wagen herum. Alle Insassen zielten mit ihren Pistolen auf ihn; auch der blonde Piel, der ihm besonders nahe war, stieg aus und hob seine Waffe. Zu blöd, dass die Entführung seiner Frau und seines Sohnes nicht geklappt hatte – das wäre sicher effektvoller gewesen, als nun mit dem alten Kommissar aus dem Auto zu steigen!

Heiko stieß Montenar von hinten mit der Waffe an der Schulter an. „Los, raus aus dem Wagen, und lauf ja nicht weg, sonst hast du eine Kugel im Rücken! Du kommst nach hinten und machst mir die Tür auf!“

Der Kommissar bewegte sich mit der Geschwindigkeit einer Schnecke. Wollte er seinen Männern Zeit verschaffen, sich einen guten Schlachtplan auszudenken?

„Mann, geht’s noch langsamer?!“, herrschte er Montenar an, der aus dem Auto stieg, sorgfältig seine Tür zumachte – und sich plötzlich fallen ließ.

Weg war er! Der Kerl lag irgendwo neben den Rädern und robbte wahrscheinlich schon Richtung Kofferraum! Heiko war sofort klar, in welcher Gefahr er sich befand. Keine Sekunde später ging er auf Tauchstation und stieß gleichzeitig die hintere Tür auf. Vielleicht hatte er noch eine Chance. Und tatsächlich: Da lag der Kommissar auf dem Bauch. Er drehte den Kopf hoch und Heiko sah ihm nun direkt in die Augen. Er hielt ihm seine Pistole vors Gesicht.

„Guter Plan, aber du bist leider viel zu langsam!“, flüsterte Heiko und merkte, wie sein Herz raste.

Montenar versuchte indessen, die Wagentür von außen wieder

zuzudrücken, aber er lag ungünstig und schaffte es nicht.

„Nun steh schon auf! Und beug dich zu mir rein! Ja, so ist gut. Und jetzt geh rückwärts!"

*

Sascha stand keine fünf Meter von Schnepfensieks Wagen entfernt, die Pistole in beiden Händen. Als Andreas ausstieg und sich neben dem Auto zu Boden warf, hatte Sascha sofort auf Schnepfensieks Kopf gezielt, wie seine Kollegen vermutlich auch.

Aber Schnepfensiek hatte sich blitzschnell hinter die Rücklehne geduckt. Und schon war die Gelegenheit vorbei. Plötzlich erhob sich Andreas vom Boden. Mist, anscheinend hatte der Kerl die hintere Tür aufgemacht und hielt Andreas seine Waffe unter die Nase.

Andreas beugte sich vor, und Schnepfensiek krabbelte aus dem Auto und versteckte sich hinter Andreas. Ja, nun war er zu sehen: Er richtete sich auf, packte Andreas von hinten am Arm, hielt ihm mit der anderen Hand die Pistole ins Genick und ging, Andreas vor sich wie einen Schild, rückwärts.

Er bewegte sich eindeutig auf eins der Geschäfte zu. Verdammt und verflucht! Man konnte ihn doch nicht einfach in einem Laden verschwinden lassen! Da waren Menschen drin. Da würde sich der Kerl zehn weitere Geiseln nehmen. Da konnte er sich tagelang verschanzen.

Sascha war sowieso schon über alle Maße wütend auf Schnepfensiek. Wie krank im Hirn musste man sein, um ein Kleinkind als Geisel nehmen zu wollen! Das empörte ihn einfach über alle Maßen. Wahrscheinlich hatte er seit einer Stunde Puls und Blutdruck wie ein Herzinfarktkandidat.

Und jetzt das: Schnepfensiek mit Waffe in einem Geschäft. Zusammen mit Kunden, vielleicht sogar mit Kindern!

Als Schnepfensiek mit seiner Geisel Andreas noch gute zwei Meter von der Eingangstür entfernt war, kam auch wie zur Bestätigung eine Frau in den Dreißigern mit einem etwa achtjährigen Mädchen aus dem Laden, das eine leuchtend rote, sehr dicke Steppjacke trug, aus der unten dünne Beine in Jeans und braunen Stiefeln herausragten. Sowohl die Frau als auch das Mädchen starrten die beiden Männer neugierig an, bis wohl der Frau schlagartig bewusst wurde, was sie da sah. Sofort machte sie einen möglichst großen Bogen um Schnepfensiek und Geisel, drückte ihre Tochter eng an sich und eilte mit verschrecktem Gesichtsausdruck in größtmöglichem Abstand an den anderen Männern mit Waffen in den Händen vorbei.

Schnepfensiek ließ sie unbehelligt laufen und kam soeben rückwärtsgehend an der Eingangstür des Geschäfts an. Vermutlich hatten die Angestellten im Laden noch gar nicht mitbekommen, was draußen los war. Sonst hätten sie vielleicht die Tür abgeschlossen.

Schnepfensiek drückte die Tür mit Hintern und Schulter auf, und Sascha dachte gerade, er würde Andreas mit ins Geschäft zerren oder aber (sein Herzschlag verdoppelte sich) einfach erschießen, als der Kerl ihm die Pistole so heftig auf den Kopf hämmerte, dass Andreas sofort auf den Boden sackte.

Als Sascha die Szene mitansehen musste, wurde in seinem Kopf ein Schalter umgelegt, und so etwas wie eisige Ruhe kroch durch sein Gemüt. Er würde den Kerl zur Strecke bringen, bevor er noch mehr Unheil anrichtete. Koste es, was es wolle!

Ohne eine Anweisung abzuwarten, rief er Manfred zu: „Kümmert euch um Andreas! Ich suche mit Jörg nach einem Hinterausgang!"

Manfred sagte dazu nichts, und so trabte Sascha mit Jörg im Gefolge um die Häuserzeile herum, um Schnepfensiek einen eventuellen Fluchtweg abzuschneiden. Die uniformierten Kollegen würden sicher auch gleich eintreffen. Das dröhnende Knattern eines Hubschraubers war schon zu hören.

Aber Sascha wollte allen zuvorkommen – der Scheißkerl gehörte ihm!

Sascha und Jörg liefen an den Rückseiten entlang, und plötzlich hörten sie aus dem Inneren eines Hauses einen Schuss.

*

Heiko scherte sich nicht weiter um den am Boden liegenden Kommissar, hastete rückwärts in den Laden – die Tür schloss sich von selbst – und drehte sich um, die Waffe natürlich noch in der Hand.

Im Laden standen ein paar Leute herum, Kundinnen und Verkäuferinnen, die ihn blöde anglotzten. Er hob die Pistole. Eine Frau schrie auf, ein junger Mann sprang hinter einen Ständer mit Mänteln, und eine junge Frau, die gerade mit einem Kinderwagen von einer Seite des Ladens zur anderen unterwegs war, blieb direkt vor Heiko stehen und rührte sich nicht mehr.

Das Kind, ein Junge von kaum zwei Jahren, saß warm eingepackt in seinem Kinderwagen, hatte sich halb umgedreht und schaute zu seiner Mutter auf. Seine Nase war groß und ganz leicht gebogen. Heikos Herz stolperte. Sie sah aus wie die Nase von Simon, seinem zweitem Sohn. Wieso lebte dieses Kind, während Simon hatte sterben müssen? Das war nicht in Ordnung! Das war unfair!

Heiko fühlte immer mehr Wut in sich aufsteigen. Und Schmerz. Unglaublichen Schmerz. Den Schmerz konnte er nur aufhalten, wenn er Gerechtigkeit übte! Er richtete die Pistole auf den Kopf des Jungen – und plötzlich erwachte die Mutter zum Leben und rannte mit dem Kinderwagen wie vom Affen gebissen davon. Und genau im gleichen Moment wurde Heiko von der Seite am Arm berührt, und eine weibliche Stimme fragte zuvorkommend: „Kann ich Ihnen helfen?"

Sein Kopf fuhr herum, und er sah in das Gesicht einer eher verblühten Verkäuferin. Dunkelrot gefärbtes, kurzes Haar, Brille, baumelnde Silberohrringe, Rock und rote Bluse mit Namensschild: B. Theis. Im Gesicht ein falsches Lächeln.

Das brachte ihn zurück in die Gegenwart. Er hielt ihr den Lauf der Waffe ins Gesicht. „Wo ist der Hinterausgang?"

Die Frau gab sich überraschend unerschrocken und zeigte tiefer ins Geschäft hinein. „Gehen Sie dort lang, immer weiter, bis zu den Umkleidekabinen, links daneben ist eine Tür, da kommen Sie in einen kleinen Flur, auf der einen Seite ist ein Büro, auf der anderen Seite der Ausgang."

Heiko schenkte der Frau einen mitleidigen Blick. Hielt sie ihn für dämlich? „Wissen Sie was? Sie bringen mich jetzt dahin!"

Abrupt verlor sich ihr Lächeln. Sie wandte sich ab und marschierte auf ihren bequemen, schwarzen Schuhen in einem Tempo vor Heiko her, als wolle sie die unangenehme Sache so schnell wie möglich hinter sich lassen. Wenn sie sich da mal nicht irrte.

Gerade kamen sie an der Tür an, die in den kleinen Flur führte. Bevor die Verkäuferin die Tür aufdrücken konnte, wurde sie von der anderen Seite aufgezogen und ein Mann stand da: dunkelblauer Anzug, weißes Hemd, blaugemusterte Krawatte, Brille, schmales Gesicht, schicke Frisur. Der Chef?

„Was geht hier vor sich?", fragte er in tadelndem Ton.

Verdammt, Heiko hatte die Kameras vergessen! Aber er würde sich jetzt sicherlich nicht von dieser Pfeife aufhalten lassen. Sein Ton wurde deutlich aggressiver. „Zeigen Sie mir, wo der Ausgang ist, dann bin ich weg, und nichts ist passiert!"

„Nichts ist passiert?", ereiferte sich der Mann und wischte sich mit nervöser Handbewegung eine sehr dünne Haarsträhne aus der Stirn. „Sie haben meine Kunden bedroht und wollten ein Kind erschießen! Sie bleiben hier, bis die Polizei kommt!"

Heiko traute seinen Ohren nicht. „Sind Sie verrückt, Mann?!" Er drückte dem Kerl seine Pistole in die Rippen. „Lassen Sie mich durch!"

„Nein!"

Das Gefühl, dass ihm die Zeit davonlief, vermischte sich mit Heikos überkochender Wut darüber, dass ihm schon wieder jemand Steine in den Weg legte! Was war er denn?! Ein Hanswurst, mit dem man umspringen konnte, wie einem beliebte?!

Er schaute in die vor Angst dunklen Augen des Chefs vor ihm und fühlte sich auf einmal mächtig. Er konnte dem Kerl vor ihm das Leben schenken, oder es ihm nehmen!

„Geh beiseite, oder du bist tot!", warnte Heiko ihn ein letztes Mal. Es war eine Respektlosigkeit sondergleichen, was der Trottel da tat, und nicht einmal mutig, sondern einfach nur dumm! Dumm, dumm und noch mal dumm!

Doch der Mann im Anzug wich keinen Zentimeter von der Stelle. Gut, dann musste sich Heiko eben Respekt verschaffen! Ohne weitere Diskussion schoss er dem Mann, der direkt vor ihm in der Tür stand, eine Kugel in den Bauch.

*

Sascha und Jörg befanden sich auf der Rückseite des Geschäfts. Als der Schuss fiel, drehte sich Saschas Kopf nach links. Eine der beiden Türen da vorne musste es sein!

Er rannte los und probierte die erste Tür. Jörg war direkt hinter ihm. Sascha stieß die Tür nach innen auf und zielte mit seiner Waffe sofort nach rechts – denn da stand Schnepfensiek und griff nach einer Frau, die sich gerade an ihm vorbei durch die Tür in den Flur zwängen wollte.

Mit einer Hand zog der Kerl sie am Arm zurück, in der anderen hielt er eine Pistole, deren Lauf auf die Tür zeigte, die Sascha aufgestoßen hatte. In Sekundenbruchteilen registrierte und folgerte Saschas Hirn drei Dinge: Auf dem Flur lag ein Mann mit einem Loch im Bauch; Schnepfensiek würde im nächsten Moment die Frau als Schutzschild vor sich halten; und er würde, wenn er jetzt auf Sascha schoss, möglicherweise daneben treffen, weil er mit der sich wehrenden Frau beschäftigt war.

Saschas Instinkt entschied innerhalb einer Sekunde: Rückzug stand nicht auf dem Programm – also blendete er alles aus, was um ihn herum passierte, konzentrierte sich ganz auf seine Hände, die kein bisschen zitterten, nahm sein Ziel mit eiskalter Sorgfalt ins Visier und schoss Schnepfensiek, der ihn mit einem Mal ansah, eine Kugel mitten in die Stirn.

*

Als Andreas wieder zu sich kam, hatte er hämmernde Kopfschmerzen. Er lag auf dem Boden, über sich zwei besorgte Gesichter: das von Manfred und das von Renate. Herr im Himmel, was war passiert?! Er richtete sich auf, und ein übles Pochen löste das Hämmern in seinem Hinterkopf ab.

„Was war los?“, knurrte er und legte die Hand auf die schmerzende Stelle.

„Schnepfensiek hat dich niedergeschlagen“, klärte Renate ihn auf.

Andreas’ Erinnerung kehrte plötzlich zurück. Gott sei Dank! „Wo ist er jetzt?“

„In dem Geschäft da.“ Renate wies hinter sich.

„Wie lange schon?“

„Seit ein paar Minuten.“

„Ist der Gebäudekomplex umstellt?

„So gut wie. Und Sascha und Jörg sind auf der Rückseite.“

Andreas versuchte aufzustehen und war nicht besonders begeistert darüber, dass Renate ihm dabei helfen musste. Als er wieder auf den Füßen stand, ließ er sofort ihren Arm los.

„Danke. Lasst uns nachsehen, was Sascha und Jörg da hinten so treiben. Hier vorne sind genug Leute.“

Allerdings. Auf dem Platz trafen immer mehr Streifenwagen ein; vermutlich all die, die auf Schnepfensieks Fluchtweg die Autobahnauffahrten abgesperrt hatten. Andreas fühlte sich immer noch ein bisschen wackelig, aber er tat so, als sei alles in Ordnung.

„Fragt mal bei Sascha nach, wo er ist, und wie die Lage aussieht“, wies er Manfred an.

Der fragte nach, und erhielt als Antwort, dass Jörg und Sascha noch nach der richtigen Hintertür suchten. Gerade, als Manfred, Renate und Andreas losmarschierten, hörte er so etwas wie einen Schuss.

„Habt ihr auch was gehört?"

Manfred und Renate nickten, sie trabten sofort los, aber Andreas konnte nicht mithalten: Sein Kopf erzählte ihm bei jedem Laufschritt, er sei wohl nicht ganz bei Verstand! Und so begnügte sich Andreas mit schnellerem Gehen, und eben wollte er die erste Häuserecke umrunden, als wieder ein Schuss fiel, diesmal sehr laut, weil er direkt durch den Funk kam.

„Sascha, was ist los? Geht's dir gut?" Andreas ging einen Schritt schneller, als plötzlich jemand ins Mikro sagte: „Wir haben ihn!", und zwar mit einer so komischen, nach inbrünstiger Genugtuung klingenden Stimme, dass Andreas nicht sicher war, wen er gehört hatte. War das wirklich Sascha gewesen?

„Sascha?", fragte Andreas nach.

„Wer sonst. Andreas? Du lebst noch? Da bin ich aber echt froh!"

Endlich kam Andreas hinter den Häusern an und verschaffte sich einen Überblick: Auch hier waren inzwischen zwei Streifenwagen vorgefahren, deren Besatzung sich zusammen mit Renate, Manfred und Jörg in einer etwa 30 Meter entfernten, offen stehenden Tür drängelten, hinter der irgendetwas passiert sein musste.

Während sein Kopfschmerz langsam schlimmer wurde, eilte Andreas auf die Tür zu.

„Darf ich auch mal?", verlangte er schließlich und zwängte sich durch die Kollegen. Dann sah er Sascha, der beruhigend auf eine Frau mit dunkelroten, kurzen Haaren einredete, die schluchzte und eben ihre Brille hob, um sich mit einem Taschentuch die Augen abzutupfen. Erst danach entdeckte er zwei auf dem Boden liegende Männer: Den mit dem Bauchschuss kannte er nicht, der mit dem Loch in der Stirn war Schnepfensiek. Seine Augenlider hingen halb herab; in der Hand hielt er immer noch seine Pistole.

„Wer hat den Kerl erschossen?", wollte er wissen.

Jörg gab die Antwort: „Sascha. Schnepfensiek zielte auf ihn und wollte sich gerade hinter der Dame da verstecken!" Er wies auf die Frau, mit der Sascha sprach.

Andreas hatte schon die nächste Frage auf der Zunge, aber er verkniff sie sich dann doch. Während er mitten in der Traube Menschen stand und darauf wartete, Sascha ausquetschen zu können, fiel ihm plötzlich seine Mutter ein. Er zwängte sich zurück nach draußen und rief das Krankenhaus an.

Er durfte tatsächlich mit ihr sprechen: Sie war wach und erzählte ihm, sie habe eine schwere Gehirnerschütterung und Kreislaufprobleme wegen dem Chloroform und müsse übers Wochenende im Krankenhaus bleiben, und Andreas müsse sich unbedingt um ihre Blumen, ihre Post, die Mülltonne und ihre Wäsche kümmern, die sich noch im Trockner befand!

Plötzlich hörte sie auf mit den Befehlen und meinte mit schwer belegter Stimme: „Ich hab gehört, du hast dich für mich als Geisel austauschen lassen. Das war wirklich lieb von dir.“ Pause, Räuspern. „Aber mach das ja nicht noch mal! Ich hab mein Leben gelebt, doch du hast noch alles vor dir.“

„Bitte?“

„Ja, ich gebe die Hoffnung nicht auf! Du bist nicht zu alt, um eine Familie zu gründen. Du hast eine letzte Chance bekommen, dein Leben –“

„Mutter, entschuldige, ich muss hier was klären. Ich bin spätestens heute Abend im Krankenhaus. Bis dann!“ Andreas legte auf und atmete zwei- bis dreimal durch. Mütter!

Er wandte sich um. Inzwischen war auch ein Krankenwagen eingetroffen. Für die zwei Erschossenen kam er zu spät, aber der Notarzt fand trotzdem ein Opfer, das er versorgen konnte: Andreas.

Während der Arzt seinen Hinterkopf inspizierte, trudelten zwei Wörter durch Andreas' Gehirn: letzte Chance. Die letzte Chance? Wie konnte seine Mutter so was behaupten? Oder hatte sie Recht? Das Leben konnte von einer Sekunde zur nächsten vorbei sein, für jeden auf der Welt – aber wer hatte schon Lust, sich das 24 Stunden am Tag vor Augen zu halten? Nein, danke!

Wenn man dem Tod gerade noch von der Schippe gesprungen war, krempelte mancher sein Leben von Grund auf um. Man war dankbar, würdigte Kleinigkeiten, achtete auf seine Gesundheit und genoss jede Minute – ein paar Wochen lang. Hartgesottene schafften es ein paar Monate lang, ganz tief Getroffene vielleicht sogar ein paar Jahre. Aber irgendwann drängte man solche Erlebnisse beiseite und verfiel in seinen guten, alten Trott.

Andreas wusste das, auch aus eigener Erfahrung. Sollte er sich also jetzt der nächstbesten Frau an den Hals werfen und eine Familie gründen, obwohl er wusste, dass das kein Herzenswunsch von ihm war?

Er hatte schon angefangen, sich das „Idyll“ auszumalen, als der Arzt vorschlug, was Ärzte in solchen Situationen immer vorschlugen: die Nacht zur Beobachtung im Krankenhaus zu verbringen. Und Andreas, sonst ein strikter Gegner von Krankheit und Krankenhaus, fühlte sich inzwischen so elend (die Kopfschmerzen waren wirklich schlimm!), dass er sich einverstanden erklärte.

Aber er wolle unbedingt in das Krankenhaus gebracht werden, in dem seine Mutter lag. Von wegen zwei Fliegen mit einer Klappe.

*

Annika und Sascha saßen abends im Wohnzimmer auf der Couch und schauten sich die Nachrichten an. Gabriel schlief schon.

Natürlich wurde ausführlich über die Geiselnahme, die Flucht und die Erschießung des Heiko Schnepfensiek berichtet. Auch Sascha huschte einmal kurz durchs Bild. Vor dem Zubettgehen würde er wohl noch zwei Flaschen Bier trinken müssen – sonst konnte er garantiert nicht einschlafen!

Er empfand nicht die leisesten Gewissenbisse: Schnepfensiek hatte sechs Menschen umgebracht, und beinah hätten auch noch Andreas und seine Mutter dran glauben müssen!

Und an die Entführung von Annika und Gabriel wollte er erst gar nicht denken – da kam ihm jetzt noch die Galle hoch! Hätte er den Psychopathen, der für seine Karriere über Leichen ging, etwa verschonen sollen, damit er 15 Jahre später wieder auf die Menschheit losgelassen wurde? Um dann einen Bestseller über seine Taten zu schreiben und am Ende doch Oberbürgermeister von Bonn zu werden?

Nein, Sascha hatte keine andere Wahl gehabt, als den Kerl in den Kopf zu schießen! Nein, alles andere wäre zu riskant gewesen. Genau das würde er auch denen erzählen, die ihn morgen zu dem Vorfall befragen würden.

„Ich bin stolz auf dich“, schnurrte Annika ihm plötzlich ins Ohr, umarmte ihn und fügte etwas hinzu, das ihm weniger schmeckte. „Beinah hätte ich dir die Arbeit abgenommen und den Mistkerl schon zwei Stunden früher erschossen!“

Sascha ließ sich nichts anmerken. „Ja, das hast du toll gemacht. Wieso bist du damals nicht zur Polizei gegangen? Du wärst vielleicht mal Chefin von dem Laden geworden.“

Annika boxte ihn gegen den Arm. „Mach dich nicht lustig über mich! Ich hab aus Mutterinstinkt gehandelt, aber du hast einen Killerinstinkt."

„Bitte?"

„Ja, einen Killerinstinkt. Das ist jedenfalls mein romantisches Idealbild von dir. Mach mir das ja nicht kaputt!"

„Auf keinen Fall." Sascha nahm sie in den Arm, und sie lehnte ihren Kopf an seine Schulter. Möglicherweise passten sie doch hervorragend zusammen.

*

Siegburg, Krankenhaus
Samstag, 23. Februar
8.15 Uhr

Nach dem Frühstück, das man gerade noch so durchgehen lassen konnte, lag Andreas grübelnd auf dem Bett und erlebte zum mindestens fünften Mal alles durch, was ihm passiert war: Was er getan hatte, was er gesagt hatte, was er anders hätte machen sollen und natürlich, was alles hätte schiefgehen können.

Das war eine Macke von ihm, die er wirklich hasste! Er konnte doch sowieso nichts mehr ändern! Ja, aber vielleicht konnte er fürs nächste Mal daraus lernen. Quatsch, denn in genau die gleiche Situation würde er nie wieder geraten!

Andreas setzte sich auf. Immerhin waren die Kopfschmerzen fast verschwunden. Wie die Ärzte festgestellt hatten, lag auch keine Hirnschwellung, Hirnblutung oder ähnlich Dramatisches vor. Lange würde er jedenfalls nicht mehr hier bleiben! Er stand auf, zog sich die Sachen vom Vortag an und machte sich auf den Weg zu seiner Mutter, die in einem Bett nur ein paar Zimmer weiter lag.

Im Gegensatz zu Andreas hatte sie ihr Zimmer nicht für sich allein, sondern teilte es mit einer mindestens 80-jährigen, die gerade eine Operation hinter sich hatte und nicht ganz bei Sinnen war. Jetzt schlief sie, und auch Andreas' Mutter schien vor sich hingedöst zu haben, denn als er eintrat, zuckte sie zusammen und hob eine Illustrierte von ihrem Bauch hoch.

Um den halben Kopf trug sie einen Verband über ihrer genähten Platzwunde. Ihre blondierte Dauerwelle sah zerdrückt aus, ihr Gesicht war fast so weiß wie das Kopfkissen. Leidend lächelte sie Andreas an. Aber auf einmal runzelte sie unwillig die Stirn.

„Morgen, Andy. Wieso darfst du hier rumlaufen und ich nicht? Wir haben doch beide Gehirnerschütterung!"

Andreas holte sich einen Stuhl und setzte sich ans Bett: „Morgen, Mutter. Meinst du nicht, dass wir beide uns irgendwie unterscheiden? Mein Schädel ist mit Sicherheit jünger und härter als deiner. Wie geht's denn sonst so?"

„Mir ist so langweilig! Ich soll die ganze Zeit ruhig liegen, aber mir tut doch gar nichts mehr weh!"

„Halte bis Montag durch, dann wirst du sowieso entlassen."

„Und du?"

„Ich gehe heute schon. Dann kann ich mich um deine Pflanzen kümmern, um die Wäsche und was sonst noch wichtig ist." Andreas stand auf. „So, und jetzt sag mir mal, was ich dir vom Kiosk oder aus der Cafeteria holen kann."

Seine Mutter überlegte ein paar Sekunden lang, und dann fiel ihr eine ganze Menge ein.

Gegen 10.00 Uhr saß Andreas auf seinem eigenen Bett. Er las in einer Zeitschrift, die er sich vorhin gekauft hatte, und wartete eigentlich nur noch auf einen Arzt, dem er seine Entscheidung mitteilen konnte, und auf das Mittagessen.

Zehn Minuten später klopfte es an der Tür, und herein kam nicht ein Arzt, sondern Renate, im weißgrundigen Pullover mit Norweger-Muster. Das lange, blonde Haar hing offen und glatt über ihre Schultern. Vor dem Bauch trug sie einen mächtigen, bunten Blumenstrauß herein.

Du lieber Himmel, das hatte ihm jetzt gerade noch gefehlt!

Sie lächelte keck. „Einen wunderschönen guten Morgen! Wie geht's dir? Hat dein Gehirn bleibende Schäden zurückbehalten?"

„Ich bin mir nicht sicher." Andreas schwang die Füße vom Bett. Es fühlte sich extrem unangenehm an, von Renate liegend vorgefunden zu werden. Warum eigentlich? Sie war nur eine Kollegin … oder doch nicht? Lief hier das uralte Testosteron-Programm ab: Zeig dich nicht schwach vor dem Weib, das du beeindrucken willst?

Renate schaute sich um. „Gibt's hier auch Vasen?"

„Wir brauchen keine, ich gehe gleich nach Hause."

„Oh, das freut mich." Sie legte die Blumen auf dem Tisch ab und ließ sich gleich dort auf einem der Stühle nieder. „Weißt du, ich krieg immer noch weiche Knie, wenn ich an gestern denke. Wie du dich für deine Mutter hast austauschen lassen – alle Achtung. Obwohl ... Männer haben ja meist eine besonders enge Beziehung zur Mutter. Wahrscheinlich hätte jeder Mann so gehandelt."

Andreas fielen fast die Ohren ab – sie kam extra ins Krankenhaus, um ihn zu beleidigen?

„Dumme Zwischenfrage!" Sein Ton war überhöflich und unterkühlt. „Du hättest dich also für deine Mutter nicht eintauschen lassen?"

Darauf fiel ihr anscheinend nicht gleich etwas ein, und bevor sie antworten konnte, klopfte es wieder an die Tür. Diesmal kam Sascha zu Besuch, im Schlepptau Annika mit Gabriel auf dem Arm. Alle drei strahlten, als hätten sie den Jackpot beim Eurolotto abgeräumt. Sie begrüßten Andreas und Renate, und dann setzte Annika ihren Sohn einfach auf Renates Schoß ab, was bei Andreas eine gewisse Schadenfreude auslöste, denn Gabriel war alles andere als ein pflegeleichtes Kleinkind.

Annika zog die dicke, pinkfarbene Jacke aus, warf sie aufs Bett, holte eine Thermoskanne aus einer Tasche und überreichte sie Andreas mit den Worten: „Für dich, frischer, starker Kaffee! Hier gibt's doch nur Kamillentee! Und dann wollte ich noch zweierlei sagen: Erstens fand ich toll, was du für deine Mutter auf dich genommen hast, und zweitens hoffe ich, dass Gabriel kein Polizist werden will!"

Andreas bedankte sich und nickte verständnisvoll mit dem Kopf. „Es soll eine Methode geben, Kinder von bestimmten Dingen bombensicher abzuhalten. Ich habe einen Freund, der liest keine Bücher mehr, weil sein Vater ihn während der Pubertät regelrecht zum Literaturkonsum gezwungen hat."

Annika – in einem figurbetonenden, pinkfarbenen Rollkragenpullover unterwegs – blieb ernst, als sie fragte: „Du meinst, ich soll ihm frühzeitig eine Schusswaffe kaufen und ihm fünfmal am Tag damit in den Ohren liegen, dass er unbedingt Kommissar werden muss wie sein Vater?"

„Mindestens." Andreas nahm aus dem Augenwinkel wahr, wie sich Renate allmählich mit dem herumhampelnden, quengelnden Gabriel überfordert zu fühlen schien.

Nun aber schaltete sich Sascha ein und protestierte: „Jetzt reicht's aber! Bei meinem Sohn wird keine Gehirnwäsche gemacht! Ist das klar?"

„Darüber diskutieren wir noch", bestimmte Annika und ging hinüber zu Renate.

Andreas wandte sich an Sascha. „Wie geht's dir denn?"

„Gut, wieso?"

„Du hast jemanden erschossen."

„Genau, denn sonst hätte er mich erschossen, und hier im Zimmer stünden eine trauernde Witwe und eine Halbwaise!"

„Du meinst, du bist mit dir im Reinen?"

„Völlig. Und genau das wird auch jeder zu hören bekommen, der es wissen will." Er griff in die Plastiktüte, die Annika am Fußende des Bettes abgestellt hatte. „Ich hab dir übrigens was mitgebracht."

Sascha holte eine DVD aus der Tüte und überreichte sie Andreas, der inständig hoffte, dass es sich nicht um einen von Saschas geliebten Horror- oder Science-Fiction-Filmen handelte. Aber nein, es war eine Dokumentation über das Universum.

„Danke, sieht sehr interessant aus."

Andreas las eben ein paar Infos auf der Rückseite, als er Sascha sagen hörte: „Das gab's auch als Blu-ray, aber ich wusste nicht, ob du schon so weit ausgerüstet bist. Da fällt mir gerade siedend heiß ein – hast du überhaupt einen DVD-Player?"

„Nein, ich male mir meine Fernsehbilder noch selbst."

Andreas legte den Film zu seiner Jacke und empfahl Sascha, im Büro schon mal mit dem Berichte-Schreiben anzufangen. Währenddessen unterhielt sich Annika immer noch – jetzt eher leise – mit Renate. Sie redeten doch wohl hoffentlich nicht über ihn?

Als könne sie Gedanken lesen, schaute Annika plötzlich zu ihm hinüber, lächelte, tuschelte noch kurz mit Renate und wandte sich dann an Sascha: „Denk dran, wir müssen noch einkaufen, und außerdem ist dem Jungen sicher schon langweilig. Wo steckt der überhaupt? Gabriel, wo bist du?"

Gabriel, der längst von Renates Schoß gesprungen war und sich ins Badezimmer geschlichen hatte, gab keinen Laut von sich. Annika lief alarmiert hinter ihm her, und aus dem Bad hörte man ein verärgertes „Lässt du das wohl bleiben!"

Sascha seufzte und schnappte sich seinen Sohn, der gerade aus dem Badezimmer floh, verfolgt von einer genervten Mutter.

„Ich will euch beiden ahnungslosen Männern mal was sagen!" Anscheinend meinte sie Andreas und Sascha. „Die Erziehung von Kleinkindern ist Schwerstarbeit! Dagegen ist Steine-Klopfen im Steinbruch ein Dreck. So, wir müssen jetzt los!"

Sascha gab Gabriel, der sich von seinem Arm herunterzuwinden versuchte, ein Küsschen auf die rote Backe und verabschiedete sich mit den Worten: „Okay, dann lassen wir das junge Glück mal alleine."

Der schwachsinnige Spruch lenkte Andreas' Aufmerksamkeit unverzüglich wieder auf Renate, die die ganze Zeit zurückhaltend auf dem Stuhl gesessen und vermutlich alles genau beobachtet hatte. Besonders Andreas.

Gerade war sie leicht errötet, stand auf und kam auf das Bett zu, kaum dass Sascha die Tür hinter sich zugemacht hatte.

„Willst du auch gehen?", fragte Andreas vorsichtig.

„Nein. Ich muss noch was loswerden." Sie setzte sich – Andreas hielt kurz die Luft an – direkt neben ihn aufs Bett und schaute auf ihre Hände, während sie weiterredete: eigentlich schöne Hände, nicht dick, sehr gepflegt, ein breiter Silberring am Mittelfinger. „Weißt du, ich hab gesehen, wie du mit Schnepfensiek vor dem Geschäft gestanden hast, mit der Waffe an deinem Kopf … und … ich war überzeugt, dass er dich im nächsten Moment erschießen würde."

„Ja, komisch, ich frage mich immer noch, warum er es nicht getan hat. Bei den anderen Leuten war er doch auch nicht so zimperlich."

„Vielleicht hat er irgendwie gespürt, dass du ein besonderer Mensch bist."

Diese Begründung machte Andreas hellhörig. Ging sie zum Angriff über? Abschmettern. „Meinst du damit, Schnepfensiek war drauf und dran, sich in mich zu verlieben?"

„Nein! Warum musst du das jetzt ins Lächerliche ziehen?", regte sie sich umgehend auf.

„Ja, warum wohl?" Er schaute sie an, und im gleichen Moment hob sie den Blick. In ihren himmelblauen Augen glaubte er eine Spur von echtem Schmerz zu entdecken.

Und schon offenbarte sie ihm: „In dem Moment gestern stellte ich mir vor, wie es sein würde, wenn du tot wärst … und das war einfach ein ganz schreckliches Gefühl! Gerade jetzt, wo wir uns endlich ein bisschen näher gekommen sind, gerade jetzt, wo ich vielleicht eine Chance habe, da wirst du mir wieder weggenommen! Das hat mir fast das Herz zerrissen!"

Oh Gott, jetzt ging sie aber aufs Ganze! Andreas fühlte sich ein wenig schwindlig, und nun schien sie ihn wieder zu hypnotisieren – er konnte gar nicht wegsehen!

„Ich will dich ja nicht drängen, Andreas, aber ich mache mir seit über fünf Jahren Hoffnungen, dass wir vielleicht doch noch zusammenfinden! Bist du in der Lage, mir hier und jetzt eine klare Antwort zu geben?“

Andreas wand sich innerlich. Warum ließ die Frau nicht locker? Auf keinen Fall würde er sich zwingen lassen, sich festzulegen!

Sie sah ihm mit eigenartigem Ausdruck in die Augen. Und als er sich sagen hörte, „Ich kann dir keine klare Antwort geben“, beugte sie sich plötzlich vor, schlang ihre Arme um ihn und drückte ihre Lippen auf seinen Mund.

Jetzt bloß nicht zurückschrecken! Wenn er das tat, hatte er sich entschieden, dann war die Sache gegessen! Andreas ließ sich auf den Kuss ein und erwiderte ihn halbherzig … aber mit einem Mal hatte er das Gefühl, dass es vielleicht gar nicht so falsch wäre, sich mit dieser Frau zusammenzutun.

Mörderischer Fastelovend
266 Seiten, Softcover,
125 x 190 mm, 9,99 €
ISBN 978-3-941557-69-7

Eiskalt in Nippes
192 Seiten, Softcover,
125 x 190 mm, 9,99 €
ISBN-978-3-939284-14-7

Feuer in Rondorf
240 Seiten, 125 x 190 mm,
Klappenbroschur, 9,99 €
ISBN:978-3-939284-55-0

Vingstblüten im Herbst
Broschur, Format: 12,5 x 19 cm ,
224 Seiten, 9,99 EUR
ISBN: 978-3-943883-17-6

Raucher sterben früher
224 Seiten, 125 x 190 mm, Klappen-
broschur, 9,99 EUR
ISBN 978-3-943883-19-0

Nachts in Kalk
224 Seiten, 125 x 190 mm,
Klappenbroschur, 9,99 EUR
ISBN 978-3-939284-57-4